*Les Années Trianon*

*Catherine Hermary-Vieille*

# *Les Années Trianon*

ROMAN

*Albin Michel*

*À la mémoire des membres du « Cercle enchanté »*
*de Marie-Antoinette à Trianon,*
*femmes et hommes beaux, spirituels,*
*emportés par le vent de l'Histoire.*

« Sur le petit théâtre des cercles intimes dont la scène est immuable, où les acteurs principaux sont toujours les mêmes et jouent toujours le même rôle, il n'y a que les humeurs qui changent. Les alliances se font et se défont à l'intérieur de la compagnie. Tantôt on est indulgent, tantôt on est impatient, tantôt bienveillant, tantôt perfide ou sarcastique. Ambitions et intrigues ne cessent de s'entremêler. »

Madame du Deffand

## 1770

## *Deux enfants vierges*

La dauphine vécut le jour de son mariage comme on fait un songe où seraient mêlés joies, épuisement, une abondance de propos qu'elle ne saisissait guère, le scintillement des diamants sur les corsages, la lumière diffuse des candélabres le long des galeries, l'éclat des broderies d'or de la chasuble portée par l'archevêque de Reims, venu de Champagne pour les marier. À ses côtés, un grand garçon, ahuri comme elle, bousculé, effaré. Devant, derrière, autour d'elle, une mer humaine parfumée, parée, avide de la contempler, de l'approcher, de la dévisager.

Le banquet de noces s'éternisait. Dehors, il pleuvait des cordes, il n'y aurait ni illuminations ni feu d'artifice. Elle les avait espérés cependant pour enfin se laisser aller, respirer, retarder aussi le moment dont la seule pensée lui nouait le ventre. À quatorze ans, elle ignorait tout ou presque de la nuit qui l'attendait. Durant la dernière soirée passée à Vienne, sa mère l'impératrice lui avait recommandé de se soumettre, de faire bonne figure, de se montrer tendre et même câline.

Elle avait le vertige.

À son côté, dans le lit conjugal dont les rideaux venaient d'être tirés, pétrifié par la timidité, le dauphin ne savait que faire, que dire. Deux enfants vierges affolés qui ne pouvaient ni se parler, ni se rejoindre, ni sombrer dans le sommeil en dépit de leur fatigue. La dauphine pensait à sa famille, peut-être à ses lits de jeune fille à Vienne ou à Schönbrunn. Comme les images d'une lanterne magique projetées sur un drap, elle revoyait des visages, celui, rieur, de son plus jeune beau-frère, le comte d'Artois, dont elle aimerait se faire un ami, celui du roi, son grand-père qui, à ce moment même, devait serrer dans ses bras madame du Barry, dont, naïvement, lors du premier déjeuner offert par le roi au château de la Muette, elle avait disputé le rôle en lançant : « Je me déclare sa rivale pour amuser mon grand-père. » Elle avait honte maintenant. D'autres silhouettes s'imposaient, celle d'une jeune femme ni belle ni laide, au teint à la fois blafard et rouge, à la superbe chevelure blonde. Durant l'interminable banquet, elle avait gardé un regard un peu perdu, triste. Qui était-elle ? Elle ne se souvenait plus.

La nuit n'en finissait pas. Comme s'il voulait s'évaporer, disparaître, Louis-Auguste ne faisait aucun bruit. Il n'ignorait pas que le lendemain les draps seraient scrutés et qu'il serait la risée de la Cour. Il pleuvait toujours. Pleurant de tristesse, la dauphine écoutait les gouttes qui martelaient les vitres.

Soudain, elle avait entendu un léger ronflement et tourné la tête. Louis-Auguste s'était endormi. Un instant plus tôt, elle avait songé à sonner une femme de chambre pour demander un verre d'eau sucrée. Pour ne point le réveiller, il fallait renoncer.

Se recroqueviller, oublier l'instant présent, penser aux fêtes des jours à venir, au bal paré, au feu d'artifice, aux concerts, aux robes plus somptueuses les unes que les autres qu'elle avait découvertes dans sa garde-robe, aux parterres fleuris, aux cascades, aux jeux des eaux dans les bassins du parc. Louis-Auguste n'allait pas lui faire de mal, il avait l'air doux et timide. Ils deviendraient des amis.

Le lendemain, la dauphine avait revu la jeune femme blonde au regard triste. Son beau-frère Provence la lui avait présentée : Marie-Thérèse de Penthièvre, princesse de Lamballe. Sans trouver grand-chose à se dire, elles s'étaient souri. Autour de la dauphine, une cohue de courtisans jouait des coudes, s'écrasait pour l'approcher. La nuit sans sommeil pesait de tout son poids sur la jeune mariée. Les visages tournaient autour d'elle, les uns violemment rougis, poudrés, d'autres à la peau d'ivoire, certains frais, la plupart ridés, ravagés par le temps, aux lèvres réduites à un trait de plume cernant des gencives édentées. On parlait fort, les rires étaient pointus. Partout elle voyait des gerbes de lys et de roses, entendait les notes grêles d'un clavecin.

« Madame, avait-elle murmuré à la princesse, venez me voir. Votre présence me fera plaisir. »

Le soir, on avait donné *Persée*, l'opéra de Quinault et Lulli. La dauphine retenait ses bâillements. Elle avait écouté des compliments sans fin, dîné entre le roi et le dauphin au milieu des princes du sang. Moqueur, plein de gaîté, la parole facile, Artois l'avait fait rire. Et ce soir, à l'Opéra, il lui adressait de temps à autre un petit sourire complice. « Chère belle-sœur, semblait-il dire, vous n'êtes pas au bout de vos supplices. » La robe qu'elle portait lui plaisait infiniment, de la soie bleu myosotis ourlée de nuages de dentelle du Puy. De gros nœuds de ruban paraient son corsage menu, son cou d'enfant. Dans ses cheveux, autour de ses poignets, des diamants en grand nombre luisaient dans la semi-obscurité de la salle. Incapable d'écouter, exténuée, Marie-Antoinette observait ses « tantes », toutes trois figées depuis leur petite enfance dans la rigidité de l'étiquette et de la religion.

À deux pas du roi, près de la duchesse d'Aiguillon, la comtesse du Barry s'éventait. Une beauté blonde aux yeux pervenche, au sourire charmeur, une femme sûre d'elle et de son pouvoir. Elle la détestait maintenant. Comment cette créature osait-elle porter si haut la tête, s'imposer avec une telle impudence à la Cour ?

Non loin, déjà obèse en dépit de ses quinze ans, le comte de Provence, second frère du dauphin, somnolait, tout comme sa sœur Clotilde qu'on surnommait « Gros Madame ».

Dans le parterre, en rangs serrés, elle apercevait la tribu des Rohan, Rohan-Soubise, Rohan-Rochefort, Rohan-Guéméné, Rohan-Montbazon, leurs cousins les Bouillon puis les Noailles, Ayen, Mouchy, avec la sévère Madame Étiquette, qui l'observaient à la dérobée. Près du roi étaient assis le duc d'Orléans, son fils le duc de Chartres et sa jeune femme, belle-sœur de la princesse de Lamballe. Dès les premiers jours passés à Versailles, elle avait appris que Chartres était dissipé et frondeur, difficile. À côté des Orléans se tenaient le prince de Conti, cocasse avec sa perruque à la mode Louis XIV, ses chaussures à talonnettes rouges, et le prince de Condé.

Le lendemain, il y aurait illumination du parc, grandes eaux et bal paré. Marie-Antoinette adorait danser et, en dépit de cavaliers imposés par l'étiquette, elle s'en donnerait à cœur joie. Quelques jours plus tard, elle se rendrait à Paris. En son honneur, on tirerait, place Louis XV, le plus féerique des feux d'artifice. Mercy d'Argenteau, ambassadeur d'Autriche à Paris, son mentor nommé par l'impératrice, lui avait fait déjà la leçon : dignité, charme et décence. Une tribune serait dressée où elle prendrait place avec Mesdames Tantes, la princesse de Lamballe, madame de Guéménée et quelques autres dames d'honneur. Elle ne devait ni battre des mains, ni rire aux éclats, ni s'adresser en aparté à qui que ce fût.

Une nouvelle nuit moins angoissante que la première. Rien de terrible ne pouvait lui arriver. Louis-Auguste était venu poser un baiser sur son front avant de s'éclipser. Il chassait de bonne heure le lendemain et avait besoin de sommeil. Soulagée, elle lui avait souhaité la bonne nuit. La fatigue la terrassait.

« Comment, madame, vous ignorez tout des épreuves endurées par la princesse de Lamballe ? »

Le lendemain, Marie-Antoinette avait interrogé madame de Guéménée dont la compagnie lui plaisait. Gouvernante des Enfants de France à venir, elle occupait une place de première importance à Versailles et logeait avec le prince dans un appartement proche du sien. D'un souffle, celle-ci avait narré l'union calamiteuse de la jeune princesse de Savoie-Carignan et du dernier fils du duc de Penthièvre qui ne conservait, après avoir enterré six enfants, que le prince de Lamballe et sa sœur Marie-Adélaïde, unie au duc de Chartres. « Comment cette pauvre enfant, avait soupiré madame de Guéménée, se serait-elle doutée qu'on la livrait à un débauché, à un homme malade (elle avait évité de prononcer le mot "syphilitique", certainement inconnu de la dauphine) dont les crises nerveuses affolaient ses serviteurs et ses proches ? À ce dépravé, on offrait une jeune fille naïve, peu instruite (elle avait été sur le point de préciser un peu sotte), douce et bonne. »

Marie-Thérèse s'était pourtant donnée corps et âme à ce jeune époux au regard triste, parfois désespéré. S'entendaient-ils ? Nul ne parvenait à émettre un jugement tant la mariée était secrète et l'époux colérique. Mais dès la première semaine de noces achevée, Lamballe était retourné à ses dissipations, laissant la malheureuse jeune femme en compagnie d'un beau-père lugubre, confit en dévotions. Très pieuse elle-même, sa vie retrouvait un sens et la mélancolie de son père jointe à celle de son épouse n'avaient fait qu'éloigner le prince davantage encore. On ne l'avait plus vu que fort rarement à l'hôtel de Toulouse.

Fort émue, la dauphine avait écouté la fin du récit : Lamballe, un beau jour, avait dérobé tous les bijoux de sa femme pour les offrir à une actrice qui avait filé en Russie avec la cassette en compagnie d'un amant de cœur, le comte Strogonoff.

Par ailleurs, le prince dépérissait. Bien que fiévreux, oppressé par une toux incessante, déjà voûté, il ne renonçait à aucun plaisir tandis que, très affligée, la princesse sombrait dans des crises de larmes, s'évanouissait à tout moment et à tout propos. Elle ennuyait et on la fuyait.

Sur l'agonie du prince, l'opération de la dernière chance qui consistait en une ablation des testicules, madame de Guéménée n'avait soufflé mot. La dauphine l'apprendrait plus tard, et de la bouche de quelqu'un d'autre. « On transporta ce malheureux prince mourant à Louveciennes, s'était-elle contentée de conclure, il y expira le six mars, voici deux années de cela, muni des sacrements de l'Église. »

La dauphine demeurait songeuse. Le mariage était une institution bien étrange, qui ne semblait pas avoir été établie pour le bonheur des femmes. Sa sympathie pour la princesse de Lamballe n'en était que plus grande. Elle découvrait une femme qui lui ressemblait, sensible, désappointée par une union malheureuse, esseulée, en quête d'affection.

Sur la place Louis XV, ouvriers, artificiers, jardiniers, hommes de peine s'activaient. Ruggieri en personne était attendu en début d'après-midi pour vérifier le bon déroulement du feu d'artifice, la disposition des fusées. Il faisait doux, de petits nuages pommelés musardaient dans le ciel, annonciateurs d'une journée charmante. Au loin, le château des Tuileries semblait assoupi. On entretenait encore les jardins mais le bâtiment restait plus ou moins livré à ses locataires, des familles aristocratiques démunies, casées là par le roi et qui se contentaient d'y camper, des savants et des artistes peu soucieux de leur confort.

Des marchands d'oublies, de fruits, de sucreries, de colifichets dressaient leurs étals tandis que de vrais ou faux estropiés cherchaient l'endroit propice pour jouir du spectacle tout en tendant leur sébile. Les gens du guet, à cheval ou à pied, avaient reçu l'ordre de les laisser tranquilles.

Autour de la place en plein aménagement, les fossés, pas encore comblés, avaient été isolés par des cordes tendues sur lesquelles, à la tombée de la nuit, on suspendrait des lanternes. À grands coups de massue, les charpentiers édifiaient la tribune où Marie-Antoinette et ses dames d'honneur prendraient place. Les tapissiers les suivraient pour tendre le dais, jeter des coussins sur les degrés, des carreaux de velours brodés de fleurs de lys pour les pieds de la dauphine et des princesses. L'air sentait bon le lilas et le bois vert mêlés aux fragrances des fraises mûres qui emplissaient les charrettes des marchands ambulants.

On allait enfin apercevoir la dauphine tout en haut de la tribune, une jeune personne, colportait-on, de taille moyenne, fluette, avec un front très haut, des yeux bleus à fleur de peau, un nez accusé, la lèvre inférieure proéminente des Habsbourg, mignonne cependant, fraîche avec un joli sourire, des manières de vraie reine. Bien qu'elle fût autrichienne, on était prêt à l'aimer, à la respecter. Son arrivée en France redonnait un peu d'intérêt à une famille royale jugée sans complaisance : un roi âgé aux mœurs dissolues, ses trois filles d'âge mûr, de vieilles bigotes mal fagotées qui semblaient fuir tout contact avec le peuple, le dauphin, un grand dadais qui n'était à son aise que le cul sur une selle au cœur d'une forêt et ne savait pas mettre six mots l'un derrière l'autre pour faire une phrase plaisante, ses deux frères, des adolescents arrogants et prodigues, et la princesse Clotilde, une fille si dodue qu'elle se dandinait en marchant et ne pouvait se hisser sur un cheval. Seules la bonne Madame Louise, enfermée au couvent pour expier les péchés du roi son père, et la princesse Élisabeth, une enfant encore, échappaient à l'ironie populaire. En dépit des railleurs, on se pressait cependant pour voir Louis XV lorsqu'il venait à Paris, on levait son chapeau, on criait : « Vive le roi ! » On rêvait de passer un dimanche après-midi en famille dans le parc de Versailles pour regarder déambuler les grands seigneurs, admirer leur mise, leurs bijoux, leurs épées aux pommeaux entourés de nœuds de ruban de satin ou de velours, rire de leurs petits chiens frisottés, parfumés, s'esbaudir des enfants à la peau noire comme de l'ébène, aux accoutrements excentriques, qui portaient les traînes de leurs maîtresses.

Le feu d'artifice étant tiré par la ville de Paris en l'honneur de la dauphine, Louis et son petit-fils ne se montreraient pas, mais des marchands disposaient cependant sur des tréteaux des images violemment colorées les représentant en tenue de cour, le roi l'air hautain, Louis-Auguste engoncé dans les dentelles de sa cravate.

À la fin de l'après-midi, tout était prêt. Des barques allaient et venaient sur la Seine, de lourdes barges recouvertes de bâches, des petits navires démâtés. Au loin sur les buttes tournaient les ailes de nombreux moulins à vent, s'élevaient les clochers pointus de multiples églises. Maintenant la foule affluait, bourgeois ayant retenu des places assises le long du mur des Tuileries, artisans venus des faubourgs Saint-Antoine et Saint-Denis, ouvriers, ménagères, des grappes d'enfants en habit du dimanche, des individus louches aussi que chacun observait avec méfiance.

Pour faire patienter les badauds jusqu'à la nuit, acrobates, chanteurs, chiens savants se dépensaient au milieu de la bonne humeur générale. Les marchands ambulants vendaient leurs marchandises, sirops, fruits confits, noix et amandes, joujoux de bois pour les enfants, cocardes blanches pour orner les bonnets des jeunes femmes. On se reconnaissait, s'interpellait. Les robes de taffetas aux couleurs de dragées côtoyaient le simple calicot, les indiennes aux tons vifs, les tabliers maculés de taches des marchandes de la halle accourues après leur travail.

Au crépuscule, le guet à cheval avait ouvert le passage pour les carrosses des dames, celui de la dauphine et de ses tantes devant arriver le dernier par le cours la Reine. Des courriers avaient annoncé que le cortège était en route depuis une heure. On l'attendait dans un moment.

La nuit était tombée et chacun déjà levait le nez vers le ciel. La foule était dense, compacte, massée entre la Seine, les Champs-Élysées, la rue Royale et la grille close des Tuileries. Avec prudence, les marchands ambulants s'étaient repliés vers le cours la Reine ou sur les berges de la Seine. Un vent léger s'était levé qui portait la fumée des feux allumés près de la rue Royale afin d'éloigner les badauds des fossés béants, et la fragrance de la bergamote, parfum apprécié de la dauphine, que le maître de cérémonie avait fait répandre sur le dais couvrant la tribune, les coussins, la toile peinte de fresques isolant les artificiers du peuple.

Les duchesses, marquises, comtesses installées, on n'attendait plus que Mesdames Tantes et Marie-Antoinette. Tendu, Ruggieri s'impatientait : le vent forcissait et, si le royal cortège tardait, son feu d'artifice se trouverait compromis. On savait le carrosse en haut du cours la Reine mais, à cause des badauds qui s'étaient massés le long de l'avenue et suivaient la voiture, il avançait avec une extrême lenteur. Des enfants, des chiens couraient en tous sens, empêchant le cocher de pousser les six chevaux blancs dont la crinière et la queue avaient été entrelacées de rubans bleus, couleur de la ville de Paris.

Afin que tout fût prêt dès l'arrivée de la dauphine, Ruggieri avait demandé un tir d'essai. Il fallait mesurer la force du vent, procéder à des corrections si besoin en était.

Une première fusée s'était élevée au milieu d'un long cri de joie. La brise la portant vers l'ouest, il faudrait, en effet, réviser l'orientation de différentes pièces. Le second tir, trop hâtivement parti, avait semblé hésiter un instant puis, dans un sifflement menaçant, avait filé en courbe vers l'ouest et frappé les toiles de chanvre disposées de chaque côté des Champs-Élysées. En un instant, les flammes s'étaient étendues aux charpentes contenant la terre des fossés. Aux cris poussés par les spectateurs les plus proches du brasier avait suivi un hurlement de panique venu de la foule. Au milieu de la cacophonie, on entendait distinctement « Au feu ! » et « Sauve qui peut ! ».

Les grilles des Tuileries étant closes, la seule échappatoire était la rue Royale. En quelques minutes, celle-ci était encombrée, bloquée. Dans l'impossibilité de se mouvoir, les fuyards s'écrasaient, piétinaient les corps tombés à terre. Accrochées à la main de leurs enfants, des mères basculaient, happées, foulées aux pieds par cette vague aveugle qui balayait tout sur son passage.

En hâte, les gardes du corps, les hommes du guet avaient poussé les dames des tribunes vers leurs voitures. À moitié évanouie, la princesse de Lamballe avait dû être portée tandis que madame de Noailles suppliait qu'on prît soin des blessés. La fumée était âcre mais le feu semblait mourir au fond de la terre humide des fossés. De la tribune, on apercevait le rougeoiement des braises.

Au triple galop, le capitaine des gardes du corps avait remonté le cours la Reine. « Demi-tour, ordonnait-il au cocher, tout brûle sur la place ! »

La dauphine avait passé la tête par la portière. Ses cheveux nattés tirés en arrière découvraient les brillants qui rutilaient à ses oreilles, autour de son cou. Sans ménagement Mesdames Tantes l'avaient tirée en arrière.

Le lendemain avait été déclaré jour de deuil. Le roi, Louis-Auguste et la dauphine avaient pris sur leurs cassettes personnelles les frais occasionnés pour les obsèques dans le cimetière de la Madeleine des cent trente-deux morts, ainsi que pour les soins dispensés dans les hôpitaux parisiens aux nombreux blessés. En proie à d'incessantes crises nerveuses, madame de Lamballe était partie rejoindre son beau-père à Rambouillet.

La vie à la Cour, peu à peu, reprenait son cours normal, figé, monotone. Madame Campan avait été nommée première femme de chambre de la dauphine et celle-ci avait aussitôt apprécié cette personne efficace et discrète, aux manières ni familières ni obséquieuses. Tous les matins, Marie-Antoinette se levait vers neuf heures, disait ses prières, déjeunait d'une tasse de chocolat et d'une brioche, se faisait habiller simplement et se rendait chez ses tantes où souvent elle retrouvait le roi. À onze heures, elle regagnait ses appartements où un jeune coiffeur nommé Léonard Antier, la coqueluche de Paris, l'attendait. À midi, on introduisait quelques visiteurs n'appartenant pas à la Chambre de la dauphine, on lui passait sa robe de la journée. Alors elle se rendait à la messe aux côtés de Louis-Auguste et déjeunait avec lui vers deux heures de l'après-midi. De retour dans ses appartements, elle écoutait la lecture du courrier qui lui était adressé, brodait parfois jusqu'à l'arrivée de l'abbé de Vermond, son confesseur et mentor qui l'avait instruite à Vienne des mœurs françaises. En fin d'après-midi, elle se rendait à nouveau chez ses tantes puis, si le temps le permettait, faisait une promenade dans le parc. Le jeu les occupait, elle et sa suite, jusqu'à neuf heures du soir où était servi le souper auquel étaient conviés quelques privilégiés. À onze heures, chacun regagnait ses appartements.

Bien vite, un mortel ennui avait écrasé la jeune femme.

La nuit point de mari, le jour une société guindée, les conseils incessants du comte Mercy, les sermons de l'abbé de Vermond, les ordres de madame de Noailles. Quand du coin de l'œil, muette, Marie-Antoinette voyait passer la comtesse du Barry, joyeuse, rayonnante, suivie d'amis jeunes et pleins d'entrain, elle éprouvait un pincement au cœur, une rancune d'autant plus amère qu'elle ne pouvait s'exprimer. Aux soupers de cette créature on échangeait des propos spirituels, galants, aux siens on réprimait ses bâillements. Quand on lui avait annoncé le retour prochain de la princesse de Lamballe à Versailles, la dauphine n'avait pas caché sa satisfaction.

D'emblée, une sympathie réciproque avait uni ces deux jeunes femmes mal mariées, solitaires et sensibles. Naïve et enfantine, la princesse se trouvait mille points communs avec la dauphine de quinze ans qui adorait les toilettes, les fous rires, les enfants, les chiens. Dans les appartements de la future reine, en voyant les deux jeunes femmes jouer à cache-cache, à chat perché avec les petits garçons, les fillettes des domestiques, Mercy avait dû écrire à l'impératrice d'Autriche pour obtenir sa ferme intervention.

Sans cesse on la rappelait à l'ordre, la guidait dans une direction qui l'ennuyait, la pressait d'agir en future reine. Quand le dauphin partageait sa couche, il s'endormait aussitôt et ronflait fort. Il ne la prenait pas par la main pour la diriger, n'avait pour elle aucun mot encourageant ou affectueux. Timide, il la fuyait, hormis les moments arrêtés par l'étiquette. Et quelle étiquette ! Des règles démodées, absurdes, un cérémonial qui fixait à tout jamais la place de chacun, des exigences si contraignantes qu'elles excluaient toute spontanéité. Restaient aux courtisans les intrigues. Le palais en bruissait. D'un côté les amis de Choiseul, de l'autre ceux de madame du Barry, sans oublier les ambitions diverses, mal dissimulées, l'âpreté à obtenir une charge lucrative, une place honorifique, un signe de reconnaissance ou d'honneur.

L'été de cette année-là était tiède et humide. La dauphine avait fait de plus longues promenades dans le parc en compagnie de la princesse de Lamballe, de mesdames de Guéménée et de Luynes ainsi que de quelques jeunes femmes de sa Maison. Parfois, il venait à Marie-Antoinette l'envie de retrousser ses jupes et de courir libre comme à Schönbrunn, mais un sévère coup d'œil de madame de Noailles l'arrêtait. Depuis son mariage, elle refusait le grand corset à baleines, jugeant que cette pièce de vêtement était un instrument de torture. Mesdames Tantes, madame de Noailles, jusqu'à la douce madame Campan avaient insisté mais elle se raidissait dans sa contestation, dernier lambeau d'une liberté qu'on lui volait jour après jour.

Quelquefois, le roi, son grand-père, prenait en face d'elle un air embarrassé. Étaient-ils heureux, Louis-Auguste et elle ? Il n'ignorait certes pas que leurs relations conjugales étaient inexistantes, les chambrières étaient là pour le colporter, mais il sollicitait des secrets qu'elle ne pouvait livrer. Il arrivait que le dauphin l'embrassât ou s'emparât de sa main sous le drap mais, le plus souvent, il l'ignorait par timidité, gaucherie. Élevé dans le catholicisme le plus strict, il avait des femmes une peur instinctive et les associait à la dépravation et au péché. Transie, ignorant tout des prémisses de l'amour, Marie-Antoinette elle-même n'osait rien tenter.

À l'automne, la Cour s'était transportée à Fontainebleau où l'étiquette se faisait moins sévère. De l'aube à la nuit, le roi chassait, laissant la dauphine faire de longues promenades avec la princesse de Lamballe le long des allées déjà rousses. Les courtes traînes de soie brochée balayaient les feuilles mortes. La dauphine évoquait sa difficulté à s'adapter à une étiquette d'où les marques d'affection semblaient bannies. Toute impératrice qu'elle fût, sa mère embrassait ses enfants chaque soir et le prince, leur père, ne se privait pas de la joie de participer à leurs jeux. La voix de la jeune femme se faisait nostalgique. Elle comprenait mal les Français, leurs sarcasmes. La princesse la rassurait. Il y avait à la Cour des personnes bonnes, pieuses et bienveillantes. Peut-être n'étaient-elles pas les plus avenantes, mais leur société était douce. Marie-Antoinette n'osait confier à son amie qu'elle répugnait à rejoindre le clan des dévots. Si Artois avait quelques années de plus, si Chartres n'avait pas une si mauvaise réputation, son cœur l'aurait plutôt portée vers eux et leurs amis.

Parfois la dauphine accompagnait Louis-Auguste à la chasse. Elle avait besoin d'exercice pour se détendre, se sentir jeune, grisée quand son cheval prenait le galop. Piètre cavalière, la princesse de Lamballe restait au château. La dauphine avait de la tendresse pour cette femme si douce, si égale d'humeur. Elle n'ignorait pas l'ascendant qu'elle exerçait sur son amie et en tirait plaisir. Son titre de dauphine, bien que pesant parfois, lui procurait de l'orgueil. À Vienne, elle n'était qu'une fille cadette de l'impératrice, un numéro dans la longue liste des archiducs et archiduchesses ; à Versailles, elle était le troisième personnage de la Cour. Mois après mois naissait en elle une assurance mais son immaturité excluait la curiosité d'un pays qui serait son royaume. Se parer de robes somptueuses commandées par dizaines, laisser son coiffeur Léonard imaginer boucles, tresses savantes, entrelacs de rubans l'aidaient à souffrir les interminables palabres et la compagnie de ses tantes qui, bien qu'ennemies de la du Barry, ne cessaient de blâmer le duc de Choiseul et sa sœur, la duchesse de Gramont.

Le retour à Versailles était proche. Quelques derniers jours de chasse et les domestiques empileraient les caisses dans l'interminable file des voitures. Chaque déplacement de la Cour coûtait une fortune, mais qui s'en souciait ?

L'accident s'était produit en fin d'après-midi en pleine forêt. La dauphine, qui avait pris place dans une voiture légère, suivait la chasse. On allait bon train et les carrosses cahotaient de droite à gauche, brimbalant leurs occupants, lorsqu'on avait entendu un cri de terreur. Sans ménagement, le cocher avait tiré sur les rênes. Un des valets debout à l'arrière de la voiture avait lâché prise. Happé par une roue, il gisait sans connaissance sur le bas-côté de l'allée. En un clin d'œil, la dauphine avait jailli du carrosse et, penchée sur le blessé, exigeait du secours. Son tricorne de velours noir était tombé et les pans de sa longue veste rouge aux brandebourgs tressés de fils d'or accrochaient les herbes folles déjà desséchées par le froid. Marie-Antoinette pleurait et le spectacle de leur future reine s'occupant avec sollicitude d'un simple valet surprenait les chasseurs. Certains haussaient les épaules devant tant de sensibilité, d'autres jugeaient cet abaissement comme une faute, quelques-uns devaient admettre que la dauphine avait du cœur.

Quand le temps empêchait les promenades dans le parc, en dépit des concerts, des bals, des tables de jeu devant lesquelles la dauphine commençait à s'asseoir, on s'ennuyait plus encore.

Avec condescendance, on parlait du salon que tenait à Paris une certaine madame Necker, la femme d'un banquier suisse. En attendant d'aménager au château de Saint-Ouen tout juste acheté au banquier Joseph Laborde, le couple logeait au château de Madrid, à Neuilly. Madame Necker recevait des hommes de lettres, des artistes, des professeurs, toutes catégories qui étaient bannies de la Cour. À cette bourgeoise suisse qui prétendait donner le ton, on décernait le titre de présidente de la République des Lettres.

Un scandale avait partagé soudain la Cour. Au théâtre, madame de Gramont, qui s'était installée au premier rang sur le fauteuil de la comtesse du Barry, avait refusé de se lever et la favorite avait dû sortir. La réponse de Louis XV n'avait point tardé : exilée de la Cour, madame de Gramont avait dû se réfugier à Chanteloup, chez son frère Choiseul qui, peu après, était lui-même tombé en disgrâce. Le clan de madame du Barry triomphait.

Bouleversée par le renvoi de celui qui avait voulu et négocié son mariage, Marie-Antoinette avait reçu de sa mère une lettre empreinte d'autorité. En aucun cas elle ne devait se mêler des cabales de la Cour et encore moins désapprouver les décisions de son grand-père le roi de France. Qui était-elle pour le juger ? Une enfant sans véritable instruction, dénuée de toute connaissance politique. La jeune femme avait serré les dents.

Louis XV, par ailleurs, ne venait plus avec la même régularité chez ses filles où l'attendait la dauphine. En lutte contre les Parlements, il voyait ses cousins, les princes, prendre des positions souvent hostiles. Seuls Penthièvre et le comte de la Marche lui restaient fidèles. Les autres, Condé, Conti, Orléans, jouaient les esprits éclairés et critiquaient l'absolutisme. Pour le roi, toute contestation de son autorité était une brèche qui s'ouvrait et pouvait se faire gouffre. Le bel esprit de ceux qui le blâmaient ne les préserverait pas, le temps venu, d'une chute qui pourrait bien être mortelle. Certes, ils pouvaient lire Voltaire et le fêter, mais si le Parlement triomphait, ce genre d'ouvrages leur tomberaient des mains.

## 1771

## *Le Palais-Royal, quartier interdit*

Ce que la dauphine goûtait le plus dans la conversation de madame de Lamballe était le récit des soirées que celle-ci passait au Palais-Royal chez son beau-frère le duc de Chartres, un lieu où abondaient de jeunes et brillantes personnes et qui lui était à jamais interdit. Bien que pressée de questions, son amie ne donnait guère de détails. Séduisant, léger, frondeur, Chartres avait vingt-quatre ans. Son père, le duc d'Orléans, qui avait été un coureur de jupons invétéré, vivait aujourd'hui quasi maritalement avec la marquise de Montesson, au grand dam de Chartres qui détestait ses minauderies et sa fausse candeur. Afin de ménager son fils unique, Orléans avait différé de deux ans son union morganatique. La princesse de Lamballe ne se moquait pas, ne jugeait jamais et ne condamnait personne. Marie-Antoinette devait donc se contenter de récits dont la banalité ne parvenait pas à dissimuler le piquant de certaines situations. Suppliant son amie de ne rien lui cacher, la dauphine s'emparait de sa main, la serrait dans la sienne. Souvent, toutes deux se prenaient par le bras ou la taille lorsqu'elles avançaient à petits pas dans les allées qui contournaient cascades et bosquets. Ces marques d'affection étaient nécessaires à Marie-Antoinette. Nul à la Cour n'embrassait, n'osait une modeste caresse sur la joue ou sur la main. L'étiquette l'interdisait. Le roi embrassait les princesses du sang lorsqu'il les accueillait à quelque réception officielle ou au bal paré, un baiser rapide où les lèvres à peine effleuraient la peau. Afin de faire son rapport à l'impératrice d'Autriche, le comte Mercy guettait les faits et gestes de la dauphine qui s'ingéniait à lui procurer de petites contrariétés. Il désapprouvait le choix de madame Thierry, épouse du valet de chambre de Louis-Auguste comme caméristе ? Marie-Antoinette l'avait donc choisie. Elle respectait la femme et adorait ses deux enfants. Louis XV avait froncé les sourcils : ce n'était pas à la dauphine de choisir les dames qui assuraient son service. Ces nominations relevaient d'une organisation protocolaire difficile à cerner où l'ancienneté de la famille, les faveurs ou honneurs qu'on désirait lui faire constituaient autant d'échelons successifs qu'il était impensable de contourner.

Le roi vieillissait. Des chutes de cheval successives le clouaient dans un fauteuil pendant de longues journées. Il abusait du vin, du gibier et des plaisirs raffinés offerts par sa belle maîtresse. La Cour savait qu'elle vivait une époque de transition.

N'affichant jamais de mine réjouie, aimant la solitude, peu loquace, Louis-Auguste était d'un abord difficile. Il ne répondait que par monosyllabes aux questions et, lorsqu'il était embarrassé, éclatait d'un gros rire au nez de son interlocuteur. Les seules personnes avec lesquelles il semblait avoir de vraies conversations étaient les ouvriers et artisans qui œuvraient au château. Ses tantes lui reprochaient cette familiarité – Madame Adélaïde surtout – mais elles n'avaient sur lui aucune influence.

En avril, la lutte du roi contre ses Parlements était arrivée à son paroxysme. Louis XV avait tenu un lit de justice qui avait dressé contre lui la bourgeoisie et le peuple. Aucun prince du sang ne l'ayant soutenu, le vieux souverain s'était vu isolé. L'antique alliance entre le monarque et son peuple montrait ses premières failles.

À Versailles, le printemps était délicieux. Madame de Lamballe s'en voulait d'abandonner de plus en plus souvent son beau-père pour rejoindre la dauphine. Le dévouement absolu, aveugle qu'elle lui offrait n'était pas payé de retour. Sa solitude, ses frustrations, ses humiliations se trouvaient effacées par la présence de son amie. Elle souhaitait atténuer ses peines, être la seule à lui offrir des joies qui combleraient sa vie. Mais avec soin, pour ne pas s'attirer de reproches, elle dissimulait sa jalousie, souffrait en silence lorsque Marie-Antoinette lui préférait passagèrement d'autres jeunes femmes.

Leur tendresse réciproque était manifeste. On s'habituait à leurs apartés lors de longues promenades dans le parc. La dauphine jouissait du dévouement sans limites de son amie. Elle que son époux négligeait, que ses tantes gourmandaient, que le conseiller de sa mère, Mercy, sermonnait, que l'abbé de Vermond guidait, que madame de Noailles jugeait avec sévérité, avait enfin trouvé un être qui l'idolâtrait.

Les chagrins, par ailleurs, n'étaient pas épargnés à la jeune femme. En mai, elle avait reçu une lettre de sa mère qui la jugeait crûment « sans trop de beauté, sans culture, sans aucun talent exceptionnel ». Elle prisait à l'excès la compagnie des jeunes gens moqueurs et devrait rechercher davantage les courtisans plus âgés et plus sages. À seize ans, cette société la faisait mourir d'ennui et l'impossibilité de se rendre au Palais-Royal la désolait toujours. Chez les Orléans se rassemblait la jeunesse qu'une Cour vieillissante écartait de Versailles. Y brillaient en particulier le duc de Lauzun à l'esprit, la vivacité, la gaîté irrésistibles, le duc de Fitz-James, ami intime de Chartres, le comte de Dillon, le duc de Coigny, un jeune veuf intelligent, pondéré, dont la culture sans pédanterie charmait. Tous avaient moins de trente-cinq ans, étaient curieux des changements de leur époque.

Autour du Palais-Royal, les salons se multipliaient. On se bousculait encore dans celui de madame du Deffand, où, presque aveugle, la marquise, inséparable de son petit chien Tonton, protégeait les beaux esprits. Madame de Tessé, une Noailles, ouvrait ses portes trois fois par semaine et madame Necker chaque jour. Là se pressaient les étrangers de passage curieux de découvrir le fameux esprit des Parisiens, d'acquérir leurs manières libres et charmantes. Tout crédit acquis par le rang, la fortune, l'intelligence ou le talent y était reconnu et apprécié. Mais la liberté des mœurs choquait la prude Marie-Thérèse et elle n'en soufflait mot à la dauphine. Elle lui avait également caché le projet de mariage que la sœur de Chartres, Louise Bathilde, jeune épouse du duc de Bourbon, avait formé pour elle. Lorsque le nom du prétendant avait été prononcé, celui du prince de Lambesc, Marie-Thérèse avait failli se trouver mal. Elle le connaissait. S'imaginer dans son lit l'emplissait d'une terrible honte. Le mariage n'était point pour elle, seule comptait l'amitié de Marie-Antoinette. Elle lui appartenait.

Au début du printemps, la Cour ne parlait que du projet de nommer Louis René Édouard, prince de Rohan-Guéméné, comme ambassadeur à Vienne à la place du baron de Breteuil qui briguait le poste depuis longtemps. La réputation de l'évêque de Strasbourg était calamiteuse mais il s'y connaissait en intrigues et jouissait de la protection de sa puissante famille. Breteuil ne décolérait pas et chacun comprenait qu'une haine implacable séparait désormais les deux hommes. Entré jeune dans les ordres, l'évêque de Strasbourg n'avait pas renoncé pour autant aux femmes, au luxe ou à la vie mondaine. L'ambassade de Vienne lui laissait entrevoir une existence fastueuse, de flatteuses rencontres.

Pour la dauphine et la princesse de Lamballe, ces intrigues avaient peu d'intérêt. Si Vermond comme Mercy poussaient Breteuil, madame de Noailles et la princesse de Guéménée soutenaient leur parent.

Ce qui occupait l'esprit des deux jeunes femmes était le prochain mariage du comte de Provence avec une princesse de Savoie que l'on disait fort laide. Elles ne pensaient plus qu'aux toilettes qu'elles porteraient durant les fêtes.

Rencontrée chez la duchesse d'Orléans qui appréciait son talent, Marie-Thérèse évoquait avec enthousiasme la couturière Rose Bertin. Pourquoi ne pas la faire venir à Versailles ?

Bien que la mariée déçût tout le monde par un visage et une tournure auxquels les esprits les plus charitables ne pouvaient trouver d'attraits, les cérémonies s'étaient déroulées avec faste. Marie-Antoinette y avait triomphé. Rose Bertin avait eu l'inspiration d'alléger la rigide robe de cour par une succession de volants de dentelle cascadant sur la jupe de soie ivoire. La robe, qui étranglait la taille déjà menue, était semée de fleurs de printemps, muguets, roses, myosotis, que caressait un aérien manteau de cour en harmonie avec la jupe. Échancré, le corsage exhibait largement la peau laiteuse de la dauphine sur laquelle resplendissait un collier de diamants. Pour la coiffure, Léonard s'était surpassé en mêlant aux cheveux gonflés par des coussinets de crin un bouquet de plumes dont certaines caressaient le front.

Corpulent, pataud mais le regard vif, intelligent, Provence semblait satisfait de sa jeune épouse et lui avait témoigné mille attentions. À côté de lui, son frère Artois était la grâce même. L'adolescent se faisait homme et, déjà, les femmes le couvaient des yeux.

Au terme du feu d'artifice tiré au Grand Trianon, les époux s'étaient retirés dans leur chambre. Marie-Antoinette avait tendu sa chemise à la jeune épousée. Avec le don de trois millions et demi de livres[1], les revenus de l'Anjou, du Perche et du Maine, Provence, malgré une femme peu appétissante, pouvait se montrer content.

1. Environ 45 millions d'euros.

Avant le souper, la dauphine avait pu adresser quelques mots aux ducs de Lauzun et de Coigny. Le charme acide de l'un, doux de l'autre lui avait plu, mais happée, sollicitée, dirigée, elle n'avait pu s'attarder auprès d'eux. L'étiquette ne lui permettant de danser qu'avec les princes durant le bal paré, elle les avait perdus de vue.

Rose Bertin, fille d'un archer de la maréchaussée d'Albertville, couturière de génie, était devenue un personnage important à la Cour comme à Paris et venait de susciter chez la dauphine une passion : lancer la mode, donner le ton. Les deux femmes avaient été attirées aussitôt l'une par l'autre. Elles aimaient les formes, les couleurs, la perfection des détails, elles désiraient toutes deux ardemment plaire, être aimées, conquérir. Cette année-là, Marie-Antoinette avait commandé à sa couturière six robes et douze chapeaux pour une somme de trente mille livres.

À Versailles, le clan du Barry triomphait et la belle favorite suivait le roi de Marly à Choisy, de Choisy à Fontainebleau avec ses amis dévoués, les ducs de Duras, de Cossé, le comte de Broglie, mesdames de Talmont, d'Aiguillon, de Valentinois, sans oublier le prince de Hénin dont l'esprit donnait au cercle de la comtesse un ton inimitable envié par ses ennemis eux-mêmes. Quand, au hasard d'une promenade dans le parc en cet été radieux, les amis de la dauphine croisaient ceux de la favorite, il semblait que toute la gaîté du monde se fût concentrée parmi ces derniers et Marie-Antoinette, soudain, souffrait de la platitude des propos de sa chère princesse.

En août, la Cour s'était transportée à Compiègne où le dauphin avait succombé à une forte indigestion qui l'avait forcé à garder le lit durant trois jours. Incapable de modérer son appétit, Louis-Auguste se jetait sur la nourriture comme si plats cuisinés et gâteaux servaient de compensation à ses frustrations intimes. Parfois, il tentait encore de remplir son devoir conjugal mais, sur le point de réussir, il abandonnait, se levait et rejoignait son propre lit. La dauphine pleurait en silence, elle avait honte de son corps et lisait avec amertume les missives de sa mère lui reprochant sa froideur.

Dès le retour à Versailles, on ne s'était plus entretenu que de l'affaire Sirven. Cet homme condamné à la pendaison par le Parlement de Toulouse pour avoir tué son fils s'était enfui en Suisse où Voltaire avait pris sa défense et prouvé qu'il ne s'agissait nullement d'un meurtre mais d'un suicide. Pierre Paul Sirven devait être réhabilité.

Une fois encore, les courtisans se scindaient en deux clans, celui des ennemis de ce mécréant, ce persifleur qu'était Voltaire, l'autre des admirateurs du grand homme qui avait le courage d'appeler un chat un chat dans un pays frappé de mutisme. Parmi ceux-ci, La Rochefoucauld-Liancourt était le plus enthousiaste. On parlait d'*habeas corpus*, de libertés individuelles qui sentaient le soufre anglais. Le roi, tout au succès de sa lutte contre le Parlement de Paris et à sa passion pour madame du Barry, restait à l'écart, indifférent à ces disputes. L'affection de la dauphine pour son « cher papa » avait tiédi. Elle rêvait de plaisirs qui lui étaient interdits.

L'automne avait été bref mais somptueux. En dépit des

efforts de l'armée des jardiniers, des feuilles pourpres et mordorées dansaient sur les eaux frissonnantes du Grand Canal. Dans les parterres, pensées, chrysanthèmes, asters, héliotropes et cosmos remplaçaient les pois de senteur, les roses, les lys et les clématites. On élaguait les tilleuls, les buis, les charmilles. Les après-midi étaient chaudes comme en plein mois d'août et les femmes portaient encore leurs robes de soie légère sur des jupons de fine cotonnade. Le bonheur de vivre semblait ne jamais s'achever.

# 1772

## *Le beau Lauzun, le divin Vaudreuil*

Plus que de l'arrivée à Vienne de l'évêque de Strasbourg, la Cour s'entretenait des difficultés financières rencontrées par le trésorier général, l'abbé Terray. On s'étonnait. La France était en paix, prospère, les paysans étaient durs au labeur, les ouvriers sollicitaient du travail auprès des manufactures qui tournaient à plein régime. Sans doute fallait-il renforcer le pouvoir des collecteurs d'impôts travaillant pour la Ferme générale. Le peuple était rusé. La gabelle, la capitation, la taille lui semblaient insupportables mais l'entretien des châteaux, des forêts, des étangs et cours d'eau n'était-il pas lourd pour leurs seigneurs ? Et la vie à la Cour était ruineuse. Impossible de porter à maintes reprises la même tenue, d'exhiber des bijoux jamais renouvelés, d'atteler des bidets à sa voiture, de se contenter d'un couple de serviteurs. L'argent coulait entre les doigts.

À Paris, le banquier Necker réunissait autour de lui un cercle d'admirateurs de plus en plus vaste. Cet homme étudiait les causes du déficit et y proposait des remèdes. Sa banque, la banque de Germany, avait prêté trois millions de livres au Trésor, une aubaine mais aussi une humiliation pour Terray dont le discrédit grossissait de semaine en semaine. On se moquait ouvertement de lui et on l'accusait de trafiquer sur les grains en complicité avec d'Aiguillon, le nouveau ministre des Affaires étrangères, et Maupeou, deux protégés de la comtesse du Barry. Le pouvoir des banquiers l'emportait désormais sur celui des ministres.

Les idées nouvelles progressaient dans la bourgeoisie, comme chez certains des membres de l'aristocratie. On bavardait à Versailles, on s'enrichissait dans les affaires à Paris ou en province. On rêvait d'un souverain jeune, énergique, qui soutiendrait les heureuses perspectives d'avenir. Beaucoup murmuraient : « Ah, si Provence avait été l'aîné des Bourbons ! » Timide, Louis-Auguste intimidait ; insociable, il éloignait. On le disait instruit mais il passait ses journées à la chasse, se montrait incapable d'assumer son devoir en procréant un héritier mâle.

La dauphine prenait de l'assurance, osait bouder de temps à autre la pesante compagnie de Mesdames Tantes. Elle avait pris l'habitude de monter souvent à cheval et s'essayait volontiers au clavecin.

Une après-midi de juin, conduisant lui-même une voiture légère, Chartres avait surgi à Versailles en compagnie du duc de Lauzun. Nul valet ne les accompagnait. Cette désinvolture avait plu à la dauphine. Son cousin apportait avec lui un esprit moqueur, des manières séductrices qui lui attiraient les cœurs féminins. Et Lauzun n'avait rien à lui envier. Âgé de vingt-cinq ans, Armand de Gontaut, duc de Lauzun, dit « le beau Lauzun », ne comptait ni ses conquêtes ni ses extravagances d'homme à la mode. Marié trop jeune par son père, il s'était bientôt séparé de sa femme et vivait une existence dénuée d'entraves sentimentales.

Avec bonheur, Marie-Antoinette avait reçu les deux jeunes gens. Elle se souvenait de Lauzun : lors du bal donné pour le mariage de Provence, il avait dansé avec les plus jolies femmes de la Cour quand elle-même était condamnée à accorder quelques menuets et une contredanse à l'extravagant Conti, au morne Condé et à son fils, le suffisant Bourbon. Avec enthousiasme, Chartres avait évoqué l'arrêt pris par le politicien anglais James Manfield qui venait de déclarer l'esclavage illégal sur le sol britannique. À la surprise de la dauphine, la princesse de Lamballe s'était montrée passionnée pour cette cause étrange. Il y avait à Versailles quantité de petits Noirs qui tenaient la traîne de leurs maîtresses ou les éventaient. Qui se préoccupait de savoir s'ils étaient libres ?

La présence de Lauzun à ses côtés troublait la dauphine. Le bas de sa robe rose frôlait les bottes du jeune duc. De ses vêtements d'une sobre élégance se dégageait une odeur poivrée qu'elle ne parvenait pas à identifier. Cette après-midi de début d'été était bien douce à vivre. Dans les rais de lumière filtrant à travers les branches voltigeaient des insectes minuscules. Tout semblait léger, chatoyant. L'air avait un parfum de bonheur.

Le groupe avait fait un détour pour éviter le Petit Trianon dont la comtesse du Barry avait la jouissance. Elle aimait y réunir ses amis pour de joyeux soupers. Le bruit courait qu'elle avait décoré les pièces d'une façon exquise, mais qu'elle avait osé suspendre un portrait d'elle où l'artiste avait peint sa poitrine nue sous la transparence d'une mousseline.

En revenant d'un pas lent vers le château, Chartres avait avoué à la dauphine qu'il était tombé amoureux : belle, instruite, amusante, pleine d'imagination, madame de Genlis, nièce de madame de Montesson, avait toutes les qualités auxquelles une femme pouvait prétendre. Et Marie-Thérèse de Lamballe avait de l'amitié pour cette dame qu'elle recevait volontiers. Marie-Antoinette avait rougi. Ce monde d'amour, de désir, de plaisir physique lui était étranger et elle éprouvait un malaise à l'entendre évoquer. Lauzun l'avait compris et avait aussitôt orienté la conversation vers le prochain départ de la Cour à Marly. Marie-Antoinette aimait ce petit château entouré de ses charmants pavillons, s'y sentait moins contrainte qu'à Versailles. « Venez me visiter », avait demandé la jeune femme à Lauzun.

L'été passé entre Marly, Fontainebleau et Compiègne avait été charmant. Le dauphin ne partageait plus que rarement la couche de sa femme et celle-ci en était soulagée. Ce grand corps à côté du sien, ses maladroites et humiliantes tentatives la mettaient dans un embarras extrême. Que répondre à sa « chère maman » lorsque l'impératrice la sommait de séduire son époux ? Mais dans la joie de l'été, avec la présence constante de Marie-Thérèse qui devenait son ombre, celles occasionnelles de Lauzun et de ses amis, le duc de Coigny dont la réserve la poussait à montrer le meilleur d'elle-même, et Joseph François comte de Vaudreuil, un Créole passionné d'art et de théâtre à la conversation piquante, les jours avaient passé sur Marie-Antoinette sans qu'aucune grosse contrariété ou chagrin ne la fâchât ou l'affligeât.

D'Angleterre, elle avait fait venir des petits chiens qui l'amusaient. En dépit des sermons de madame de Noailles, ils dormaient dans les fauteuils et sur les canapés de son appartement. Vaudreuil la pressait de recevoir des écrivains, des auteurs de théâtre, mais elle n'était pas décidée à braver l'étiquette pour se mettre en situation d'infériorité. Qu'avait-elle lu ? Rien ou presque. Au lieu d'écouter sa lectrice, son esprit s'évadait. Elle revivait de bons moments, en anticipait de futurs, songeait à ses toilettes et parfois aux malaises de Marie-Thérèse. Quand sa santé fragile la privait de sa compagnie, elle lui manquait. Sa présence affectueuse, presque caressante, était devenue irremplaçable.

L'hiver avait été précoce et froid. Un vent glacé s'engouffrait dans les conduits des cheminées et chacun à Versailles se réfugiait dans ses petits appartements où ronflaient des poêles en faïence allemands. Dans les campagnes, la vie quotidienne se faisait plus difficile encore. Dans les potagers, les légumes gelaient. On trouvait sur les bords des chemins du gibier et de gros oiseaux morts de froid que les renards, corbeaux, chiens sauvages et loups se disputaient. Dans les villes, les bourgs, les villages et les hameaux, on maugréait contre le roi qui se disait le père du peuple. Quel père laissait mourir de faim ses enfants alors qu'il se remplissait la panse et dilapidait le Trésor avec sa maîtresse ?

Du haut de leur chaire, les curés prêchaient l'apaisement, la résignation. Certains, cependant, osaient évoquer la justice, l'esprit de charité et de fraternité. Ce langage nouveau déconcertait. Qui pouvait penser qu'il pût être l'égal du châtelain ? Les vieilles pinçaient les lèvres. Dieu décidait du sort de chacun sur cette terre.

Noël avait été sans gaîté, il n'y avait pas d'oie grasse à rôtir, plus de beurre dans les barattes, le pain était fait de farine d'avoine ou de seigle.

À Versailles, le dauphin avait tant abusé des pâtisseries qu'il avait eu une indigestion et n'avait pu recevoir le duc d'Orléans accompagné de son fils Chartres venus présenter leurs vœux.

## 1773

## *Un jeune homme au léger accent scandinave*

L'hiver avait fait des ravages jusqu'à la fin de février, puis en quelques jours était survenu le printemps. Des centaines de jardiniers s'activaient dans le parc de Versailles.

On se préparait au carême. Pressée par ses amis, la dauphine avait décidé de balayer toute objection royale et de se rendre au bal de l'Opéra pour le Mardi-Gras. Chartres y serait, qui ne décolérait pas contre son père, le duc d'Orléans, auquel il n'adressait plus la parole. Le mariage morganatique de celui-ci avec madame de Montesson était absurde et l'arrogance de cette femme n'avait plus de limites. Sa nièce, madame de Genlis, que Chartres aimait à la folie, ne parvenait pas à le calmer. À l'âge de son père, ce genre d'excès était absurde, impardonnable.

Louis-Auguste avait fini par céder. Malgré l'ennui du voyage de Versailles jusqu'à l'Opéra, il accompagnerait sa femme à Paris. Casanier, il n'avait nul désir de visiter son futur royaume, ou même de s'éloigner de Versailles plus loin que Fontainebleau ou Compiègne.

La foule se pressait déjà dans la grande salle du théâtre. Des bouquets de branches fleuries décoraient les niches aménagées dans les boiseries. Les femmes s'étaient vêtues de couleurs claires. La soie jonquille frôlait le velours ciel. Des fleurs de muguet, de lilas, des pâquerettes couraient sur les corsages, brodées à l'aiguille ou gaufrées sur les étoffes. Les gilets des hommes étaient ornés d'oiseaux aux plumages multicolores, de fleurs printanières, de moutons enrubannés gardés par de jeunes bergères. Chacun était masqué, simple loup de velours noir, demi-masque de satin ou masque de Mardi-Gras représentant des figures de la comédie italienne, des oiseaux fantastiques, des visages blafards. Coude à coude se mêlaient comédiens, danseuses, bourgeois et grands seigneurs, des prostituées aussi, venues racoler.

Éberluée, ravie, la dauphine observait cette foule disparate qui causait, s'observait, dansait au son de l'orchestre établi sur la scène. Il était près de onze heures du soir. Déjà Louis-Auguste bâillait, habitué qu'il était de se mettre au lit à dix heures trente précises. Artois lui avait faussé compagnie et ne restaient pour l'entourer et lui tenir la conversation que les ducs de Duras et le prince de Guéménée, tous deux guettant l'occasion de s'éclipser pour rejoindre les dames.

Au bras de son jeune beau-frère, Marie-Antoinette marchait sans but précis. Sous son masque de Flore, déesse des fleurs sauvages et du printemps, nul ne semblait la reconnaître et elle savourait intensément d'être une jeune femme parmi les autres.

Resplendissant dans sa veste et ses culottes de velours vert tendre, elle avait reconnu Lauzun, dont le visage était mal dissimulé par un simple loup de velours noir. Un peu plus loin, un groupe menait une conversation qui devait être plaisante car elle était sans cesse interrompue par des éclats de rire. Aucun d'entre eux n'était familier à la dauphine, les femmes étaient très jeunes, sans doute belles, les hommes, à peine plus âgés, semblaient pleins d'esprit. Le cercle s'était ouvert pour leur faire place. La conversation courait sur l'entichement des Parisiens pour les charlatans, prétendus guérisseurs et diseuses de bonne aventure. La chaleur, le bruit étourdissaient la dauphine. Elle avait demandé à son voisin, un svelte jeune homme dont le léger accent dévoilait une origine scandinave, un verre d'eau de groseille. Avec zèle, il s'était exécuté et ils avaient commencé un aparté sur le théâtre pour lequel ils avaient du goût l'un comme l'autre. La voix de cet étranger était chaude, amicale, il ne montrait ni pédantisme ni familiarité. Elle aurait voulu lui demander son nom, mais cette indiscrétion était interdite.

La soirée était avancée. Lasses, des femmes préféraient la conversation à la danse. Tout le monde avait chaud. L'orchestre ne jouait plus que par intermittence.

À deux heures du matin, ravie de son escapade, la dauphine avait donné le signal du départ. Pour la première fois depuis son arrivée en France, elle avait été libre de parler à qui bon lui semblait. Nul ne l'avait conseillée, guidée, gourmandée. Et le jeune étranger l'avait troublée. Se pourrait-il qu'elle le revoie un jour ? Le carême achevé, elle se promettait de revenir à ces bals.

Une fois encore, Chartres faisait parler de lui. Les idées progressistes de madame de Genlis, l'attirance affective du jeune duc pour tout ce qui était anglais, son intérêt pour la Bourse, sa prétention de devenir grand amiral de France alors qu'il n'avait aucune connaissance particulière de la marine, ses soupers fastueux qui égalaient ceux du roi, s'ils ne les dépassaient pas, par la finesse des plats, la rareté des vins, la beauté du couvert irritaient la famille royale qui ne se privait pas de le faire savoir. Il avait accepté de devenir le grand maître des deux cents loges franc-maçonnes qui venaient de s'organiser autour du Grand Orient de France et regroupait autour de lui quantité de gentilshommes. S'avouer franc-maçon était devenu furieusement à la mode. Au Palais-Royal, les mots dangereux de « liberté », d'« égalité », de « fraternité » étaient prononcés et, bien qu'il fût attiré par les sociétés secrètes et l'hermétisme, Louis XV se défiait de ces réunions où nobles, bourgeois et gens du peuple se côtoyaient. Les femmes, elles aussi, étaient curieuses de ces associations et, à plusieurs reprises, la princesse de Lamballe avait tenté, en vain, d'y intéresser la dauphine. Passait en premier aux yeux de celle-ci l'urgence de se trouver en harmonie avec une vie quotidienne qui la forçait trop souvent à agir par contrainte. Être sans cesse entourée, observée, espionnée l'impatientait. Au dauphin qui critiquait ses promenades avec Chartres et Lauzun, elle avait répondu sans détour que des amis lui étaient nécessaires. Peu à peu, elle étendait son emprise sur Louis-Auguste qui détestait les argumentations et éprouvait envers son épouse un vif sentiment de culpabilité. Prenant un jour les devants en faisant un considérable effort sur lui-même, il avait avoué à Marie-Antoinette qu'il n'ignorait point ce que l'état de mariage impliquait et avait promis que, bien vite, il serait pour elle un véritable époux. Elle était restée silencieuse.

Ce jour d'août, il y avait présentation à la Cour, un cérémonial figé et fastidieux qui angoissait les présentés et ennuyait ceux qui les recevaient. Tout était assujetti à une immuable étiquette, le nombre de pas faits en avant, les degrés des révérences ou courbettes, les pas faits en arrière sans se retourner pour gagner la sortie et franchir la porte au moment même où les gardes l'ouvraient.

Deux jeunes femmes et une personne d'âge mûr avaient passé l'épreuve avec succès quand Marie-Antoinette, qui jusqu'alors rêvassait, s'était redressée. Connaissait-elle celui qui avançait maintenant vers le roi, le dauphin et elle-même ? Plus simplement vêtu que les courtisans, il était grand, bel homme. L'ambassadeur de Suède, le comte Creutz, l'accompagnait. Avec assurance, il avait présenté le jeune comte suédois Axel de Fersen. Et soudain, quand leurs regards s'étaient rencontrés, Marie-Antoinette s'était souvenue, c'était avec lui qu'elle s'était entretenue au bal du Mardi-Gras à l'Opéra. Une joie diffuse l'avait gagnée. Axel de Fersen pourrait-il rejoindre le petit groupe d'amis qui commençait à se former autour d'elle avec sa chère Lamballe, Artois, Chartres, Lauzun, Coigny et la princesse de Guéménée ? Elle lui avait demandé si le dauphin et elle-même auraient le bonheur de le revoir à Versailles. Il avait incliné la tête avant de se retirer.

En mai, le jeune comte avait été convié à un des dîners privés que la dauphine donnait dans ses appartements. Le ton y était libre, mais les gardes, les domestiques étaient autant d'oreilles et de regards potentiellement délateurs qui contraignaient les convives. Souvent, le dauphin passait, s'attardait et la conversation se faisait plus pesante.

Affable, discret, cultivé, Fersen s'était aussitôt lié au duc de Coigny. Pressé par Marie-Antoinette de revenir, il avait fait savoir qu'il ne restait que quelques mois à Paris. On l'attendait en Suède.

La dauphine n'avait guère eu le temps de s'attrister. Deux semaines plus tard, elle devrait faire son entrée officielle à Paris. Depuis longtemps, les Parisiens l'attendaient, mais cette suite sans fin de parades, de discours, de banquets la rebutait. Priée avec grâce, la princesse de Lamballe avait aussitôt accepté d'accompagner sa très chère amie. Sa présence rendrait plus léger le long programme préparé par les édiles.

À cette époque, Rose Bertin avait pris l'habitude de venir à Versailles avec des échantillons de tissus, des croquis représentant des modèles de robes. Parfois, une ou deux jeunes et jolies vendeuses du Grand Mogol, la célèbre boutique que la couturière avait ouverte rue Saint-Honoré, l'accompagnaient, portant des fichus, des colifichets, des accessoires d'un prix exorbitant, aussi charmants qu'inutiles mais destinés à devenir indispensables. Avec aplomb, la dauphine avait demandé une augmentation de sa pension annuelle. Le roi la lui avait accordée en exigeant qu'elle montrât moins de légèreté dans sa conduite et plus d'empressement conjugal. Certes, il la savait très jeune, mais bien des reines de France à un âge encore plus tendre avaient su accomplir leur devoir avec une dignité qui commandait le respect de tous.

À Paris, la foule s'était amassée le long des rues pour accompagner le carrosse, les hommes levaient leur chapeau, les femmes agitaient leur plus beau mouchoir. Surprise, heureuse finalement, Marie-Antoinette avait adressé à ses futurs sujets des signes amicaux et n'avait cessé de sourire. Elle se sentait adulée, importante.

Les canons de la Bastille avec ceux de l'Hôtel de Ville et des Invalides avaient tiré des salves en son honneur. À Notre-Dame, elle avait assisté avec le dauphin à la messe dite par l'archevêque de Paris avant d'entendre les discours de bienvenue des religieux de l'Hôtel-Dieu et des clercs du collège Louis-le-Grand. Aux Tuileries enfin, le dauphin, la dauphine, la princesse de Lamballe, les dames de leur escorte avaient pu se restaurer. Marie-Antoinette n'aimait guère ce palais à moitié abandonné, mal chauffé, sans commodités. On les avait appelés au balcon et là le duc de Brissac, pour lequel elle avait de l'estime en dépit de son assiduité aux soupers de madame du Barry, s'était penché vers elle et avait murmuré : « Madame, vous avez là deux cent mille amoureux. »

La dauphine décidément aimait Paris. Elle s'y sentait plus libre qu'à la Cour. Les théâtres, l'Opéra l'attendaient, elle ne bouderait plus leurs attraits.

Dès son retour à Versailles, elle avait écrit une longue lettre à sa mère pour lui communiquer sa joie d'être aimée d'un peuple si amène. Les Français étaient de bonnes gens, elle les appréciait.

Durant les jours qui avaient suivi cette entrée officielle, Marie-Antoinette et Marie-Thérèse de Lamballe n'avaient cessé de dresser des plans pour faire de Paris un objet de distractions. Il fallait faire aménager un appartement aux Tuileries où on pût se reposer d'une manière confortable avant de se rendre aux bals masqués de l'Opéra, aux Italiens, à la Comédie-Française. Artois partageait leur enthousiasme. Proche de son cousin Chartres, il ne demandait qu'à se dissiper au milieu d'une compagnie avide de plaisirs. Après l'échec d'une première grossesse, la duchesse de Chartres était enceinte à nouveau et devait se ménager. Chartres pouvait en toute liberté souper chez les danseuses et les actrices, fréquenter les prostituées de haut vol, très attaché cependant à sa maîtresse madame de Genlis, qu'il traitait avec beaucoup de cœur et de respect. Tous deux portaient le même intérêt à leur siècle et aux perspectives d'avenir, celles d'une monarchie soumise à une constitution.

En juillet, avant les grands déplacements de la Cour, on célébrait la seconde cérémonie de mariage, officielle celle-là, du duc d'Orléans et madame de Montesson qui, désormais, pouvait vivre ouvertement au Palais-Royal. Chartres ravalait son déplaisir, tout occupé qu'il était à créer avec le paysagiste Carmontelle un jardin féerique dans son domaine de Monceau. D'un simple terrain d'où l'on voyait les collines de Montmartre et celles des Buttes-Chaumont coiffées de leurs moulins, Chartres voulait voir surgir un parc où le promeneur irait de surprise en surprise : là il découvrirait une ferme au toit de chaume ou un moulin, là un pigeonnier, des serres, des ponts de bois enjambant des ruisseaux, des amas de rochers, des étangs semés de nénuphars, des tombeaux à l'antique, des vignes, des statues, des pagodes chinoises aux toits de tuiles vernissées. La princesse de Lamballe, qui se rendait souvent à Monceau, s'émerveillait de l'avancement des travaux dont elle faisait à la dauphine un tableau précis. Marie-Antoinette en éprouvait secrètement de la jalousie. Elle aussi aimait les jardins anglais, le savant désordre, la fantaisie où se notait un brin d'extravagance. Tôt ou tard, elle exigerait de posséder son propre domaine pour réaliser ses rêves.

Un matin, Marie-Thérèse avait surgi lorsque la dauphine se trouvait encore à sa toilette. Les yeux de la princesse de Lamballe, à l'expression d'habitude si raisonnable, pétillaient : la veille à Monceau, habillée en homme, elle avait pris les rênes de la voiture de Chartres et, madame d'Hunobstein tenant le rôle de laquais, elle avait lancé les six chevaux dans un galop effréné à travers la capitale. Le récit avait stupéfié Marie-Antoinette. Si une personne aussi pondérée que Marie-Thérèse pouvait se livrer à de telles folies, pourquoi en serait-elle privée ? On la gourmandait quand il lui arrivait de monter à cheval « en homme », Louis XV la voulait effacée, pieuse, résignée à mener une existence fastidieuse et monotone comme l'avaient fait sa défunte épouse la reine Marie Leszczynska et avant elle Marie-Thérèse, l'épouse tout aussi bafouée de

Louis XIV. Pour elle, aucune échappatoire n'était possible. Quand Louis-Auguste escaladait les échafaudages, s'entretenait avec les couvreurs, les charpentiers qui restauraient le toit du château, forgeait des clés dans son propre atelier, on lui refusait toute liberté. La potion était amère. Elle pensait à la du Barry, maîtresse chez elle au Petit Trianon et à Louveciennes où elle recevait qui bon lui semblait et, de surcroît, jouissait de tous les privilèges de la Cour. Pour ces prérogatives qui lui étaient déniées, elle haïssait davantage encore la favorite.

Au cours de l'été, cette exécration avait été portée à son paroxysme quand Marie-Antoinette avait appris qu'une lettre de Rohan était arrivée de Vienne, destinée au duc d'Aiguillon qui l'avait lue à haute voix dans le boudoir de la comtesse. L'évêque de Strasbourg y tournait en dérision l'impératrice d'Autriche qui tendait une main aux Polonais quand, dans l'autre, elle tenait un sabre derrière son dos pour les tailler en pièces. Tout le monde avait ri. Mortifiée qu'on pût ridiculiser sa mère et ceux qu'elle appelait encore ses « compatriotes », la dauphine s'était juré de ne plus adresser la parole de sa vie à Rohan et de chasser madame du Barry de Versailles aussitôt qu'elle serait reine de France. À sa mère, elle avait demandé le renvoi de l'ambassadeur ou, pour le moins, une longue mise en congé. Par ailleurs Rohan scandalisait les Viennois par ses parties de plaisir, sa décision de chasser le dimanche au lieu de dire la messe.

Axel de Fersen était venu lui faire ses adieux la veille d'un départ à Marly et la dauphine en avait éprouvé du chagrin. Le petit groupe d'amis qui se formait autour d'elle lui devenait chaque jour plus indispensable. S'y était joint un homme d'âge mûr, le baron de Besenval. Personne mieux que ce Suisse ne savait raconter des histoires amusantes ou chanter de vieilles complaintes populaires. Beau, raffiné, lettré, il s'était montré un officier intrépide au combat et avait la réputation d'un séducteur invétéré. Ami de Lauzun et de Coigny, il s'était intégré tout naturellement dans le cercle des dévots de la dauphine.

Pour eux, bien plus que pour Louis-Auguste, Marie-Antoinette se voulait élégante, irrésistible. La fillette arrivée à Versailles trois années plus tôt devenait une femme coquette, parfois impérieuse et hautaine, mais le plus souvent généreuse, indulgente, prête à donner son appui à ceux qu'elle aimait, à secourir les malheureux qui croisaient son chemin.

Cet été-là, lors d'une chasse à Fontainebleau, un sanglier avait gravement blessé un paysan qui travaillait dans son potager. Éperdue, sa femme essayait de lui porter secours quand chiens et chasseurs de la meute avaient jailli des bois. En larmes, la dauphine avait voulu aussitôt aider la malheureuse. On avait hissé le blessé dans le cabriolet de Marie-Antoinette pour le déposer au hameau voisin où il demeurait. Elle avait imploré les quelques chasseurs qui suivaient la voiture d'offrir de l'argent afin de le joindre à celui de sa bourse. On s'étonnait de cette sentimentalité contraire à ses moments d'arrogance, aux paroles dures qu'il lui arrivait de prononcer. Lorsqu'elle s'adressait au duc d'Aiguillon, au duc de Broglie, à la comtesse de

Valentinois, son ton était glacial, son regard vindicatif. Après la mort du roi, nul ne doutait à la Cour qu'il y aurait d'implacables règlements de comptes.

L'année s'était achevée par d'heureux événements. Au début du mois d'octobre, la naissance d'un fils, Louis-Philippe, duc de Valois, chez le duc de Chartres et, en novembre, le mariage du comte d'Artois avec Marie-Thérèse de Savoie, la sœur de la comtesse de Provence, plus disgracieuse encore que son aînée. Pourtant, Artois se montrait satisfait et, dès la première nuit, avait rempli avec ardeur son devoir conjugal.

Avec ses belles-sœurs, Marie-Antoinette avait noué des liens cordiaux à défaut d'amicaux. Les trois jeunes femmes se voyaient avec plaisir et formaient la « coterie des jeunes gens » à Versailles qui excluait toute mine sérieuse, tout discours pompeux. Ensemble, elles aimaient se rendre secrètement à Paris, accompagnées seulement de quelques dames, visiter Rose Bertin au Grand Mogol, le Petit Dunkerque près du Pont-Neuf qui montait les pierres précieuses avec un goût inimitable, Méré, un fabricant d'éventails de génie qui officiait dans un minuscule local rue du Faubourg-Saint-Jacques où toutes les dames à la mode se bousculaient. Marie-Antoinette s'était toquée de Paris où ses toilettes, ses coiffures donnaient le ton. À Versailles, la comtesse du Barry, plus belle, plus expérimentée, plus rouée, restait une rivale. Dans sa capitale, Marie-Antoinette régnait sans conteste.

# 1774

## *Le Cercle enchanté*

Au début de l'année, la Cour s'était étonnée du soudain succès d'une grande femme sans beauté mais intelligente et ambitieuse, Diane de Polignac, fille aînée du comte de Polignac, d'une antique noblesse du Puy-en-Velay. Louis XV l'avait nommée dame d'honneur de la comtesse d'Artois et lui avait octroyé, outre un titre de comtesse, celui de chanoinesse d'un chapitre de Lorraine qui lui permettait d'être appelée madame. Pourquoi ces honneurs ? On murmurait qu'elle était la maîtresse d'Artois ou celle de la comtesse de Gourbillon, lectrice de la comtesse de Provence à laquelle l'attachaient, prétendait-on, de tendres sentiments, à moins qu'elle n'eût les faveurs du comte de Vaudreuil, un Créole lié intimement à Artois pour lequel la dauphine éprouvait depuis peu une vive sympathie. En tout état de cause, nul n'ignorait que Diane de Polignac était une intrigante. Depuis des mois, elle poussait ses pions dans l'ombre grâce à l'influence de son oncle, le marquis de Polignac, qui donnait des leçons de géographie au détestable petit Zamor que madame du Barry cajolait et que le roi avait parfois la faiblesse de prendre sur ses genoux. Mais bientôt on s'était intéressé davantage au rappel de Vienne du duc de Rohan. L'impératrice ne le supportant plus, il regagnait son évêché de Strasbourg et postulait pour un chapeau de cardinal. Le roi n'avait pas encore pris de décision.

Axel de Fersen était revenu à Versailles où il avait fait sensation dans son uniforme d'officier suédois, gilet bleu, veste blanche, culottes de peau de chamois ajustées et shako noir surmonté de plumes blanches et jaunes. Marie-Antoinette n'avait pas cherché à dissimuler le plaisir qu'elle avait de le revoir. Tout naturellement il avait réintégré le cercle de la dauphine où il avait retrouvé Artois, Chartres, Vaudreuil, Lauzun, Coigny, Besenval et la comtesse Diane de Polignac.

La fin de l'hiver était grise et humide. Le parc montrait un visage sinistre sous les nuages et, aux repas du roi, on ne se pressait guère pour le voir décapiter son œuf à la coque d'un seul coup de couteau.

La visite bihebdomadaire de Rose Bertin était pour la dauphine un éclat de soleil. Fébrilement, aidée des conseils de la princesse de Lamballe, la jeune femme choisissait ses tenues de printemps. Elle adorait le rose, le jaune jonquille, le céladon, le bleu myosotis qui mettait ses yeux en valeur. Devant une haute psyché, elle admirait le chatoiement des échantillons de soie sur sa peau, le bouillon des cols d'organdi, de dentelle ou de mousseline soulignant le cou et la naissance des épaules, le drapé d'un châle sur ses bras. De longs moments elle pouvait se contempler, imaginant la robe, les bijoux qu'elle y accrocherait. Quand Rose Bertin refermait ses cartons, surgissaient le bottier, les parfumeurs, les bijoutiers et, enfin, le divin Léonard qui se montrait chaque jour à onze heures précises pour coiffer la dauphine. Par lui, elle apprenait potins et commérages dont on se délectait à Paris. La princesse de Guéménée avait acheté un nouveau chien, Azor, du nom du porte-parole de l'empereur Charlemagne. Tout le monde se gaussait des lubies de la gouvernante des Enfants de France qui prétendait communiquer grâce à ses chiens avec les défunts. Pendant ce temps, le prince entretenait une liaison avec madame de Dillon. Au Palais-Royal, le duc de Chartres avait reçu la visite des jeunes Polignac, Jules et Yolande. On disait la vicomtesse délicieuse, irrésistible quoique douce et discrète. Chartres et Lauzun n'étaient parvenus à rien. On la disait fidèle, mais Artois ne croyait pas à la vertu des jolies femmes. Vaudreuil, qu'on surnommait « l'irrésistible » ou « le divin Vaudreuil », la regardait avec un air de connivence qui ne le trompait pas. Marie-Antoinette avait déjà entendu prononcer le nom de Yolande de Polignac, qui ne se montrait cependant pas à Versailles. Tôt ou tard, elle l'inviterait à un bal.

Tout en crêpant, frisant, nattant les cheveux de sa royale cliente, Léonard poursuivait ses racontars. Monsieur de Genlis semblait prendre avec bonne humeur ses infortunes conjugales. Renommé pour son esprit, son élégance, il avait des reparties impayables. Évoquant une de ses nombreuses bonnes fortunes, il avait remarqué au cours d'un souper chez l'actrice Rosalie Duthé : « J'ai eu deux fois madame de…, la première fois pour moi, la seconde fois pour elle. Je n'y suis plus retourné ensuite, il n'y avait plus personne à obliger. »

Marie-Antoinette ne souriait pas. Cette société libertine la mettait mal à l'aise comme elle scandalisait sa chère Lamballe mais, contrairement à son amie qui aurait interrompu le coiffeur d'un mot sec, elle le laissait parler. Comment l'amour pouvait-il rendre les hommes comme les femmes aussi insensés et même ridicules ? Son corps à côté de celui de Louis-Auguste, lorsqu'il souhaitait partager son lit, ne ressentait aucun trouble. Elle n'avait aucunement le désir de suivre les conseils de sa mère qui lui demandait avec insistance de caresser ce mari somnolent et gauche, et se contentait de lui adresser quelques paroles affectueuses. Elle le respectait cependant et craignait beaucoup les interrogations indiscrètes du roi : « S'aimaient-ils, éprouvaient-ils du désir l'un pour l'autre, n'avaient-ils donc point l'envie de vivre enfin comme mari et femme pour donner un dauphin à la France ? »

Lorsqu'elle s'entretenait avec ses amis, Axel de Fersen et François de Coigny en particulier, elle s'animait cependant, une émotion mêlée d'une sorte de griserie s'emparait d'elle. La jeune femme ne pouvait se dissimuler qu'elle cherchait à leur plaire. Ces réactions affectives qu'elle ne comprenait guère la poussaient à des enfantillages, des débordements qui allumaient le persiflage des courtisans et faisaient froncer les sourcils du roi. On la voyait s'amuser comme une petite fille avec les enfants de madame Thierry ou organiser dans son cercle d'amis des distractions frivoles que le dauphin ne partageait pas. Entre un futur roi qui aimait gâcher du plâtre et son épouse qui jouait à cache-cache avec des ducs, chacun souhaitait longue vie à Louis XV.

Le début du printemps avait été glorieux cette année-là. En avril, après la saison des giboulées, les arbres s'étaient couverts de fleurs, les oiseaux s'affairaient à leurs nids. La lumière du soleil, pâle encore, jouait en reflets moirés sur la surface du Grand Canal, autour des colonnes de marbre rose du Grand Trianon. Les fontaines cascadaient à nouveau, les statues crachaient une écume argentée. Échappant à la vigilance des jardiniers, un bouquet de primevères surgissait parfois dans les bordures des massifs, au pied des urnes de pierre où s'épanouissaient jacinthes et jonquilles. Au loin, la forêt offrait une mousse d'un vert très tendre, un nuage de jeunes feuilles, une houle douce sous les ondées.

La Cour avait repris l'habitude de se promener dans le parc après le déjeuner que l'on prenait vers deux heures, le roi et la comtesse du Barry celle de se détendre à Trianon. Ces changements distrayaient le roi, habité depuis des années par un ennui que ni la marquise de Pompadour, ni les jeunes personnes du Parc au Cerf, ni la comtesse du Barry n'avaient pu tout à fait dissiper. De plus en plus, il songeait au passé, à ses enfants morts, au temps où, beau, jeune, victorieux, le peuple l'adulait. Aujourd'hui, il avait une phobie des foules, des lieux publics où des figures inconnues l'entouraient. À la chasse dans ses forêts, à l'abri dans ses châteaux, il se sentait protégé des ombres maléfiques. Et la beauté, le sourire, les caresses de Jeanne du Barry l'apaisaient. Qu'elle le serrât dans ses bras et ses angoisses disparaissaient pour un temps.

Sa succession l'obsédait. Des courants de pensées pernicieuses et hardies parcouraient la France. Le plus ignorant des paysans s'interrogeait sur le droit divin des rois. De tels dangers nécessitaient une grande fermeté de la royauté alliée à une apparente souplesse. La France ne pouvait devenir une monarchie constitutionnelle à l'image de la monarchie anglaise. Son esprit, ses traditions, ses coutumes étaient autres.

Au début du mois de mai, le roi avait fait préparer sa voiture pour aller au Petit Trianon en compagnie de madame du Barry. Le sermon de carême de l'abbé Beauvais hantait encore son esprit : sans cesse celui-ci avait évoqué l'enfer et les supplices que les pécheurs y endureraient.

Il était las. Pourquoi ne respectait-on pas sa vieillesse en le laissant en paix ? Les roses commençaient à fleurir le long du mur exposé au sud, tout était serein, harmonieux. En dépit de l'heure tardive, un jardinier, accompagné de sa fillette, bouturait des géraniums. L'enfant était ravissante et la comtesse lui avait caressé la joue en lui demandant son nom. Était-elle fille unique ? La fillette avait répondu les yeux pleins de larmes qu'elle avait un frère bien malade de la variole. Ému, le roi avait tendu son mouchoir pour essuyer ses pleurs avant de se hâter vers le petit château où les valets allumaient lustres, appliques et chandeliers.

Le lendemain, Louis XV et Jeanne du Barry étaient partis chasser de bonne heure avec cinq piqueurs et trois valets de chiens. La voiture de la comtesse suivait de loin les chevaux. Le soir, elle avait trouvé le roi irritable, préoccupé. Dans ces moments d'insatisfaction, elle savait rester discrète, ne poser aucune question. La nuit suivante, Louis XV, qui avait mal dormi, s'était réveillé de méchante humeur. Le temps s'était gâché, il menaçait de pleuvoir.

Jeanne du Barry s'inquiétait : son amant avait mal à la tête, à la gorge et se sentait courbaturé. Elle songeait à regagner Versailles où on pourrait mieux le soigner. Une sourde angoisse l'oppressait, jamais elle n'avait vu Louis aussi pâle et fatigué. Lors du déjeuner, il n'avait accepté qu'un blanc de volaille et un verre de vin de Bordeaux.

Les événements s'étaient déroulés ensuite à une vitesse vertigineuse, la fièvre, les sueurs glacées, le retour à bride abattue à Versailles où le malade avait pris le lit. D'abord inquiets, les médecins s'étaient affolés : le roi avait la variole et, à son âge, on s'en remettait rarement. Jeanne savait son temps achevé : le roi voulait mourir en chrétien et la dauphine la haïssait. Il faudrait quitter Versailles. Son souhait le plus cher était qu'on l'autorisât à se réfugier à Louveciennes.

La duchesse d'Aiguillon était venue chercher madame du Barry le huit mai pour l'accompagner sur les terres que le duc possédait à Rueil. Le roi ayant décidé de se confesser, la présence d'une maîtresse à Versailles n'était plus possible.

L'agonie se prolongeait. Mesdames s'étaient installées au chevet de leur père et, faisant fi de la contagion, n'en bougeaient plus. À demi conscient, le moribond avait réclamé madame du Barry. « Elle n'est plus à Versailles », lui avait-on répondu. Il avait pleuré.

Le dix mai, on avait soufflé la bougie posée devant une fenêtre, signe de la fin de la vie terrestre de Louis XV. Le dauphin et la dauphine étaient roi et reine de France.

Selon la tradition, les nouveaux souverains avaient quitté Versailles pour Choisy avec Mesdames Tantes. Madame de Lamballe, qui n'avait pas eu la petite vérole, s'était installée avec son beau-père en Bretagne. La séparation des deux amies s'était faite dans les larmes. Mais à Choisy, Marie-Antoinette avait retrouvé la maîtrise d'elle-même et exigé qu'on enfermât sur-le-champ madame du Barry dans un couvent. Chacun pressentait que les jours du duc et de la duchesse d'Aiguillon à Versailles étaient comptés. Une époque s'achevait.

Trop jeune, conscient de ses carences en politique, le roi avait appelé auprès de lui le comte de Maurepas, banni par Louis XV pour avoir été l'auteur d'un pamphlet contre madame de Pompadour. Toutes trois contaminées par leur père, Mesdames Tantes avaient dû s'aliter alors que la Cour se réfugiait à la Muette, une résidence que Marie-Antoinette appréciait. L'ordonnance du parc était plus capricieuse qu'à Versailles et le château laissait entrer à profusion la lumière du printemps. Souvent ses amis venaient l'y visiter.

Revenir à Versailles en maîtresse absolue grisait la jeune femme. Devenue le point de mire de tous, elle n'aurait plus besoin de chercher à plaire.

Rose Bertin, qui venait de présenter son mémoire pour les robes de deuil commandées dès le dix mai, avait été priée de se surpasser dans la création de modèles de demi-deuil. La couturière, qui se savait maintenant ministre de la mode, s'ingéniait à devenir indispensable et, connaissant la coquetterie de la reine, son goût des jolis chiffons, excitait ses convoitises, flattait ses passions.

À la fin du mois, le roi avait demandé à Marie-Antoinette de l'accompagner jusqu'au Petit Trianon d'où tous les meubles de madame du Barry avaient été déménagés. Cette ravissante demeure que le défunt roi avait mis à disposition de ses maîtresses était à elle seule désormais. Elle allait la meubler, la décorer à son goût, créer un jardin. Là ses vrais amis se réuniraient, là elle serait heureuse.

En juillet, la princesse de Lamballe était de retour. La reine l'avait reçue en coup de vent et Marie-Thérèse en avait eu la gorge serrée. Au cours de ces deux mois, son amie avait changé : le ton de la voix, la démarche, le port de tête étaient plus altiers. Elle se savait reine. Mais son caractère fantasque demeurait, avec ses sautes d'humeur, ses caprices.

Plus tard, Marie-Antoinette avait entraîné son amie au Petit Trianon et, bras dessus bras dessous, elles en avaient fait le tour : là seraient la bibliothèque, le salon, ici les appartements, trois pièces pour la reine, de simples chambres pour les rares amis qui seraient conviés à passer la nuit.

Pour le jardin, la reine était décidée à tout reprendre de zéro. Elle voulait un jardin anglais avec ses bosquets, ses sentiers, ses ruisseaux, ses arbres rares ou exotiques. Les deux femmes revenaient en voiture ou à pied si, par hasard, Lauzun, Coigny ou Besenval les avaient rejointes. La présence de Coigny procurait à la reine un plaisir particulier. Sa bonté, sa générosité, sa vaste culture la touchaient. Lauzun et Besenval la faisaient rire, Coigny la charmait. Avec tristesse, la princesse de Lamballe voyait la reine succomber aux attraits de ce qu'elle appelait désormais son « Cercle enchanté ». Piquants, les esprits y étaient médisants, les cœurs durs, la cruauté dissimulée sous des anecdotes irrésistibles, ridiculisant ceux qui avaient le malheur de ne pas plaire soit à cause de leur âge avancé, soit par quelque disgrâce physique. Marie-Antoinette épousait trop vite ce ton persifleur. Lors du défilé de condoléances après la mort de Louis XV, elle avait mal étouffé les fous rires que provoquait la vue de personnes hors d'âge, comiques peut-être par leurs attitudes compassées ou leurs accoutrements démodés mais dignes de respect. Cette intolérable légèreté avait irrité bien des courtisans et déjà des couplets circulaient à Paris.

*Petite reine de vingt ans*
*Vous qui traitez si mal les gens*
*Vous repasserez la barrière*

La reine s'en moquait. Ce qui la passionnait était la création de son jardin de Trianon. Elle convoquait le fleuriste Antoine Richard, Richard Mique, successeur de Gabriel, et le peintre Hubert Robert pour l'aider à réaliser son rêve. Rien n'était trop original, extraordinaire ou coûteux. Elle avait accepté avec enthousiasme que l'on plante des cyprès de Crète, des noyers d'Amérique, des figuiers de Barbarie, des orangers d'Espagne, des yeuses d'Italie, des citronniers de Majorque, des acacias roses de Chine.

Du jardin elle courait à la villa où on lui présentait des tissus, des projets de boiseries, divers plans pour ajouter au bâtiment existant un petit salon jouxtant sa chambre.

Elle rentrait grisée à Versailles pour remplir ses devoirs de reine avec un ennui de plus en plus apparent. Toute contrainte l'agaçait.

La nuit, quand ils partageaient le même lit, le roi parlait désormais à sa femme. Il comptait sur son affection mais aussi sur ses conseils, lors même qu'elle ignorait tout du gouvernement d'un État.

En juillet, un événement plus considérable que le choix de Turgot à la Marine et de Vergennes aux Affaires étrangères avait mis en effervescence le Cercle enchanté. Chartres et Lauzun, tous deux ardents anglophiles, allaient faire courir pour la première fois leurs chevaux dans la plaine des Sablons. La reine avait tant insisté pour y assister que, de guerre lasse, le roi avait cédé. Au-dessus de l'estrade hâtivement montée pour servir de tribune, des nuages caracolaient, pris comme eux par la fièvre des enjeux. Plus petits et frêles que ceux de Chartres, les jacks de Lauzun avaient été accueillis par un tonnerre d'applaudissements. Harnachés à l'anglaise, les chevaux étaient superbes, impatients.

La course avait enfiévré le petit groupe, on criait, on

sifflait, on applaudissait. La reine était transportée. Vainqueur, Lauzun avait fait déboucher des bouteilles de vin de Champagne pour boire à la santé de son jack. Tout pétillait, tout était amusant, léger, sans conséquences. En narrant une anecdote qui lui était récemment arrivée, Lauzun les avait mis en joie. Amoureux d'une belle Polonaise, il avait pris l'habitude de la visiter la nuit en l'absence du mari. De retour, celui-ci, que des racontars de domestiques avaient rendu soupçonneux, avait exigé que l'on lâchât deux molosses dans les jardins dès la tombée de la nuit. Lauzun, qui ne se doutait de rien, venait de franchir comme à l'accoutumée le mur du parc quand il avait entendu des aboiements furieux. Déjà, il se voyait mis en pièces quand les molosses lui avaient fait fête : les deux mastiffs, nés chez lui, étaient un cadeau qu'il avait fait à la comtesse. Le ridicule du mari berné était fort plaisant. L'avenir semblait riant ce jour-là, on s'était juré de faire de Trianon le temple de l'amitié. Aucun fâcheux n'y serait admis.

À Versailles, les médisances allaient déjà bon train. Repoussées, jugées inutiles par Marie-Antoinette, les dames d'honneur dont le rôle était de l'escorter où qu'elle se rendît se sentaient humiliées. Leurs mères, leurs grands-mères avaient exercé cette fonction respectable et indispensable au bon fonctionnement de l'étiquette. Les promenades de la reine bras dessus bras dessous avec la princesse de Lamballe, le cabriolet qu'elle conduisait elle-même au grand galop pour se rendre à Trianon scandalisaient. Même le bannissement de la comtesse du Barry, qui se morfondait dans le couvent de Pont-aux-Dames, et celui du duc d'Aiguillon semblaient un affront fait par une très jeune femme ignorante de la vie, à la mémoire de son grand-père. L'indulgence qu'elle refusait aux autres ne lui serait pas accordée.

Au cours de l'été, les esprits avaient été heurtés davantage encore par les réformes de l'étiquette imposées par la reine : plus de grand couvert, sauf pour des événements exceptionnels. Le petit couvert était maintenu mais le dimanche seulement, et la reine n'y faisait que de la figuration. Elle se plaisait, par contre, à organiser de petits soupers intimes avec ses amis, des femmes et des hommes séduisants qui exerçaient leur bel esprit aux dépens des autres. La foule des exclus en tirait blessures d'amour-propre et amertume.

Le roi n'intervenait pas. On chuchotait que son incapacité à accomplir le devoir conjugal ruinait son autorité. La reine devenait une jeune femme indépendante, émancipée, n'ayant de comptes à rendre à personne.

À la fin du mois d'août, des remaniements ministériels importants avaient eu lieu. Turgot devenait contrôleur général des Finances et ministre d'État, laissant la Marine à Sartine, Miromesnil était nommé garde des Sceaux, choix fort prometteurs, même si Turgot était un esprit libre qui lisait l'*Encyclopédie*. Il souhaitait décréter aussitôt que possible la libre circulation des grains pour faire face à l'offre et à la demande, établir un impôt mobilier unique appliqué à toutes les propriétés sans distinctions ni privilèges et réduire les attributions de la Ferme générale.

Grâce à son ambassadeur Mercy, l'impératrice d'Autriche suivait de près les faits et gestes de sa fille dont la légèreté l'atterrait. Ne comprenait-elle rien au symbole de la royauté ? Comment le peuple pouvait-il respecter une femme animée des désirs et besoins de tous ? Les privilèges dont jouissaient les souverains se payaient cher, elle était la première à en avoir souffert sans jamais cependant contester ses devoirs. Une note lui avait été remise récemment, particulièrement inquiétante ; à nouveau, il lui faudrait adresser une missive sévère à sa fille. En tiendrait-elle seulement compte ?

« Le sentiment qui perce déjà en elle, disait cette note, est son désir, ou plutôt sa volonté décidée, d'être absolument indépendante. Elle a assez fait connaître dans toutes les occasions qu'elle ne veut être ni gouvernée, ni dirigée, ni même guidée par qui que ce soit. C'est le point sur lequel toutes ses réflexions paraissent jusqu'à présent s'être concentrées. Hors de là, elle ne réfléchit encore guère et l'usage qu'elle a fait jusqu'ici de son indépendance le prouve assez puisqu'il n'a porté absolument que sur des objets d'amusement et de frivolité. Mais le temps de la réflexion ne tardera vraisemblablement plus longtemps à venir et, pour lors, il est apparent que l'esprit d'indépendance prendra une forme tout à fait différente de celle qu'il a présentement. Le désir de dominer se manifestera. »

Ce rapport lu maintes fois avait glacé l'impératrice d'Autriche.

Ce n'étaient point les lettres reçues de Vienne qui agaçaient la reine, auxquelles elle répondait en quelques phrases onctueuses, dociles et vides de sens, mais le froid de Louis-Auguste envers les Orléans qui la privait de la joyeuse présence de Chartres. Cousins frondeurs, insoumis, cette branche des Bourbons semblait trouver plaisir à agacer le roi en prenant le contre-pied de ses décisions, en recevant qui il abhorrait, en clamant des idées que celui-ci jugeait perverses et néfastes pour la France. Depuis le coup de force de Louis XV contre ses Parlements, les Orléans s'étaient mis du côté des robins, excitant les prétentions de ceux-ci et leur farouche volonté de résistance. Chartres avait décliné l'invitation à Choisy envoyée par Marie-Antoinette. Pendant une semaine, la reine allait y être seule avec ses amis. On avait déjà organisé des promenades en bateau sur la Seine, des pique-niques au bord de l'eau, des concerts et des feux d'artifice. Artois, Lauzun, Besenval, Vaudreuil, Coigny, madame de Lamballe, Diane de Polignac formeraient toute sa compagnie. La reine avait lancé une idée qui semblait avoir reçu la vive approbation de tous : monter une pièce de théâtre sous la vigilance du divin Vaudreuil, un passionné d'art dramatique. On disait amoureux cet homme intelligent, ambitieux, colérique et drôle. Sa maîtresse serait Yolande de Polignac, la délicieuse petite vicomtesse désargentée, belle-sœur de la brillante Diane, et déjà mère de famille.

La fin du mois d'août avait été orageuse à Choisy. On avait renoncé au théâtre et on philosophait. Lauzun lisait des chapitres de *Julie* de Jean-Jacques Rousseau, où la plus tendre des amitiés liait les deux héroïnes. Pourquoi se raidir, contrôler ses émotions ? Les baisers, les caresses étaient un si doux réconfort. Artois appréciait Voltaire, Coigny Montesquieu. Marie-Antoinette savait qu'à

Versailles on jugeait pernicieux ces écrits. Elle n'osait intervenir mais son orgueil lui interdisait d'admettre des idées susceptibles de nuire au pouvoir divin des rois. Souvent, elle interrompait les lectures pour proposer des parties de billard ou de tric-trac, jeu auquel Besenval l'avait initiée et qu'elle goûtait fort. Un soir, Lauzun avait proposé une partie de pharaon. La reine avait gagné dix louis. La passion du jeu s'était emparée d'elle.

De retour à Versailles, Marie-Antoinette se rendait fréquemment chez la princesse de Guéménée où on jouait gros. À ses tables, il n'était plus question de plaisanteries ou d'éclats de rire. Les regards étaient fiévreux, les gestes nerveux. On gagnait ou perdait des sommes astronomiques qui forçaient certains gentilshommes à vendre des terres, leurs femmes des bijoux de famille. La reine avait perdu beaucoup et avait dû implorer le roi de lui accorder davantage de revenus. On avait augmenté aussitôt sa liste civile de deux cent mille livres, au grand mécontentement de Turgot. Coigny avait obtenu le poste de grand écuyer que la jeune reine sollicitait pour lui, à la grande déception de monsieur de Durfort qui briguait la charge et ses émoluments.

Enfin, le Parlement rétabli, Chartres était revenu à Versailles. Il avait assuré la reine qu'au printemps les courses seraient nombreuses et de grande qualité. Beaucoup de gentilshommes achetaient désormais des pur-sang en Angleterre.

Les travaux se poursuivaient au Petit Trianon, le jardin prenait forme ainsi que la décoration de la villa. Dans le parc, on abattait des centaines d'arbres devenus trop vieux pour replanter des sujets déjà grands que transportaient de lourds charrois. Les roues s'enfonçaient dans l'herbe, broyaient les graviers des allées. On évitait toute promenade.

Le dix-sept décembre, des carrières souterraines s'étaient effondrées rue d'Enfer à Paris, engloutissant les habitations sur plusieurs centaines de pieds. On avait organisé à la Cour une collecte pour les familles des victimes. Le roi s'était montré très généreux.

## 1775

## *La reine trouve son âme sœur*

Dès janvier, la hausse du prix du pain provoquait des émeutes à Paris. Pour éviter le pillage, les boulangers avaient barricadé leurs portes. Dans la boue, l'eau fangeuse des caniveaux, hommes et femmes piétinaient devant les boutiques en vitupérant. Des rumeurs soulevaient la colère : le roi interdisait la vente des réserves de blé, pour son propre bénéfice et celui d'une reine qui changeait chaque jour de toilette, exhibait d'extravagantes coiffures, gaspillait au jeu l'argent du peuple.

Les gens du guet avaient reçu l'ordre de réprimer les émeutes sans violences excessives. On annonçait des distributions de pain et de soupe aux portes des divers hôpitaux parisiens. Le duc d'Orléans ouvrait les jardins du Palais-Royal aux affamés et offrait lard et pain blanc. On l'acclamait. Perclus de goutte et de rhumatismes, le vieux duc apparaissait à son balcon pour saluer les miséreux. Il n'y avait pas un indigent dans Paris qui ne priât pour lui avec le regret, tapi au fond du cœur, qu'il ne fût pas leur roi.

À Versailles, Marie-Thérèse de Lamballe harcelait la reine pour faire offrir à son frère, le prince de Savoie-

Carignan, un établissement lucratif. De sa voix douce et posée, elle tentait d'amadouer son amie. Un avenir médiocre attendait Eugène en Savoie. Certes, il avait de la fortune, mais aucun jeune homme ne pouvait se résigner à une vie privée d'intérêt ou d'espérance. Marie-Antoinette se laissait prier. Avec ses petites mines, ses frayeurs, ses malaises, Marie-Thérèse l'agaçait depuis quelque temps. Ses proches la traitaient avec un certain dédain et le peu de cas que son entourage faisait de la princesse avait amoindri l'amour que la reine lui portait. Mais elle continuait à la protéger. Elle songeait à lui offrir une position brillante à la Cour qui l'occuperait et l'éloignerait du Cercle enchanté.

Un froid intense mordait les végétaux du parc, jetait dans les vastes pièces du château d'intolérables courants d'air, solidifiait l'eau des cuvettes de porcelaine destinées aux toilettes matinales. En Provence, les oliviers avaient gelé, on relevait moins dix degrés à Aix-en-Provence, moins dix-huit à Paris. Les eaux de la Seine étaient prises par la glace et les bateliers, sans ouvrage, venaient grossir la foule des misérables. Les hôpitaux étaient pris d'assaut par ceux qui voulaient un toit, une soupe gratuite. Les organisations charitables, dont beaucoup présidées par madame Necker, distribuaient du bois, des couvertures mais, chaque jour, on trouvait sous les porches des églises, au coin des rues, sous les ponts, des cadavres raidis par le gel tandis que des mères voyaient mourir de froid leurs nouveau-nés.

Enfin, la princesse de Lamballe triomphait. Marie-Antoinette venait de faire octroyer à son frère un grade de colonel dans un régiment d'infanterie avec un traitement de quinze mille livres par an[1] augmenté d'une somme de quarante mille livres[2]. Pour le prince, c'était peu de chose, mais le montant des gratifications avait irrité beaucoup de courtisans. On s'était mis à parler de népotisme et de scandaleuse influence de la reine sur son mari. Jusqu'alors épargnée par les médisances, la princesse de Lamballe perdait de son crédit. Marie-Antoinette dédaignait ces bavardages, maîtresse dans son royaume, elle faisait ce que bon lui semblait. Son esprit d'ailleurs était surtout occupé par la préparation d'un grand bal masqué qui serait donné au début du mois de février dans la galerie des Glaces. Le thème était l'époque d'Henri IV et tout le monde devait être vêtu à la mode du début du siècle précédent.

La fièvre régnait dans les appartements de la reine où l'on voyait chaque jour Rose Bertin escortée de vendeuses chargées de lourds cartons. Marie-Antoinette avait choisi comme costume la copie de la robe de mariage de Marie de Médicis, une merveille de soie brochée rebrodée d'or, de dentelles au point Renaissance, parfaite d'une fraise à la Médicis, plissée, empesée, semée de minuscules diamants. À Lyon, les soyeux travaillaient jour et nuit.

La fête avait été sublime. En collants de soie et culottes bouffantes de satin, Besenval, Lauzun, Coigny, Vaudreuil et un nouveau favori, Dillon, dit « le beau Dillon », étaient

1. Environ 225 000 euros.
2. Environ 600 000 euros.

irrésistibles. Pour se distinguer, Lauzun avait fait coudre sur son petit calot de velours noir crânement penché sur le front un énorme diamant, tandis que Besenval avait accroché des rubis à ses oreilles. Jamais la reine n'avait ri de si bon cœur. Avec sa fausse moustache aux bouts retroussés, ses bagues et son pourpoint de velours noir tout rebrodé de fils d'or qui lui comprimait l'estomac, le roi lui-même était comique. C'était cependant le sage Coigny avec ses chaussures de satin rouge à talons surmontés d'énormes nœuds de rubans roses qui avait suscité la plus grande hilarité. Un vent de jeunesse soufflait sur la Cour.

Le redoux avait permis de reprendre les promenades à cheval. Escortée de Lauzun, Marie-Antoinette allait en tête. Ses amis la suivaient. La jeune femme appréciait la gaîté, les compliments si joliment tournés de celui qui avait la réputation de ne pouvoir chiffrer ses conquêtes. Il la valorisait. À ses côtés, elle se sentait plus spirituelle et plus belle. Cette faveur, cause de beaucoup de jalousies, ne pouvait durer : un homme d'aussi mauvaise réputation compromettrait tôt ou tard la reine qui devrait l'éloigner.

Les joues rosies par le froid, Marie-Antoinette se laissait caresser par les rayons d'un soleil pâle encore qui glissait sur la surface des canaux, jetait des reflets d'or sur les dernières feuilles racornies par le froid, donnait à l'horizon des chatoiements bleutés. Souvent, elle conviait le groupe au Petit Trianon. Au printemps, elle y emménagerait et cette perspective lui procurait un inépuisable bonheur.

Les tissus étaient choisis, des bouquets de roses, de jasmins, des fleurs de pommier, de muguet pour les meubles du salon, des rideaux de soie vert pomme pour la bibliothèque dont les boiseries seraient laquées de blanc. Maintenant elle devait se décider sur le service de table, la verrerie, l'argenterie, élire les bibelots dont elle raffolait, sélectionner les tapis que le garde-meuble lui proposait.

Durant l'été, les plantations avaient prospéré. Au printemps, le jardin serait déjà charmant avec, au milieu du lac, la petite île où avaient été plantés en novembre lilas et rosiers.

Devant la villa, les cavaliers mettaient pied à terre. Face à la poignée de ses fidèles sujets, la reine faisait les honneurs de son petit royaume. Elle aurait souhaité n'avoir que cette vie-là, une existence libre où tout lui était offert sans efforts, sans contraintes. Dans un pichet d'argent on apportait du vin chaud à la cannelle que l'on savourait assis sur les marches quand le temps le permettait. La reine, qui ne buvait pas de boissons alcoolisées, ne faisait qu'y tremper les lèvres mais mordait avec joie dans la tranche de brioche tiède qui l'accompagnait. On parlait de tout et de rien, de l'arrivée imminente à Versailles de Maximilien, un des frères de la reine, des prochaines courses de chevaux dans la plaine des Sablons, du soulèvement des colons anglais en Amérique. Un même écœurement les unissait : des sujets se révoltant contre leur souverain ? Le roi d'Angleterre aurait vite fait de les mater et tout rentrerait dans l'ordre.

Lors d'une réception à Versailles, Marie-Antoinette avait éprouvé une grande sympathie pour Georgiana Spencer, qui venait d'épouser le duc de Devonshire. Les deux femmes s'étaient trouvé mille ressemblances et avaient décidé de s'écrire, de se revoir. En gage d'amitié, Georgiana avait offert à la reine un barbichon aux longs poils blancs et soyeux qui ne quittait plus sa nouvelle maîtresse.

Avant la messe, que la reine entendait chaque jour en fin de matinée, les cavaliers regagnaient Versailles au pas.

La visite incognito de Maximilien de Habsbourg avait été en définitive source d'embarras. Aucun prince du sang n'avait voulu venir le saluer à Versailles, démarche contraire à une étiquette exigeant qu'un visiteur fît les premiers pas. La reine s'était mise en colère mais ni Condé, ni Conti, ni Penthièvre, ni Orléans n'avaient cédé. L'usage était l'usage et aucun prince, fût-il un Habsbourg, ne pouvait en faire fi. Marie-Antoinette en avait voulu à Chartres, qu'elle considérait comme un proche ami. Tant de raideur chez un homme qui proclamait avoir l'esprit libre !

Maximilien, qui voyageait sous le nom de comte de Burgeau, était porteur de bonnes nouvelles de Vienne. L'impératrice avait suivi avec attention la révolte des Cosaques menée par Pougatchev et approuvé la sévérité de Catherine II envers les coupables. Quinze mille Russes auraient été mis à mort mais, si l'on considérait les hécatombes que provoquait une guerre civile, ce nombre était négligeable. Les sœurs de Marie-Antoinette se portaient bien et se montraient d'excellentes mères. Cette remarque avait froissé la jeune femme. Son frère était-il le seul à ignorer que Louis-Auguste était incapable de se conduire en véritable époux ?

Maximilien avait pris congé en promettant une prochaine visite de son aîné Joseph, qui gouvernait l'empire aux côtés de leur mère. Si Marie-Antoinette l'avait vu quitter Versailles le cœur serré, sa mélancolie avait vite été dissipée par la reprise des courses de chevaux aux Sablons.

Pardonné par la reine pour la rigidité de son attitude lors de la visite de Maximilien, Chartres s'apprêtait à faire courir ses nouvelles acquisitions parfaitement entraînées au cours de l'hiver à Rambouillet, chez Penthièvre. Lauzun s'était juré de tenir la dragée haute à son adversaire et tenait secrètes les performances de ses chevaux.

Le temps, en ce début de mars, était frais, clair, ensoleillé. Emmitouflés dans des capes doublées de fourrure, la reine et ses amis avaient quitté Versailles de bon matin. Aux Sablons, on avait comme d'ordinaire dressé des tribunes mais, pour abriter les spectateurs du vent, des tentures les enveloppaient sur trois côtés. En chemin, le petit groupe s'était joyeusement restauré à Saint-Cloud. Marie-Antoinette aimait cette propriété appartenant aux Orléans. Pas trop vaste, le château permettait une vie privée et, dans le parc qui descendait jusqu'à la Seine, la nature gardait ses droits avec çà et là de petits bois, des pelouses semées de fleurs sauvages, des bosquets de lauriers-roses.

Le duel entre Lauzun et Chartres avait été sans merci. Un jack de Chartres avait d'abord mené la course et on le tenait pour vainqueur, quand celui de Lauzun, George, avait commencé au deuxième tour à gagner du terrain, amorçant une spectaculaire remontée. Dans la tribune, les spectateurs étaient déchaînés. Debout sur les gradins, ils encourageaient leurs favoris à grands cris. Chartres avait risqué des mots grossiers qui n'avaient semblé offenser personne et Lauzun avait couru jusqu'aux barrières pour être plus près de son cheval lorsqu'il passerait.

Une fois encore, George avait gagné la course et battu Roi Pépin, un cheval acheté une fortune à Londres par le duc de Chartres. Marie-Antoinette, qui avait misé dix louis sur le vainqueur, exultait. Le froid avait rosi ses joues, le vent dérangé la savante coiffure élaborée par Léonard. « On fera éloge de votre jack à l'Académie », avait-elle promis en riant à Lauzun. Massée plus loin derrière les palissades, la foule observait sans indulgence Marie-Antoinette que rien ne distinguait des dames qui l'accompagnaient. Cette toute jeune femme qui, debout sur un banc, avait hurlé des encouragements à un jack était donc leur reine ? Celle qui menait, disait-on, le roi par le bout du nez ? Ceux qui la voyaient pour la première fois ne l'avaient pas imaginée ainsi.

Enchanté, le groupe s'était arrêté à nouveau à Saint-Cloud pour une collation. On avait évoqué l'affaire de Guines, ambassadeur à Londres compromis dans un scandale de marchandises importées sans que fussent acquittés les droits de douane, sous couvert de prérogatives diplomatiques. Lauzun et la princesse de Guéménée s'étaient juré de tirer le comte d'embarras. Reconnu coupable, il risquait le déshonneur et un éternel exil sur ses terres. Marie-Antoinette avait écouté avec distraction. Intervenir une fois encore auprès du roi pour un homme qu'elle connaissait à peine l'ennuyait. Elle avait changé de conversation. Que pensait-on de Malesherbes qui allait prendre la place de La Vrillère au secrétariat de la Maison du roi ? Chartres le soutenait. Malesherbes était un progressiste. Fils de Guillaume de Lamoignon, il protégeait les philosophes. On lui prêtait l'intention d'accorder l'état civil aux protestants. « Et pourquoi pas aux Noirs ! s'était moqué Vaudreuil. L'horrible petit Zamor pourrait devenir un gentleman. »

Marie-Antoinette venait de permettre à la comtesse du Barry de sortir du couvent. Celle-ci avait acheté la terre de Saint-Vrain mais ne s'y plaisait guère et rêvait de retrouver sa chère demeure de Louveciennes. Ses amis, dont le duc d'Aiguillon, le duc de Brissac, sans doute amoureux d'elle, et bien d'autres, ne l'abandonnaient pas.

À Versailles, il avait fallu souper avec Mesdames Tantes qui avaient, déjà, eu vent de l'inconduite de la reine aux Sablons et affichaient un air sévère.

Sèches, coupantes, Mesdames Adélaïde, Victoire et Sophie regroupaient dans leurs salons ce que l'on nommait la « vieille Cour ». Écartés, parfois moqués, les courtisans d'un certain âge jouaient au loto en évoquant des souvenirs d'un temps où les hommes avaient de l'honneur, les femmes de la dignité et où la reine était vénérée.

Marie-Antoinette supportait de plus en plus difficilement les sourcils froncés, les lèvres pincées de ses tantes. Elles parlaient souvent de quitter la Cour où elles ne se sentaient plus à leur place et de s'installer durant l'automne, l'hiver et au printemps dans leur château de Meudon, dans celui de Louvois, au milieu du vignoble champenois, l'été. La reine ne voyait aucun inconvénient à leurs projets. Louis-Auguste, qui avait de l'affection pour ses tantes, pourrait tout à son aise aller les visiter à Bellevue en compagnie de Provence et d'Artois, mais elle doutait que son jeune beau-frère en eût la moindre intention. Audacieux, pétulant, frondeur, un peu excentrique, Artois la faisait rire. Ils devenaient inséparables.

Quelques jours plus tard, lors du jeu chez la princesse de Guéménée, Lauzun était venu trouver la reine qui s'entretenait en tête à tête avec Coigny. Même s'ils s'interdisaient toute familiarité, il était évident que les deux jeunes gens trouvaient un grand agrément à être ensemble. Parmi tous les amis de Marie-Antoinette, le duc de Coigny était le seul qui ne se permît point d'allusions grivoises, de plaisanteries cruelles. Veuf, il ne se remariait pas et certains chuchotaient que la cause de son célibat était son amour pour la reine. Avec l'aplomb qui lui était coutumier, l'irrésistible Lauzun avait entrepris Marie-Antoinette sur l'affaire du comte de Guines. Les amis de la princesse de Guéménée étaient scandalisés et attendaient un mot de leur reine. Elle ne pouvait rester indifférente au cas du pauvre ambassadeur. C'était l'honneur de la noblesse qui était en jeu. Convaincue ou fatiguée, Marie-Antoinette avait promis de parler au roi en faveur de Guines. Chacun respirait.

Par la bouche de Patrick Henry qui avait déclaré : « *Give me liberty or give me death* », les Américains révoltés avaient entamé une action militaire contre les Anglais, mais les informations arrivaient avec un si grand retard qu'on n'y prêtait guère d'intérêt.

La nouvelle importante était que Guines avait non seulement été absous mais de surcroît fait duc. Il accourait à Versailles.

Les travaux du Petit Trianon promettaient d'être achevés au printemps et Marie-Antoinette ne retenait pas sa joie. Avec leurs meubles semés de fleurs de pommier et de muguet, sa chambre et son boudoir étaient charmants, la bibliothèque pimpante dans ses boiseries blanches et ses rideaux vert pomme. L'inauguration était prévue pour la fin du mois d'avril. Une journée de fête dont la mise au point des détails accaparait l'énergie de la reine.

Les circonstances, hélas, allaient contrarier les réjouissances. Après deux semaines d'une grande clémence, le temps s'était remis au froid. Les jeunes pousses, les fleurs trop tôt écloses étaient racornies et autour de Paris les maraîchers s'inquiétaient pour leurs primeurs. À nouveau, le prix du pain montait.

Le deux mai, Louis XVI avait dû revenir en toute hâte de la chasse pour éviter une foule de protestataires venus de Saint-Germain armés de bâtons et de fourches. L'ordre avait été donné d'installer des canons autour de Paris. Les Gardes-Françaises y patrouillaient jour et nuit. Malesherbes avait fait clore les grilles du château de Versailles où le prince de Beauvau organisait la défense. Le lendemain, de nombreuses boutiques étaient pillées. Chacun se claquemurait chez soi dès la tombée du jour. La ville semblait morte.

Necker avait choisi cette période de troubles pour

publier un ouvrage où il attaquait avec force la libre circulation des grains, cheval de bataille de Turgot dont il se faisait un ennemi juré. Voltaire avait pris le parti de Turgot, ainsi que le duc de Choiseul qui espérait un prochain retour en grâce. Beaucoup de gentilshommes de la Cour, en revanche, défendaient Necker. Avec la libre circulation, on encourageait l'inflation. Certaines provinces riches accumuleraient des réserves tandis que les régions les plus pauvres crèveraient de faim.

À la mi-avril, le roi ayant ouvert ses greniers, les boulangers avaient pu reprendre leur travail. Sur les collines de Paris, les moulins tournaient et le printemps semblait enfin revenir pour de bon.

Tout à son bonheur de jouir du pouvoir absolu dans son petit royaume de Trianon, la reine avait accepté d'intervenir pour Choiseul. Elle avait envers lui une dette de reconnaissance dont elle devait s'acquitter. Sans le duc, elle n'aurait pas épousé le dauphin et serait probablement aujourd'hui l'épouse d'un quelconque prince allemand. En secret, elle avait invité Choiseul à Reims où le roi allait être couronné. Ce moment serait propice pour un retour en grâce.

Tout le long de la route de Versailles à Reims s'étirait la file des voitures. À Soissons, on avait dû abattre la porte de l'enceinte. Trop haut, le carrosse royal ne passait pas. Partout les ponts étaient consolidés, les nids-de-poule comblés. Réquisitionnés au titre de la corvée gratuite, paysans et villageois maugréaient. Comment pouvait-on maintenir une coutume qui rabaissait les Français au niveau des esclaves ?

Si l'on se pressait dans les villages pour voir passer l'immense cortège, nul n'applaudissait. Mais au milieu des aboiements et du caquètement des poules terrorisées, on entendait de temps à autre un « Vive le roi ! ».

La dame d'atours avait vérifié avec soin le bon emballage des robes de la reine dans des coffres qui remplissaient deux berlines. Léonard avait tenu à empaqueter lui-même les plumes, fleurs en soie, aigrettes de diamants et de perles, plumets, turbans et bonnets de sa royale cliente. Toutes les dames l'avaient supplié presque à genoux de leur accorder une heure le matin du sacre. Il était à bout de nerfs.

La longue plaine champenoise annonçait le terme du voyage. Déjà les voitures de tête apercevaient les deux flèches de la cathédrale, celles de la basilique Saint-Rémi.

Solennelle, archaïque, émouvante, la cérémonie du sacre concluait un pacte inviolable entre le roi et son peuple. Dans la cathédrale tendue de tapisseries, le moindre geste devenait un signe vénérable, et les paroles de l'évêque étaient autant de sceaux qui confirmaient l'engagement formel du souverain pris en face de Dieu, son unique juge.

L'orgue tonnait, les cloches sonnaient à toute volée, le chœur entamait le cantique final. Resplendissante, couverte de diamants, la reine avait les larmes aux yeux. Celui qu'elle appelait volontiers le « pauvre homme », son époux, prenait ce jour-là une autorité qui commandait son respect.

Un banquet interminable avait suivi la cérémonie. Le roi n'en pouvait plus et, seul à table avec la reine et ses cousins, dévorait en silence. Chacun rêvait d'aller se coucher avant de reprendre tôt le matin la route de Versailles.

À nouveau, le rythme régulier de la vie avait happé la reine : petit couvert du dimanche, bal du lundi, jeu chez les princesses de Lamballe ou de Guéménée. Marie-Antoinette misait gros, perdait beaucoup et cachait au roi l'ampleur de ses dettes. C'était une préoccupation constante qui gâchait jusqu'à son plaisir d'aménager Trianon. Le mémoire des travaux était entre les mains de Turgot, qui devait enrager. Trop rigoureux, donneur de leçons, elle le craignait.

Lauzun était venu lui dire au revoir. Il partait prendre le commandement de son régiment. Devoir renoncer à leurs promenades à cheval contrariait Marie-Antoinette. Elle aurait voulu contraindre son ami à rester auprès d'elle. À sa stupéfaction, il avait invoqué son devoir pour refuser. « Vous êtes un idiot, s'était-elle écriée, ne revenez jamais ! »

Avec le duc, le Cercle enchanté perdait un de ses membres les plus spirituels mais le groupe s'était élargi. Après le beau Dillon, un jeune Hongrois, le comte Esterhazy, avait fait l'unanimité. Plus âgé, le comte d'Adhémar avait imposé son raffinement presque féminin et ses excentricités. Du dernier galant avec les dames, on le disait pourtant guère touché par leurs charmes.

Lors du premier dîner à Trianon, chacun s'était exclamé quand la reine avait fait part de sa décision de nommer la princesse de Lamballe surintendante de sa Maison. Cette position considérée et fort rémunérée, qui ferait de sa titulaire la première dame de la Cour, était tombée en désuétude depuis plus de trente années. On la jugeait inutile et dispendieuse. Mais la reine avait mauvaise conscience de délaisser Marie-Thérèse et, comme toujours, voulait se racheter à ses propres yeux en se montrant généreuse. Les questions avaient fusé : la princesse de Lamballe était-elle capable de faire face à de telles responsabilités ? Sans cesse prise de malaises, aurait-elle l'énergie de s'imposer ? La reine restait inflexible, sa décision était prise. Penthièvre avait négocié âprement pour sa belle-fille les avantages attachés à la position. Il n'admettait aucune clause restrictive, le rang de sa bru l'interdisait.

Pour une fois en harmonie avec les amis de Marie-Antoinette, les courtisans avaient affiché leur effarement à la nouvelle de cette nomination. La reine avait-elle perdu tout entendement ? Cette inclination à couvrir ses amis de privilèges fâchait tout le monde. Outrée plus encore que les autres, la duchesse de Noailles, Madame Étiquette, avait démissionné et madame de Cossé, dame d'atours, avait pris prétexte de la mauvaise santé de son fils pour s'éclipser en Savoie.

Un soir de juin, avant un concert qui devait être donné près de l'Orangerie, la reine avait aperçu sa belle-sœur Artois en compagnie de Diane de Polignac, de Vaudreuil et d'une jeune femme qu'elle crut reconnaître, de taille moyenne, brune, mise avec sobriété mais élégante et fort jolie. Et soudain la reine s'était souvenue, c'était ici même à Versailles qu'elle l'avait vue : Yolande de Polignac avait été présentée officiellement à la Cour quelques mois auparavant par sa tante, la marquise d'Andlau.

Les deux belles-sœurs s'étaient saluées et avaient échangé quelques mots. La reine s'était approchée de Yolande et avait demandé pourquoi on ne la voyait pas davantage à Versailles. Sans rougir ni montrer le moindre embarras, elle avait répondu, ses yeux dans ceux de Marie-Antoinette, que sa fortune ne lui permettait pas de paraître à la Cour avec régularité. D'emblée, la reine avait eu l'impression de trouver enfin une vraie amie, une âme sœur.

Le mois de juin embaumait et le Petit Trianon devenait un havre de paix, de beauté et de bonheur. Le Cercle enchanté avait accueilli avec chaleur la vicomtesse Jules de Polignac, vite nommée « la Jules » par la tante qui l'avait élevée, l'exquise marquise d'Andlau, mère de la ravissante comtesse de Châlons. Vaudreuil, qu'une grande intimité semblait lier à Yolande, prenait avec Besenval une place d'autorité dans le cercle.

Jour après jour, la reine succombait au charme doux, à l'assurance tranquille de cette nouvelle amie qui ne cédait jamais aux exagérations qu'engendre le désir de flatter. Bien qu'elle ne lui manquât jamais de respect, la vicomtesse Jules s'adressait à la reine comme à une femme ordinaire, n'hésitant pas à la désapprouver si son avis était contraire au sien. Leurs confidences restaient secrètes. Nulle n'était plus discrète que Yolande de Polignac.

Au Petit Trianon, entourée de ses amis, Marie-Antoinette ressuscitait. On y vivait en toute simplicité, sans étiquette. Les hommes osaient des plaisanteries un peu lestes qui faisaient rire de bon cœur les dames. On se divertissait et s'adonnait à de multiples jeux de plein air ou d'intérieur, jeux de croquet, de boules, colin-maillard, cache-cache, cache-tampon. On se dépensait aux barres, au volant, on ramait sur le petit lac, on jouait au tric-trac, aux échecs, au whist tout nouveau, au jeu de dominos. Là, plus de robes à panier, plus de coiffures ressemblant à des échafaudages dont toutes les femmes raffolaient mais qui n'avaient pas leur place à la campagne, plus de rouge violent sur les joues, pas de parfums trop lourds ni de bijoux. Les hommes étaient en culottes, gilet brodé, stricte veste à l'anglaise, les femmes en robe de soie légère ou d'indienne coupée au-dessus des chevilles pour faciliter les longues marches à pied.

Déjà Marie-Antoinette rêvait d'agrandir son domaine, de construire sur l'île un petit temple de l'Amour où l'on pourrait prendre des collations, d'édifier un jeu de bagues à la chinoise, un belvédère.

Sur la vicomtesse de Polignac, le divin Vaudreuil jouissait de toute évidence d'une grande emprise. Marie-Antoinette elle-même goûtait la douce intimité la liant à Coigny. Affectivement, le duc lui offrait ce que le roi ne pouvait lui donner par manque d'intérêt ou par timidité. La nuit, elle dormait seule la plupart du temps.

En juillet, la duchesse de Chartres avait mis au monde un second fils, le duc de Montpensier, tandis que son époux embarquait sur *La Tourterelle* pour se battre à Gibraltar contre les Anglais sous le nom de comte de Joinville. Clotilde, la sœur du roi, avait quitté la France pour rejoindre son mari, prince de Savoie, à Chambéry. Marie-Antoinette se souvenait de son propre voyage entre Vienne et Versailles, une interminable route riche en surprises, en excitation, en ennui, en contrariétés mais aussi en bonheur. Elle était alors une enfant courant vers son prince charmant. Qu'avait-elle imaginé alors, qu'espérait-elle ?

À la fin du mois de juillet, Marie-Antoinette avait décidé de se rendre à Louveciennes pour jouir de la vue sur la vallée de la Seine. Le château de madame du Barry était vide encore mais la reine songeait à autoriser son ancienne rivale à y revenir.

Avec le temps, elle se faisait plus indulgente. Comment s'offusquer aujourd'hui de l'amour de son grand-père pour cette toute jeune femme ? Lui aussi devait se sentir très seul. On disait le duc de Brissac assidu à Saint-Vrain. Qu'avait donc Jeanne du Barry pour tant plaire aux hommes ? Parfois, elle avait envie de poser la tête sur l'épaule de Coigny, mais elle craignait tout contact physique. Le corps des hommes lui faisait peur.

Les roues de la voiture où s'étaient installés la reine, la comtesse de Polignac, Vaudreuil, Besenval et madame d'Andlau soulevaient des nuages de poussière. L'été était sec, le ciel d'un bleu inaltérable. Un bon moment pour les moissons. Dans les champs, les paysans fauchaient le blé, le liaient en bottes rassemblées en meules odorantes.

La reine avait crié la première, puis Yolande de Polignac et madame d'Andlau : un garçonnet avait surgi d'un enclos pour traverser la route. Aussi prompt fût-il, le cocher n'avait pu immobiliser assez vite les quatre chevaux. L'enfant n'était pas grièvement blessé : une plaie à la tête, une légère entaille au mollet. Penchée sur lui, la reine avait tenté de lui faire reprendre conscience et avait épongé le sang avec son mouchoir. « Il faut le transporter chez lui et appeler un médecin », avait prononcé calmement Yolande de Polignac. Devant une maisonnette à la lisière du village, une vieille femme avait levé les bras au ciel : pourquoi le mauvais sort l'accablait-il d'une nouvelle catastrophe ? On l'avait rassurée, son petit-fils se rétablirait.

La reine semblait songeuse. Le garçonnet était blond, très beau. Elle aurait pu avoir un fils qui lui ressemblerait, un dauphin. La comtesse d'Artois, sa belle-sœur, allait être mère. Si elle accouchait d'un fils, celui-ci serait un potentiel héritier. Mais que pouvait-on lui reprocher ? Nuit après nuit, elle était seule, sinon physiquement du moins affectivement. Que serait-elle devenue sans ses amis ?

Marie-Antoinette avait pris sa décision. Elle voulait ce petit garçon. D'abord stupéfaite, réticente, la grand-mère avait fini par céder. Les parents de son petit-fils étaient morts et l'entretien de celui-ci lui coûtait cher. Elle songeait aussi à l'avenir de l'enfant. Dans ce village, seule la misère l'attendait. La reine avait coupé court. On donnerait régulièrement des nouvelles de François-Jacques et de l'argent pour venir en aide à sa famille.

Encore étourdi par l'accident, le garçonnet avait éclaté en sanglots quand on l'avait séparé de sa grand-mère, il s'était débattu et avait cherché à donner des coups de pied au laquais qui le tenait fermement. La reine avait exigé qu'on le fît monter dans sa voiture. Elle voulait le câliner, le consoler. Peu à peu, l'enfant s'était calmé. La dame qui l'avait pris sur ses genoux lui promettait des bonbons, des jouets. Le balancement du joli carrosse lui donnait envie de dormir. « Tu t'appelleras Armand », chuchotait-on à son oreille. De tout son cœur, Marie-Antoinette lui souhaitait la verve, la beauté, l'esprit d'Armand de Lauzun. Stupéfaits, les occupants de la voiture n'avaient prononcé mot.

De retour à Versailles, l'enfant installé dans un cabinet proche de sa chambre et remis entre les mains de son premier chirurgien, la reine avait fait mander de toute urgence Rose Bertin. La perspective de choisir un trousseau complet pour Armand la transportait de joie.

En Amérique, Washington venait d'être nommé commandant en chef des insurgés. La guerre d'indépendance prenait de l'ampleur et le roi suivait les événements avec attention. Féru de géographie, il étudiait des cartes, suivait le parcours des armées rebelles, leur tentative d'envahir le Canada. L'évêque de Québec, Jean-Olivier Briand, avait lancé un appel désespéré au roi. Il réclamait des effectifs, du matériel pour défendre le fort Saint-Jean mais Vergennes était pour le statu quo. Certes le Québec était cher au cœur des Français mais attaquer les révoltés américains, et donc venir en aide aux Anglais, était exclu.

Parmi les amis de la reine, les sympathies allaient maintenant pour la plupart vers les Américains.

Au mois d'août, le petit groupe était venu admirer les tableaux accrochés chaque année au Louvre lors du Salon qui lançait un artiste, le consacrait ou le jetait aux oubliettes. Joseph Siffred présentait un portrait de Louis XVI en costume de sacre, Chardin son autoportrait. Les œuvres de la jeune Élisabeth Vigée-Lebrun étaient fort prisées. Les commandes faites par tout ce qui comptait à Versailles l'avaient définitivement lancée.

Devenue surintendante de la Maison de la reine, la princesse de Lamballe était entourée, courtisée, flattée. Souvent, elle faisait des promesses qu'elle ne pouvait point tenir, s'activait à des tâches inutiles, houspillant les uns et les autres avant de s'effondrer, accablée, sur une ottomane. Sans autorité, elle était le sujet de toutes les plaisanteries. À ce personnage à présent de la plus haute importance, on avait attribué un appartement de douze pièces qu'elle s'activait à meubler. Tous les jours, elle tenait table ouverte et son jeu était un des plus courus à Versailles.

Après la saison des courses de chevaux commençait celle des bals parés. Bientôt il faudrait fermer le Petit Trianon pour l'hiver, se résigner à la rigidité du cérémonial de ce que l'on nommait « ce pays-ci ». Avec nostalgie, Marie-Antoinette avait organisé le dernier souper. On avait baissé les miroirs qui, à la tombée du jour, masquaient les fenêtres de sa chambre et faisaient scintiller la lumière des lustres comme autant d'étoiles dans le firmament.

Après quelques parties de tric-trac, la reine avait voulu jouer aux bouts-rimés, une intarissable source de gaîté. On décidait des rimes et chacun écrivait un vers selon sa fantaisie. Lu dans son ensemble, le long poème engendrait toujours des explosions de rires.

Lauzun, qui venait de regagner Versailles, avait fait son entrée au moment où Besenval s'apprêtait à en faire la lecture. Ses commentaires et mots d'esprit, ses inversions burlesques de syllabes ajoutaient encore à la bouffonnerie du jeu et le baron, qui n'ignorait pas ses talents de société, en jouissait autant que ses auditeurs.

Radieux, superbe, Lauzun portait au chapeau qu'il venait d'ôter pour saluer la reine une plume de héron d'une si grande beauté que les dames s'étaient exclamées. Jamais on n'en avait vu de pareille. Au jeune duc, Marie-Antoinette venait d'offrir le commandement des gardes du corps, un poste qui prouvait sa confiance et le prestige dont elle désirait qu'il jouisse à Versailles. Mais Lauzun se faisait prier. Son rêve était d'être nommé ambassadeur en Russie pour approcher l'impératrice. Aventurier plus que courtisan, Armand de Gontant, duc de Lauzun, ne restait à la Cour que pour chercher à plaire à la reine. Compte tenu des attentions qu'elle lui portait, la conquérir lui semblait possible.

Marie-Antoinette ayant demandé à voir cette extraordinaire plume de plus près, Lauzun l'avait arrachée de son chapeau pour la lui tendre. Le sourire radieux de la jeune femme l'avait enhardi, et il la lui avait offerte. « Aucune femme au monde, avait-il assuré, n'est plus digne de la porter. » La reine l'avait acceptée et disposée aussitôt dans sa coiffure.

Plus que Mozart, Marie-Antoinette appréciait Gluck dont la musique avait accompagné son enfance autrichienne. Elle rêvait de le recevoir à Versailles pour l'inviter à composer une œuvre qui lui serait dédiée. Quelles que fussent ses obligations, jamais elle ne manquait un de ses opéras quand il était donné à Paris et, à plusieurs reprises, avait heurté le protocole en privant de sa présence une réception d'ambassadeur ou une présentation officielle à la Cour.

On donnait, ce soir-là, *Orphée*, une œuvre récente du maître, et la foule était accourue tout autant pour jouir de la beauté de la musique que pour admirer la reine et sa prestigieuse escorte, Artois, Coigny, Besenval, Vaudreuil, Esterhazy, la vicomtesse de Polignac et la princesse de Lamballe. Pour ne pas avoir à regagner Versailles, Marie-Antoinette avait décidé de passer la nuit avec ses amis au château de la Muette.

Le silence s'était fait dans la salle, on annonçait la reine. L'élégance de celle-ci, sa grâce avaient fait naître un murmure d'admiration. Vêtue d'une robe à petits paniers d'un bleu fané prolongée d'une courte traîne, le large décolleté souligné d'une aérienne dentelle et fermé par un gros nœud de satin rayé, des rangs de perles noués autour des manches et le long de sa robe qui s'ouvrait sur une jupe faite de volants superposés et bouillonnés, elle avait disposé dans ses cheveux montés comme un soufflet par Léonard la sublime plume de Lauzun. « Vous lui montrez là une faveur éclatante », avait murmuré le comte d'Artois. Pour toute réponse, elle s'était contentée de sourire. Plaire l'amusait. N'était-ce point un jeu comme les autres ?

À la fin du mois d'octobre, au Cercle enchanté s'était jointe la duchesse de Devonshire en visite à Paris avec son mari. La reine et celle qui donnait le ton à Londres étaient devenues très proches. Mal mariées l'une et l'autre, coquettes, joueuses invétérées, folles de mode, généreuses, sentimentales, passionnées, elles s'étaient aussitôt comprises. Georgiana et Marie-Antoinette partageaient aussi la rage d'attribuer des surnoms à ceux qu'elles aimaient. Yolande de Polignac était « Little Po », le duc de Devonshire « Canis » à cause de son amour des chiens, la duchesse « The Rat » pour une raison obscure, la reine « Mrs Brown », la comtcssc d'Artois « Biscuit » parcc qu'elle venait de Savoie.

On jouait au pharaon chez madame de Lamballe et madame de Guéménée, on faisait de longues promenades en voiture, on paressait. La princesse de Lamballe et la vicomtesse Jules se boudaient, Vaudreuil piquait ses légendaires colères, Besenval amusait, Coigny intéressait, Esterhazy parlait de la Hongrie, Rose Bertin venait présenter ses dernières créations, Léonard se surpassait en plantant des compositions dignes de figurer sur une nature morte de Greuze dans les cheveux de ses clientes, Boehmer et Bassanges, les bijoutiers de la reine, ouvraient des cassettes où étincelaient les plus beaux diamants. La reine avait acquis pour quatre cent soixante mille livres des pendants d'oreilles en girandoles et Georgiana pour cent mille livres des colliers et bracelets que l'une comme l'autre, fortement endettées par leurs pertes au jeu, étaient incapables de régler.

À Little Po, Marie-Antoinette venait de proposer la position de dame d'atours qu'elle avait refusée, trop nonchalante pour assumer des fonctions régulières et astreignantes. Mais sa tante, la marquise d'Andlau, ancienne lectrice de Mesdames Tantes, avait volontiers accepté la rente annuelle de quinze mille livres que lui offrait le roi.

Souvent sollicité par sa femme, Louis XVI, en dépit des réticences et des protestations de Turgot, ne refusait que rarement d'exaucer ses souhaits. Il épongeait les dettes de jeu, s'était engagé auprès de Boehmer et Bassanges à rembourser les boucles d'oreilles en vingt-quatre règlements. Cependant, le roi était confronté à de multiples soucis. Monsieur de Muy, ministre de la Marine, venant de décéder, il avait attribué son portefeuille à monsieur de Saint-Germain qu'on lui avait fortement recommandé. L'état des finances du royaume restant extrêmement préoccupant, il s'était résolu à demander au banquier suisse Necker d'agir en tant que conseiller des Finances, en dépit d'une opposition du clergé qui n'admettait pas qu'une charge de cette importance fût confiée à un protestant. Incorruptible, Necker, à l'étonnement général, avait refusé le traitement de deux cent vingt mille livres qui lui était dû. Sa fortune personnelle était suffisante, il jugeait inconvenant de vider un peu plus un Trésor déjà mal en point. Taboureau des Réaux, le ministre en titre, en avait conçu une grande irritation et adressait à peine la parole à son « conseiller ».

Le froid venait. L'hiver, une fois encore, promettait d'être glacial. La duchesse de Devonshire partie, arrivait lady Barrymore dont madame du Deffand appréciait la conversation bien que Tonton, son petit chien, ne cessât de lui montrer les dents. Réceptions, bals, soupers se succédaient à Paris. Au Palais-Royal, chez le duc de Brissac, les Rohan, les Tessé, on s'amusait, discutait avec fièvre, fêtait les écrivains, les musiciens, les philosophes, jusqu'aux acteurs et actrices qui n'étaient plus jugés comme indésirables.

Seule dans son boudoir, Marie-Antoinette écrivait à sa mère lorsqu'un laquais avait annoncé le duc de Lauzun. Aussitôt elle avait posé la plume. Tout prétexte était bon pour interrompre l'austère devoir de répondre aux missives de l'impératrice, chacune porteuse de conseils et de reproches. Qui l'espionnait et dénonçait à sa mère les moindres de ses faits et gestes ? Mercy ? Vermond ? Elle ne voulait pas le croire.

Le jeune duc était venu pour la remercier du commandement du Royal-Dragons qu'il venait d'obtenir après avoir refusé celui des gardes du corps qui le contraignait à une présence trop régulière à Versailles. Heureuse de sa présence, la reine l'avait fait asseoir dans un fauteuil placé à côté du sien. Obéissant à sa spontanéité, elle avait même tendu une main dont Lauzun s'était aussitôt emparé. Elle allait parler de l'étonnement que lui avait causé le refus de Necker d'accepter une loge gratuite à l'Opéra, aux Italiens et à la Comédie-Française quand le duc était tombé à ses genoux. L'avoir vue à l'Opéra parée de sa plume lui permettait cette audace. Depuis longtemps il se consumait d'amour sans oser l'exprimer.

Tout d'abord pétrifiée, la reine avait eu peur puis s'était irritée. Lauzun avait-il oublié qui elle était ? Un jeu qui lui avait procuré tant de plaisir se transformait en une réalité absurde et pénible. « Sortez, monsieur ! » avait-elle crié plus que prononcé. Derrière la porte, les valets n'avaient pu retenir des sourires sarcastiques.

Dès le lendemain, le jeune duc avait constaté le changement d'attitude de la reine à son égard. Besenval osait se montrer insolent et Coigny sévère comme on l'est face à un enfant s'étant mal conduit. Aux jeux de la reine, il n'y avait plus de siège pour lui autour des tables et il devait se résigner à demeurer debout.

Avant décembre, Lauzun était parti pour Chanteloup passer les fêtes avec les Choiseul. Là se regroupaient quelques esprits libres qui n'hésitaient pas à dire ce qu'ils pensaient.

Avec les premières neiges qui étaient tombées tôt cette année, la reine avait demandé que l'on retapissât tous les traîneaux relégués au fond des remises depuis les jeunes années de la reine Marie Leszczynska. Elle avait voulu faire redorer les carrosseries, recouvrir les sièges de velours blanc, commander des harnais blancs pour les chevaux, des plumets et rubans blancs pour leurs crinières. La perspective de filer dans les allées de Versailles, de se risquer peut-être jusqu'à Marly ou Saint-Cloud chez son cousin Orléans l'enchantait. Au château, l'atmosphère était morose. Une terrible épidémie de grippe que l'on nommait la « fillette » clouait au lit indistinctement marquis et femmes de chambre. Chaque jour il pleuvait, on gelait même au coin des cheminées. Le matin, un épais brouillard recouvrait le parc. La reine le contemplait songeuse, un peu triste, puis vite faisait appeler sa chère Jules. Afin de lui faire plaisir, elle avait encore une fois importuné le roi en sollicitant un poste d'ambassadeur en Suisse pour son beau-père, un homme de médiocre intelligence qui n'avait connu que revers et espoirs trompés. En dépit de la vive opposition de Vergennes, le roi avait cédé.

# 1776

## *« Quel mal ai-je fait ? »*

Les deux traîneaux filaient sur l'allée enneigée. Radieuse, les joues rosies par le froid, la reine se pelotonnait contre la princesse de Lamballe, vêtue comme elle de fourrure blanche. Une chaude couverture de martre les protégeait des rafales de vent qui faisaient voltiger la neige accumulée sur le bord du chemin. Encore haut, le soleil se coulait entre les branches dénudées, le long des statues, sur la surface des bassins où il semblait allumer des paillettes d'or. Au loin, la forêt se découpait en masse sombre comme un mur maléfique cernant le monde des fées.

La vicomtesse de Polignac, ses enfants et Vaudreuil avaient quitté Versailles pour Paris où ils voulaient passer quelques semaines. Yolande s'esquivait sans avertissement, sans permission, et le pouvoir limité qu'avait sur elle Marie-Antoinette attisait l'affection de celle-ci. Elle avait besoin de sa présence paisible, de sa beauté sans apprêt, d'une bienveillance qui s'exprimait dans la douceur de la voix, aux intonations presque créoles. Mais contrairement à la princesse de Lamballe dont elle sentait la chaleur contre elle, la reine savait que sa chère Jules, en dépit des cadeaux, des marques de faveur, ne lui appartiendrait jamais tout à fait.

La princesse était au comble du bonheur. Débarrassée du clan Polignac, la reine lui revenait et le cours de leur douce amitié reprenait tout naturellement.

Déjà, il fallait faire demi-tour. Les deux femmes auraient souhaité voler ainsi sur la neige jusqu'à la fin du jour. Pour oublier, pour avoir l'illusion que rien ni personne ne pouvait plus exercer de pression sur elles. « Demain nous irons à Paris », avait décidé Marie-Antoinette alors que la masse du palais, mordorée dans la lumière du soleil déclinant, se rapprochait.

Dans les faubourgs Saint-Antoine, Saint-Jacques, Saint-Denis, la neige ajoutait une misère supplémentaire à celles déjà prodiguées par le froid, la faim, la maladie. Les hôpitaux étaient pleins, on ne pouvait plus recueillir les pauvres hères que la détresse jetait aux coins des rues. Quelques âmes charitables faisaient distribuer du pain et de la soupe, mais les carrioles qui portaient ces victuailles étaient prises d'assaut et les valets devaient parfois battre en retraite pour ne pas se faire écharper. Devant le nombre d'abandons, les octrois interdisaient l'accès de Paris aux femmes accompagnées de leurs nourrissons. Il n'y avait plus de place disponible aux Enfants-Trouvés.

Dans les cabarets toujours pleins, on maudissait Turgot, la reine et ses beaux amis, les gens du guet toujours prêts à bâtonner les protestataires, jusqu'aux curés qui soutenaient les riches et les nantis. Qui aurait le courage de changer sans plus attendre l'ordre des choses ?

La neige étant trop épaisse pour laisser courir les meutes, Louis XVI était confiné à Versailles. Sans échappatoire possible, il devait recevoir et écouter Turgot lui proposer un projet de six édits abolissant la corvée royale, supprimant les privilèges commerciaux et les jurandes exonérant la noblesse de l'impôt. Il écoutait sans mot dire, hochant seulement parfois la tête, incapable de couper la parole à son ministre afin de s'exprimer. Ces édits étaient prématurés, il fallait patienter.

La veille, on avait appris au roi que Frédéric de Hesse-Cassel levait trente mille soldats allemands pour aider l'Angleterre à combattre les insurgés américains, c'était là un gros souci.

Le délabrement des finances perturbait aussi le souverain. Necker, qu'il n'aimait guère, ne devrait-il pas en prendre seul le contrôle ? Mais son clergé lui ferait des remontrances et il avait celles-ci en horreur.

Partager ses soucis avec la reine ne lui apportait qu'un provisoire apaisement. Elle l'écoutait certes, mais la plupart du temps son esprit était ailleurs. Ses frères n'offraient guère plus de réconfort, Provence le jugeait, Artois ne pensait qu'à ses plaisirs. Fier d'être le père d'un garçon, le petit duc d'Angoulême, il avait pris une assurance qui blessait Louis XVI en lui rappelant son incapacité à engendrer. Plus le temps passait, plus une intimité totale avec la reine devenait difficile. Ses tentatives avaient un caractère forcé qui, il ne l'ignorait pas, la heurtait.

Dans les trois traîneaux, la reine avait fait placer quelques provisions, des bouteilles de vin de Bordeaux, de l'eau de source de Vichy pour elle. Les chevaux étaient attelés. Dans les crinières, les queues nattées, les palefreniers avaient noué des rubans de satin blanc et accroché des grelots aux harnais. Le ciel sans nuages ressemblait à une pièce de soie bleu pastel.

L'itinéraire était décidé : on passerait le pont de Sèvres, traverserait le bois de Bologne, remonterait les Champs-Élysées jusqu'aux Tuileries où une collation serait servie. Avec une diligence inhabituelle, Marie-Thérèse avait tout organisé.

Dans le bois de Boulogne, les traîneaux avaient croisé quelques daims, un renard, une paire de sangliers qui fouillaient la neige au pied d'un chêne. On avait aperçu des canards filant vers les étangs de Ville-d'Avray, des corbeaux et des corneilles, des volées de moineaux. Il faisait bon sous les couvertures de martre, la sonnerie des grelots était joyeuse. Blottie sur les genoux de la reine, Georgie, le bichon offert par la duchesse de Devonshire, sommeillait. Marie-Antoinette humait l'odeur de violette dont la servante chargée de ses soins parfumait son pelage neigeux.

Aux Tuileries, un orchestre de chambre les attendait. Tout ce qui pouvait égayer ce château un peu sinistre était bienvenu.

Les patins glissaient sur la neige et faisaient voler autour des traîneaux un fin nuage qui piquait la peau. D'une voiture à l'autre, on se faisait des signes, on s'envoyait des baisers.

Les groupes de miséreux massés sur les bas-côtés des Champs-Élysées déconcertaient la reine. Que faisaient ces gens, étaient-ils venus admirer le cortège, les acclamer ? Mais nulle ovation ne sortait de leurs lèvres, aucun homme ne soulevait son chapeau. Muets, blottis contre les jupes de leurs mères, des enfants semblaient la dévisager, la juger. Que lui voulait-on, que leur avait-elle fait ? Tout était si beau, si joyeux ! Le cri « À bas l'Autrichienne ! » l'avait frappée en plein cœur. Sa main s'était emparée de celle de la princesse de Lamballe. Réveillé, Georgie jappait. « Quel mal ai-je fait ? » avait-elle murmuré. Elle avait hâte maintenant d'être aux Tuileries et qu'on refermât les portes derrière elles.

En mars, les Anglais avaient dû évacuer Boston après un long siège. Vergennes suivait avec attention l'évolution de cette guerre d'indépendance dans laquelle quelques Français enthousiastes voulaient s'impliquer. On devrait calmer les esprits, ne pas laisser croire que les Américains rejetaient toute forme de royauté. Mais déjà le feu se propageait, on parlait ouvertement de liberté. Vergennes ne s'alarmait pas, les incendies ne se transformaient-ils pas toujours en cendres ?

Actif, dominateur, le Parlement reprenait sa superbe et menaçait Turgot. Le roi le soutenait, pas la reine qui ne lui avait pas pardonné de s'être prononcé contre Guines dans l'affaire des marchandises de contrebande.

Encore une fois, Louis XVI avait cédé. On remplacerait le ministre récalcitrant par Clugny de Nuits que le clan de la reine acceptait. Mais dès la fin du mois de mai, le roi devait admettre qu'il aurait dû résister aux pressions des amis de sa femme. Le seul homme capable de prendre en main un portefeuille en grand péril était décidément Necker. Maurepas appuyait entièrement ce choix, ainsi que le marquis de Pezay, un homme discret dont pourtant tout le monde s'entretenait à la Cour : on le savait l'amant de madame de Montbarrey, femme du ministre de la Guerre et amie intime de madame de Maurepas qui jouissait d'une grande influence sur son mari. On riait d'une anecdote répétée de bouche en bouche qui évoquait un dîner où figuraient le marquis de Pezay et un hôte étranger curieux de savoir qui il avait en face de lui. « C'est le roi de France », lui avait-on répondu. Et comme l'étranger s'étonnait, Maurepas, son voisin de table, avait expliqué : « Monsieur de Pezay gouverne madame de Montbarrey qui gouverne madame de Maurepas. Madame de Maurepas me gouverne et je gouverne le roi. Vous voyez donc que c'est bien monsieur de Pezay qui gouverne la France. »

Necker aux commandes, tout avait semblé aller mieux. Les fantômes des prédécesseurs déjà s'étaient éclipsés. Pas encore ministre mais chef du conseil des Finances, le Genevois avait décidé de reporter tous les édits de Turgot et la contestation commençait à décroître. Mais la clairvoyance de Necker lui interdisait de s'abuser. Tout doucement, le pouvoir était en train de glisser des dirigeants vers les dirigés.

La reine n'avait manqué aucune course de la saison. Ses prières de posséder sa propre écurie, pour une fois, n'avaient pas été exaucées.

Bien que toujours regardé de haut, Lauzun était admis à nouveau dans le Cercle enchanté, mais la façon dédaigneuse dont il était traité le laissait amer, rancunier et il était résolu à s'éloigner tôt ou tard de ceux qui se permettaient de le juger.

L'ambassadeur d'Angleterre, le duc de Dorset, avait été accueilli avec chaleur dans le cercle. Comme la plupart des amis intimes de Marie-Antoinette, il ne comptait plus ses conquêtes féminines et faisait preuve d'assez d'esprit et de désinvolture pour devenir essentiel. À nouveau, la princesse de Lamballe s'était sentie exclue et était partie soigner ses nerfs à Plombières. De retour à Versailles, invitée à toutes les fêtes, assidue à Trianon, la Jules avait repris sa place de confidente, d'amie très chère. Toutes les femmes avaient lu *Julie* et la mode était aux témoignages d'affection, baisers, caresses, mots tendres. Les mauvais esprits y trouvaient à redire mais toutes s'en moquaient. Les hypocrisies et pudeurs physiques comme affectives n'étaient plus de mise.

Revenue de Plombières, la princesse de Lamballe avait jeté désordre et chaos dans la Maison de la reine. Les dames se plaignaient et Marie-Antoinette avait dû intervenir en personne. Avait-elle eu tort de confier à son amie une charge trop lourde pour elle ? Ce printemps ne lui apportait que des soucis. Rose Bertin avait présenté sa note au trésorier : cinq cent mille livres[1], une fortune. Comment avait-elle pu autant dépasser les cent cinquante mille livres qui lui étaient allouées pour ses toilettes ? Et ses bijoutiers, Boehmer et Bassanges, avaient eux aussi laissé leur mémoire : trois cent mille livres. Elle se souvenait d'un bracelet de diamants, de deux ou trois babioles, ces dépenses ajoutées à ses dettes de jeu étaient irritantes.

À l'angoisse succédait l'insouciance. Tout s'arrangerait. N'était-elle pas reine de France ? Monsieur Necker pouvait, comme l'avait fait Turgot avant lui, lever les bras au ciel, il n'avait de pouvoir que celui octroyé par un roi qu'elle savait toujours convaincre.

Des habitudes charmantes s'étaient créées à Trianon : dîners, promenades, jeux, soupers, médianoches, répétitions de la pièce de théâtre que l'on souhaitait donner avant l'automne. Vaudreuil prenait tout en main, choix des textes, répartition des rôles, répétitions. Comme il avait de l'esprit, il ne se refusait pas les contre-emplois et monsieur d'Adhémar avait fait rire tout le monde en berger amoureux. De sa voix un peu chevrotante, il débitait des mots doux à une pimpante laitière qui se mordait les lèvres pour ne point perdre son sérieux. Après les répétitions, exténués, les acteurs s'allongeaient sur l'herbe. Les nuages avaient des formes étranges, chevaux en pleine course, chiens à l'arrêt. Coigny rêvait, Dillon mâchonnait une herbe, Besenval s'endormait.

Lorsque le temps le permettait, on soupait dehors. Les valets plantaient dans l'herbe des torchères, on éclairait les

1. Environ 7 millions et demi d'euros.

massifs de centaines de bougies disposées dans des pots de verre irisé. Toute conversation sévère était interdite, la révolte en Amérique, les difficultés financières, les multiples faillites dont celle de la banque de Stockholm, le bannissement des jésuites. On discutait des menus événements, se remémorait les médisances et ridicules de Versailles, parlait du colifichet qui faisait rage, un petit moulin en or à accrocher à la montre, et des bijoutiers qui exécutaient les plus jolis modèles, des jeux de dames et échiquiers à mourir de beauté, que proposait le Singe Vert, des Bains Mauresques près du Palais-Royal que l'on disait mal fréquentés mais où on avait aperçu quantité de personnes distinguées comme le duc de Chartres qui s'y faisait masser et épiler. Le comte d'Adhémar vantait les Bains Poitevins sur la Seine et l'assistance, sachant que les homosexuels aimaient s'y retrouver, s'adressait des clins d'œil complices. La vive dispute qui avait eu lieu entre le duc de Fronsac et la comtesse de Gramont au jeu de la princesse de Guéménée faisait encore jaser. L'un et l'autre s'étaient accusés de tricherie et on avait cru qu'ils allaient se prendre aux cheveux. Lauzun les avait séparés.

On riait aussi du puritanisme des Anglais que la duchesse de Devonshire, pourtant fort émancipée, avait si drôlement exprimé chez la reine. La pudeur interdisant de nommer certains vêtements, Marie-Antoinette avait taquiné son amie en lui demandant la traduction du mot « culotte ». Interloquée, lady Georgiana avait répondu : « *Small clothes.* – J'ai lu *breeches* dans le dictionnaire », avait rétorqué la reine. Lady Georgiana qui, pourtant, n'était guère pudibonde s'était mise à rougir : « On ne prononce pas ces mots, madame, ils sont inexpressibles. » Au milieu du dialogue, tous deux en étroites culottes de chasse, Dorset et Dillon les avaient rejointes. « J'aime ces culottes irrésistibles », avait pouffé la reine. Georgiana était décomposée : « J'ai dit "inexpressibles", madame. » Les hommes n'avaient pu davantage retenir leur hilarité, chacun s'en souvenait encore. « Pardonnez-moi, ma chère, avait conclu Marie-Antoinette, j'avais mal compris. Désormais je dirai "*small clothes* irrésistibles" même si c'est un géant qui les porte. »

Ces histoires faisaient le tour des salons, égayant les uns, choquant les autres. Mais Trianon était un autre monde où la liberté de feuilleter des livres érotiques était même accordée.

Feutrées, amicales, les cabales n'en étaient pas moins cruelles. Le groupe avait décidé la perte de Lauzun. Comme la reine avait renoncé à le défendre, ses jours étaient comptés et il serait bientôt expédié à son régiment. Parce qu'il se sentait menacé, le jeune duc se rapprochait de la princesse de Lamballe et des Orléans.

Clugny de Nuits avait été nommé à la fin du mois de mai contrôleur général des Finances. Necker rageait d'avoir à rendre compte à cet incapable. Le roi était-il aveugle ?

Dans le salon de madame Necker, on ne ménageait aucune critique. Cette succession d'hommes sous-qualifiés au portefeuille des Finances s'achèverait en catastrophe. Là où s'imposaient des mesures drastiques, on s'enfonçait la tête dans le sable.

La mort à trente-quatre ans de Julie de Lespinasse occupait aussi les conversations. Tout le monde regretterait son salon de la rue de Bellechasse où l'on rencontrait Condorcet, Turgot, Montalembert. La liberté de ton était plus grande qu'ailleurs. D'abord amoureuse folle du marquis de Mora, un Grand d'Espagne, puis du colonel de Guibert, on ne trouvait pas chez elle les pudeurs calvinistes de madame Necker que la fréquente présence de sa fille Germaine, âgée seulement de dix ans, exagérait. Mais la vaste culture des hôtes de celle-ci permettait de vives conversations.

Chacun avait lu le premier tome publié par Gibbon, un proche de madame du Deffand, sur l'histoire de la décadence et de la chute de l'Empire romain et, bien qu'une comparaison ne pût rien prouver avec certitude, on pensait à la situation de la France en général et de la monarchie de droit divin en particulier. Le conservatisme, pierre d'angle du royaume, était aujourd'hui funeste. On devait ouvrir les yeux à Versailles, comprendre enfin que le peuple de France n'était plus sourd et aveugle. Les idées nouvelles progressaient jusque dans les campagnes les plus reculées. On relevait la tête, réclamait le droit de s'exprimer librement. Certains, cependant, protestaient. Pouvait-on parler de décadence quand tant de grandes choses étaient créées ? Mais Suzanne Necker protestait. Sans moralité, une société ne pouvait survivre quels que fussent ses fards et appas. Tout et chacun était corrompu en France, tout se négociait, les intrigues privaient le gouvernement des hommes capables pour le livrer à des personnages avides et ambitieux.

Parmi les invités, un jeune homme blond, Gilbert de La Fayette, se montrait enthousiasmé par la révolution américaine. Franc-maçon engagé, prêchant la liberté et l'égalité, il rêvait d'embarquer pour l'Amérique afin de rejoindre George Washington. À vingt ans, que pouvait-il espérer d'une vie entre ses terres et la Cour ? L'Amérique et sa volonté d'établir une constitution moderne donnaient un exemple à la vieille Europe.

Fin juillet, le salon des Necker était en effervescence. On venait d'apprendre qu'au début du mois, le quatre, l'Amérique avait déclaré son indépendance. Treize colonies britanniques faisaient sécession du Royaume-Uni, cinquante-six hommes influents avaient signé le document rédigé par un avocat de trente-trois ans, un Virginien, Thomas Jefferson. L'idée centrale de cette charte était le droit à la liberté non pas collective mais individuelle. Tous les hommes étaient créés égaux et la tyrannie venait de la rupture du contrat entre un roi et son peuple. Chez madame Necker, chez madame du Deffand, chez madame de Tessé, tante de La Fayette, on ne cachait pas son enthousiasme. L'aube allait se lever sur la France. Chacun en était persuadé.

Pour être plus proche de son amie et la voir chaque jour, Marie-Antoinette, durant l'été, logeait la famille Polignac rue des Bons-Enfants, à deux pas du château. Elle s'y rendait elle-même volontiers pour y rencontrer ses proches en toute liberté. Mais en dépit de leur gaîté, de leur affection, Marie-Antoinette se sentait très seule parfois. Quoi qu'elle dît ou fît, elle ne serait jamais l'une d'entre eux. Elle était la reine de France avec les pouvoirs qu'on lui attribuait. Plus elle se montrait généreuse, plus on semblait l'aimer et elle ne pouvait se passer de cet amour. Diane de Polignac était devenue dame d'honneur de Madame Élisabeth. Le comte d'Adhémar, qui aimait les voyages, avait eu l'ambassade de Bruxelles. Il avait promis de revenir souvent à Versailles.

En septembre, Jules de Polignac prenait la charge de grand écuyer au détriment du comte de Tessé que les idées trop libérales de sa femme avaient mis mal à la Cour. Mercy s'était montré sévère envers la reine mais elle n'avait pas cédé. Sans fortune, les Polignac devaient pouvoir tenir leur rang à Versailles où tout était hors de prix. La charge de grand écuyer rapportait quatre-vingt mille livres par an, un logement de quatre pièces au château dans la vieille aile entre la cour Royale et la cour des Princes et un revenu sur l'achat comme sur l'entretien des cent cinquante chevaux de la reine. Pour un homme de vingt-huit ans, la position était inespérée. Afin d'augmenter ses revenus, Jules avait promptement procédé à l'achat de cent nouvelles bêtes et fait augmenter l'allocation de leur entretien de deux à neuf livres par jour. Grâce à l'amitié de la reine pour Yolande, les Polignac savaient leur fortune faite et ne cessaient de harceler leur parente de continuelles réclamations. Yolande leur cédait ou résistait selon ses humeurs. Douce et molle, elle savait quand même exprimer ses opinions, protester quand la reine prenait ce qu'elle appelait ses « grands airs ». Nul n'ignorait la fragilité de ses affections. Ainsi Lauzun était banni à jamais. Toujours plus apprécié pour ses facéties et excentricités, Artois le remplaçait et la reine avait pour lui toutes les indulgences. À Trianon, il défiait ses amis à la course, à la nage dans l'étang, gageait qu'il grimperait le plus vite en haut d'un chêne qui dominait les autres arbres. Les femmes s'écriaient, se passionnaient, prenaient des paris.

Le mois d'octobre était triste. Trianon déserté, on s'organisait pour survivre à Versailles où l'humeur était morose. Les fonds publics étaient dans un état des plus fâcheux et, consulté, Necker avait donné franchement son avis : il fallait ralentir les dépenses, rogner les sommes allouées aux princes, réduire la domesticité, une goutte d'eau certes, mais qui donnerait l'exemple. Informée, la reine avait protesté : c'était mesquin et inutile. Elle devait de grosses sommes, mais n'était pas prête à abandonner le jeu. Les trente et trente et un octobre, on avait joué un jeu d'enfer dans ses salons jusqu'à l'aube du premier novembre. Le roi, qui ne s'adonnait qu'au loto et au backgammon, parlait de « tripot » et fronçait les sourcils sans avoir l'autorité de fustiger sa femme ou même les amis de celle-ci. Il soulageait ses frustrations en chassant et en se bourrant de pâtisseries.

Les faveurs de la reine continuaient à pleuvoir. Coigny était nommé colonel des Dragons, les dettes de jeu de la vicomtesse Jules étaient épongées par le Trésor, une somme de cent mille livres lui était même octroyée en remboursement de ses frais d'aménagement, de l'achat des sept chevaux d'attelage, des quatre de selle et des émoluments de deux postillons, quatre valets et deux cochers qui constituaient leur équipage.

Malade de jalousie, la princesse de Lamballe ne cessait de s'évanouir, d'aller de crises de nerfs en profondes prostrations. Elle pleurait pour un rien, une remarque anodine, l'évocation du bonheur ou du malheur de quelqu'un, un oiseau blessé, un chat galeux aperçu sur la terrasse prolongeant son appartement. Que la reine pût tutoyer Yolande de Polignac et la vouvoyer, elle, sa plus vieille amie, était un chagrin quotidien, lancinant. Son beau-père s'inquiétait. Il insistait pour l'avoir à Rambouillet avant la fin de l'année. Marie-Thérèse hésitait mais, à bout de forces et de larmes, elle avait fait atteler un matin de décembre. Un nouvel hiver rude s'annonçait.

À Versailles, par crainte des courants d'air glaciaux, les dames circulaient en chaise à porteurs. On se réunissait au coin du feu pour prendre le thé à cinq heures. L'anglomanie faisait rage et l'arrivée à Paris de Benjamin Franklin, chargé de défendre auprès du roi la cause américaine, ne pouvait changer l'état d'esprit. Amène, joyeux, Benjamin Franklin, qui avait séjourné longtemps en Angleterre, s'était si vite adapté à la mentalité et aux mœurs parisiennes qu'il n'y avait plus de dîner élégant sans sa présence. Franc-maçon comme George Washington, il avait rejoint à Paris la loge de Chartres, fréquentait les cafés où il défendait les idées de liberté. On l'avait reçu avec les honneurs à l'Académie des sciences.

Bien que la neige fût épaisse, dès la mi-décembre, la reine s'était contentée de jouir des promenades en traîneau dans le parc ou entre Versailles et Marly. Elle se souvenait du cri hostile « À bas l'Autrichienne ! », des groupes misérables, des enfants blafards. Qu'y pouvait-elle ? En dépit de ses dettes colossales, plus de quatre cent mille livres, elle gardait toujours un peu d'argent pour ses charités.

Necker venait de lui refuser cent cinquante mille livres. Pareille arrogance du banquier suisse la laissait abasourdie. Elle saurait bien un jour ou l'autre le remettre à sa place. Il comprendrait alors l'erreur qu'il avait commise.

# 1777

## *Un souper à Bagatelle*

L'emprunt lancé par Necker et enregistré par le Parlement avait connu un foudroyant succès. Vingt-quatre millions de livres avaient rejoint le Trésor, vite dissipées hélas par la dette publique. À travers l'ordre du Saint-Esprit, le Genevois avait procédé aussitôt à un nouvel emprunt qui, une fois encore, avait eu la confiance des Français.

Marie-Antoinette avait trouvé le moment opportun pour approcher le roi. Son passif excédait quatre cent quatre-vingt mille livres[1], qu'elle devait éponger au plus tôt. Tout coûtait les yeux de la tête et elle ne pouvait paraître démunie dans le salon des Polignac où l'on jouait un jeu d'enfer. Les sièges disposés autour des tables, on préparait la banque que tenait l'un ou l'autre. Avant de se retirer, tard dans la nuit, une collation était servie. Gagnants comme perdants avaient le bon goût de ne montrer ni leur joie ni leur déception.

En janvier, le duc de Coigny avait fait sensation en

1. Environ 7 millions d'euros.

dépliant le premier numéro du *Journal de Paris*. On se l'était passé de main en main. La reine le voulait chaque jour. Sa lectrice lui lirait les passages les plus intéressants pendant qu'elle choisirait une robe parmi les centaines disposées avec ordre dans ses cabinets d'atours avec les chaussures, les gants, les fichus, les chapeaux et les bonnets. Les éventails à monture d'or, d'ivoire, d'ébène étaient alignés dans une boîte en marqueterie fermée à clef.

Sidéré par la somme annoncée, le roi avait demandé à réfléchir. Il ne pourrait la rembourser en une seule fois. On demanderait l'avis de monsieur de Saint-Charles ou, s'il le fallait, celui de Maurepas, son vieux mentor à l'esprit conciliant. Soulagée, Marie-Antoinette s'était retirée de la bibliothèque où travaillait Louis. Il ne l'avait ni sermonnée ni grondée. L'affection qu'elle éprouvait pour son époux s'accroissait avec le temps. Louis était bon, généreux, indulgent, velléitaire certes, mais cette faiblesse lui convenait.

Dans le lit conjugal, les baisers qu'il lui donnait, les timides caresses qu'il osait ne l'indisposaient plus comme autrefois. Elle ne le repoussait pas. Le temps faisait son œuvre et elle se plaisait parfois à imaginer qu'elle pourrait avoir un enfant.

Au bal donné par le duc de Brissac dans son hôtel parisien, l'événement de ce début d'année, l'élégance de la reine avait soulevé des murmures d'admiration. Sous la robe de soie brodée de bouquets de roses, le corsage plissé en crêpe se fermait par un gros nœud de rubans que bordait une mousse de dentelles. Rayée de lilas clair et de bleu, la jupe était brodée des mêmes roses éparpillées comme si un souffle les avait posées là. À partir des coudes, la dentelle se superposait en volants qui venaient mourir au-dessus des poignets parés de bracelets de diamants. Léonard avait disposé en haut de la coiffure un buisson de roses blanches, fleurs au prix exorbitant à cette époque de l'année. Aux oreilles pendaient ses boucles en girandoles dont l'acquisition, deux années plus tôt, avaient fait froncer les sourcils du roi.

La présence de Marie-Antoinette avait interdit à la comtesse du Barry, maîtresse très aimée de Brissac, de paraître au bal. L'animosité de la reine envers la favorite de son grand-père s'émoussait cependant.

Le duc de Brissac, qui appréciait sa peinture, avait invité la jolie Élisabeth Vigée-Lebrun à laquelle, sans en avoir la moindre preuve, on prêtait beaucoup d'amants, mais il était évident que bien des hommes qui prenaient pour elle la pose auraient été heureux de lui consacrer davantage de leur temps. À vingt et un ans, mariée à un marchand de tableaux, sa renommée dépassait les frontières de la France et on la réclamait déjà en Russie.

Marie-Antoinette appréciait cette jeune femme simple, gaie, talentueuse, dont les manières n'avaient rien d'obséquieux. Du comte et de la comtesse de Provence, elle avait réalisé des portraits attachants et montré Artois dans toute la vitalité de sa jeunesse. Madame du Barry lui devait un beau tableau que le duc de Brissac avait fait copier pour l'accrocher dans la galerie de son hôtel où se côtoyaient les œuvres des maîtres les plus prestigieux. Pour la quasi-débutante qu'elle était, c'était une éclatante consécration.

En dépit de l'atmosphère joyeuse du moment, il était impossible de ne pas évoquer les réformes de Necker qui voulait supprimer six intendants des Finances dont il jugeait l'office coûteux et inutile. À eux six, ces fonctionnaires ponctionnaient chaque année un million de livres au Trésor. Mais n'étaient-ils pas propriétaires de leur charge ? Pour les aristocrates, dont beaucoup avaient acheté qui leur régiment, qui leur dignité, c'était une mesure inacceptable. On le ferait savoir haut et fort.

L'autre nouvelle qui intéressait particulièrement les dames était la nomination de Rohan au poste hautement convoité de grand aumônier de France, un succès pour les Rohan en général et la branche des Guéméné en particulier. Marie-Antoinette elle-même n'avait rien pu empêcher et en éprouvait du dépit. Jamais ce bellâtre ne serait reçu par elle.

D'Amérique, les nouvelles parvenaient avec régularité et Benjamin Franklin s'efforçait d'entraîner le roi du côté des révoltés. Le trois janvier, les Britanniques avaient été battus à Princeton dans le Delaware, le quinze l'État du Vermont avait pris son indépendance. Si la France accordait des hommes et de l'argent, la victoire était assurée. Mais Necker était contre la guerre : la France n'avait pas les moyens de ses généreuses intentions. Le conseiller des Finances n'avait qu'une seule ambition pour le moment, devenir le maître absolu du Trésor. Jusqu'à présent, le roi avait refusé la démission du ministre en titre, Taboureau des Réaux, mais il finirait tôt ou tard par l'accepter. La France était à bout de souffle.

Au grand mécontentement du roi, qui se méfiait de leurs idées frondeuses, les loges maçonniques prospéraient et la surprise avait été générale quand on avait appris que la princesse de Lamballe avait l'intention de se faire initier à la loge d'Adoption de la Candeur. Mesdames de Chartres et de Bourbon se montraient curieuses, elles aussi. Le monde tournait à l'envers. Mais la reine ne s'occupait guère des faits et gestes de son intendante. L'excitation mais aussi la crainte que lui procurait la prochaine arrivée à Versailles de son frère Joseph, voyageant incognito sous le nom de comte de Falkenstein, l'occupaient tout entière. De cette visite, elle attendait le meilleur et le pire. Des remontrances bien sûr, formulées par leur mère, mais aussi la chaude affection d'un frère aîné venu tout exprès pour la voir. De tout son cœur, elle tenterait de renouer avec lui les liens qui les unissaient autrefois, confiance, tendresse, sentiments bienveillants. Y parviendrait-elle ?

L'arrivée de Joseph II était un événement considérable. À Versailles, on ne s'entretenait que de cet homme mis simplement, accessible sans être familier, possédant un sens aigu de l'observation qui le portait à des jugements parfois sans indulgence. Tout de suite, il avait vu dans la princesse de Lamballe une malade prenant du plaisir à souffrir. Tout le monde à présent se précipitait chez Yolande de Polignac qui recevait avec beaucoup de grâce et bannissait toute rigidité. Bien que peu attiré par les mondanités, l'empereur s'y était montré plusieurs fois.

Avec le roi, il avait eu de longues conversations en tête à tête dont rien ne transpirait. Louis en sortait songeur, l'air embarrassé.

Marie-Antoinette avait attendu avec anxiété le moment où son frère demanderait à lui parler sans témoins. Aux reproches, elle se sentait prête à riposter, mais il était clair que Joseph allait aussi l'interroger sur sa vie conjugale. Elle tenterait de répondre avec simplicité et franchise. Le roi et elle s'entendaient bien mais ni l'un ni l'autre n'avaient pu franchir la barrière de l'intimité physique. Ils avaient essayé pourtant, mais l'un comme l'autre éprouvaient des souffrances physiques rédhibitoires.

Après quelques jours passés à Versailles et à Paris, l'empereur s'était fait une opinion. Sur plusieurs points, l'élégance, l'art de la conversation, la beauté des meubles et des objets dont ils se servaient, les aristocrates français étaient remarquables mais, d'un autre côté, ils étaient avides, peu scrupuleux, laxistes dans leurs mœurs, irréligieux et trop amoureux des mots. Le cœur soi-disant large, ils acceptaient parfaitement de ne payer aucun impôt et leurs idées avancées ne leur interdisaient pas d'assujettir à leur bon plaisir serviteurs et paysans. Manquait-on d'argent ? On se tournait alors vers les fonds publics, comme si ceux-ci leur appartenaient. Piller l'État ne leur semblait nullement répréhensible, on procédait ainsi depuis toujours.

À Versailles, l'implacable rigidité de l'étiquette l'avait fait sourire. Toutes ces simagrées inutiles dévoraient un temps précieux que l'on aurait pu consacrer à autre chose. Et on n'était guère curieux à la Cour. L'été, les souverains gagnaient les châteaux qu'ils possédaient autour de Paris, les nobles leurs terres en Normandie, Picardie ou ailleurs, d'où ils ne sortaient guère que pour regagner Versailles à la fin de la saison. Ni le roi ni la reine ne connaissaient bien Paris et n'avaient jamais vu quantité de monuments et lieux remarquables que lui-même avait visités alors qu'il n'était en France que depuis deux semaines. Mis à part Reims pour se faire sacrer, Louis ignorait absolument tout de son royaume et ne semblait avoir aucun désir de le découvrir. Il en était de même pour la reine.

Sa sœur avait beaucoup changé, l'enfant primesautière mais disciplinée était devenue frivole, dépensière, moqueuse. Certes, elle avait gardé un sens aigu de sa dignité, une grande générosité, mais à quoi rimaient ses enfantillages, ses caprices, celui, par exemple, d'avoir ramené à Versailles un petit paysan qu'elle vêtait de soie et de velours ? Et ses disputes, réconciliations et brouilles avec certains de ses amis comme le duc de Lauzun ? L'empereur n'attendait que le moment propice pour lui parler et il serait franc. La veille, il avait écrit au grand-duc de Toscane pour lui dire ce qu'il avait sur le cœur.

« Les ministres, disait-il, sont sans cesse l'objet d'intrigues et l'énergie de tous passe à gagner ou à perdre plutôt que de gouverner. L'administration de la France est laissée à vau-l'eau. Chaque noble rêve d'être ministre. Le roi n'a pas la force de s'imposer, de faire taire les uns et les autres. Il vit sa vie monotone sans curiosité pour son propre pays, attaché à sa routine. La reine le mène par le bout du nez. Celle-ci veut être libre, vivre sans contraintes alors qu'elle bénéficie de tous les privilèges royaux. Elle prend son rôle de reine à la légère et n'éprouve pas d'amour pour le roi. Elle adore plaire, être élégante, se divertir, jouer.

« Monsieur est un homme calculateur et froid, la comtesse d'Artois est idiote. Mesdames Tantes ne comptent plus à la Cour.

« La situation de la reine en tant que femme est source d'humiliations et de tristesse. Elle a peu de tempérament, peu d'amour et ne fait rien pour exciter le roi.

« Maurepas est trop âgé pour conduire un pays en pleine évolution comme la France. »

Lors de leur entretien enfin ménagé, Marie-Antoinette avait reçu sans broncher les coups que son frère lui portait. Croyait-elle que Dieu l'avait faite reine pour se consacrer à des plaisirs futiles, danser, dilapider de l'argent au pharaon, marivauder, souper, jouer à colin-maillard ? La Cour l'ennuyait ? Eh bien, elle devait souffrir ces désagréments, bien des reines l'avaient fait avant elle sans se plaindre. Savait-elle seulement ce que le mot « devoir » voulait dire ? Pensait-elle à son peuple, à son bonheur, sa prospérité ? Non, elle allait danser masquée à l'Opéra, s'enfermait à Trianon avec ses amis, une coterie ambitieuse et légère qui profitait d'elle. À ce point, Marie-Antoinette avait interrompu son frère, elle avait besoin de ses amis ; sans eux, elle mourrait d'ennui et de chagrin. « Soyez donc mère, avait lancé l'empereur, donnez un dauphin à la France et vos jours, croyez-moi, seront fort occupés. » Marie-Antoinette avait rougi, elle savait le moment venu de subir des questions sur sa vie conjugale. « Vous n'ignorez point mes difficultés, mon frère », avait-elle murmuré. Mais Joseph n'avait pas lâché prise. Au lit, elle était une nigaude, le roi un maladroit. Il parlerait à Louis d'homme à homme.

Finalement, la reine avait vu partir son frère avec chagrin. Il ne les avait pas ménagés, le roi et elle, mais l'intérêt qu'il leur portait avait déjà produit des fruits. Louis comme elle-même étaient résolus à vaincre leurs craintes, leurs douleurs pour enfin être mari et femme.

Sur le chemin du retour, l'empereur s'était arrêté à Louveciennes chez madame du Barry et avait passé quelques jours à Paris pour rencontrer Necker avant de reprendre tranquillement la route de Vienne. À la même époque, le jeune Gilbert, marquis de La Fayette, qui avait embarqué pour l'Amérique appelé par George Washington, débarquait à Charleston en Caroline du Sud.

À la fin du mois de juin, Artois était arrivé par surprise à Trianon la mine déconfite. Necker était enfin nommé directeur général des Finances et s'installait à l'hôtel du Contrôle, rue Neuve-des-Petits-Champs. Il fallait s'attendre à voir rogner les pensions, réduire les bénéfices, serrer fort les cordons de la bourse, même si lui-même avait eu la chance de voir ses dettes remboursées avec force remontrances en contrepartie. Les solliciteurs étaient découragés par quelques mots secs et on prétendait que le nouveau ministre allait s'attaquer aux dépenses royales et, en particulier, au voyage estival de la Cour à Fontainebleau, plaisir ruineux dont le roi devrait apprendre à se passer.

Dans le cénacle de la reine, la stupéfaction avait vite fait place à l'ironie. On verrait bien combien de temps ces décisions spartiates tiendraient face à la volonté du roi de ne rien changer à ses habitudes. Pour le moment, le pauvre Louis était alité à la suite d'une indigestion. La reine était venue le réconforter, cachant la déconvenue qu'elle éprouvait de voir les conséquences de sa gloutonnerie. Pendant deux jours, il boirait du bouillon puis se remettrait à table avec le même féroce appétit.

Après avoir posé un baiser sur la joue de sa belle-sœur, Artois avait mentionné que, si son frère bénéficiait des soins d'excellents médecins, lui-même venait d'engager l'un d'eux, Jean-Paul Marat, un franc-maçon libéral et talentueux. On ne pouvait hélas se passer de ces drôles qui vous saignaient et vous purgeaient au moindre éternuement.

D'incessants travaux embellissaient le domaine du Petit Trianon. Le temple de l'Amour se construisait dans l'île, on ajoutait des espèces rares aux plantations, des fleurs exotiques dans les parterres. Là seulement, au bras de sa chère Yolande, partageant avec elle fous rires et confidences, la reine était vraiment heureuse. Tout ce qu'elle aimait était rassemblé dans ce lieu magique, la beauté de la nature, la douceur des journées, les compliments d'hommes délicieux qui la courtisaient avec esprit. Point à Trianon de corvées à mourir d'ennui, point d'homme dans son lit, point de vieilles figures qui faisaient naître la mélancolie. Comme dans les contes de fées, elle aurait voulu que le temps s'immobilisât, les enfermât, elle et ses amis, dans ce lieu enchanteur. Elle avait vingt-deux ans, aimait la vie, était avide de bonheur.

Avec la duchesse de Devonshire, elle échangeait de longues lettres sur la griserie du jeu. L'une comme l'autre accumulaient les dettes. Remboursées par le roi au début du printemps, elles étaient à nouveau considérables. Elle tentait de ne pas y trop penser.

Tandis que chacun préparait la saison d'été, la princesse de Lamballe achetait un hôtel rue des Bons-Enfants, à côté de celui de son beau-père. Sa santé était ruinée. La charge de surintendante, qui l'avait comblée de bonheur parce qu'elle lui venait de la reine, aujourd'hui l'écrasait. Elle devait être partout à la fois, résoudre une suite ininterrompue de problèmes, calmer les esprits, donner soupers et bals. Tout cela seule, privée de l'amour du seul être qu'elle chérissait. Les bruits les plus malveillants lui venaient aux oreilles. La Polignac la dénigrait, dans le Cercle enchanté on riait de ses évanouissements, la reine aurait même déclaré qu'elle s'embêtait à ses dîners. À tout moment, Marie-Thérèse éclatait en sanglots, faisant fuir ses derniers fidèles. Seules lui demeuraient la tendresse de son beau-père, la joie qu'ils partageaient lorsqu'ils allaient ensemble soulager la misère des pauvres gens.

Sa charge la mettant en contact avec les duchesses comme avec les servantes, la princesse avait appris que le roi et la reine étaient désormais mari et femme. Les conseils de Joseph II avaient porté leurs fruits. On disait Marie-Antoinette heureuse et fort désireuse de se trouver enceinte. Le roi, quant à lui, l'aimait avec passion.

En dépit des critiques de Necker, la Cour comme

chaque année avait préparé au mois d'août son départ pour le château de Fontainebleau. L'air y était sec, les chasses superbes et le début d'automne glorieux jusque tard en septembre.

La compagnie de son beau-frère le comte d'Artois agrémentait les journées de la reine qui, par précaution, ne chassait plus. Mille fois sa mère lui avait répété que l'équitation était néfaste lors d'un début de grossesse et elle voulait être prudente, même si nul signe ne lui faisait soupçonner d'être enceinte. Un peu fou, toujours prêt à quelque facétie, Artois la faisait rire et adoucissait son chagrin d'être séparée de sa Jules qui ne se montrait à Fontainebleau que de temps à autre, escortée de Vaudreuil, parfois de Besenval et d'Esterhazy.

Il avait beaucoup plu à la fin du mois d'août et, comme des inondations avaient été constatées dans les combles, des ouvriers s'activaient à réparer la toiture de l'antique château. Le roi montait parfois sur le toit pour leur parler, s'émerveillait de leur dextérité.

Jamais Louis n'avait été plus épanoui. Être enfin un homme et y éprouver du plaisir lui procurait une confiance qui, jusqu'à présent, lui avait manqué.

Un soir, alors qu'il évoquait le prochain départ des couvreurs et se réjouissait de voir prendre fin la gêne que leur présence procurait, Artois s'était lancé dans une longue diatribe contre ces vieilles bâtisses qui se désagrégeaient de toutes parts. Les mœurs avaient changé, affirmait-il, et on ne rêvait plus que de petits châteaux faciles à chauffer, confortables et gracieux. Par plaisanterie, la reine avait suggéré : « Construisez donc votre propre Trianon, je viendrai volontiers y souper à l'automne. — Vous y souperez, madame, avait assuré Artois d'un ton léger. Je vais faire commencer les travaux dès la semaine prochaine. Le vieux rendez-vous de chasse de Bagatelle sera détruit et mon castelet vous attendra. — Vous êtes un fanfaron, monsieur mon beau-frère ! s'était moquée la reine. — Seriez-vous prête à prendre un pari de cent mille écus, madame ? » Marie-Antoinette avait hésité. Ce diable d'Artois était capable de tout, mais comment reculer ? « Pari tenu », avait-elle lancé.

On n'avait plus vu Artois de la saison et les conversations ne tournaient plus qu'autour de la construction de son petit château. Huit cents ouvriers y travaillaient jour et nuit et le « palais des fées », comme on se plaisait à nommer la villa, s'élevait. Pressé, harcelé par le prince, l'architecte Bélanger faisait des miracles. Tout charroi portant des pierres, du sable, des ardoises à Paris était arrêté, la cargaison réquisitionnée et largement payée.

À Trianon, on s'esbaudissait de l'extravagance de « Galaor », le nom donné à Artois, celui du héros légendaire d'*Amadis de Gaule*, modèle du parfait chevalier. Ce diable d'homme était capable de gagner son pari. N'y tenant plus, Besenval s'était rendu à cheval à Bagatelle pour jeter un coup d'œil. Il était revenu épaté. La folie était presque achevée, on installait des statues dans le parc où le paysagiste écossais Thomas Blaikie, tout juste arrivé d'Édimbourg, obtenait des résultats remarquables. Des rochers, des bosquets dissimulaient les parties encore en friche et le chemin d'accès au château s'arrondissait en de multiples courbes afin d'éviter à l'œil du visiteur de découvrir ce qui n'était pas encore montrable. La reine avait fait semblant de bouder. Montait-on un complot contre elle ? Novembre approchait. Si Artois ne donnait pas son souper avant le vingt-cinq, il aurait perdu son pari.

Le vingt-trois, un gentilhomme de la Maison du prince tendait à la reine un papier roulé entouré d'un ruban bleu. Le comte d'Artois implorait Sa Majesté la reine de lui faire l'honneur de souper chez lui à Bagatelle le vingt-cinq novembre.

Une entrée décorée de statues symbolisant le Silence, le Mystère et la Folie formait un cercle devant le charmant édifice sur lequel veillait un Hercule dans toute sa gloire qui semblait désigner le maître de maison. Une devise en latin était inscrite sur le fronton : PARVA SED APTA, « Petite, mais à ma taille ».

Au rez-de-chaussée, la reine, interdite, découvrait un boudoir décoré de fresques voluptueuses exécutées par Greuze et Fragonard. De là, on apercevait un jardin à l'anglaise modeste mais dessiné avec un art parfait planté de fleurs et de plantes exotiques, un ruisseau, alimenté par des pompes, qu'enjambaient des ponts de pierre. Au-delà, on s'émerveillait du parc avec son tapis de verdure venant mourir au pont de Neuilly.

Du boudoir, Artois avait mené Marie-Antoinette au premier étage. Dans la chambre de Galaor, pourtant peu sensible aux griseries de la guerre, tout semblait consacré à Mars, la pièce elle-même tapissée comme une tente était cernée de pilastres où figuraient des faisceaux d'armes. Deux canons encadraient la cheminée dont les chenets étaient faits de boulets superposés. Il y avait d'autres pièces mais Artois s'était résolument emparé du bras de sa belle-sœur pour lui faire redescendre l'étroit escalier d'acajou et l'amener jusqu'au salon où l'on servait le thé. Sa fête, avait remarqué Artois, ne vaudrait certes pas celle que la reine avait donnée deux mois plus tôt pour l'inauguration du temple de l'Amour à Trianon sur le thème d'une « fête galante », mais il avait fait de son mieux. Lors de sa réception, la reine avait fait reconstituer un village avec ses maisons, ses boutiques en papier mâché. À la tombée du jour, on avait allumé trois cents lanternes en verre rosé qui avaient baigné le jardin d'une lumière féerique. L'orchestre, installé sur la petite île, était vêtu à la chinoise de longues robes de soie brodées bleu saphir, rouge rubis, vert émeraude et jaune topaze. Même les plus blasés des hôtes avaient été stupéfaits.

Cette fête, ajoutée à d'incessantes pertes au jeu, avait contraint Marie-Antoinette à solliciter à nouveau le roi. Celui-ci avait demandé que l'on réglât ses dettes, prêt à affronter le courroux de Necker qui venait de procéder de toute urgence à un nouvel emprunt de vingt-cinq millions de livres. Porté aux nues par *Le Journal de Paris*, le banquier voyait se confirmer la confiance du peuple. Il avait refusé tout net les deux cent mille livres que lui réclamait Artois pour solder les dépenses de Bagatelle. Soutenu par la reine et les Polignac, celui-ci s'était tourné vers Maurepas qui, lui aussi, s'était montré réticent. Il avait fallu une invitation à Trianon pour le faire céder. Jusqu'à présent tenu à l'écart, le vieil homme débonnaire était devenu un intime des Polignac. N'était-il pas, tout compte fait, celui que le roi écoutait ? Choyé, flatté, il cédait aux charmes de la vicomtesse et se faisait son inconditionnel allié.

Les nouvelles américaines, en cette fin d'année, connaissaient des hauts et des bas. Le vingt-six septembre, les Britanniques avaient repris Philadelphie et George Washington établissait ses quartiers d'hiver à Valley Forge, en Pennsylvanie. La Fayette défrayait les chroniques versaillaises. Le jeune Français jouissait d'une extrême popularité et les insurgés avaient confiance en la future aide de la France. Si le roi finalement envisageait cette guerre, c'était sans enthousiasme. Noailles, ambassadeur à Londres, était officiellement rappelé à Paris. On ne gardait qu'un consul outre-Manche.

Une victoire aux côtés des Américains serait une victoire contre l'Angleterre. Réticent, Necker avait tenté de chiffrer le coût total de cet engagement, une somme exorbitante pour un pays à l'économie exsangue, dont les routes étaient mal entretenues, les bâtiments publics détériorés, les hôpitaux dans un état pitoyable. Ce que sa femme découvrait dans ces cloaques était à peine croyable. Les malades s'y entassaient dans une horrible promiscuité au milieu des puces et des poux. Suzanne Necker faisait de son mieux pour améliorer les conditions de vie des malheureux qui y végétaient. À Notre-Dame de Liesse, rue de

Sèvres, dont elle s'occupait personnellement, chaque malade disposait d'un lit et était soigné par des médecins au cœur assez charitable pour ne point exiger d'honoraires.

Fin décembre, Vergennes avait reçu Benjamin Franklin qui, avec ses manières douceâtres, avait achevé de le convaincre. Contre tout droit, il avait même promis à l'ambassadeur américain une somme importante, promesse qui avait indigné Necker. Qu'avait à gagner la France dans ce conflit ? L'amitié des Américains ? L'Amérique, tôt ou tard, se tournerait vers celle qui enrichissait son commerce, l'Angleterre.

Et l'Europe s'agitait. L'électeur de Bavière, Maximilien III Joseph, venait de mourir sans postérité, laissant sa couronne à l'Électeur palatin qui s'était empressé de céder à l'Autriche une partie de la Basse-Bavière. L'empereur d'Autriche avait aussitôt profité de l'aubaine et fait occuper ce vaste territoire. Inquiètes, les grandes puissances se liguaient contre l'Autriche et on observait avec attention les faits et gestes de la reine, soupçonnée de vouloir influencer le roi en faveur de son pays natal. Si tel était le cas, il faudrait donc se battre contre l'Angleterre sur deux fronts. Le traité d'alliance avec les insurgés américains était sur le point d'être signé. La décision était prise et le roi s'y tiendrait quoi qu'il advînt. Quant à l'alliance avec l'Autriche, et en dépit des nombreuses interventions de la reine auprès de Vergennes et de Maurepas, rien n'était décidé.

## 1778

## *Où est ce pays où les femmes se vêtent de velours et de soie ?*

L'atmosphère plutôt tendue de ce début d'année avait été égayée par l'arrivée à Versailles du mystérieux chevalier d'Éon. Dans le cercle de la reine, on avait ri aux larmes des facéties d'Artois qui imitait à merveille l'androgyne.

Axel de Fersen était en France avec l'espoir d'embarquer pour l'Amérique. L'affection que la reine lui portait gênait cet homme discret qui tenait les ragots en horreur. Mais il était évident que les deux jeunes gens éprouvaient de l'attirance l'un pour l'autre et cette entente jetait un malaise dans le Cercle enchanté. Tout en se déclarant le meilleur ami de l'autre, chacun s'épiait, s'observait, se jalousait. On avait déjà évincé Lauzun, le Suédois avait intérêt à garder de la retenue.

Avec le chevalier d'Éon, la pauvre Lamballe était la cible favorite des moqueries. Supplantée par la Jules dans le cœur de la reine, on ne la voyait plus guère. Seule lui restait fidèle sa belle-sœur, la duchesse de Chartres. On savait que toutes deux avaient demandé à la loge d'Adoption de la Candeur de les initier. Marie-Thérèse trouverait-elle dans la fraternité la stabilité dont elle avait tant besoin ? La duchesse de Chartres ne quittait plus guère le Palais-Royal que pour se rendre à Saint-Cloud ou dans un des châteaux que possédait son père, le duc de Penthièvre. Son époux, qu'elle avait tant aimé, ne cessait de la décevoir. Elle avait accepté les maîtresses mais l'établissement de madame de Genlis comme gouvernante de ses enfants l'outrageait. Et l'âge n'améliorait pas la quête effrénée de plaisirs du duc. À peine le voyait-elle et, lorsqu'il avait demandé au ministre de la Marine, Sartine, de lui donner le commandement de l'escadre française qui mettrait les voiles pour l'Amérique, elle avait été presque soulagée d'être débarrassée de sa présence. Le refus du ministre d'accéder à sa demande avait mis le duc d'une humeur massacrante.

À l'hôtel du Contrôle, Necker travaillait jusqu'à douze heures par jour, épuisant ses collaborateurs. Tôt ou tard, il était résolu à changer de fond en comble le système d'imposition. Il fallait proportionner l'impôt aux ressources des contribuables au lieu de le laisser à la discrétion de collecteurs à l'honnêteté douteuse. Des assemblées provinciales devaient contrôler la fiscalité. La noblesse rurale, la bourgeoisie éduquée prendraient alors l'importance qui leur était due. Que savait-on à Versailles des ressources d'un paysan du Berry ? Travaillant côte à côte, bourgeois, cultivateurs aisés et hobereaux apprendraient à mieux se connaître et s'estimer. Mais les Parlements locaux, accrochés à leurs prérogatives, ne voulaient rien entendre.

Le travail acharné et solitaire de Necker n'intéressait guère les salons. Ce qui passionnait tout le monde était l'affreux esclandre qui avait éclaté à la fin du mois de février au bal de l'Opéra. Artois y déambulait aux côtés de madame de Canillac quand la duchesse de Bourbon l'avait reconnue. Elle l'abhorrait pour avoir été la maîtresse chérie de son mari et l'avait abreuvée d'insultes. Artois s'était interposé puis avait sommé sa cousine de se taire. Au comble de la fureur, celle-ci avait arraché le masque du prince. Il y avait eu un moment de stupéfaction dans l'assistance, les musiciens ne jouaient plus, chacun prêtait l'oreille. La riposte d'Artois avait été si vive que la duchesse ne l'avait pas vue venir. Saisissant à pleines mains le masque de sa cousine, il l'avait écarté de son visage avant de l'y aplatir d'une manière si brutale que la duchesse n'avait pu retenir un cri de douleur. L'affront était public et demandait réparation. Le duel entre Bourbon et Artois avait eu lieu le trois mars à la porte des Princes dans le bois de Boulogne. En vain, la reine avait tenté de réconcilier les deux adversaires. Soutenu par son père, le prince de Condé, Bourbon voulait en découdre.

Il faisait frais et les duellistes avaient gardé leur veste pour ferrailler. Bourbon légèrement piqué à la main, les témoins avaient demandé l'arrêt du combat et les deux cousins s'étaient embrassés.

Plus encore que ce duel de comédie, la reine et ses amis se gaussaient de la décision que venait de prendre Necker de créer un « mont-de-piété », établissement de prêt sur gages qui permettrait aux plus démunis de survivre. « La charité est un art de vivre, non une science », s'était moquée madame d'Andlau. Tante de Yolande de Polignac qu'elle avait élevée à la mort de sa sœur, la marquise s'était imposée dans le cercle et avec elle sa fille, la ravissante madame de Châlons. Le frère de Yolande le rejoignait aussi très souvent, ainsi que le jeune Guiche qui courtisait Aglaé, l'aînée des enfants de la vicomtesse Jules, une frêle adolescente de treize ans ayant hérité de sa mère l'art d'ensorceler.

En avril, alors qu'on préparait Trianon pour le printemps, la reine avait déclaré sa grossesse. Les journaux puis le bouche à oreille avaient porté l'heureuse nouvelle jusque dans les campagnes les plus reculées. Les cloches des églises avaient carillonné, on avait débouché force bouteilles de bon vin pour boire à la santé de ce dauphin tant attendu qui, en perpétuant la dynastie des Bourbons, assurerait la stabilité du pays.

Les motifs de griefs contre les souverains n'étaient cependant pas effacés. Si le roi n'était pas responsable des mauvaises récoltes, il devait répondre des disettes dues aux impôts écrasants, à la mauvaise organisation des secours au niveau des provinces, aux prétentions des seigneurs qui exigeaient bon an mal an leurs fermages. En chaire, les curés expliquaient que maints chrétiens qui jouissaient d'énormes privilèges étaient aveugles et sourds, que Dieu les jugerait. Mais leurs ouailles espéraient une justice plus prompte.

Après un hiver pluvieux, le printemps avait été chaud et sec. L'herbe ne poussait guère et les réserves de foin de l'année précédente étaient épuisées. Il avait fallu abattre du bétail et les prix s'effondraient. On cédait un bœuf pour cent sous, un mouton pour quarante. De quoi acheter un peu de sucre, de sel, de farine, du savon, des chandelles, tenter de subsister. Dans les villages, des colporteurs passaient avec des aunes de tissus d'indienne, des rouleaux de ruban, de galons dorés, de gravures représentant le roi et la reine en tenue de cour, des boîtes peintes de motifs de fleurs, guirlandes de roses, bouquets de violettes. Qui pouvait s'offrir ces bagatelles qui faisaient s'écarquiller les yeux des jeunes filles ? Où était ce pays où les femmes se vêtaient de velours et de soie, portaient des joyaux au cou, aux poignets, où les hommes paradaient en gilet brodé et perruque poudrée ?

À Paris, tandis que se mourait Voltaire visité par la foule de ses dévots, Marie-Antoinette, pour plier aux désirs de sa mère, insistait encore pour que le roi s'engage dans la guerre aux côtés des Autrichiens. En vain, elle avait tenté plaintes, supplications et larmes mais, soutenu par Maurepas et Vergennes, Louis XVI n'avait point cédé. La France ne pouvait tenir qu'un rôle de conciliateur. Par ailleurs, depuis la signature du traité avec l'Amérique, il serait hasardeux de se battre sur deux fronts. La Fayette demandait des troupes aussi vite que possible, il fallait les réunir à Brest où l'on venait d'expédier Chartres, non point en tant qu'amiral de la flotte mais comme inspecteur général de la Marine. Son amère déception avait plutôt réjoui le roi.

Bien que non déclarée, la guerre d'indépendance en Amérique avait bel et bien commencé. Des unités des Royal-Agénois, Royal-Picardie, Royal-Angoumois étaient déjà prêtes à embarquer avec des canons, des caisses de fusils et de munitions, du ravitaillement pour trois mois. L'armée de George Washington allait quitter ses quartiers de Valley Forge en Pennsylvanie pour reprendre les combats. Le renfort français était espéré dans les délais les plus brefs. Mais pas plus Vergennes que Sartine ne se faisaient d'illusions. Par tous les moyens, les Anglais allaient tenter d'empêcher la flotte française de prendre le large.

En juin, la frégate *La Belle-Poule* était attaquée non loin des côtes par l'*Aréthuse* battant pavillon anglais. En dépit de sa vaillance, l'équipage de *La Belle-Poule* avait dû regagner Brest avec un navire endommagé, quarante morts et cinquante-sept blessés. C'était une déception. Rendu sceptique par l'âge, Maurepas en recevant la nouvelle avait hoché la tête : « Savez-vous, Sire, avait-il demandé au roi, ce que c'est qu'un combat naval ? Je vais vous le dire : deux escadres sortent de deux ports opposés, on manœuvre, on se rencontre, on se tire des coups de canon, on abat quelques mâts, on déchire des voiles, on tue quelques hommes, on use beaucoup de poudre et de boulets, puis chacune des deux armées se retire prétendant être restée maîtresse du champ de bataille. Elles s'attribuent toutes deux la victoire. On chante de part et autre des *Te Deum* et la mer n'en reste pas moins salée. » En dépit de la tournure d'esprit sarcastique du vieux ministre, Paris pavoisait. Pour la reine, Léonard avait créé une coiffure « à la Belle-Poule » qui faisait fureur. En haut de l'amoncellement de boucles, de frisettes et crêpelures qui constituaient les coiffures à la mode, l'audacieux coiffeur avait planté une frégate miniature toutes voiles dehors, canons émergeant des sabords, le tout flottant sur des rubans bleu-vert. On se pâmait d'admiration.

À la fin du mois de juin, le roi ordonnait à la flotte française de mettre les voiles pour attaquer l'escadre de l'amiral Keppel au large d'Ouessant. Il avait été impossible de ne pas céder aux incessantes sollicitations du duc de Chartres et, à contrecœur, Sartine lui avait confié le commandement d'un bâtiment, *Le Saint-Esprit*.

Le combat avait été sans merci. En pleine canonnade, on avait vu la frégate de Chartres approcher le navire amiral, *L'Artésien*, pour recevoir ses ordres. On avait crié à l'héroïsme et, bien qu'on ait eu à déplorer cent soixante-trois morts et cinq cent dix-sept blessés, le duc avait été reçu avec enthousiasme à Paris, avec tiédeur à Versailles.

Lors d'un petit souper à Trianon, la vicomtesse de Polignac avait lancé le pavé dans la mare : Chartres n'était point un héros mais un ignare. S'il avait approché le navire amiral, c'était qu'il n'avait compris aucun des signaux donnés par celui-ci – manœuvre risquée, inutile, qui avait irrité l'amiral d'Orvillers et permis peut-être aux Anglais, en difficulté, de s'échapper. Dans le Cercle enchanté, l'étoile de Chartres avait aussitôt décliné. On savourait les couplets piquants qui circulaient dans Paris.

*Jason partit, je le sais bien*
*Mais que fit-il ? Il ne fit rien.*

Artois était le plus sarcastique. Briguant lui-même la charge de grand amiral, écraser son cousin le servait. Lassé d'autre part de la vie de marin, sensible aux critiques,

Chartres avait laissé entendre qu'il resterait dans l'avenir au Palais-Royal. « Nommons-le amiral des têtes légères », avait proposé Yolande de Polignac sous un tonnerre d'applaudissements. Pour mettre le comble à sa disgrâce, Chartres avait tenté de soudoyer monsieur de l'Ausbespine, cousin du ministre de la Guerre, pour obtenir en huit jours, contre trois mille livres, un brevet de colonel. Le duc d'Orléans était allé trouver le roi pour dénoncer la cabale qui salissait son fils. Louis avait pardonné mais ordonné à Chartres de ne plus paraître à Versailles pendant un mois.

Pas un instant Marie-Antoinette n'avait défendu ce cousin qu'elle avait tant apprécié autrefois. Le roi avait montré sa sévérité et elle avait besoin de sa confiance pour l'affaire autrichienne. La seule protectrice de Chartres, sa belle-sœur Lamballe, était elle-même en disgrâce. Les Polignac, qui la détestaient, exerçaient désormais un pouvoir absolu. Chartres n'étant plus en faveur, le discrédit de Lauzun avait été complet quand il avait sollicité en vain le poste d'ambassadeur en Pologne. Le jeune duc avait gagné Londres, puis Bath, sûr que les Polignac, Coigny et Besenval avaient détruit sa réputation auprès de la reine pour mieux régner sur elle.

L'été avait été caniculaire. Fatiguée par sa grossesse avancée, la reine renonçait parfois à Trianon pour rester, les volets clos, dans ses appartements de Versailles. Le temps était lent, pesant, la lumière tamisée, la chaleur engourdissait. Le soir, à la tombée de la nuit, on pouvait enfin sortir prendre l'air dans le parc, se divertir un peu. La reine avait organisé de petits concerts, des soupers qui lui redonnaient son entrain. Dans l'obscurité du parc, on se laissait bercer par la musique et on flânait. Parfois, contre toutes les règles du protocole, les amis du Cercle enchanté baignaient leurs pieds dans l'eau des fontaines en s'éclaboussant. Ces jeux puérils soulevaient l'indignation des vieux courtisans.

Artois n'était pas le dernier à imaginer des facéties. Proche de Besenval, de Vaudreuil et donc des Polignac, Galaor se montrait munificent, excentrique. Il étonnait en congédiant tous ses domestiques à neuf heures du soir pour leur faire reprendre le service à neuf heures du matin selon la mode anglaise, imaginait des soirées masquées dans le parc au cours desquelles la reine et ses amis pouvaient se divertir librement tandis que l'orchestre des Gardes-Françaises donnait l'aubade. Habituellement aimable, rieur, il pouvait se montrer violent et, pour une contrariété, avait donné un coup de poing dans l'estomac du duc des Cars. À titre d'excuses, Galaor s'était contenté de porter la main au pommeau de son épée, geste qui signifiait qu'il était prêt à se battre contre un inférieur, honneur qu'il daignait accorder.

Sur le front américain en cet été, la guerre faisait rage, aux Antilles surtout. Sainte-Lucie, Tobago, la Grenade étaient prises, perdues, reprises. L'Espagne avait rejoint la France pour protéger ses colonies des Anglais. Déjà Maurepas, Sartine, Montbarrey commençaient à présenter à Necker les mémoires occasionnés par la guerre d'Amérique. Il avait fallu recourir à un nouvel emprunt à taux élevé.

À la fin du mois d'août, on avait déploré la mort de la princesse Henriette de Hesse-Rheinfelds, la mère de Marie-Thérèse de Lamballe. La reine avait reçu son amie à Trianon et l'avait embrassée. Celle-ci l'avait quittée en larmes. C'était la première fois depuis des mois que s'ouvraient pour elle les portes de ce petit château et elle en était bouleversée.

La chaleur semblait installée pour longtemps et le roi avait décidé de s'établir à Marly. La grossesse avancée de la reine ne permettait plus un voyage à Fontainebleau, mais chacun avait besoin de changement.

Dans cette charmante villégiature où chaque invité disposait de son propre pavillon, on s'était mis à l'aise. La reine sortait vêtue d'amples robes d'indienne, sans bijoux, un bonnet de linon ou de dentelle sur la tête. Les Polignac allaient et venaient, Fersen, Coigny, l'irrésistible Besenval, Adhémar, Esterhazy, le beau Dillon, le divin Vaudreuil étaient des assidus, ainsi qu'Artois. Un funambule, Placide, venait chaque jour à Marly pour apprendre à Galaor la danse sur corde. Il commençait à épater ses amis et la reine avait décidé d'organiser une fête foraine pour mettre en valeur les nouveaux talents de son beau-frère. Elle s'était instituée marchande de limonade et Esterhazy avait décroché un jambon en haut du mât de cocagne. Besenval, auquel ses cinquante années interdisaient les exercices périlleux, avait chanté accompagné d'un trombone, d'un violon et de deux chalumeaux de vieilles complaintes suisses qui déchiraient le cœur. La fête s'était achevée par un souper sur l'herbe et des feux de Bengale qui avaient cascadé en brumes argentées sur les massifs et les buissons.

Un soir, alors que l'on jouait gros, le roi était entré dans le salon de la reine. « Je viens faire une collecte pour les pauvres », avait-il déclaré et, d'un geste décidé, il avait fourré dans un sac les louis d'or jetés sur la table.

Jamais le roi ne s'attardait, l'heure de son coucher était immuable. Sentait-il aussi que sa présence gênait ? À deux reprises, il avait constaté qu'on avait avancé les aiguilles des pendules pour qu'il prît congé. Dans le cercle de la reine, il ne se sentait pas à son aise. Seule Yolande de Polignac l'attirait. Douce, indulgente, charmeuse, elle lui donnait l'impression d'être séduisant.

La guerre entre l'Autriche et la Prusse tournait au désavantage de l'Autriche et la reine en était fort attristée. Un accord de reddition allait inéluctablement être signé. L'impératrice d'Autriche s'en félicitait malgré tout. C'était contre son avis que son fils Léopold avait commencé les hostilités. Mais Marie-Antoinette n'avait pas pardonné à Louis son inertie. On mettait les mots secs qu'elle lui adressait parfois sur le compte des fatigues de sa grossesse. Tout le monde lui prédisait un garçon, elle n'osait en douter.

Septembre avait apporté un peu de fraîcheur et on avait gagné Choisy pour profiter des plaisirs offerts par la Seine, pêche, promenades en gondoles, concerts sur l'eau, illuminations des berges. Chartres avait fait une courte visite, mais les moments heureux qu'il avait partagés avec la reine avaient fui. Le prince était venu pour se plaindre de Sartine. Comment ce ministre avait-il pu tolérer les attaques portées contre sa personne lors du combat naval d'Ouessant ? Il fallait exiger sa démission. Mais le roi était resté de marbre. Il avait confiance en son ministre et, s'il y avait eu des médisances, c'était que la situation avait été ambiguë.

À la fin du mois, la Cour avait regagné Versailles pour le grand événement attendu avec fièvre : le mariage d'Aglaé de Polignac avec le comte de Gramont que la reine comptait faire duc de Guiche. Par affection envers Yolande, le roi avait promis une dot de six cent mille livres à la fiancée, somme considérable dont bien des princes ne pouvaient rêver.

Les noces des deux très jeunes gens avaient été à la hauteur de ce que l'on en espérait : trois jours de fêtes ininterrompues, soupers, bals, feux d'artifice, opéra, illuminations des fontaines et des bassins du parc, concerts, joutes sur le Grand Canal. Menue, ravissante, la mariée maîtrisait déjà fort bien les règles de l'étiquette et s'était comportée avec une grâce incomparable. La faveur des Polignac semblait à son zénith. La reine éprouvait pour son amie une tendresse de petite sœur. Elle l'embrassait, la tutoyait, la taquinait. Parfois les deux amies s'amusaient à se décoiffer, à étaler le rouge qui fardait leurs joues, s'adonnaient à des jeux puérils.

Conviée au mariage d'Aglaé en tant que superintendante de la Maison de la reine, la princesse de Lamballe était sans cesse au bord des larmes. À la reine, elle pardonnait tout, c'était la Jules qu'elle haïssait, au point de détourner la tête si celle-ci passait devant elle. Jolie, aimée, mère comblée, amante désirée, Yolande possédait tout ce que la vie lui avait refusé.

Le plaisir qu'avait pris la reine aux fêtes données pour Aglaé avait décidé le roi à préparer en secret une mascarade dans la salle des Menus-Plaisirs. Dans la confidence, Yolande s'était ingéniée à coordonner au mieux les différents services. En une journée, on avait décidé les ministres les plus austères à se déguiser et chacun travaillait en secret à son costume.

Le soir de la fête, le roi avait accueilli Marie-Antoinette dans ses habits habituels et, sur un ton léger, l'avait priée de l'accompagner aux Menus-Plaisirs. Intriguée, la reine avait accepté. Alourdie par une grossesse de huit mois, elle n'apparaissait plus aux petits couverts du dimanche ni aux bals du lundi.

À peine la porte ouverte à doubles battants, la reine avait poussé un cri de surprise. La salle était remplie de gens déguisés de la plus extraordinaire façon. Tout égayée, elle avait reconnu monsieur de Maurepas en Cupidon et madame de Maurepas en Vénus, Sartine était Neptune portant un trident, Vergennes avait un globe sur la tête, une carte de l'Amérique sur la poitrine, une de l'Angleterre dans le dos, le prince de Soubise était devenu un bonze chinois, le maréchal de Richelieu Céphale, l'antique maréchale de Mirepoix une squaw indienne. Le duc de Coigny en Hercule avait provoqué chez Marie-Antoinette un éclat de rire, ainsi que le maréchal de Biron en druide. Parmi la foule, qui s'était mise à danser, la reine voyait des rabbins, des soldats, des hussards, des marins, des trappeurs. Déguisés en jockeys, les pages s'en donnaient à cœur joie.

Marie-Thérèse était née à la mi-journée du dix-neuf décembre. Madame de Lamballe, avant l'aube, avait fait réveiller le roi, se gardant bien de prévenir les Polignac. Mais alertée par l'abbé de Vermond dont la reine avait choisi le frère comme accoucheur, Yolande était accourue dans la chambre de son amie.

Vers onze heures du matin, la délivrance avait semblé proche et l'accoucheur avait averti le roi. Selon l'étiquette, une reine devait donner naissance en public afin qu'il n'y eût pas le moindre doute sur la légitimité de l'enfant. À onze heures trente, alors que la parturiente souffrait depuis près de douze heures, la foule s'était pressée dans la chambre d'apparat, princes du sang, grands seigneurs, mais aussi fonctionnaires du palais et serviteurs. Les fenêtres ayant été calfeutrées pour l'hiver, nul souffle d'air ne pouvait y pénétrer et, déjà, on suffoquait. À la fragrance lourde des parfums et des poudres se mêlaient des relents de sueur, l'odeur du bois qui crépitait dans la cheminée, l'arôme des bouquets de fleurs. Autour de monsieur de Vermond s'activaient deux sages-femmes et trois servantes.

La délivrance s'était faite à midi. Par un signe, la princesse de Lamballe avait fait comprendre à la reine que c'était une fille et, occasionné par la déception, la chaleur, l'épuisement, la reine avait eu un malaise et perdu connaissance. On avait dû intervenir aussitôt. Vermond avait saigné à sec, tandis que le roi d'un geste impétueux ouvrait une fenêtre.

En reprenant connaissance, Marie-Antoinette avait aperçu Yolande qui lui tenait les mains.

Le trente et un décembre, en cadeau d'étrennes, la reine offrait aux Polignac quatre pièces supplémentaires reprises au duc d'Aumont, premier gentilhomme de la Chambre. La Jules jouissait désormais d'un appartement de huit pièces.

Pourtant fort privilégiée, la princesse de Lamballe n'avait pu accepter cette nouvelle preuve de faveur et s'était enfuie chez son beau-père à Sceaux. Sa charge allait à vau-l'eau.

# 1779

## *Du blanc, rien que du blanc*

Comme chaque hiver, les enfants abandonnés affluaient. On les trouvait devant les portes des hôpitaux, sur le parvis des églises, au coin des rues, sous la statue d'un saint. Beaucoup de ces bébés mouraient sans nom, sans date de naissance. On les inhumait dans un coin qui leur était réservé au cimetière de la paroisse où ils avaient été recueillis. L'archevêque de Paris avait offert trois cent mille livres pour soulager les misères, c'était beaucoup et insuffisant.

À Versailles, Sartine voyait arriver sur son bureau les mémoires des dépenses liées à la guerre d'Amérique. Rien que pour l'année en cours, il lui faudrait cent trente millions de livres pour y faire face. C'était une gageure perdue d'avance. Et on attendait incessamment le marquis de La Fayette qui venait réclamer de l'or, encore de l'or, toujours de l'or pour ses amis américains.

L'Autriche et la Prusse se rencontraient pour signer une paix. C'était un souci de moins pour le roi qui, empêché de chasser par le mauvais temps, se consolait en allant voir son nouveau-né qu'il chérissait. La reine se remettait de ses couches, mais fermait résolument la porte de sa chambre. Il n'était plus question pour son mari d'y pénétrer.

Gouvernante des Enfants de France, madame de Guéménée avait perdu de son entrain. Une nouvelle infidélité du prince ? Des soucis financiers ? On murmurait que le couple était perclus de dettes.

Au début de février, Yolande de Polignac avait attrapé la rougeole et gardé le lit. Chaque jour, la reine venait lui faire de longues visites, se plaisait à lui préparer elle-même du thé. Dans cette chambre de malade, dans la maussade lumière de l'hiver, elle reprenait son calme. Trop d'événements s'étaient succédé en peu de temps, qui l'avaient ébranlée : la déception d'avoir mis au monde une fille, les propos inadmissibles de La Fayette acquis sans restrictions à l'idée de démocratie, la présence aussi d'Axel de Fersen qui la touchait à l'excès. Il l'avait compris et avait demandé l'autorisation de s'éloigner d'elle. Elle avait refusé. Qu'espérait-elle ? Qu'ils puissent s'aimer platoniquement, se comprendre, se soutenir, cheminer l'un à côté de l'autre, gardant pour toujours leurs sentiments dans le secret de leurs cœurs ? La retenue qu'il montrait, sa discrétion ajoutaient encore à son attachement. Et les liaisons officielles ou cachées de ses amis intimes intensifiaient ce besoin d'aimer et d'être aimée.

Le moment était arrivé de procéder à la cérémonie des relevailles à Notre-Dame. Marie-Antoinette qui, si souvent, s'était rendue à Paris le cœur en fête y allait aujourd'hui sans le moindre enthousiasme. Un long rituel l'attendait dans une cathédrale glacée. Et, sans Yolande clouée dans sa chambre de malade, il n'y aurait pas de moment plaisant à l'hôtel des Polignac dans le Marais ou dans leur délicieuse maison de Passy.

Dès le cours la Reine, Marie-Antoinette avait remarqué que les Parisiens étaient rares. Quelques groupes d'oisifs ici et là observaient les carrosses la bouche ouverte. Près de Notre-Dame, le peuple s'était rassemblé mais là, point de regards admiratifs, de cris de joie, seulement des lèvres closes, des bonnets vissés sur les têtes. La reine avait eu les larmes aux yeux. Elle aurait voulu qu'un coup de baguette magique la transportât à Trianon au printemps, dans sa belle villa entourée de ses chers amis, pour se sentir libre et protégée à la fois.

Un soir, le roi était venu la visiter le regard affligé : James Cook était mort, tué dans une bataille contre les Hawaïens. Sartine venait de l'apprendre par le rapport d'un capitaine hollandais qui avait croisé l'*Endeavour* et le *Resolution*. Tout autant que ses travaux de serrurerie, le roi aimait la géographie et possédait une exceptionnelle collection de cartes. Dès le début de la décennie, il avait suivi les expéditions du navigateur anglais au cœur du Pacifique, s'était passionné pour sa découverte d'un détroit séparant la péninsule de Bank de l'île Stewart et d'une île immense baptisée Botany Bay, en raison des nouvelles espèces découvertes par les botanistes Banks, Solander et Spöring. Cook avait rencontré des aborigènes hostiles qui avaient fui au premier coup de fusil. Endommagé par un banc de corail, l'*Endeavour* avait dû caréner durant sept semaines. Avec surprise, l'équipage avait découvert des animaux étranges que les indigènes appelaient kangourous. Le vingt-deux août de l'année 1770, Cook avait planté le drapeau britannique sur l'île de la Possession avant de mettre le cap sur Batavia qui appartenait à la Hollande. Beaucoup de ses camarades et des membres de l'équipage y avaient péri de dysenterie. À la fin de l'année 1771, Cook avait regagné l'Angleterre en franchissant le cap de Bonne-Espérance. De 1772 à 1775, à bord du *Resolution*, le hardi navigateur avait à nouveau cinglé vers le Pacifique. Il s'était arrêté aux îles Turga, à l'île de Pâques, à l'île Norfolk, aux Nouvelles-Hébrides. Chargé d'honneurs par la Royal Society, il avait cependant voulu tenter une troisième expédition sur le *Resolution*. Le capitaine Clark le suivait sur le *Discovery*. Les bateaux avaient ancré à Tahiti puis mis les voiles pour les îles Hawaï où il avait été le premier Européen à accoster.

Après les Hawaï, Cook avait tenté en vain de franchir le détroit de Béring et avait dû regagner Hawaï pour mettre l'équipage au repos. Curieux mais distants, les indigènes les avaient sans cesse observés avec une certaine hostilité. Un soir, attaqués sur la plage à coups de pieux et de lances, les Britanniques s'étaient repliés en hâte dans les chaloupes. Frappé à la tête, Cook s'était effondré. On l'avait battu à mort et probablement mangé. L'équipage, disait le rapport du capitaine hollandais, avait pu recueillir quelques restes pour les inhumer en mer avec les honneurs militaires.

« Une perte immense », avait déploré Louis XVI. Il rêvait d'envoyer des navires français dans le sillage de Cook et pensait à plusieurs capitaines assez hardis pour relever ce défi. Mais l'heure n'était pas aux expéditions scientifiques ou botaniques. Par politesse, la reine avait compati à la mélancolie de Louis. Ce qui la préoccupait était de trouver le moment favorable pour lui demander, une fois encore, de payer ses dettes de jeu. Et Élisabeth Vigée-Lebrun l'attendait dans son petit salon. L'artiste avait commencé un portrait destiné à l'impératrice d'Autriche et lui avait déjà montré quelques esquisses fort satisfaisantes. Pendant les poses, Yolande venait la rejoindre, les trois femmes prenaient du thé dans une atmosphère joyeuse.

On s'enthousiasmait pour le jeu de bagues construit à Trianon et qu'on inaugurerait au printemps, un grand pavillon chinois où l'or et l'argent reflétaient les rayons du soleil. Le manège compterait des dragons pour les hommes, des paons pour les femmes. Tout autour se déplierait une galerie circulaire en treillage meublée de bancs en bois peint. Un théâtre était aussi en pleine construction. On allait enfin disposer d'une vraie scène pour jouer la comédie.

En avril, frappée à son tour par la rougeole, la reine avait dû garder la chambre. Qui avait eu l'idée du « cercle des chevaliers servants » ? Dès le début de la maladie, Besenval, Coigny, Esterhazy et Guines s'étaient installés à son chevet pour la distraire. Avec détermination, l'abbé de Vermond les chassait à la nuit tombante. Les rumeurs étaient déjà assez malveillantes pour ne pas les exaspérer. L'atmosphère dans la chambre de la malade était gaie, pleine d'entrain. Bien calée dans ses oreillers ou installée sur une méridienne, Marie-Antoinette choisissait son lecteur, celui qui lui servirait à boire, serait son partenaire au tric-trac, au lansquenet. De peur de jouer les trouble-fête, le roi osait à peine entrer dans la chambre pour prendre des nouvelles.

Rien de ce qui se passait à Versailles ne restait secret. Les Parisiens puis les provinciaux apprenaient les excentricités de la reine, sa froideur envers son époux. Les pires rumeurs avaient commencé à circuler : Madame Royale était la fille du duc de Coigny dont la reine s'était détournée pour se donner à un officier suédois, Axel de Fersen. La dot d'Aglaé de Polignac avait levé une haine tenace contre cette famille sans moralité. La vicomtesse n'avait-elle pas un amant qui était au mieux avec le mari ? Que se passait-il à Trianon ? Les valets, les servantes bavardaient. On parlait de jeux, de pièces de théâtre, de soirées intimes d'où les serviteurs étaient exclus. On se couchait à l'aube, se réveillait tard pour le déjeuner. À peine coiffée, la reine se promenait en peignoir dans le jardin, suivie de ses chevaliers servants, ou plutôt de ses favoris. Le monde tournait à l'envers. Après Louis XV, c'était la reine de France qui maintenant se vautrait dans la luxure.

Imprimés à Londres, à Amsterdam, quelques-uns de ces libelles étaient détruits par la police mais ils semblaient se multiplier. Et la presse, tout en gardant un ton convenable, n'épargnait personne. La famille royale était jugée, critiquée, rarement louée.

En mai, la saison de Trianon avait été déclarée ouverte. Parfois la nourrice, escortée de madame de Guéménée, amenait Madame Royale que l'on installait dans un couffin à l'ombre d'un arbre. À cinq mois, la petite fille était éveillée mais ne souriait guère. Sa mère l'avait surnommée « Mousseline la sérieuse ». Elle la prenait dans ses bras, lui posait un baiser sur le front. Ce rôle de mère si longtemps attendu lui plaisait.

Un soir, Mercy avait surgi à l'improviste et exigé un entretien avec la reine qu'elle lui avait accordé en soupirant. Elle savait bien ce que désirait l'ambassadeur d'Autriche : qu'elle reprenne sa vie conjugale. L'impératrice veillait. Tant qu'elle n'aurait pas donné un dauphin à la France, elle n'en serait pas tout à fait la reine. Une fois encore, il fallait céder.

Rose Bertin ne cessait de la surprendre. Ce printemps, elle avait révolutionné la mode. Finis les paniers, les tissus brodés, trop lourds, les flots de dentelles, les forêts de rubans. Les modèles qu'elle avait imaginés et qui se portaient avec de simples chapeaux de paille décorés de fleurs des champs étaient exquis : des robes légères, fluides en linon, en mousseline, en calicot blanc ou à peine rayées. Du blanc, rien que du blanc avec des touches pastel dans les simples rubans qui ceignaient les tailles. Les femmes se trouvaient rajeunies de dix ans et peu leur importait la détresse des ouvriers lyonnais qui ne travaillaient plus. On jouait à la campagnarde.

Enthousiasmée, la reine avait renouvelé entièrement sa garde-robe. Cette mode seyait à son corps épanoui par la maternité.

Au Grand Mogol, on se pressait, on se bousculait. Yolande de Polignac, qui avait détesté les fanfreluches et les apprêts, triomphait. Débordée, ravie, la couturière prenait des airs insolents avec les dames qui ne lui semblaient pas assez reluisantes. Les épouses des officiers, les « messieurs bleus », comme on les appelait, celles des hauts fonctionnaires, des parlementaires mêmes étaient confiées à des secondes vendeuses. Beaucoup menaçaient de déserter le Grand Mogol mais nul ne le faisait. À ses robes et chapeaux, souliers et bas, la couturière avait ajouté des jupons aériens, de délicieuses chemises de nuit, des bonnets de mousseline, de linon, des fichus qui faisaient rage. Tout coûtait une fortune.

La reine avait décidé d'assister de plus en plus souvent au Conseil. Fersen avait suscité en elle un certain intérêt pour la politique et elle désirait désormais apprendre ce qui se passait dans le cabinet privé du roi. Il n'échappait pas au souverain que Maurepas et Vergennes étaient irrités par la présence de la reine mais, lorsqu'il le fallait, il savait garder le silence. On évoquait les succès de l'amiral d'Estaing. Son escadre toulousaine avait pris le contrôle des Caraïbes, permettant à Rochambeau de débarquer sur le territoire américain. Français et Espagnols faisaient le siège de Gibraltar, mais Sartine ne comptait pas sur une prompte victoire.

En France, on avait signalé des cas de dysenterie dans le Centre et le Sud-Ouest, la mort avait fauché une multitude de gens, des enfants en particulier. Certains villages ne comptaient plus qu'une dizaine d'habitants.

En juillet, Yolande de Polignac, Vaudreuil et Esterhazy avaient décidé de partir pour Spa afin de rejoindre la duchesse de Devonshire qui y séjournait durant l'été. À Londres, Georgiana était plus à la mode que jamais. Élégante, hôtesse parfaite, femme séduisante, elle se passionnait aussi pour la politique et on la voyait à pied dans les rues inciter le peuple à voter pour les whigs, le parti libéral. L'été, tout le monde se retrouvait à Bath ou à Spa. Parties de campagne et concerts se succédaient. La duchesse de Devonshire avait accueilli avec bonheur sa Little Po. Une foule d'hommes les entouraient, les complimentaient, se mettaient à leurs ordres.

Par lettres, Yolande narrait à la reine les exquis moments qu'elle passait dans la station thermale belge. En les lisant, celle-ci avait l'impression d'être en cage. En l'absence de beaucoup de ses amis, Esterhazy, Vaudreuil, Dillon, les Polignac, le Cercle enchanté n'avait plus la même magie. Restaient à Marie-Antoinette Fersen et des émotions qui la perturbaient, Guines dont les conseils lui devenaient de plus en plus précieux. Mieux encore que Besenval dont elle devinait les ambitions personnelles, il savait lui suggérer le rôle qu'elle devait jouer auprès du roi. S'il voulait échapper à la domination de ses ministres, son pauvre mari avait besoin d'elle.

Le mois d'août avait vu les mêmes menus événements, intrigues et petits scandales qui ne dépassaient pas les limites de la Cour. Le roi avait cru entendre sa fille dire « papa » et en avait eu les larmes aux yeux, Artois et

Chartres avaient choqué les dames en les classant de « belles » à « abominables ». Seule la marquise de Fleury, mise dans la classe « abominable », avait su se défendre avec esprit. « Heureusement, monseigneur, avait-elle lancé à Chartres, il y a à appeler à votre jugement. On sait que vous ne vous connaissez pas mieux en signalements qu'en signaux. » Chartres ne s'était pas démonté mais les allusions à la bataille d'Ouessant le blessaient encore cruellement. Chaque occasion était bonne pour lui rappeler sa malheureuse manœuvre. Un soir où, voyant passer la comtesse de Beaufort qui prenait de grands airs, il avait confié à voix haute à madame de Genlis : « La comtesse est une beauté passée », celle-ci avait aussitôt fait face : « Monseigneur, avait-elle noté d'une voix ironique, c'est comme votre renommée. »

La princesse de Lamballe, qui était partie à Plombières soigner ses nerfs, avait gagné Marly à la fin du mois d'août. De peur de faire naître en Marie-Thérèse des émotions importunes, la reine lui avait à peine adressé la parole. Il suffisait d'un mot gentil pour que la pauvre Lamballe se crût à nouveau l'amie chérie d'autrefois et le bonheur que la reine voyait sur son visage tantôt la peinait, tantôt l'horripilait.

Tous les soirs à Marly, on jouait au pharaon et les dettes de Marie-Antoinette s'accumulaient. Elle ne s'en souciait plus autant. Le roi les tirerait toujours d'embarras, Artois et elle.

Dès le mois de septembre, Necker avait encore mis la Cour en émoi. Le contrôleur des Finances avait déclaré qu'il allait supprimer les pensions de quatre cents oisifs principaux et de douze cents oisifs subalternes. Tout le monde se sentait visé et la peur de perdre de gros avantages acquis rendait les courtisans atrabilaires. Certes, il fallait faire des économies, mais pourquoi sur leur dos ? Certains en aparté critiquaient la guerre d'Amérique. Que diable avaient été faire les Français dans cette galère ? Que les colons américains veuillent jeter les Anglais par-dessus bord ne les concernait guère. Et le roi dépensait une fortune. On disait que Sartine ne cessait d'implorer de nouveaux crédits. Les troupes expédiées étant insuffisantes, on acheminait le Royal-Gâtinais et le régiment de Metz vers Brest. La France, disait-on, cherchait à protéger ses intérêts commerciaux, mais à quel prix ?

Heureux de regagner la Cour, le comte de Breteuil était revenu de Vienne. Le roi, qui avait une extrême confiance en ce fin diplomate, allait lui remettre, disait-on, le commandement de sa Maison.

Maintenant âgée de neuf mois, Madame Royale essayait de se tenir debout. Marie-Antoinette, qui toujours avait aimé les enfants, tentait de passer au moins une heure par jour avec sa fille. Elle consacrait aussi un peu de son temps à Armand qui avait très facilement appris à lire et à écrire et semblait doué pour la musique. Jamais la reine n'oubliait d'envoyer à sa grand-mère le soutien financier promis.

À Trianon, les soirées étaient douces. On s'y retrouvait entre amis. Yolande venait d'obtenir pour Vaudreuil trente mille livres de rente annuelle tant que la guerre gênerait l'exploitation de ses domaines à Saint-Domingue. Le comte de Châlons s'était vu offrir l'ambassade de Varsovie. Gâter ses amis était pour Marie-Antoinette un grand bonheur. Ce qu'on disait d'elle : « La reine promet la même position à dix personnes et fait neuf mécontents et un ingrat » ne la troublait guère. Ce qui la chagrinait était le prochain départ de Fersen pour l'Amérique. Combien de temps resterait-il absent ?

À la fin de l'année, on avait parlé de marier la sœur de Yolande de Polignac au chevalier des Deux-Ponts-Forbach, appartenant à la branche cadette de la Maison de Bavière, et le frère de celle-ci à Louise d'Esparbès de Lussan, encore au couvent. Son père, maréchal des camps et des armées du roi, avait de la fortune et le grand-père, un riche fermier général, avait promis de bien doter sa petite-fille. Une alliance avec les puissants Polignac ne se refusait pas.

La reine avait fait une fausse couche et passé deux semaines au lit. Le mauvais temps en avait atténué la contrainte.

Les travaux du théâtre de Trianon avançaient. Tout serait en harmonie bleu et or, le plafond peint à l'antique. Aucune dépense ne semblait superflue. Dans un an tout au plus aurait lieu l'inauguration. Peu après, ce serait celle du belvédère construit pour admirer les différents points de vue du jardin. On avait déjà édifié la colline artificielle qui dominait le lac.

Les jours se faisaient sombres comme les bilans de Sartine. L'année précédente, cinquante-neuf millions de livres avaient été consacrées au budget de la Marine, cette année-là cent cinquante millions. Necker s'accrochait à l'idée d'assemblées régionales. Devant un impôt injuste, chacun cherchait à frauder. Il fallait aussi réduire les dépenses publiques et, en particulier, faire des coupes sombres dans les Maisons du roi et de la reine où le personnel était dans une telle surabondance que la plupart restaient oisifs : Maison-bouche du roi, de la reine, Grand Commun, Petit Commun, Chambre du roi, Chambre de la reine, Faculté, Menus-Plaisirs, Musique, Chapelle, Gobelet du roi, de la reine, Paneterie bouche du roi, de la reine, Ménagerie, Surintendance, la liste était sans fin.

Necker s'était révolté contre les cachotteries de la reine : comment pouvait-il travailler au redressement des finances si, derrière son dos, on promettait quinze millions de livres à l'Autriche dont le budget avait été mis en difficulté par la récente guerre avec la Prusse ? À Paris, on ne parlait que de ce scandale, et la reine n'était plus nommée que « l'Autrichienne ». L'affection qu'elle témoignait à Yolande de Polignac, les largesses dont elle comblait son amie étaient devenues le sujet de satires infamantes. On connaissait les notes payées à Rose Bertin, les incessantes visites de celle-ci à Versailles. La couturière, devenue riche et célèbre, confectionnait des poupées vêtues de ses dernières créations qu'elle envoyait dans toutes les cours d'Europe. Quant au virtuose du fer à friser, Léonard, il ne connaissait plus de limites au ridicule. Ses fameux poufs devenaient si extravagants que les femmes devaient rester à genoux dans leurs carrosses pour ne pas abîmer leur coiffure qui s'élevait à deux pieds. On y voyait des animaux, des oiseaux aux plumes extraordinaires, des moulins, des personnages, des potagers, jusqu'à des meubles, méridiennes, bonheurs-du-jour et berceuses. C'était à mourir de rire. Comment les aristocrates, si sensibles au ridicule des autres, ne réalisaient-ils pas qu'ils s'en couvraient ?

## 1780

## *Que signifie le mot « liberté » ?*

Blessé au combat, l'amiral d'Estaing avait été reçu à Versailles en héros et le roi lui avait accordé un entretien d'une heure, une faveur exceptionnelle. La guerre d'Amérique n'était pas si mal en point qu'on le disait, bien au contraire, et l'argent si généreusement consenti par le roi avait porté ses fruits. De l'autre côté de l'Atlantique, on attendait avec impatience le gros des troupes françaises. Quelques fonds supplémentaires seraient nécessaires pour équiper les campements, organiser le ravitaillement.

Moins froid que les précédents, l'hiver cette année-là avait offert de belles journées ensoleillées dont la reine profitait pour marcher jusqu'à Trianon en compagnie de ses amis. On parlait beaucoup de l'initiation de la princesse de Lamballe à la loge d'Adoption de la Candeur. Elle y avait été promue grande maîtresse en quelques semaines. La franc-maçonnerie n'inquiétait guère. Les frères étaient fidèles au roi, à la religion, et leurs travaux n'étaient pas plus hardis que les ouvrages des philosophes. Il régnait néanmoins dans les loges une blâmable liberté d'expression. L'avenir de la France était dans la continuité de la monarchie absolue, tout autre système de gouvernement, celui des Anglais en particulier, était inenvisageable. Pays de traditions, à la culture riche et spécifique, pays largement peuplé de paysans très attachés à leurs coutumes et à leur roi, la France n'avait rien à apprendre de ses voisins.

Lorsqu'elle voyait madame de Lamballe, Marie-Antoinette évitait d'aborder ce sujet. Elle ne croyait guère, par ailleurs, à la générosité politique de la princesse, championne des idées et institutions conservatrices. Sans doute considérait-elle la franc-maçonnerie comme une sorte d'ouvroir où se réunissaient des dames de charité. Comment pouvait-elle côtoyer avec un doux sourire la comtesse de Genlis qui prônait haut et clair l'action, le combat ? Tout aussi équivoques étaient monsieur et madame Necker. Ambitieux l'un comme l'autre, ils voulaient donner le change par de bonnes paroles et leur indéniable générosité. Les Polignac et Besenval les exécraient.

Enceinte, Yolande avait décidé dès le sixième mois d'accoucher dans sa maison de Passy. Marie-Antoinette, voulant rester le plus possible auprès de son amie, avait choisi la Muette pour résidence. Ce nouveau caprice ajoutait une pierre à l'amoncellement des critiques qui s'édifiait contre la reine. Quand avait-on vu une souveraine quitter le roi pour suivre une amie ? Et la grossesse de la comtesse prêtait à sourire. Tout le monde savait que son mari était depuis huit mois avec son régiment en Provence. Le comte de Vaudreuil, son substitut, prenait son rôle au sérieux. Ne disait-on pas : « Qui se ressemble, s'assemble » ? Qu'avait à cacher la reine ?

Avant Yolande, Élisabeth Vigée-Lebrun avait accouché d'une fille, Jeanne Julie Louise, que l'on croyait être l'enfant du mari, en dépit de la foule d'admirateurs qui se pressaient autour de l'artiste. Elle recevait désormais chez elle, rue de Clichy, les plus grands noms, les comédiens les plus célèbres. Raffinés, joyeux, ses soupers ne comptaient jamais plus de douze convives. On ne jouait point mais causait avec esprit, on écoutait de la musique. Protégée par la reine, « Lisette » avait plus de commandes qu'elle n'en pouvait honorer. Le comte de Provence avait demandé un nouveau portrait et elle avait promis à mesdames de Polignac et du Barry d'exécuter les leurs. Impatients, les modèles promettaient d'envoyer à son domicile parisien leurs équipages pour la transporter à Versailles ou à Louveciennes et l'artiste s'amusait de cette gloire passagère. À Paris, elle circulait en fiacre. Le duc d'Orléans avait souhaité qu'elle fît son portrait et celui de son épouse morganatique madame de Montesson. En dépit de ses huit cent mille livres de rente, son fils, le duc de Chartres, connaissait de sérieux embarras financiers. Seguin, le trésorier du prince, était inquiet, il fallait trouver un moyen d'augmenter ses revenus. Une idée l'avait séduit : exploiter le domaine du Palais-Royal en constituant des lotissements dans les jardins où seraient construits des hôtels, cafés et maisons de rapport. Mais il fallait convaincre le duc d'Orléans qui en était le propriétaire.

Les finances du souverain ne se portaient guère mieux et Necker était enfin décidé à réformer la Maison du roi. Les protestations fusaient de toutes parts. Un nombre considérable de familles tiraient leurs ressources d'emplois souvent inutiles et, la plupart du temps, héréditaires. Y toucher approchait le crime de lèse-majesté. Mais le ministre n'en démordait pas. Pourquoi la Maison du roi en France coûtait-elle deux fois plus cher que celles de l'empereur d'Autriche et du roi d'Angleterre ? Le roi de Prusse, quant à lui, se contentait d'un quart du budget accordé à Louis XVI et, à sa connaissance, personne ne se plaignait. Les frais des Maisons du roi et de la reine se montaient à vingt-cinq millions de livres par an. Avec la Maison des princes, on arrivait à trente-deux millions. Un abus que le peuple ne pouvait assumer.

Malgré la santé défaillante de madame du Deffand, son salon ne désemplissait pas. Un assidu, Benjamin Franklin, s'y était entretenu avec le célèbre Mesmer que beaucoup traitaient de charlatan. Celui-ci prétendait guérir toutes sortes de maux par l'électricité et on se pressait autour de son fameux « baquet ». Toujours à la recherche d'un remède pour sa maladie de nerfs, la princesse de Lamballe y prenait place de temps à autre.

En cette fin de siècle, la curiosité scientifique était extrême et on osait sourire de ceux qui ne se référaient qu'à la Bible, seule interprète de la volonté de Dieu. Les astronomes scrutaient le ciel, les physiciens agrandissaient sans cesse le champ des connaissances en optique, en hydraulique, en mécanique. Le monde changeait à une vitesse vertigineuse.

Amis de Benjamin Franklin, les avocats Danton et

Robespierre commençaient à faire entendre leur point de vue sur l'inégalité, la domination des pauvres par les riches, l'existence de la Nation. La reine ne dépensait-elle pas au jeu en une soirée quarante années de salaire d'un ouvrier ?

Les couches de la vicomtesse de Polignac étant imminentes, la reine s'était transportée avec quelques dames et gentilshommes à la Muette. Chaque jour, elle se rendait dans la jolie maison de Passy de son amie pour y passer quelques heures de douce intimité. Elle n'ignorait certes pas que l'on attribuait l'enfant à venir au divin Vaudreuil. Pourquoi donc mariait-on les filles contre leur gré ? La faute tombait sur ces arrangements entre familles qui faisaient fi de tout sentiment.

L'enfant, un garçon prénommé Jules, avait vu le jour un matin ensoleillé où le jardin était en fleurs. Marie-Antoinette avait pris le nourrisson dans ses bras. Elle devait avoir un fils, elle aussi, une autre fille ne lui serait pas pardonnée. Honneur inestimable, le roi était venu en personne complimenter l'accouchée. Dans la solitude affective où il vivait, son attachement platonique et sentimental pour Yolande lui faisait du bien. Toute charme et sourires, nul mieux qu'elle ne savait créer une atmosphère paisible et chaleureuse. Dans les appartements de la vicomtesse à Versailles, le roi se sentait en famille. Avec fermeté, il coupait court à toute critique la concernant et n'avait point souri quand on lui avait rapporté au sujet de l'enfant les propos tenus par monsieur de

Roquemont qui couchait une fois par mois avec sa femme en clamant : « Me voilà net, arrive qui plante. » Les pamphlets orduriers qu'on publiait sur la reine l'enrageaient.

À son tour, Chartres était venu complimenter l'accouchée. Son projet de lotir le Palais-Royal avait enfin été accepté par son père et il avait été reconnaissant à madame de Montesson d'avoir intercédé en sa faveur. L'architecte Victor Louis travaillait à des plans et on devait commencer les travaux avant la fin de l'année.

Il n'y avait point de grandes nouvelles de la guerre américaine. Fersen faisait voile vers Boston tandis que dix mille soldats patientaient encore à Brest. Le duc de Lauzun avait été expédié avec ses hussards en Afrique, à son grand dépit.

Jules avait été porté sur les fonts baptismaux par son parrain Hérault de Séchelles, petit-fils du lieutenant de police de Louis XV et cousin germain de Yolande, un bel homme à l'esprit philosophique, un franc-maçon défenseur de la femme et de l'orphelin. Pour son cadeau de baptême, la reine n'avait pas lésiné : le vicomte de Polignac était fait duc héréditaire, Yolande prenait le tabouret. Les revenus du ménage se montaient à présent à cinq cent mille livres, une somme deux fois plus importante que le salaire d'un secrétaire d'État.

La nouvelle accouchée était revenue à Versailles en triomphatrice. On faisait banquette dans son antichambre pour obtenir quelque faveur, mais nonchalante, souvent en retard, elle n'avait guère le cœur à recevoir. Duchesse, la Jules avait eu la satisfaction de savoir Vaudreuil nommé grand fauconnier de France, charge vide mais lucrative qui arrondissait la pension déjà consentie par le roi. Son précédent tenancier, le duc d'Antraigues, venait de succomber à la petite vérole. La reine n'avait pas attendu que celui-ci fût enterré pour offrir la charge à son ami.

Vaudreuil, par ailleurs, se démenait pour monter les pièces qu'on jouerait à Trianon durant la saison d'été. Le petit théâtre était presque achevé et on comptait l'inaugurer en août pour les fêtes du mariage du vicomte de Polastron, frère de Yolande, avec Louise d'Esparbès de Lussan que tout le monde dans le Cercle enchanté surnommait déjà « Bichette ». Gramont ayant été fait duc de Guiche, la fille de Yolande, quant à elle, avait été baptisée « Guichette ».

Le choix des pièces de théâtre s'était fait suivant l'avis de chacun des futurs acteurs. La reine aimait les rôles simples : soubrette ou bergère ; à Dillon ou Esterhazy échouaient ceux des amoureux ; Adhémar, reconnu non crédible en berger, prenait ceux de père ou de tuteur. Vaudreuil avait l'œil à tout. De loin le meilleur acteur, il échappait à l'habituel commentaire des spectateurs conviés : « C'est royalement mal joué ! »

À Trianon, entre deux parties champêtres, deux répétitions, on se déchaînait contre Sartine. N'était-ce pas de sa faute si la guerre en Amérique piétinait ? Le général anglais Clinton s'était emparé de Charleston et, après tout un hiver et un début de printemps passés à Brest, les troupes françaises ne faisaient qu'embarquer.

Le temps était radieux. Enfin les cultivateurs et les viticulteurs allaient se déclarer satisfaits. Pour ces gens-là, rien ne tournait jamais rond, le temps était trop froid, trop chaud, trop humide, trop sec, ils ne cessaient de se plaindre. Quelques délégations venues des campagnes arrivaient de temps à autre à Versailles, on les dirigeait vers des subalternes qui les écoutaient en pensant à autre chose.

Le mariage de Bichette avait été magnifique, trois jours de fêtes ininterrompues où Artois s'était montré fort assidu auprès de la toute jeune mariée. En cadeau, Guiche avait reçu le poste de capitaine de la Garde royale. Quant à Guichette, gâtée par les membres du Cercle enchanté, on disait déjà que le comte Archambaud de Périgord la courtisait avec une ardeur qui ne la laissait pas indifférente. La mode voulait que l'on affichât ses amours et nul, hormis les dévots et les vieillards, n'en prenait offense. La reine, qui avait aboli toute étiquette à Trianon, tolérait sans mauvaise conscience les manœuvres galantes. Cette liberté affichée à la Cour scandalisait les bons bourgeois : la peste se répandait, on entendait dans le peuple des femmes déclarer que, « comme la reine », elles cocufieraient volontiers leur mari.

Un incendie avait détruit l'Opéra. Le duc de Chartres était aussitôt accouru sur les lieux et avait promis de le reconstruire. Coincé dans une rue étroite, l'ancien bâtiment n'offrait que des inconvénients et, dans l'impossibilité de rouler jusqu'au seuil, les carrosses, par tous les temps, devaient déposer les dames à cent pas. Mais chacun se souvenait des bals masqués avec nostalgie. Saurait-on reproduire l'atmosphère magique de l'ancien théâtre ?

Yolande ayant réussi à imposer le style sans ornements qui lui plaisait, Léonard renonçait à ses échafaudages capillaires et coiffait ses clientes en boucles qui tombaient souplement jusqu'à la naissance des épaules. On y posait des chapeaux de paille décorés de plumes d'oiseaux exotiques, de fleurs des champs. Avec surprise, les servantes voyaient ces femmes qui comptaient parmi les plus importantes du royaume se vêtir de simples cotonnades, de chaussures de cuir et non de satin, négliger les somptueux bijoux qui remplissaient leurs cassettes. Ces duchesses, ces marquises, finalement, leur ressemblaient, elles rêvaient de danser au bras d'un amoureux, de déjeuner sur l'herbe, de boire du vin frais à l'ombre d'un bosquet. Elles les considéraient avec d'autres yeux.

Au théâtre de Trianon, pressé, houspillé, monsieur Campan avait accepté le rôle de souffleur tandis qu'un acteur de la Comédie-Française donnait ses conseils. Deux pages montaient et descendaient le rideau, modifiaient le décor réalisé par les Menus-Plaisirs selon les instructions de la reine et de Vaudreuil. À tout moment, les charpentiers ou peintres voyaient apparaître un ami de Marie-Antoinette venu vérifier le bon achèvement des fausses portes, fausses gloriettes, faux prés où paissaient de faux moutons, barrières peintes où s'accrochaient des fleurs sauvages artificielles. Les peintres achevaient le plafond. Une fresque à l'antique montrait Apollon, des muses, des amours jouant de la trompette ou portant des guirlandes de fleurs. Ovale, la salle était tendue de moire et de velours bleu.

Durant le mois de juillet, dérangée par les regards curieux ou critiques de ses serviteurs, Marie-Antoinette avait fait monter dans le jardin une tente de taffetas bleu sous laquelle elle se retirait avec ses amis. Là, ils se créaient un univers, un monde idéal où nul gêneur ne pouvait pénétrer. Se couper du regard des autres posé sur elle du matin au soir était devenu pour la reine une obsession. Si elle désirait s'offrir à l'admiration de tous, c'était où et quand elle le voulait.

Marie-Thérèse de Lamballe avait décidé de partager son été entre Saint-Cloud, domaine des Orléans, et Eu, chez son beau-père. Après de longues promenades sur le rivage normand, elle se sentait mieux. À Saint-Cloud, la présence des cinq enfants de Chartres était un bonheur. « Tante Lamballe », comme ils l'appelaient, n'était jamais à court d'idées pour lancer des jeux, disputer des parties de cartes ou de dominos, commenter les images projetées par la lanterne magique, raconter des histoires. Avec patience, elle écoutait sa belle-sœur se plaindre de son époux et surtout de madame de Genlis dont elle ne supportait plus la présence. La vie était une succession de désillusions, de trahisons. La princesse approuvait. Elle-même n'avait cessé d'être abandonnée par ceux qu'elle aimait. Et de mauvaises nouvelles lui parvenaient de Savoie : son père n'allait pas bien, on craignait qu'il ne passât pas l'hiver.

Joyeux, les enfants pénétraient dans le boudoir où leur

mère et leur tante causaient, les fenêtres ouvertes sur le parc magnifique qui descendait jusqu'à la Seine. Ils venaient de recevoir une lettre de « papa Orléans » ou de « papa Penthièvre », comme ils nommaient leurs deux grands-pères. Orléans venait les voir régulièrement, ses malles remplies de petits cadeaux.

Chaque semaine, les deux femmes montaient dans une voiture légère et, accompagnées seulement de deux laquais, allaient visiter les malades, les accouchées du village de Saint-Cloud auxquelles elles offraient des vivres, de l'argent, des chapelets ou des médailles bénites par le roi. La princesse de Lamballe caressait les enfants, leur donnait des bonbons. Les remerciements et bénédictions de ces pauvres gens lui faisaient monter les larmes aux yeux. Après plusieurs essais infructueux, elle avait renoncé aux séances de baquet de Mesmer. Tout incident mineur la mettait sens dessus dessous et, si elle donnait un ordre concernant la Maison de la reine à quelqu'un la regardant de travers, sa voix se mettait à trembler. Son souhait le plus cher était qu'on l'aimât et la laissât en paix.

Harcelé par ses ennemis, Montbarrey, ministre de la Guerre, avait offert sa démission à Louis XVI qui avait dû l'accepter la mort dans l'âme. La reine et ses amis l'avaient toujours dénigré. Souvent, le roi avait tenté de rester sourd aux conseils, souhaits ou même ordres de la reine, mais il se savait incapable de la heurter. Mécontente, elle le rejetait physiquement et ne lui adressait plus la parole que sur un ton glacial. Il l'aimait trop pour résister longtemps. Maintenant la succession de Montbarrey était ouverte, les faveurs des amis de la reine allaient à Ségur. Parent de monsieur d'Adhémar, il avait toutes les qualifications possibles pour tenir ce ministère en des temps difficiles. L'affaire avait été vite entendue et le protégé de la reine avait été nommé. Marie-Antoinette pourrait avoir son mot à dire dans les décisions de Ségur.

Il avait fallu à celui-ci beaucoup d'énergie pour se mettre aussitôt au travail dans une période où l'on critiquait un peu partout la guerre d'Amérique. Montmorin, ambassadeur de France à Madrid, venait de faire connaître ses doutes sur les avantages que la France pouvait en tirer. George Washington et ses amis, qui avaient alors besoin des Français, ne les oublieraient-ils pas aussitôt devenus maîtres du pays ? On disait les Américains commerçants dans l'âme, avides de s'enrichir : ils se tourneraient vers les marchés les plus fructueux et les sentiments de reconnaissance n'auraient plus guère de place dans leur politique.

Mais la France était fière de ses officiers, de ses soldats qui volaient au secours des opprimés tout en donnant une leçon aux Anglais. Au grand déplaisir de la reine, le marquis de La Fayette était devenu un héros. Dans son cercle, on intriguait pour que Castries prenne la Marine.

Guichette et Bichette jouissaient d'un grand ascendant sur les intimes de la reine. Leur jeunesse, leur beauté, le piquant de Guichette, la douceur de Bichette avaient emporté tous les cœurs. Artois semblait gagner du terrain auprès de Bichette et on les voyait souvent causant, riant en tête à tête.

L'automne avait été superbe, tout en rousseur et en carmin. Marie-Antoinette projetait de faire construire un hameau avec des étables, une laiterie, un poulailler, un pigeonnier, un réchauffoir, un moulin, un colombier. La mode était furieusement à la vie campagnarde et elle voyait dans ce futur village, édifié à deux pas de sa villa, une raison supplémentaire de se sentir libre, de pouvoir caresser une chèvre, ramasser des œufs, se régaler du beurre baratté par la laitière. Elle pourrait se nourrir simplement, faire fi le plus souvent possible des plats riches, trop compliqués, servis à Versailles.

Par un beau jour de la fin du mois de septembre, alors qu'elle prenait le thé avec ses amis à Trianon, on avait appris la mort du prince de Carignan, père de madame de Lamballe. Marie-Antoinette s'était crue obligée de regagner aussitôt Versailles pour consoler son intendante qui se trouvait orpheline. Marie-Thérèse lui était tombée dans les bras et elle avait serré contre elle, avec une certaine émotion, cette trop fragile créature dont l'amour passionné lui pesait.

Les Penthièvre étant cousins du roi, la Cour avait pris le petit deuil. Spectacles et danses seraient annulés pendant un mois. Il fallait se rabattre sur le jeu et les causeries de salon qui tournaient souvent autour des ouvrages écrits par un certain comte de Mirabeau, un gentilhomme provençal qu'une conduite scandaleuse avait fait bannir de chez lui, et ceux du philosophe Condorcet. Tous deux prêchaient la liberté, l'égalité et dénonçaient l'injustice du système politique français. Les plus conservateurs des courtisans eux-mêmes commençaient à saisir que l'état d'esprit en France n'était plus celui de leur jeunesse.

La guerre d'Amérique, voulue par le roi, entérinait ce processus. Au nom de la liberté, les Américains se débarrassaient de l'autorité de leur souverain. Que signifiait ce mot qui revenait sans cesse sur leurs lèvres ? Pouvait-on vivre sans être sous la dépendance de qui que ce fût ? Accomplissait-on dans une vie ce que l'on pouvait faire grâce à sa naissance, son rang ou plutôt ce que l'on voulait faire ? Quant à l'égalité, chaque Français ne rêvait-il pas d'acquérir des privilèges ?

Dillon et Noailles s'étaient battus en duel à Newport pour une broutille alors qu'ils levaient sur la terre d'Amérique l'étendard des libertés. On avait de grandes idées et de petites susceptibilités. Plus que la raison, c'était le sentiment qui guidait le monde.

En accord avec Mercy, le roi avait chargé l'abbé de Vermond d'apprendre à la reine le décès de sa mère, l'impératrice d'Autriche, survenu trois jours plus tôt à Vienne. Depuis son mariage, l'ombre dominatrice de Marie-Thérèse avait pesé chaque jour sur Marie-Antoinette. Elle l'aimait et la craignait. Sa mort allait causer un vide immense dans son existence. Dans les lettres que la reine écrivait à sa mère et que Mercy lisait en secret, elle avait appris au fil du temps à mentir, à user de faux-fuyants ou tout simplement à ignorer ses requêtes, dédaigner ses conseils, mais quand une difficulté la laissait hésitante, elle se tournait aussitôt vers sa famille. Par dédain, par hostilité on l'appelait parfois « l'Autrichienne ». L'était-elle restée ? Mercy savait que la réponse était complexe. Certes, Marie-Antoinette restait attachée à son pays de naissance mais, consciente qu'elle n'y reviendrait jamais, elle s'était fort bien intégrée dans sa nouvelle patrie. Même en présence de germanophones, elle ne parlait que le français. Et elle n'était pas prête à céder un pouce des privilèges que la qualité de reine de France lui octroyait.

Pour pleurer sa mère, Marie-Antoinette s'était enfermée dans ses appartements. Avec elle, toute sa prime jeunesse disparaissait. Les souvenirs lui revenaient par bouffées, des soirées en famille, la fête, l'anniversaire de l'un d'entre eux célébré dans l'atmosphère joyeuse d'une nombreuse fratrie. Jamais elle ne se sentait seule alors.

Yolande l'avait d'abord consolée puis Guichette et ses autres amis. Besenval était même parvenu à lui arracher un sourire. La vie reprenait son cours avec la préparation des fêtes de Noël, dont la décoration du sapin « à l'autrichienne » pour la petite Marie-Thérèse avec des noix argentées et dorées, des pommes reluisantes et des bougies. Yolande avait brodé une bourse pour le roi. Qu'elle demeurât l'amie la plus fidèle du souverain était essentiel pour le clan Polignac. Avec ses humeurs, la reine était imprévisible. Les seules protections inaltérables étaient celles du roi et du comte d'Artois, l'ami intime de Vaudreuil. Par Artois, rien de ce qui se passait dans l'intimité royale n'échappait aux Polignac.

La Cour était en grand deuil. Accourue aussitôt à Versailles, Rose Bertin avait présenté à la reine des modèles ravissants auxquels la couleur sombre ajoutait encore de l'attrait. Enfermées toutes les deux dans la chambre de Marie-Antoinette, elles avaient choisi les étoffes, les rubans, les coiffes, jusqu'aux bas et chaussures. Le mémoire de soixante-six mille livres avait été aussitôt transmis au trésorier qui en référerait à Necker.

Le soir du trente et un décembre, pressée par messieurs d'Adhémar et de Vaudreuil, la reine avait fait nommer monsieur de Castries à la Marine à la place de Sartine. Les deux candidats du Cercle enchanté Ségur et Castries triomphaient.

# 1781

## *Un hameau et un dauphin*

En ce début d'année, Necker avait eu du mal à trouver le repos. Il lui avait fallu prendre la décision de procéder à un nouvel emprunt alors que la situation financière ne pouvait en garantir le remboursement. Le taux de dix pour cent avait été choisi pour attirer les investisseurs. Tout n'était que montage artificiel. Davantage encore que son prédécesseur, le nouveau ministre de la Guerre, monsieur de Ségur, harcelait le contrôleur général. Les forces navales britanniques avaient incendié Richmond, il fallait riposter aux côtés des Américains en expédiant des renforts de troupes. Cette guerre qu'il n'avait pas voulue était un gouffre sans fin et, en dépit des mille témoignages d'amitié de celui-ci, Necker ne parvenait pas à faire bonne figure à Benjamin Franklin. Avec obstination, le contrôleur général avait travaillé des nuits entières à la rédaction d'un livre auquel il pensait depuis des mois. Son *Compte rendu au roi* révélerait l'état des dépenses publiques et la divulgation de la liste des pensions accordées aux courtisans causerait un scandale salutaire. En revanche, il s'était montré optimiste quant à sa propre gestion. Qu'on lui laissât les mains libres et il pourrait espérer un excédent de huit millions de livres. Croyait-il à cette affirmation ? Ses amis en doutaient, Necker savait si bien jongler avec les idées, avec les mots, avec les chiffres. L'originalité de l'ouvrage résidait, pour les potentiels lecteurs, dans l'explication du mécanisme de l'administration des Finances, de la signification de mots rébarbatifs comme « caisse d'escompte », « banquier de la Cour », « système des anticipations ». L'auteur concluait sur la nécessité de changements rapides à faire subir à la lourde et désuète machine de l'État. Le royaume devait évoluer, se moderniser, créer ces indispensables administrations provinciales qui répartiraient plus justement l'impôt. On devait, sans attendre, abolir la gabelle, les péages à l'intérieur du royaume.

Le livre avait déchaîné l'esprit frondeur des Français, on se l'était arraché. Le duc de Richmond en avait acheté six mille exemplaires pour les répandre en Angleterre, déjà on le traduisait en allemand, en anglais, en polonais, en italien, en espagnol. Nul n'avait jamais vu un pareil succès. Monsieur d'Adhémar avait lu certains passages à la reine qui, fâchée, avait refusé d'en entendre davantage. Monsieur Necker croyait-il tout savoir ? Son orgueil, la vanité de sa femme et la pédanterie de leur fille l'indisposaient. Les contre-attaques allaient pleuvoir et ce serait fort bien.

Les pamphlets avaient été, en effet, nombreux et violents. Necker s'efforçait de les ignorer. Sa femme s'était emportée. On disait qu'elle avait rencontré Maurepas pour le prier d'user de son autorité afin de faire taire de gré ou de force les scélérats qui écrivaient et imprimaient ces torchons. De voir Suzanne Necker à ses pieds avait procuré au vieux ministre une grande satisfaction. Il avait lu l'ouvrage de son mari et ne pouvait admettre la création de ces assemblées provinciales qui pouvaient à tout moment se tourner contre le pouvoir royal. Si Necker avait le cœur républicain, il n'avait qu'à regagner sa bonne ville de Genève.

Soutenu par l'esprit frondeur d'Adhémar, coléreux de Vaudreuil, ironique de Dillon et cohérent de Coigny, Besenval menait l'attaque contre le contrôleur général, pourtant son compatriote. Les femmes partageaient leur point de vue, y compris la douce Bichette qui n'avait pas l'habitude de beaucoup s'exprimer. Le bon Necker allait se couvrir de ridicule en présentant son plan au Parlement. Un agneau s'aventurant dans un repaire de loups ne serait guère mieux loti. L'orgueil insensé de cet homme le mènerait à sa perte.

Amoureux de Bichette, qui venait d'être présentée officiellement à la Cour, Artois ne se produisait plus avec des danseuses. À vingt-quatre ans, il semblait enfin s'assagir.

Comme chaque année, la saison de Trianon avait été déclarée ouverte aux premiers jours du printemps. La reine avait convoqué l'architecte Mique pour lui demander les plans d'un hameau. Elle voulait aussi agrémenter son jardin d'un amoncellement de roches et d'une cascade. Devant les rocs, un simple pavillon serait édifié, qu'elle meublerait d'une façon raffinée.

Le roi voulant hâter la conclusion d'une guerre jusqu'alors incertaine, des renforts français s'étaient embarqués pour l'Amérique. On espérait avant la fin de l'année une victoire définitive qui permettrait de rapatrier les troupes dès le printemps suivant. La rudesse du climat américain, la fièvre jaune, la dysenterie avaient fait des ravages. Un autre hivernage devait être évité à tout prix.

La première, Yolande de Polignac avait appris que la reine commençait une nouvelle grossesse. La bonne humeur n'en avait été que plus grande à Trianon dans ce début de mai très doux. Les paris étaient ouverts sur la succession de Necker. L'abbé de Vermond, Vaudreuil, Adhémar tentaient de persuader la reine que nul homme mieux que Joly de Fleury ne saurait renflouer l'État. Besenval, jaloux de l'influence d'Adhémar sur Yolande de Polignac, tentait de tenir celui-ci à distance. Ces complots et sentiments ombrageux au sein du Cercle enchanté avaient troublé les répétitions des pièces de théâtre. Et la duchesse de Polignac s'étant déclarée enceinte à son tour, on ne savait plus si on devait complimenter les futures mères ou trouver un successeur à Necker auquel le roi affirmait rester attaché.

Un coup de théâtre avait secoué Vaudreuil et Besenval. Castries et Ségur, qu'ils jugeaient leurs obligés, s'étaient déclarés hostiles à Joly de Fleury. La tente de taffetas bleu de Trianon ressemblait à présent à un repaire de comploteurs, on se parlait bas, on se félicitait ou on perdait son sang-froid. Yolande ne s'imposait pas, laissant son amant Vaudreuil et sa belle-sœur Diane au cœur des intrigues. Son rôle, elle le savait, se limitait à convaincre Marie-Antoinette d'imposer au roi ou à Maurepas la résolution qu'ils auraient prise.

À la mi-mai, une partie de la Cour, comme chaque année, s'était transportée à Marly. Sans surprise, le Parlement avait refusé d'approuver la formation d'assemblées provinciales et Necker avait donné sa démission. Le lendemain même, avec sa femme et sa fille, il se retirait dans son domaine de Saint-Ouen.

Dès l'annonce de la démission du contrôleur général, les rues de Paris étaient désertes, une atmosphère pesante semblait écraser la ville. Le soir du vingt, le public debout avait scandé : « Necker ! Necker ! » On avait eu tout le mal du monde à rétablir le silence pour lever le rideau du Théâtre-Français.

Le lendemain, des bagarres avaient éclaté dans les rues menées par des jeunes qui criaient à la tyrannie. Le roi avait ordonné qu'on les arrêtât puis les relaxât sans violence. Un rien pouvait déclencher de sérieuses émeutes. Castries et Ségur avaient aussitôt entrepris Louis XVI sur la maladresse du renvoi de Necker sous la pression du Parlement de Paris. Mille hommes pouvaient les remplacer à la Guerre ou à la Marine, pas un n'était capable de prendre la place du contrôleur général. Le roi s'était contenté de hocher la tête avant de tourner le dos, une attitude familière lorsqu'il était embarrassé. Orléans, Chartres, Condé, le maréchal de Luxembourg s'étaient précipités à Saint-Ouen pour assurer Necker de leur amitié.

Ces bravades irritaient le roi. Pour ceux qui jouissaient de tous les privilèges, il était aisé de proclamer les bienfaits de la liberté, d'aduler monsieur de La Fayette, de caresser Benjamin Franklin, de s'enthousiasmer sur le désir des Américains d'établir une constitution ! Chartres, en particulier, l'indisposait et il n'avait plus aucun plaisir à le recevoir à Versailles. Sous l'ascendant de madame de Genlis, il éduquait ses fils dans ses propres convictions de « progrès social », de « liberté politique », au grand chagrin de leur grand-père, le duc de Penthièvre. La Cour et la ville se gaussaient de « madame le Gouverneur ». Celle-ci ripostait en proclamant que l'éducation qui avait été donnée aux princes jusqu'à présent pouvait être qualifiée de nulle. On ne leur apprenait que l'étiquette, on les isolait du reste du monde, on les flattait, on ne leur donnait à lire que des ouvrages d'un tel ennui qu'ils perdaient pour toujours le goût de la lecture. De ses élèves, elle ferait des hommes modernes, non des fantômes du passé. Ils sauraient nager, tirer au pistolet, se lèveraient de bonne heure, se laveraient à l'eau froide et se promèneraient par tous les temps. On leur apprendrait l'anglais, l'allemand, l'italien. Leurs menus ne comprendraient ni trop de gibier, ni trop de graisse, ni trop de sucre. Les légumes viendraient du potager où ils auraient eux-mêmes travaillé, ils boiraient de l'eau teintée de vin. Louis comme Marie-Antoinette avaient trouvé provocantes ces règles d'éducation. Que cherchait à leur prouver Chartres ? Qu'ils étaient des arriérés ?

Les grossesses de la reine et de Yolande de Polignac n'empêchaient en rien les divertissements prévus pour l'été. Débarrassé de Necker, le Cercle enchanté était satisfait. Joly de Fleury, nommé contrôleur, avait aussitôt rétabli les receveurs généraux dans leurs fonctions et le nombre des collecteurs de la taille était doublé. Les charges supprimées à la Cour avaient ressuscité. Il y avait cependant des efforts à accepter. Les taxes sur la consommation étaient majorées, les biens frappés d'un troisième vingtième et il fallait payer les intérêts exorbitants des emprunts lancés par Necker. On n'y pensait guère en répétant *Le Devin du village* que l'on jouait pour la deuxième fois. Cet été-là, la reine chantait la partie de Colette, Vaudreuil était le Devin, Adhémar Colin.

Comme les autres étés, on n'admettait aux représentations qu'une poignée de spectateurs triés sur le volet. Ceux qui n'avaient pas le droit de franchir les barrières sévèrement gardées en éprouvaient une grande humiliation.

Le premier août, alors qu'on venait d'apprendre l'heureuse arrivée de renforts français à Boston, l'empereur Joseph II avait fait une nouvelle apparition à Versailles. Marie-Antoinette n'était plus la jeune femme confuse qui l'avait reçu autrefois. Mère, enceinte à nouveau, elle savait s'imposer et même intervenir dans les décisions politiques prises par le roi. Pour fêter son frère, la reine avait fait préparer à Trianon une fête magique.

La villa, les jardins, le lac, le temple de l'Amour, le jeu de bagues seraient illuminés, on préparerait de multiples buffets, tous chargés des mets les plus raffinés. Çà et là de petits orchestres enchanteraient les flâneurs. Au terme d'*Iphigénie en Tauride* de Gluck donné au petit théâtre, Ruggieri tirerait un feu d'artifice.

Joseph II n'était resté que peu de temps, mais avait trouvé un moment pour avouer à sa sœur son déplaisir de la voir si familière avec un groupe de personnes qui n'étaient que des rapaces. Pour être sûre de leur attachement, elle devrait rester sourde à leurs incessantes sollicitations. Rien ne serait plus probant. Marie-Antoinette avait écouté d'une oreille. N'était-il pas naturel de faire plaisir à ceux qu'elle aimait ? Elle avait su écarter Lauzun et Chartres, n'accordait pas les faveurs qu'elle jugeait déraisonnables, comme la requête des Polignac pour obtenir le revenu de terres qui appartenaient à la Couronne. Son frère la croyait-il aussi naïve ?

Necker avait été ovationné au Salon d'automne alors que le roi était tout entier absorbé par la lente agonie de Maurepas, son conseiller, son mentor, âgé de quatre-vingts ans. Depuis la mort de son grand-père, il avait été à son côté, guide et protecteur. Se sentant mourir, le vieil homme avait écrit ses ultimes conseils au roi : se méfier de Loménie de Brienne, de Lamoignon, de Calonne et de Necker, mettre un terme dans les délais les plus brefs à la guerre d'Amérique, payée par la France à crédit.

À la mi-septembre, Yolande de Polignac s'était retirée à Passy pour ses couches. Comme pour les précédentes, la reine avait décidé de ne pas quitter son amie. Le cercle avait suivi et le salon de la duchesse était aussi animé dans sa retraite campagnarde qu'à Versailles. Présente jusqu'à la délivrance, Marie-Antoinette avait pris dans ses bras le petit Camille Henri Melchior. À quelques semaines de son propre accouchement, elle n'osait penser à une seconde fille.

Esterhazy, qui avait dû se rendre à Versailles pour la journée, était revenu à Passy porteur d'une grande nouvelle : de Grasse et sa flotte, qui avaient quitté en toute hâte Saint-Domingue, bloquaient l'entrée de la baie de Chesapeake, acculant le général Cornwallis au fond d'une souricière. À marche forcée, les armées française et américaine descendaient de New York vers la Virginie. Cette nouvelle avait fait acclamer dans les rues le nom du marquis de La Fayette. « Monsieur Blondinet », comme le nommait la reine, pouvait se pavaner.

Aussitôt Yolande de retour à Versailles, la reine s'était préparée à ses propres couches. Se rappelant avec horreur la foule se pressant autour d'elle, au risque de l'étouffer, à la naissance de Madame Royale, elle avait catégoriquement limité le nombre des invités. Seuls les princes du sang seraient admis ainsi que quelques familiers comme Guichette, la comtesse de Gramont sa belle-mère, madame de Polastron, madame des Deux-Ponts, monsieur et madame d'Andlau, la comtesse de Châlons, le prince et la princesse de Guéménée, la duchesse de Luynes. Les autres attendraient dans l'antichambre.

En prenant dans ses bras son fils Louis Joseph Xavier François qui venait de voir le jour, la reine avait pleuré de joie, d'émotion. Après neuf années de mariage de ses souverains, la France avait un dauphin.

Deux jours plus tard était parvenue la nouvelle de la victoire de Yorktown en Virginie. Cornwallis avait remis son épée à Rochambeau. L'Angleterre était vaincue.

L'émotion procurée par la naissance du dauphin passée, Paris s'était préparé pour la saison d'hiver et le décès de Maurepas n'avait guère contrarié le déroulement des réjouissances. Du reste, le vieux ministre, qui avait adoré les fêtes, les plaisanteries, les conversations piquantes, avait demandé qu'on ne se gênât pas pour lui.

Le dauphin tétait avec vigueur sa nourrice, la plantureuse madame Poitrine, et les dames s'entichaient de la couleur « caca dauphin » créée par les soyeux de Lyon.

La vendange avait été bonne et le vin nouveau était abondant, bon marché. La capitale était de belle humeur et avait à peine manifesté de mécontentement quand le duc de Polignac avait été nommé directeur des haras de France, une source supplémentaire de revenus pour ce couple au train de vie fort dispendieux.

On s'était pressé autour du parc du château du duc de Chartres à Monceau quand celui-ci avait reçu la célèbre actrice anglaise Mary Robinson, ancienne maîtresse du prince de Galles. Chartres et Lauzun la courtisaient tous deux, mais la fortune du premier l'autorisait à des prodigalités que le second ne pouvait se permettre. Pendant plusieurs jours, de mystérieux tombereaux bâchés avaient pénétré dans le parc où régnait une extrême animation. Mais valets et gardiens avaient reçu des consignes car nul ne consentait à la moindre confidence. Que pouvait avoir imaginé le duc de Chartres ?

On l'avait appris le soir où, parée, coiffée, parfumée, la grande actrice avait passé les grilles de Monceau dans un équipage appartenant au duc, une voiture anglaise du dernier luxe tirée par six chevaux blancs harnachés à l'anglaise, précédée par deux piqueurs, conduite par un cocher auprès duquel était assis un valet de pied portant la livrée rouge des Orléans. Raides et altiers comme des statues antiques, deux autres valets se tenaient debout derrière le carrosse. Le parc ressemblait à un jardin de conte de fées. Les massifs étaient couverts de fleurs artificielles multicolores, les rosiers offraient leurs roses de soie parfumées, les arbres même avaient retrouvé comme par magie leur feuillage. Éblouie, Mary Robinson avait demandé au cocher d'arrêter les chevaux pour mettre pied à terre. Des milliers de bougies créaient une atmosphère d'une beauté irréelle que parachevait le chant des oiseaux mécaniques montant des frondaisons. Vêtu comme un prince charmant, entouré de quatre de ses gentilshommes portant des gilets brodés de roses d'Angleterre, Chartres s'était avancé vers l'actrice pour lui baiser la main et l'entraîner vers le grand salon où patientait la foule de ses admirateurs.

La visite de Mary, que l'on nommait « Perdita », avait défrayé les conversations des Parisiens jusqu'à la fin de l'année, comme celles du salon de madame Necker à Saint-Ouen où se pressaient les Français les plus illustres et les nobles étrangers de passage. Chez Suzanne Necker, on avait écouté Bernardin de Saint-Pierre lire son *Arcadia,* que beaucoup avaient discrètement jugé soporifique, prêté oreille avec émerveillement à Buffon qui évoquait ses travaux, et interrogé sans fin le maître de maison sur la façon la plus sûre de placer son argent à une époque où tout était hasardeux. Tous jugeaient Joly de Fleury incompétent et craignaient que l'année à venir fût plus difficile encore.

Vergennes avait pris la place laissée libre par le décès de Maurepas. Irrémédiablement hostile à Necker, il jugeait ce protestant un dangereux réformateur. Necker, de son côté, lui reprochait d'avoir décidé la guerre d'Amérique par haine des Anglais sans se préoccuper de la financer.

La reine était, elle aussi, un fréquent sujet de conversation. Mère d'un dauphin, toute-puissante sur le roi, elle n'en était pas moins sous l'influence de ses amis, les Polignac en particulier, que nul à la Cour n'osait plus attaquer de front. Mais aussi haut étaient-ils parvenus, un hasard, une peccadille pouvaient les faire tomber. La reine était changeante, autoritaire, Yolande entêtée et susceptible. Récemment, au terme d'une aigre querelle, la Jules avait jeté à la reine qu'elle allait quitter Versailles, non sans lui avoir remis auparavant toutes les charges confiées à sa famille. En proie à la plus vive émotion, la reine avait embrassé les mains de son amie et l'avait suppliée en pleurant de rester auprès d'elle. Les deux femmes étaient finalement tombées dans les bras l'une de l'autre. Cette trop démonstrative tendresse, le tutoiement dont les deux amies usaient entre elles, la familiarité de Yolande envers le roi semblaient incongrus, presque scandaleux. Étaient-ce les souverains qui s'abaissaient ou les Polignac qui affichaient des prétentions outrancières ?

Peu avant Noël, on avait bien ri dans les salons en apprenant qu'en dépit des extravagances de Chartres, la belle Mary Robinson était repartie pour l'Angleterre en compagnie du duc de Lauzun.

# 1782

## *Le Mariage de Figaro*

En l'honneur du dauphin, l'Hôtel de Ville avait pavoisé. Un banquet était préparé pour la haute aristocratie dont faisait partie la princesse de Lamballe, que beaucoup courtisaient pour agacer les Polignac. On avait débarrassé le quartier des mendiants, faux infirmes et prostituées, balayé les rues, interdit aux chariots et voitures de livraison d'emprunter les rues environnantes afin de permettre aux carrosses des invités d'atteindre sans embarras le parvis.

Pour remplacer Joly de Fleury décidément incompétent, Louis XVI avait choisi un homme jeune et intègre, le marquis d'Ormesson.

Quelques jours après sa nomination, le nouveau ministre avait refusé à Vaudreuil de payer les dettes du duc de Polignac. Vaudreuil l'avait toisé avec insolence. « Bien, monsieur, avait-il lancé du ton le plus ironique, si vous ne le faites pas, un autre le fera. » On ne se faisait guère d'illusions sur la longévité du marquis.

En ce début d'hiver, les esprits avaient été occupés par un livre que venait de publier au Mercure de France monsieur Choderlos de Laclos, *Les Liaisons dangereuses*.

Marie-Antoinette se l'était fait lire au milieu de ses amis et l'ouvrage s'arrachait. Sur qui avait pris modèle cet officier d'artillerie, proche ami du duc de Chartres ? Ces libertins si bien croqués par Laclos pouvaient être maints gentilshommes de la Cour, ces femmes séduisantes et rouées abondaient autour des souverains. La recherche et la satisfaction du plaisir étaient des distractions fort répandues à Versailles.

L'optimisme joyeux des premiers mois de l'année avait été terni par l'annonce de la défaite de De Grasse aux îles des Saintes. L'amiral Rodney s'était emparé de cinq vaisseaux français, dont le navire amiral, *La Ville de Paris*, et avait sauvé les Antilles britanniques. La bataille avait été meurtrière : deux mille Français et Anglais étaient morts, de Grasse avait été fait prisonnier. L'honneur de la France était en berne.

Pour se changer les idées, les Parisiens couraient à Sèvres admirer une bête étrange nommée « dromadaire » qui semblait dotée d'un caractère placide et doux, grâce, affirmait celui qui en prenait soin, à la pinte de vin de Bourgogne qu'il absorbait chaque jour. Malheureusement cet intéressant animal avait péri dont on ne savait quelle maladie au bout de trois semaines, au grand dépit de ceux qui ne s'étaient pas encore déplacés. Les esprits s'étaient tournés vers d'autres sujets de bavardage avec la naissance de Louis, fils de Louise de Polastron, dont le mari vivait depuis dix mois dans le sud de la France. Bichette était délicieuse, un vrai rayon de soleil.

Aussi vite qu'elle s'était arrêtée sur les Polastron, l'attention de tous volait maintenant vers Beaumarchais, un admirateur de Voltaire, poète et écrivain qui avait vendu des armes aux insurgés américains. Tout le monde voulait découvrir son *Mariage de Figaro*. Pressée par Vaudreuil, Marie-Antoinette avait enfin convaincu Louis d'accepter qu'on lui en fît la lecture. Après quelques pages, il avait froncé les sourcils avant de se lever et de quitter la pièce, laissant le lecteur bouche bée, son livre à la main. Beaumarchais, avait-il plus tard expliqué à la reine, était un de ces beaux esprits frondeurs qu'il ne supportait pas. Il souhaitait ne plus entendre parler de lui.

Vaudreuil était consterné. *Le Mariage de Figaro* l'avait enthousiasmé, comme il avait plu à Artois, au duc de Coigny et à Adhémar.

Avec impatience, on attendait à la Cour l'arrivée du tsarévitch Paul et de la grande-duchesse voyageant sous le nom de comte et comtesse du Nord. Nul n'ignorait que l'impératrice de Russie, Catherine II, se montrait dure envers un fils qu'elle n'aimait guère et que le jeune homme, face à cette antipathie maternelle, était devenu timide et dissimulé. Petit, les traits irréguliers, on le devinait cependant spirituel et prévenant. Devant une foule de curieux, le comte et la comtesse s'étaient installés à l'ambassade de Russie, rue de Gramont, le vingt-huit mai. On les attendait le lendemain à Versailles et l'ambassadeur de Russie, le prince Baradinsky, accompagné par monsieur de Vergennes, les présenterait au roi et à la reine. Désireuse d'être le point de mire, cette dernière avait commandé dix toilettes avec leurs indispensables bagatelles qui leur donnaient une touche spécifiquement parisienne.

Marie-Antoinette avait insisté pour faire visiter le Petit Trianon à la grande-duchesse et aux dames qui l'accompagnaient. Il faisait un temps très doux. Les lilas embaumaient. Radieuse, la souveraine avait entraîné ses hôtes jusque dans l'île où l'on avait servi une collation. Sur le retour, elle avait tenu à parcourir les sentiers qui serpentaient autour du lac, à faire admirer la cascade, le pavillon du Rocher avec son mobilier tapissé d'arabesques et de fleurs, ses bancs peints de blanc et d'or, la grotte qu'on était en train d'achever avec son belvédère pavé à la vénitienne de bleu, de vert, de blanc, de rouge et dont le plafond s'ornait d'amours sur fond de ciel. Sans se soucier des dépenses, la reine avait commandé des sièges tapissés de soieries blanches et bleues ornées de riches passementeries.

Le lendemain soir, la princesse de Lamballe avait transmis à la reine le désir exprimé par la grande-duchesse de visiter une prison. On l'avait escortée à la Force. En rapportant la générosité des Russes, la voix de la princesse tremblait. Non seulement la grande-duchesse mais aussi ses dames avaient vidé le contenu de leurs bourses et fait porter dix mille livres à ceux qui étaient en prison pour dettes afin qu'ils pussent recouvrer leur liberté. La reine en avait voulu à la princesse de Lamballe de lui avoir donné ce qu'elle pensait être une leçon, et la coupe de son impatience avait débordé lorsqu'elle avait appris que monsieur de Beaumarchais en personne avait lu son *Mariage de*

*Figaro* au grand-duc et à la grande-duchesse qui l'avaient l'un comme l'autre beaucoup apprécié. Il avait fallu la verve de Vaudreuil pour redonner sa bonne humeur à la reine. Avec l'aide d'Artois, cette pièce serait montée tôt ou tard, sinon à Versailles, du moins dans la demeure d'un de ses amis.

Pour le grand bal offert aux visiteurs le huit juin, Rose Bertin avait habillé les dames de dominos de satin blanc à courte traîne. Les paniers avaient été bannis de la Cour. Ce qui s'arrachait désormais au Grand Mogol étaient les simples robes de mousseline blanche appelées « gaulles », serrées au bras et à la taille par des rubans de couleur. Le modeste décolleté était garni d'une collerette de mousseline ou de dentelle qui mettait en valeur le cou et la naissance des épaules. On portait ces gaulles avec un simple chapeau de paille et de modestes bijoux. La reine, la duchesse de Polignac, sa fille Guichette et sa belle-sœur Bichette, madame du Barry et bien d'autres en étaient entichées. À Trianon, les gaulles régnaient.

Le bal paré avait été fort brillant. On avait vu la reine accorder une contre-danse au marquis de La Fayette. Tout auréolé de gloire, celui-ci courtisait Diane Adélaïde de Simiane, alors qu'on le croyait fort lié à Aglaé d'Hunolstein.

À cette fête avait succédé celle offerte à Chantilly par le prince de Condé. En dépit de ses multiples interventions auprès du roi, Marie-Antoinette n'avait pu, à son grand dépit, s'y rendre. L'étiquette l'interdisait. Il lui avait fallu se contenter d'entendre le récit de la fête fait par la duchesse de Luynes. On avait chassé le gibier d'eau, s'était promené en calèche dans le parc le soir, au milieu de milliers de lampions. On avait dîné dans le hameau que le prince de Condé avait fait construire et dont la reine s'inspirait pour édifier le sien à Trianon. Après le souper servi dans les chaumières, on avait dégusté des fruits dans un pavillon construit au milieu de la forêt. Des musiciens invisibles avaient enchanté les convives. Le lendemain, on avait visité les célèbres écuries et la ménagerie, beaucoup plus intéressante que celle du roi. Puis on avait de nouveau chassé, dansé et festoyé.

Bien que son visage n'ait indiqué aucune contrariété, tout le monde avait compris que la reine était vexée quand on lui avait rapporté que Leurs Altesses impériales, invitées à Sceaux chez le duc de Penthièvre, avaient éprouvé beaucoup de sympathie pour la princesse de Lamballe et la duchesse de Chartres. À Versailles, Leurs Altesses n'en avaient point eu envers les Polignac. En se moquant de l'embonpoint de Madame Élisabeth à la Maison de laquelle elle appartenait, Diane avait choqué la grande-duchesse.

Le 19 juin, après un mois passé à Paris, le couple impérial russe avait enfin pris congé du roi et de la reine au château de Choisy avant de prendre la route d'Orléans avec deux cents caisses pleines de toilettes commandées à Rose Bertin. Pour la couturière, c'était une aubaine, bientôt toute la noblesse russe s'achalanderait au Grand Mogol.

Ce mois de fêtes ininterrompues avait exténué tout le monde et il avait fallu à la reine plusieurs jours dans le calme de Trianon pour reprendre des forces. On se plaisait à paresser sur les pelouses ou dans la grotte, à ramer sur le lac, à jouer aux boules ou au volant, à tourner sur le manège du jeu de bagues. Accompagnée de sa gouvernante, la princesse de Guéménée, Madame Royale venait parfois passer une après-midi avec sa mère. Jolie, gracieuse, l'enfant était distante, trop grave pour son âge. On ne la voyait ni courir, ni sauter, ni rire aux éclats. La reine la taquinait sans pour autant parvenir à la dérider. Le dauphin, un gros garçon de neuf mois, commençait à se tenir debout. Aussi jovial que sa sœur était maussade, il passait sans mot dire de bras en bras et riait aux éclats quand Esterhazy le lançait en l'air, au grand effroi de sa mère.

Cet été-là, Yolande de Polignac avait commencé à s'inquiéter de l'ascendant que prenait Vergennes sur le roi. Peu à peu, il persuadait Louis de l'inefficacité des actions de D'Ormesson et poussait son propre protégé, Charles de Calonne, dont il ne cessait de vanter les qualités d'administrateur et de diplomate. Jamais Vergennes n'avait montré de sympathie envers les Polignac, qui eux-mêmes se méfiaient de lui. Pour contrebalancer son influence, Yolande, poussée par sa belle-sœur, Diane, et Vaudreuil, pressait la reine de faire nommer Adhémar au secrétariat de la Maison du roi. Observateur privilégié, il pourrait informer ses amis des intrigues du secrétaire d'État aux Affaires étrangères, préoccupé en cette fin d'été par la révolution républicaine qui venait d'éclater à Genève. Les Français devaient intervenir et on avait rassemblé six mille hommes sous les ordres du marquis de

Jaucourt pour pénétrer dans Genève et briser l'insurrection, décision qui avait soulevé la colère de certains libéraux comme Mirabeau et Brissot.

Mais la majorité du peuple se moquait bien de ce qui se passait en Suisse. À Paris, on s'était émerveillé de la fête donnée par madame Boutin dans son jardin de Tivoli, à Montmartre, et on se félicitait qu'Élisabeth Vigée-Lebrun ait été présentée à l'Académie royale de peinture et de sculpture, même si l'appui inconditionnel de la reine avait dû peser sur la décision des académiciens, réticents à envisager la candidature de la femme d'un marchand de tableaux. En même temps que la célèbre portraitiste devait être accueillie mademoiselle Adélaïde Labille Guiard qui avait été, très jeune, la compagne, dans le magasin de mode que possédait son père, de la belle Jeanne Bécu, que l'on appelait alors mademoiselle Lange, la future madame du Barry.

On lisait toujours avec avidité *Le Mariage de Figaro*, qui en était à sa troisième édition, et le livre d'un certain Lavater, *Physiognomonie*, l'art de connaître les hommes par la physionomie, un ouvrage traduit de l'allemand.

La nouvelle avait frappé la Cour comme un coup de foudre. Le prince, grand chambellan du roi, et la princesse de Guéménée, gouvernante des Enfants de France, devaient trente millions de livres à leurs créanciers ! Leur ruine totale, la confusion de la savoir publique les contraignaient à se destituer de leurs charges. Avec désespoir mais dignité, la princesse remettait à la reine sa démission. Déjà, on avait sur les lèvres les noms de celles qui pouvaient la remplacer comme madame de Marsan ou la princesse de Chimay. À Versailles, les Guéménée avaient fait leurs adieux à leurs nombreux parents, au cardinal grand aumônier de France et à tous leurs amis. Le prince se retirait chez son oncle, le duc de Bouillon, et la princesse dans leur sinistre château de Vigny, près de Pontoise. Au milieu de la consternation générale, les amis de la reine ne tenaient plus en place.

Pour le poste de gouvernante des Enfants de France, le nom de Yolande de Polignac était sur toutes les lèvres. Parvenue à un rang aussi élevé, la dignité de la duchesse serait inaliénable, aucune sanction ne pourrait plus frapper les Polignac. Acquise d'avance à la nomination de son amie, la reine avait préparé avec soin l'opinion de sa famille, celle du roi tout particulièrement. Qui mieux qu'une amie si chère et dévouée pouvait prendre soin de ses enfants ? Mère attentive, elle pourrait partager avec la duchesse la responsabilité de leur éducation. Ils formeraient une famille. Le roi avait aussitôt opiné. Il avait confiance en Yolande de Polignac et appréciait son caractère doux, sa réserve, la bonté de son cœur. Ne restait qu'à la convaincre. Nonchalante, attachée à son indépendance, la Jules considérait cette position comme un fardeau. Les bénéfices, cependant, étaient énormes : elle logerait dans un appartement de douze pièces, à côté de celui de Marie-Antoinette, pourrait recevoir « au nom de la reine », disposerait d'un logement dans tous les châteaux appartenant à la Couronne.

Yolande avait demandé à réfléchir. Avant de prendre une décision qui engageait sa vie, elle voulait attendre les couches de sa fille pour lesquelles tous les Polignac s'étaient rassemblés à Paris. Sans relâche, le baron de Besenval s'activait à convaincre son amie. Elle ne pouvait refuser ce poste. Devenue puissante, ses bienfaits retomberaient sur eux tous.

Le huit octobre, Guichette avait mis au monde une fille. Le Cercle enchanté s'était retrouvé à son chevet et là, enfin décidée, la duchesse avait annoncé qu'elle acceptait avec émotion l'honneur de devenir gouvernante des Enfants de France. C'était pour Besenval un succès personnel. Et, comme un bonheur n'arrivait jamais seul, la fort jeune Louise de Polastron, Bichette, prenait la place de dame du palais laissée vacante par la mort inattendue de madame de Dillon qui avait fait pleurer la reine et ses proches amis. « La ville Polignac, comme écrivait le prince de Ligne, ne cesse de se bâtir de nouveaux clochers. »

En cette fin d'année, la reine se sentait entourée, aimée, protégée. Peu lui importaient les sarcasmes du peuple, les pamphlets abjects, la jalousie des dames de la Cour envers son amie qui, à présent, la recevait en hôtesse dans ses appartements.

Et, pour couronner la gloire de la famille, le marquis de Breteuil était prêt à donner sa petite-fille au fils aîné des Polignac plutôt qu'à l'héritier des Montmorency.

Par l'intermédiaire de Dillon, la reine avait reçu avec émotion des nouvelles d'Axel de Fersen. Stationné avec Rochambeau à Williamsburg, il aspirait à un prompt retour en France. La vie dans cette petite cité virginienne était douce mais bien monotone. Hospitaliers, les habitants ignoraient tous les plaisirs. Ils se couchaient à neuf heures du soir et ne buvaient de vin que dans des circonstances exceptionnelles. On priait beaucoup et les hôtesses, quoique fort aimables, n'avaient point l'esprit trop piquant. Comme tout sujet risquant de contrarier les hôtes était banni, on ne parlait guère que de banalités. Mais il s'était attaché à ce pays, à la beauté de ses paysages, au courage de ses habitants et surtout à la confiance qu'ils mettaient dans l'avenir. Là-bas, on ne se plaignait pas sans cesse comme à Paris de sa santé, de la vie chère, de la négligence des domestiques, de l'insolence des fournisseurs. Les Anglais occupaient toujours New York mais nul ne doutait de leur prochain départ et d'une paix heureuse.

L'hiver avait commencé d'une fort clémente façon et, jusqu'en décembre, le Trianon était resté ouvert. Il faisait bon dans le jardin au bord du lac. On regardait le beau ciel d'hiver, on faisait des projets pour les représentations théâtrales du printemps à venir. La saison d'été avait été brillante et on aimait l'évoquer encore et encore. Se souvenait-on des fous rires lors de la répétition de la *Veillée villageoise* et du *Sage étourdi* ? La reine avait tenu le rôle de Babet, Diane celui de la mère Thomas, Yolande, Guichette et Bichette ceux des jeunes filles, Esterhazy était le Bailly, le comte d'Artois était Colin, les rôles des « vieux » avaient été attribués à Besenval et Coigny. À la nuit tombée, on regagnait le château. Irait-on jouer chez la duchesse de Polignac ou chez la duchesse de Luynes ?

# 1783

## *Un rêve d'Amérique*

Avec l'ouverture des négociations de paix destinées à mettre un terme à la guerre d'Amérique, l'année avait bien commencé. L'Espagne et la France reconnaissaient l'indépendance des États-Unis d'Amérique et le Royaume-Uni était prêt à cesser les hostilités. L'influence de Vergennes ne faisait que croître au détriment de celle d'Henri d'Ormesson qui disait mépriser les intrigues et par conséquent en était la victime.

Le tremblement de terre en Sicile qui avait fait cinquante mille morts n'avait guère accaparé les conversations. On songeait surtout aux multiples complots destinés à démettre Castries, à expédier à Londres Adhémar comme ambassadeur et le duc de Chartres comme hôte du roi d'Angleterre. On s'entretenait aussi des projets de mariage formés pour mademoiselle Necker avec ses six cent mille livres de dot[1]. Les prétendants étaient nombreux, mais l'ancien ministre des Finances et sa femme se

1. Environ 9 millions d'euros.

montraient exigeants : le jeune homme devait être protestant et de noble famille.

Henri Lefèvre d'Ormesson avait eu le courage ou la maladresse de s'attaquer à la Ferme générale. Les Fermes étaient désormais tenues de rendre des comptes au centime près au contrôleur général. On s'émerveillait ou se moquait de tant de rectitude.

Exaspéré par les intrigues, le marquis de Castries avait remis sa démission au roi qui l'avait tout de suite refusée, d'autant que Ségur, fort lié à Castries, avait menacé de donner aussi la sienne. En dépit de la forte hostilité britannique, Castries avait de grandes idées concernant la présence française en Inde, et le roi, fort passionné par la géographie, le soutenait sans restriction.

Le Cercle enchanté avait fait en février de touchants adieux au marquis d'Adhémar en partance pour Londres. Yolande de Polignac et la jolie comtesse de Châlons avaient pris la décision de l'escorter en Angleterre, tout autant pour revoir la duchesse de Devonshire, qui les attendait avec impatience, que pour profiter plus longtemps de la présence de leur ami. La reine avait remis au nouvel ambassadeur une tabatière en or décorée d'une miniature la représentant dans le rôle de Babet du *Sage étourdi*, pièce où Adhémar avait tenu l'emploi d'un berger amoureux.

Le seul bonheur permis à Marie-Antoinette confinée à Versailles était de confier à Yolande des cadeaux à l'intention de sa chère amie anglaise, une délicieuse gaulle que Rose Bertin venait de faire livrer, un nécessaire à ongles en or, une layette pour le bébé qu'elle attendait.

Au dernier moment, la belle-sœur du duc de Coigny s'était jointe au petit groupe en partance pour Calais. Proche du duc de Chartres, elle allait, prétendait-on, préparer le prochain voyage de celui-ci à Londres. Le roi verrait partir son cousin avec autant de satisfaction qu'on se tire une épine du pied. Dans les salons du Palais-Royal se regroupaient toutes sortes de factieux, de mauvais esprits qui empoisonnaient l'atmosphère du royaume.

Versailles hibernait. On parlait de l'achat d'une jolie maison que la princesse de Lamballe avait fait à Passy. La surintendante de la Maison de la reine assumait les responsabilités de sa charge avec de moins en moins d'assiduité et, sans la compétence et la diplomatie de madame d'Ossun, la dame d'atours, tout aurait été à vau-l'eau dans une Maison qui comptait presque autant de personnes que la Chambre du roi. La reine adressait parfois quelques mots affectueux à la princesse et honorait de temps à autre son salon de sa présence. Comme l'atmosphère y était guindée, elle ne s'y attardait guère.

D'Angleterre, Marie-Antoinette recevait des lettres de ses amis narrant les soirées de Georgiana, des courses à Epson où tout le monde s'était follement amusé.

On avait ouvert Trianon. Le printemps était doux et la reine s'y rendait aussi souvent que possible. Les travaux de son hameau s'achevaient et sa joie était immense de bientôt pouvoir en profiter. Elle faisait rechercher un couple de fermiers, une laitière, un berger. Tout serait prêt pour l'été, où le Cercle enchanté serait reconstitué et même complété par l'arrivée d'Axel de Fersen qui naviguait vers la France.

Tandis que les pailleux achevaient les toits de chaume des maisonnettes du hameau, le contrôleur général Lefèvre d'Ormesson avait ordonné d'interrompre les travaux en cours dans les différents châteaux royaux, travaux incessants et fort coûteux qui agrandissaient de treize millions de livres le trou sans fond du déficit. Le mécontentement était grand parmi les ouvriers, comme il l'avait été chez les soyeux lyonnais quand Rose Bertin avait imposé la mode des mousselines venues des Flandres. Certes, il fallait réduire le train de vie des souverains, mais pas en privant le peuple de pain. L'insatisfaction était devenue colère lorsqu'on avait appris le projet qu'avait le roi d'acquérir le château de Rambouillet, appartenant au duc de Penthièvre, pour seize millions de livres. Sa famille y étant inhumée, le duc avait longtemps refusé de le vendre mais aujourd'hui il s'y était résigné. Avant les travaux d'embellissement et de modernisation, il aurait à rapatrier les dépouilles des siens à Dreux, une perspective qui brisait le cœur du vieil homme. Dans le caveau familial reposaient sa femme bien-aimée et six de leurs sept enfants.

Le roi avait aussi le projet de faire construire de nouveaux vaisseaux afin de doter la France d'une marine moderne et puissante. La compétition avec l'Angleterre ne permettait aucune économie dans les forces navales. En ce début d'année, le déficit atteignait cent quarante millions de livres. Le contrôleur général était aux abois, il estimait avec consternation que la dette atteindrait deux cents millions de livres avant la fin de l'année.

Tandis qu'on suggérait à la reine de modérer ses dépenses, Chartres menait grand train à Londres et soupait fréquemment en compagnie du prince de Galles avec lequel il partageait le goût des bons vins et des femmes. Le système politique anglais passionnait le duc, qui se plaisait à assister aux séances des deux chambres du Parlement et écrivait de nombreuses lettres à ses amis parisiens pour leur vanter l'excellence de la démocratie anglaise.

Le roi se durcissait. Bien que de bonne nature, il commençait à avoir horreur des beaux parleurs qui prenaient plaisir à saper son autorité et les fondements de la morale publique. En dépit d'une pluie de critiques, il se félicitait d'avoir interdit l'édition des œuvres complètes de Voltaire, un homme qui combattait avec acharnement l'ordre établi, et il avait annulé la représentation du *Mariage de Figaro* qui devait avoir lieu dans la salle des Menus-Plaisirs à la suite d'une intrigue menée par quelques gentilshommes dont faisait partie le comte de Vaudreuil. Avec impatience, il attendait à Versailles Rochambeau qui avait donné à la France de belles heures de gloire. Les dernières troupes avaient embarqué sur *L'Astrée*, *La Gloire*, *L'Active*, *Le Romulus*, *La Guadeloupe* et *Le Lauzun*, navire offert par le Congrès américain en l'honneur des faits d'armes du duc de Lauzun qui, en dépit de sa gloire outre-Atlantique, restait interdit à Versailles pour avoir déplu à la reine.

Avec la volonté de son frère Joseph II de nouer une alliance austro-franco-russe contre la Turquie, Marie-Antoinette montrait beaucoup de mauvaise humeur, en particulier envers Vergennes tout à fait opposé à cette coalition. Talonnée par son frère, la reine ne perdait pas une occasion pour tenter de faire basculer les esprits en faveur de l'Autriche. Rabrouée un peu sèchement un soir par le roi, elle ne lui avait plus adressé la parole pendant plusieurs jours. L'heureuse arrivée de Fersen à Versailles l'avait déridée. Le jeune homme avait reçu là-bas la médaille des Cincinnati et, à son retour à Versailles, on l'avait aussitôt fait colonel du Royal-Suédois. On parlait aussi de lui conférer l'ordre du Saint-Esprit.

À Trianon, au milieu des siens, la reine échappait à toutes ces pressions qui l'insupportaient, qu'elles viennent d'Autriche ou de France. Le hameau était délicieux, on avait fait venir vaches, poules, chèvres et brebis. La laitière disposait d'une baratte et de jarres en porcelaine de Sèvres pour verser le lait. Beaucoup d'objets nécessaires à la vie d'une ferme manquaient encore mais de pouvoir traverser son hameau en bonnet, un fichu de mousseline sur les épaules, procurait à la reine un immense bonheur.

Le brusque départ de Versailles de madame de Coigny, belle-sœur du duc, avait frappé le Cercle enchanté. Désormais elle désirait ne plus quitter Paris. À son beau-frère seul, elle avait donné une explication : le caractère incisif de la reine lui était devenu insupportable. Elle était l'amie intime du duc de Lauzun, que la souveraine avait rejeté comme un malfaiteur pour des peccadilles. Il lui avait déclaré à genoux son amour ? Quel mal y avait-il pour un homme à tenter sa chance auprès d'une femme coquette ? Besenval, qui avait agi de même, avait gardé toute sa faveur. Et Lauzun n'était pas le seul à avoir été la victime de l'inconstance d'une femme trop gâtée. Il y avait aussi la pauvre princesse de Lamballe et la princesse de Guéménée. Cette dernière, après avoir été une proche amie, n'avait point reçu trois lignes affectueuses depuis la banqueroute de sa famille. Dans un monde en effervescence, la reine et ses proches vivaient sur un nuage. On ne pouvait montrer plus d'aveuglement, de puérilité que dans les discours tenus à Trianon. Les retombées seraient cruelles pour tous.

Coigny n'ignorait pas que sa belle-sœur avait rejoint le cercle du duc de Chartres au Palais-Royal, où se côtoyaient le duc d'Aiguillon, Mirabeau, Talleyrand-Périgord, le vicomte de Noailles, Laclos, Montmorency, Fitz-James, tous acquis à la nécessité de rédiger une constitution en France. On refaisait le monde, dénonçait les scandales comme celui de devoir produire quatre quartiers de noblesse pour accéder au rang d'officier, de refuser aux Français de confession juive le droit d'être fonctionnaires, de posséder des terres, d'être soldat. Un banquier du nom de Panchaud tentait d'apprendre à ces gentilshommes qui jetaient leur argent par la fenêtre l'art de gérer une fortune, de faire travailler un capital. Comment le roi avait-il pu remplacer Necker par une série de contrôleurs qui n'avaient aucune connaissance de la haute finance ?

Mal conseillé, le souverain accumulait les maladresses. Ne venait-il pas de faire soudain interdire la parution du *Journal de Paris* pour un article un peu piquant écrit sur sa tante Christine de Saxe ? Si la liberté de la presse avait des limites, celle-ci n'existait plus. Encore et encore, le modèle anglais était évoqué, on parlait sans cesse de Pitt, des whigs soutenus avec ferveur par la duchesse de

Devonshire. Lorsque La Fayette venait au Palais-Royal, ses frères francs-maçons l'entouraient. Leur idéal s'imposerait, n'en doutaient ni Chartres, ni Luxembourg, ni Lauzun, tous initiés à la loge de Saint-Jean d'Écosse.

Un Italien du nom de Cagliostro, qui se disait mage et que protégeait le cardinal de Rohan, venait de fonder une loge égyptienne qui prétendait pouvoir transmettre les secrets des pharaons. Il disait l'avenir et toutes les hôtesses des salons parisiens se le disputaient.

De Paris, Versailles semblait un monde vivant en vase clos avec ses centaines de courtisans, les uns remplissant des charges plus ou moins inutiles, les autres intriguant pour prendre leur place, avec une horde de valets, domestiques, cuisiniers, gâte-sauce, galopins, jardiniers, frotteurs de planchers, videurs de vases de nuit, gardes, soldats, palefreniers, médecins, chirurgiens, apothicaires, musiciens, chanteurs, ramoneurs, horlogers, menuisiers, tapissiers, chapelains, abbés, sans compter les petits marchands installant chaque jour leurs étals dans les couloirs et escaliers du palais pour proposer épingles, rubans, tabac à chiquer ou à priser, cocardes, confiseries et fruits.

Présenté au Salon d'automne, le portrait de la reine en gaulle peint par Élisabeth Vigée-Lebrun avait soulevé une telle indignation qu'on avait dû le retirer. La robe de mousseline portée par Marie-Antoinette ressemblait plus à une chemise de nuit qu'à la parure d'une souveraine. On ne payait pas son train de vie ruineux pour la voir en provinciale dans son jardin. L'absence de corset, de bijoux suggérait une négligence de son état tout à fait indigne. La reine avait été surprise, fâchée. On critiquait ses dépenses pour mieux la blâmer quand elle se vêtait avec simplicité ? Qu'attendait-on d'elle ? La détestait-on pour avoir sans cesse un reproche à la bouche ? Les critiques la durcissaient, creusaient un fossé infranchissable entre les étrangers et le cocon au sein duquel elle régnait et était heureuse.

En septembre, la Cour s'était passionnée pour le premier vol d'un ballon conçu par monsieur de Montgolfier. Une foule de courtisans, de serviteurs s'était pressée sur la place d'armes où monsieur de Montgolfier lui-même surveillait les préparatifs de l'aérostat. Dans la nacelle, on avait placé un agneau, un coq, un canard qui, ignorant la périlleuse aventure qui les attendait, montraient le plus grand calme.

À treize heures, le ballon étant prêt à prendre son envol, on avait largué les amarres et, au milieu des cris de stupéfaction et d'enthousiasme des spectateurs, l'aérostat s'était élevé dans les airs.

Aux grilles de Versailles, Artois et quelques gentilshommes étaient en selle, prêts à suivre au galop la course du ballon qui se dirigeait vers Paris. La princesse de Lamballe et d'autres dames suivaient en voiture légère. À une lieue de Versailles, sur la route de Saint-Cloud, l'engin avait atterri sans dommage et on avait retrouvé les trois animaux sains et saufs, l'un picorant, l'autre se dandinant et le troisième savourant quelques touffes d'herbe verte. La ménagerie du roi les attendait avec la promesse d'une vie entourée de soins comme celle des maharadjahs.

Avec une grande satisfaction, le roi avait enfin signé le

traité définitif de paix avec l'Angleterre. La guerre d'Amérique avait pris fin. Le jeune État voyait ses frontières reconnues : les Grands Lacs au nord, le Mississippi à l'ouest. Les dernières troupes britanniques allaient incessamment quitter New York. Le traité de Versailles d'autre part rendait Minorque et la Floride à l'Espagne mais laissait Gibraltar à l'Angleterre. La France récupérait ses comptoirs en Inde et gagnait quelques îles des Antilles.

Les loyalistes fidèles à la Grande-Bretagne n'avaient plus qu'à faire leurs bagages pour s'installer au Canada, aux Antilles ou en Angleterre ; leurs biens confisqués seraient mis en vente. Certains d'entre eux, comme les Penn en Pennsylvanie ou les Baltimore au Maryland, possédant des centaines de milliers d'acres, le jeune État récupérerait des terres immenses qu'il pourrait diviser en lopins et distribuer aux petits fermiers.

Au Cercle enchanté de la reine, Dillon et Fersen avaient longuement évoqué la beauté des paysages américains, l'immensité des fleuves comme le Delaware et le Potomac, la splendeur des forêts, les étranges mœurs des Indiens tantôt familiers et même amicaux, tantôt hostiles, féroces. Le soir, regroupé dans le temple de l'Amour, on tentait d'imaginer une nature inviolée, des étendues immenses où on ne traversait ni village ni hameau, où nulle embarcation ne flottait sur les fleuves.

On évoquait aussi avec fièvre la prochaine représentation du *Mariage de Figaro* que Vaudreuil allait donner dans son château de Gennevilliers, à l'abri de toute interdiction royale. Tout le monde y serait, hormis encore une fois la reine. Yolande avait insisté pour rester auprès d'elle mais, sachant combien son amie souhaitait partager la joie du comte de Vaudreuil, elle avait refusé. Madame de Marsan, une des sous-gouvernantes, prendrait soin des enfants.

La souveraine profiterait de cette journée pour parler au roi de ses souhaits concernant l'aménagement de ses appartements dans le château de Rambouillet. L'acte de vente était signé et le duc de Penthièvre procédait à l'excavation des cercueils de ses proches. Elle désirait aussi construire là-bas un hameau avec sa laiterie et son poulailler afin de retrouver les joies simples de Trianon. Lors de la signature, Henri d'Ormesson avait montré un visage si courroucé que tout le monde savait comptés les jours du jeune contrôleur des Finances. Déjà on parlait de Calonne, soutenu par les Polignac mais que Vergennes n'appréciait guère. On verrait bien qui l'emporterait et les langues allaient bon train.

À Paris, le comte de Mirabeau fourrait tous les financiers dans le même sac : des spéculateurs, des agioteurs qui ne pensaient qu'à s'enrichir. Necker était celui qu'il haïssait le plus pour avoir évincé Turgot et ruiné leur bon monsieur Panchaud. Lui-même aux abois, il était venu solliciter Vergennes et Montmorin qui avaient fait la sourde oreille.

Le spectacle du *Mariage de Figaro* avait été un grand succès. On avait applaudi à tout rompre les reparties piquantes écrites par monsieur de Beaumarchais qui, cependant, n'épargnaient pas les aristocrates. Il fallait être de son temps et, comme les Anglais, savoir rire de soi-même. Le roi ne pourrait interdire bien longtemps encore la représentation en public d'une pièce de cette qualité sans faire estimer rétrograde la noblesse française.

Fersen avait quitté Versailles pour l'Italie. Plus que la démission de Lefèvre d'Ormesson, son absence attristait la reine. On lui rapportait qu'à Naples il avait courtisé Élisabeth Foster, tendre amie de la duchesse de Devonshire et maîtresse du duc.

Les Polignac l'avaient emporté sur Vergennes, Calonne avait pris les Finances pour aussitôt rembourser les dettes d'Artois, de Provence comme celles des Polignac. Breteuil, un fidèle du roi, devenait ministre de sa Maison.

Novembre avait commencé avec une semaine de grand froid qui avait racorni les feuilles, éteint leurs flamboyantes couleurs automnales. La saison de Trianon s'était achevée et il fallait se préparer à passer un long hiver dans l'immense et glacial château.

Mais auparavant on allait voir s'envoler un nouveau ballon, cette fois-ci du parc de la Muette, contre le souhait de Chartres qui avait pensé à Saint-Cloud. La duchesse de Polignac avait insisté sur le choix de ce lieu pour y amener ses enfants et ceux de la reine que l'événement enfiévrait. Elle avait supplié Pilâtre de Rozier, intendant des Cabinets d'histoire naturelle, et Artois de renoncer à leur idée de faire monter dans la nacelle trois condamnés à mort. On ne pouvait imposer cette expérience à des êtres terrorisés qui risquaient de sauter par-dessus bord alors que l'intendant et le comte d'Arlandes étaient volontaires.

Tôt ce matin du vingt et un novembre, le ballon avait été gonflé. Bleu et or, haut de soixante pieds, il était décoré de fleurs de lys, des douze signes du zodiaque et du chiffre du roi entremêlé de soleils. Sur sa partie inférieure s'enroulaient gracieusement macarons et guirlandes.

À neuf heures du matin, la duchesse de Polignac et les quatre enfants faisaient leur entrée dans le parc et, avec émerveillement, découvraient l'aéronef qui paraissait d'or et d'azur. Une équipe d'ouvriers spécialisés, des tapissiers, des cordeliers, des chauffeurs s'affairaient autour du ballon sous la surveillance de monsieur Réveillon qui avait fourni et fait coudre la toile dans son atelier du faubourg Saint-Antoine.

Pilâtre de Rozier et le comte d'Arlandes avaient pris place à bord, tous deux parfaitement calmes, attentifs à l'intensité de la flamme qui allait faire s'élever l'engin. Les enfants écarquillaient les yeux et il fallait l'autorité des sous-gouvernantes pour les faire tenir en place. Un vent modéré soufflait de l'ouest et la température était clémente. Déjà en selle, Chartres s'apprêtait à galoper derrière le ballon avec deux intendants de la duchesse de Polignac.

Soudain, alors que l'aérostat s'était élevé de quelques pieds seulement, on vit se déchirer la toile. Sans heurts, le ballon s'était posé. En moins de trois heures, grâce à l'énergie de Réveillon, à la compétence de ses compagnons, la déchirure était colmatée, le ballon prêt à être relâché. Fatigués, énervés, les jeunes enfants montraient le ciel du doigt, demandaient à s'envoler eux aussi. Seule la petite Madame Royale, la main dans celle de sa gouvernante, gardait son imperturbable sérieux.

En peu de temps, on n'avait plus vu qu'un point doré dans le ciel qui se dirigeait vers Paris. Chartres et ses amis étaient partis au grand galop à sa poursuite.

Moins d'une heure plus tard, la machine s'était posée sur la butte aux Cailles, entre le moulin des Merveilles et le Moulin vieux dont les ailes tournaient paresseusement dans la brise. Des badauds étaient accourus puis des gardes du guet, les émissaires de la duchesse de Polignac et enfin Chartres qui, après avoir sauté à bas de son cheval, avait serré dans ses bras Pilâtre de Rozier et monsieur d'Arlandes.

À la fin du mois, avec le retour du froid, Marie-Antoinette et Rose Bertin avaient imposé la mode des redingotes, des pierrots blancs plissés qui adoucissaient le visage. Les femmes s'entichaient des badines, de bottines en chevreau, des montres de gousset.

Le départ de Fersen pour un long tour d'Europe avec le roi Gustave III avait jeté la reine dans de folles dépenses. En achetant par douzaines chaussures, déshabillés, éventails, bas de soie, elle avait l'impression d'alléger sa peine. Elle avait grossi, pris de la poitrine, des hanches et s'astreignait à des régimes qui la rendaient maussade. L'obligation de vivre sans cesse avec la gouvernante des Enfants de France devenait parfois pesante et il arrivait qu'on vît Marie-Antoinette et Yolande se quereller comme deux bourgeoises.

Pour l'expérimentation d'un troisième ballon construit par les frères Robert, Marie-Antoinette avait enfin obtenu l'autorisation de se rendre aux Tuileries d'où l'envol devait avoir lieu. Le ciel de décembre était clair, le vent faible, le froid piquant. Enveloppée dans une cape de fourrure, la reine se serrait contre la duchesse de Polignac. Son sourire avait fini par attirer quelques rares « Vive la reine ! ».

Soudain, au milieu des hurlements de joie, d'applaudissements fébriles, Chartres avait passé la grille à cheval. Le sourire de la reine s'était aussitôt figé.

Plus tard, Marie-Antoinette avait appris que lors de l'atterrissage de l'engin, le duc s'était fait encore ovationner. Des paysans s'étaient pressés autour de lui et de ses amis Fitz-James et sir Faver, un gentilhomme anglais. Une femme avait même crié . « Chartres à Versailles ! » La présence à Paris de cet homme qui avait été son ami devenait intolérable. Et les choses ne risquaient-elles pas d'empirer lorsque, à la mort de son père, il deviendrait duc d'Orléans ?

## 1784

## *La ministre de la mode*

Un froid mordant ravageait la France, gelant les étangs, les lacs et les rivières, emportant les vieillards et les jeunes enfants. Pour soulager son peuple, le roi avait permis à ses sujets de ramasser le bois tombé à terre dans ses forêts et fait distribuer un million de livres sur sa cassette personnelle aux indigents. À Paris, on trouvait morts chaque jour des mendiants, des ouvriers au chômage, des estropiés, le corps déjà raidi par le froid. Combles, les hôpitaux, les hospices ainsi que les églises avaient barricadé leurs portes. On distribuait de la soupe, du pain, du vin, mais il semblait que la queue des misérables n'avait point de fin.

Dans le centre de la France, les loups poussés par la faim hors des forêts devenaient menaçants. À peine les paysans osaient-ils s'aventurer au-delà des limites de leurs villages.

À Versailles, on faisait des collectes pour les pauvres mais, à une époque où la France se trouvait fort endettée, on se montrait précautionneux – charité bien ordonnée commençait par soi-même. La reine avait été attendrie de voir sa fille offrir toutes ses économies pour soulager les miséreux et ce geste spontané lui avait fait espérer que la froideur de Madame Royale ne fût qu'apparente. N'avait-elle pas déclaré, quelques semaines plus tôt, qu'elle ne s'attristerait pas de la mort de sa mère, sa disparition signifiant qu'elle ferait alors ce que bon lui semblerait ?

Ne voulant pas donner des fêtes trop ostentatoires, on se réunissait dans les salons, chez la princesse de Lamballe pour ceux qui attachaient une grande importance à l'étiquette, chez la duchesse de Luynes, mais surtout chez la duchesse de Polignac où l'on voyait souvent la reine qui appréciait le ton libre et spirituel imposé par son amie. Chez madame d'Adhémar, restée à Paris, se regroupaient ceux que passionnaient les sciences divinatoires, l'ésotérisme. On y avait déploré la mort du célèbre comte de Saint-Germain qui s'était éteint dans le Schleswig à un âge avancé alors qu'il se prétendait immortel. Par l'intermédiaire de ses chiens, madame d'Adhémar, comme l'avait fait avant elle la princesse de Guéménée, avait pu entrer en contact avec lui. Les aboiements de ses amis à quatre pattes lui transmettaient des messages des défunts qui, affirmait-elle, se révélaient toujours fort intéressants et exacts. Questionnée sur les communications post-mortem du comte de Saint-Germain, la comtesse s'était montrée peu prolixe. On avait pu cependant lui faire avouer que le comte voyait pour la France de sombres horizons, il avait même prédit pour la reine des années de larmes et d'angoisses.

On se préparait à courir à la première du *Mariage de Figaro* à la Comédie-Française. Les sièges étaient déjà entièrement réservés mais chacun était prêt à tenter sa chance pour pénétrer dans la salle coûte que coûte.

Hormis la reine, tous occupaient leurs loges, madame d'Andlau et sa fille, madame de Châlons, Artois, Yolande de Polignac et Vaudreuil, Calonne, frère du contrôleur des Finances, monsieur de Breteuil que Beaumarchais avait qualifié d'« élégant prétentieux », Esterhazy, Guichette, Bichette et même la princesse de Lamballe qui s'était montrée pourtant fort réservée sur le thème de la pièce.

Dès le lendemain de la représentation, on avait fait cercle autour de Marie-Antoinette pour lui narrer les détails de la soirée. Beaumarchais avait obtenu un triomphe, douze rappels, une recette, disait-on, de six mille cinq cent onze livres, une soirée exceptionnelle, même si quatre personnes sur cinq n'avaient pu pénétrer dans la salle et que trois femmes étaient mortes étouffées et piétinées.

Silencieuse, Marie-Antoinette écoutait les récits d'une fête à laquelle elle n'avait pas eu le droit de participer. Versailles semblait de plus en plus un endroit reculé. En grand nombre, les courtisans séjournaient dans leurs hôtels parisiens et ne se montraient au palais que pour remplir leurs charges. Rien de nouveau, d'excitant ne venait de ce que tous nommaient « ce pays-ci » pour bien souligner son isolement du reste du monde.

Les élégants se promenaient davantage aux Tuileries que dans les jardins de Versailles. Certains jours de beau temps, on s'y bousculait même. La mode anglaise s'imposait chaque saison un peu plus et on voyait des gentilshommes sans épée offrir leur bras à des dames vêtues de dolmans ajustés et coiffées en catogan sous des chapeaux de feutre souple piqués de plumes. La promenade des Tuileries obéissait à des codes qui échappaient à tous. Un jour on remontait une allée, le lendemain on en descendait une autre. En se trompant, le flâneur se discréditait.

Le soir, on se promenait en calèche ou à cheval sur les Champs-Élysées où s'alignaient guinguettes et cafés illuminés par les quinquets que le physicien Argaud venait d'inventer et qui éclairaient désormais les rues de Paris. Là, on prenait un verre de vin, on jouait au prolétaire en causant volontiers avec les ouvriers et les cousettes. Et lorsqu'un mendiant en haillons ou hideusement estropié demandait la charité, les hommes tendaient ostensiblement un louis d'or pour montrer que bien qu'aristocrates, ils n'étaient pas sans cœur.

Besenval était certainement le plus généreux et le plus délicat de tous les proches de la reine et, pour ces qualités alliées à celles de son esprit, Marie-Antoinette lui avait tout pardonné. Amateur d'art, lettré, infiniment spirituel, la présence de ce quinquagénaire était le cœur battant du Cercle enchanté. Ses colères furieuses mais brèves avaient été la source d'une historiette qui avait fait le tour des salons : un valet, depuis cinquante années au service des Besenval, avait brisé un jour un vase auquel le baron tenait énormément et s'était fait réprimander de la plus vive façon. Le lendemain, Besenval avait eu la surprise de voir le vieil homme, son baluchon à ses pieds, prêt à lui faire ses adieux. Devant l'étonnement de son maître, le valet avait expliqué avec beaucoup de dignité qu'ayant ainsi suscité sa colère, il ne pouvait envisager de continuer à le servir.

« Mon ami, s'était écrié le baron tout ému, vous êtes dans cette maison depuis plus longtemps que moi. Je vais donc me retirer et vous me ferez revenir lorsque vous serez prêt à supporter mes emportements. » Ils étaient tombés dans les bras l'un de l'autre.

Dans le cercle de la reine, celui sur lequel Besenval comptait le plus était Vaudreuil, amant de Yolande de Polignac et ami intime d'Artois. Par lui, on pouvait atteindre le roi sans avoir à subir les états d'âme de Marie-Antoinette. Puis venaient Coigny, toujours très respecté, et le prince de Ligne lorsqu'il était présent à Versailles. Grand voyageur, fin lettré, brillant, il était l'ami de tous et parvenait à se partager sans heurts entre la Cour et le Palais-Royal, prouesse dont peu pouvaient se vanter.

À la fin du mois de mai, la reine avait eu le bonheur de revoir Axel de Fersen qui accompagnait le roi de Suède, voyageant incognito sous le nom de comte Haga. Tous deux logeaient chez le comte de Staël, ambassadeur de Suède fiancé depuis peu à Germaine Necker. Il avait fallu deux jours au Suédois pour s'échapper de Paris, deux jours bien employés par les plaisirs de la ville. Le lendemain de leur arrivée, Gustave III et lui-même avaient assisté à une représentation du *Mariage de Figaro* puis le roi avait voulu flâner sur les boulevards, entendre Fanchon la Vielleuse, une mendiante célèbre qui chantait des airs populaires, une marmotte couchée à ses pieds.

À Versailles, puis à Trianon, le bel Axel avait été reçu avec joie. Marie-Antoinette l'avait entraîné jusqu'à son hameau. Le temps était radieux, la vache et les moutons paissaient tranquillement, les petites poules noires et blanches caquetaient. La reine avait-elle l'impression qu'ils n'étaient qu'un homme et une femme comme les autres marchant dans la campagne au printemps ? Se faisait-elle des illusions ? Le Suédois ne se départait pas de son attitude respectueuse, mais Marie-Antoinette devinait qu'ils partageaient la même émotion.

On avait dîné, soupé dans la villa. Tous les intimes, hormis monsieur d'Adhémar, ambassadeur à Londres, étaient présents. La reine avait adopté la coutume parisienne de ne plus faire annoncer le repas. Le maître d'hôtel apparaissait et tout le monde se levait. Encore et encore, Fersen avait relaté son aventure américaine. On discutait sans fin de l'avenir de ce jeune pays. Reviendrait-il vers l'Angleterre comme beaucoup le prétendaient pour profiter d'accords commerciaux ? Les Américains comme leurs frères anglais étaient plus pratiques que sentimentaux. S'ils pouvaient se procurer thé, café, coton moins cher dans les colonies britanniques, hésiteraient-ils ? À la demande de La Fayette, Calonne avait cependant fait de Dunkerque, Marseille et Lorient des ports francs pour favoriser le commerce franco-américain.

Fersen avait été surpris d'entendre les opinions de la reine, elle avait beaucoup gagné en maturité et prenait de l'intérêt au gouvernement. Contrairement à ses prédécesseurs, Calonne ne lui serrait point trop la bourse, mais elle tentait aussi de modérer ses dépenses « pour donner l'exemple », disait-elle. On voyait pourtant souvent Rose Bertin à Versailles comme à Trianon suivie d'une escorte chargée de cartons et de liasses d'échantillons de tissus. Reine de la mode, n'avait-elle point imposé la simplicité ?

Partagé entre Paris et Versailles, Fersen avait dû souhaiter bon voyage au marquis de La Fayette invité par George Washington à Mount Vernon, un tour qui s'annonçait triomphal et contrariait les souverains, préoccupés par la popularité de ce personnage aux idées trop libérales.

La veille de la grande fête que Marie-Antoinette s'apprêtait à donner à Trianon en l'honneur du roi de Suède, on avait appris le malencontreux duel entre son chambellan, monsieur Duperron, un huguenot, et le comte de La Marck, pour les beaux yeux d'une comédienne. Duperron avait été tué, La Marck blessé. Louis XVI avait exigé qu'aussitôt rétabli, le comte quittât la France.

La fête avait été somptueuse, inégalable, époustouflante, féerique. Le Petit Trianon ressemblait à une nef blanche voguant sur un océan de lumière rose. Partout des fleurs, de la musique, des senteurs enivrantes, le parfum de la jeunesse, du luxe, de l'amour. Plus tard, beaucoup se souvenaient encore qu'ils n'avaient jamais vu la reine aussi épanouie. Plus que pour Gustave III, c'était pour Axel de Fersen qu'elle avait imaginé cette fête en blanc, pour lui dire à travers l'harmonie de la musique, la fragrance des fleurs, la beauté des parures, le luxe de la table et la délicatesse des plats qu'elle l'aimait depuis longtemps. Tard dans la nuit, on avait vu des couples épuisés allongés sur l'herbe, assis sur les marches, cachés dans la grotte ou réfugiés au milieu de l'île sous la protection du temple de l'Amour. Il semblait que cette nuit de mai ne parlait que d'amour, de cette émotion si brève et bouleversante qui fait tout oublier. On avait vu la reine accompagnée de Yolande de Polignac et d'Axel de Fersen se diriger vers le hameau, pénétrer dans la délicieuse maisonnette que Marie-Antoinette avait fait aménager en salon de repos. Avait-on remarqué que la Jules revenait seule vers Trianon ? Personne ne pouvait l'avancer. Dans l'obscurité, les êtres allaient et venaient, tous vêtus de blanc comme autant de fantômes.

Le souper donné quelques jours plus tard par la princesse de Lamballe ne fut prétexte qu'à évoquer les souvenirs de la fête. Pâle, Marie-Antoinette se forçait à sourire et écoutait avec un semblant d'attention les propos de ses voisins, donnant raison au dernier qui avait parlé. La reine était absente, coupée du monde réel. Elle avait approuvé d'un sourire la décision de la princesse de Lamballe d'acheter pour cent mille livres l'hôtel de Louvois, rue de Richelieu, une demeure de plus, un cocon toujours vide dans lequel la malheureuse jeune femme espérait trouver la sérénité.

À la fin du repas, elle n'avait pas offert davantage d'attention quand la conversation avait porté sur le Palais-Royal avec ses boutiques, cafés, clubs qui venaient d'ouvrir. Les philosophes, disait-on, les beaux esprits, toute la jeunesse gâtée et frondeuse s'y retrouvaient pour refaire le monde. Dillon, Esterhazy s'y rendaient parfois. On y voyait des femmes du monde émancipées qui venaient lire les journaux et boire un café, leur voiture rangée à deux pas. Elles portaient des redingotes, des jupes souples, des chapeaux emplumés et tenaient souvent une jolie canne à la main. La reine avait alors manifesté quelque intérêt. Des femmes seules dans un café ? Plus le temps passait, plus elle avait conscience d'être prisonnière dans un lieu hors du temps. Mais son amertume ne durait guère. Elle avait deux enfants, des amis, un mari qui ne lui refusait rien, elle régnait sur la France. Que désirer de plus ?

Couché aux pieds de Fersen, Odin, un vallhund suédois, sommeillait. Elle adorait cette race et avait supplié son ami de lui faire parvenir un chiot. Bientôt, ils allaient devoir se séparer. Le roi regagnait la Suède le dix-neuf juillet et Axel devait l'accompagner. Combien de temps resteraient-ils éloignés l'un de l'autre ?

Le départ de Gustave III avait semblé déclencher une série de mauvaises nouvelles. Diderot était mort et, même si on ne le pleurait pas à la Cour, chacun devait reconnaître que la France avait perdu un grand philosophe et écrivain. Quelques jours plus tard, l'architecte de Versailles, Mique, présentait un devis faramineux pour des travaux indispensables à entreprendre dans le château. Ceux-ci, même menés avec diligence, dureraient au moins six années. Calonne avait consulté le roi qui avait pris le conseil de Breteuil. Mieux valait pour le moment n'attaquer que le plus urgent, le reste attendrait. Chaque ministre harcelait le contrôleur général pour obtenir une augmentation de son budget. Une meute de loups jamais rassasiés. Fallait-il aider financièrement l'Autriche dans sa guerre contre la Hollande ? Marie-Antoinette le désirait, Calonne, qui cependant cherchait à plaire à la reine par tous les moyens, devait prendre un parti opposé. La voix de la raison, soutenait-il, devait l'emporter sur celle du cœur.

Et, au milieu de cette tension due au puits sans fond des dettes du Trésor, les bijoutiers Boehmer et Bassanges étaient venus proposer une fois encore un fabuleux collier de diamants à la reine qui, à nouveau, l'avait refusé. Louis XV avait pensé l'offrir à madame du Barry mais sa mort avait fait sombrer ce projet, au grand désespoir des bijoutiers qui avaient investi dans ce bijou la presque totalité de leur fortune.

Marie-Antoinette avait reçu une première lettre de Fersen. En termes respectueux, il annonçait sa bonne arrivée en Suède et les efforts qu'il déployait pour obtenir la petite chienne qu'elle souhaitait.

Si les mois d'octobre et de novembre avaient été doux et pluvieux, décembre brutalement avait apporté un temps sec et froid. Un matin la reine avait été prévenue dès son lever que le feu avait pris dans la nuit à l'hôtel de Toulouse où logeaient le duc de Penthièvre et Marie-Thérèse de Lamballe. Entièrement dévoués à leur maître, les domestiques avaient fait l'impossible pour maîtriser l'incendie qui, à l'aube, semblait dompté. Avec émotion, la reine avait imaginé le vieil homme et sa fragile bru dirigeant les secours dans la froide nuit d'hiver. Sans hésiter, elle avait ordonné à son maître d'hôtel d'envoyer aussitôt des Suisses à Paris pour assister les gens de la maison du duc. Durant toute la matinée, elle avait attendu des nouvelles. En début d'après-midi, un courrier lui avait appris que l'incendie était maîtrisé, les Suisses triaient ce qui était endommagé de ce qui pouvait être sauvé. À leur arrivée sur les lieux du sinistre « par ordre de la reine », la princesse de Lamballe avait pleuré de joie.

La dévotion de la surintendante pour sa souveraine était de moins en moins partagée par le peuple. Le sobriquet « l'Autrichienne » était sur toujours plus de lèvres et tout ce qui allait de travers en France commençait à lui être attribué : le déficit, le cortège des maisons de commerce honorables réduites à la faillite, la frivolité des mœurs alliée à une rigidité politique périmée à la fin de ce dix-huitième siècle. On lui reprochait aussi un manque d'intérêt pour ses sujets, pour ses provinces. Jamais on n'avait vu Marie-Antoinette dans un hôpital, un orphelinat, un atelier faisant travailler les pauvres, une des multiples organisations religieuses apprenant aux petites filles à coudre, cuisiner, tenir un ménage, aux garçons un métier manuel, alors que partout les Necker se dépensaient, attentifs, généreux. Comment s'étonner que le cœur du peuple allât vers eux, vers Chartres, partisan du progrès politique et social, vers le duc de Penthièvre, à l'infinie libéralité ?

Les critiques avaient à nouveau fusé quand Rose Bertin avait quitté sa boutique de la rue Saint-Honoré pour s'installer rue de Richelieu. Le nouveau Grand Mogol étalait un luxe insensé. On s'était pressé pour entrevoir à travers les vitrines une décoration féerique qui faisait ressembler le magasin à une grotte enchantée. Qui payait ces folies, sinon le peuple par des impôts écrasants ?

À quelque distance s'était ouverte une boutique concurrente, la Corbeille Galante. Tous les ennemis de la reine en étaient devenus aussitôt clients. On voulait acculer Rose Bertin, toujours en difficulté financière, lui faire perdre sa morgue de « ministre de la mode ». Ne se permettait-elle pas de s'adresser effrontément à celles qu'elle ne craignait point ? Venue acheter des éventails et traitée avec arrogance, madame de Tessé l'avait souffletée avec un de ses gants. La stupeur d'être remise publiquement à sa place avait rendu la couturière malade et on ne l'avait vue durant plusieurs jours au Grand Mogol. Elle avait pourtant à honorer des commandes de la plus grande importance, les cours d'Espagne et du Portugal attendaient les corbeilles des infantes Charlotte et Maria.

Non loin des boutiques de luxe, la rue s'agitait. Breteuil venait de faire fermer certains clubs du Palais-Royal qu'il jugeait subversifs et dangereux pour la sécurité publique. On s'était rassemblé devant les établissements visés pour prononcer des discours contre l'absolutisme et la tyrannie. Les manifestants avaient été dispersés sans ménagement, mais des têtes échauffées avaient vociféré plusieurs heures durant devant l'Hôtel de Ville.

Necker, qui résidait à Montpellier pour soigner sa femme, suivait avec attention le climat politique et, surtout, l'état financier de la France. Le laxisme de Calonne le révoltait. Cet homme n'était qu'un jean-foutre aux ordres d'une clique d'aristocrates qui ruinait le pays. Les Polignac le savaient bien qui l'avaient soutenu au-delà de la décence. Le roi était aveugle, sourd et muet. Quand il lui avait fait remettre quelques jours plus tôt son manuscrit *De l'administration des finances*, le souverain n'avait fait que le parcourir avant de décréter qu'il voyait entre ces pages un appel à la révolte. « Necker s'était-il irrité, veut-il interpeller le peuple pour l'animer contre la royauté ? » Le roi avait fait venir Calonne, qui s'était emparé des feuilles comme on toucherait un serpent. Mais quelque opinion que Louis XVI et son ministre pussent avoir, le livre, en dépit des mensonges et des calomnies écrits par le comte de Mirabeau grassement rétribué, serait publié. Que pensait-on dans le pays d'un cabinet ministériel où les uns et les autres se querellaient sans cesse, où se nouaient et dénouaient des alliances, où des ministres comme Breteuil et Calonne étaient brouillés au point de ne plus s'adresser la parole ? Ce beau monde était pourtant le bras agissant d'un roi indécis qui donnait un jour raison à l'un et le lendemain à l'autre. Et, pour couronner le tout, la reine, intéressée, prétendait-elle, par la politique, s'était emportée violemment, quelques jours plus tôt, contre Vergennes qui poursuivait une politique peu favorable à l'Autriche. Par décence, le ministre des Affaires étrangères n'avait rien répliqué, mais le ridicule de la situation n'avait échappé à personne. Le roi, qui cependant n'avait proféré mot, paraissait fort mécontent. Tout semblait se liguer pour contrarier un souverain qui n'aimait rien tant que la bonne entente.

# 1785

## *Un fabuleux collier*

Toutes les conversations avaient tourné, en ce début de janvier, autour du livre *De l'administration des finances* que monsieur Necker avait publié en Suisse. À l'instar du précédent, l'ouvrage s'était arraché dans toute l'Europe. Comment la France pouvait-elle bouder un homme aux visions aussi élevées ? La reine n'y avait pas même jeté un coup d'œil. À deux mois d'accoucher à nouveau, elle ne voulait se consacrer qu'à d'heureuses pensées : d'abord vague dessein, l'achat du château de Saint-Cloud aux Orléans était devenu une obsession. De proportions parfaites, la demeure dominait un paysage ravissant et son parc clos interdisait toute intrusion fâcheuse. Mais Marie-Antoinette se heurtait à deux obstacles : le prix, six millions de livres[1] et, surtout, le refus qu'opposait le duc d'Orléans à la vente de sa propriété. La seule personne qui avait une chance de le faire céder était son épouse morganatique, madame de Montesson, avec laquelle la reine n'entretenait aucun lien. La comtesse du Barry, amie de

1. Environ 90 millions d'euros.

celle-ci, pourrait jouer un rôle d'intermédiaire, mais comment solliciter cette femme qu'elle avait traitée à Versailles avec tant de mépris ? Il faudrait d'abord approcher le dévoué duc de Brissac.

Convaincu par une de ses maîtresses, madame de La Motte-Valois, qui se disait intime de la reine, le cardinal de Rohan, grand aumônier de France, avait reçu à la fin du mois de janvier chez lui, rue Vieille-du-Temple, les bijoutiers Boehmer et Bassanges pour leur confirmer l'intention de Marie-Antoinette d'acheter en secret le fabuleux collier que jusqu'alors elle avait refusé. Dans l'impossibilité de signer les traites, elle l'avait chargé d'être son intermédiaire. L'été précédent, il disait même l'avoir rencontrée brièvement dans le parc de Versailles et ne doutait point de la faveur dont elle consentait enfin à l'honorer. Il possédait des lettres de la reine qui confirmaient ses intentions. Les deux bijoutiers n'avaient pu dissimuler leur joie. Toute leur fortune étant engagée sur ce bijou, la décision de la reine les sauvait. Dès le lendemain, ils remettraient le collier à Son Éminence.

Le retour triomphal de La Fayette avait indisposé les souverains. À vingt-sept ans, monsieur Blondinet se prenait pour un demi-dieu. On disait que les Américains l'avaient partout accueilli en héros, que Washington puis Jefferson l'avaient reçu comme un membre de leur famille, que le nombre de rues ou de villages portant son nom dans le Nouveau Monde était incalculable. Mais en France, il eût été bon qu'il modérât ses discours. Comme toujours lorsqu'il se sentait acculé, le roi durcissait soudain ses positions et avait fait enfermer Beaumarchais à Saint-Lazare sous un prétexte si futile que nul ne pouvait défendre ce flagrant abus d'autorité. Artois s'était emporté contre son frère et, dans la rue, une fois encore, on avait crié au despotisme. Des groupes s'étaient rassemblés devant Saint-Lazare, exigeant la libération immédiate du grand homme. Nul ne pouvait entrer ou sortir du bâtiment sans être conspué.

Pressé de signer l'élargissement du prisonnier, le roi se claquemurait dans ses appartements où il avait reçu avec enthousiasme monsieur de La Pérouse, un grand marin qui avait l'ambition de naviguer dans le sillage du capitaine Cook. Avec passion, les deux hommes s'étaient penchés sur les cartes. La Pérouse avait indiqué au roi la route qu'il comptait suivre, les îles où il se proposait de faire escale pour rapporter des plantes inconnues en France et tenter de les y acclimater. Peu attiré par les voyages, le roi adorait imaginer des contrées lointaines, les situer sur une carte avec exactitude. Mille fois il s'était représenté la Chine avec sa Grande Muraille, les palais au bord du Gange, les pagodes japonaises, les étendues vierges de Patagonie. Ces rêves lui suffisaient. Semaine après semaine, il suivrait la route de La Pérouse sur une carte et attendrait ses nouvelles. Au milieu de l'atmosphère de plus en plus étouffante de Versailles, ce projet arrivait comme une bouffée d'air frais.

Mis de bonne humeur, il avait fait libérer Beaumarchais mais les Parisiens, loin d'être satisfaits, se moquaient maintenant de la faiblesse de son caractère, de sa pusillanimité. Le « gros Louis » ne savait sur quel pied danser, raillait-on, et d'abord était-il le père de l'enfant à naître ? Les gens comptaient sur leurs doigts. Neuf mois avant la date prévue pour l'accouchement, n'avait-on pas vu la reine dans les bosquets du Trianon avec Axel de Fersen lors de la grande fête en blanc ?

De plus en plus on se tournait vers Paris ou vers la province quand on voulait s'intéresser aux choses sérieuses. Au Creusot, Ignace Wendel avait fondé des forges et construit une usine réunissant une cokerie, des hauts fourneaux, des marteaux-pilons mus par la vapeur. Monsieur Dietrich avait ouvert six usines sidérurgiques en Alsace avec hauts fourneaux, forges et laminoirs. La France, après l'Angleterre, faisait résolument face à l'avenir. À Versailles, le roi signait un décret ordonnant que les mouchoirs fussent tous carrés.

La reine avait surpris tout le monde en donnant au petit prince qu'elle venait de mettre au monde le titre de duc de Normandie, titre inusité depuis le règne du roi Charles VII. L'accouchement s'était bien passé et le roi avait accueilli le nouveau-né avec une joie immense. Bien proportionné, les traits délicats, l'enfant était beau et semblait pourvu d'une vigoureuse santé.

Axel de Fersen était en route vers la France, on l'attendait à Versailles d'un jour à l'autre.

Jusqu'à ses relevailles, le Cercle enchanté, plus ou moins au complet, s'était réuni au chevet de Marie-Antoinette.

Guichette et Bichette, jeunes mamans, offraient l'insouciance de leur jeunesse et Besenval restait sans rival dans ses narrations des anecdotes de la vie parisienne. Brissac avait demandé à madame du Barry de prendre contact avec madame de Montesson afin qu'elle persuadât Orléans de vendre Saint-Cloud à la reine. La comtesse du Barry s'était rendue au Palais-Royal. La reine ne les tolérant plus, Besenval n'avait lancé aucun lazzi contre l'ancienne maîtresse royale.

La mort du duc de Choiseul dans son hôtel de la rue de la Grange-Batelière avait ravivé dans le cœur de la reine le regret des amitiés perdues. Jusqu'au couronnement du roi, elle avait tenté de faire rentrer en grâce celui auquel elle devait son mariage puis, face à sa franche hostilité, elle y avait renoncé et coupé tout lien avec les Choiseul. Le duc s'était éteint avec quatre millions de livres de dettes. Afin d'aider sa veuve qu'il estimait, Penthièvre avait racheté le somptueux château de Chanteloup en Touraine pour quatre millions. Le passif de la succession étant épongé, la duchesse avait pu se retirer au couvent des Récollets, rue du Bac, avec son chien et une domestique. Une sombre fin pour une femme qui avait quasiment régné sur Versailles.

Marie-Thérèse de Lamballe avait pleuré Choiseul qui toujours lui avait témoigné de l'amitié. Déjà affaibli par le mal qui l'emportait, il avait conjuré la princesse de se faire soigner. Avec ses perpétuels évanouissements, ses convulsions, ses crises de larmes, elle ne pouvait remplir ses fonctions de surintendante ou vivre d'une manière normale. On vantait beaucoup les succès d'un médecin allemand, un certain Seiffert, dans les maladies nerveuses. Elle avait promis de le consulter.

Dès la première entrevue avec Seiffert, la princesse s'était sentie en confiance. L'homme était simple, souriant, affable mais respectueux et l'avait longuement écoutée. Il était prêt, avait-il assuré, non seulement à l'aider mais à la guérir pourvu qu'elle lui accordât son entière confiance. Elle s'y était engagée. Les amis de la reine avaient ri de bon cœur. Ainsi cette pauvre Lamballe allait avoir un homme attaché à ses pas ! La malheureuse avait été veuve à peine mariée à un homme pourri de vices que la naïveté et les pudeurs de sa jeune femme devaient excéder. On suggérait même qu'avant de tirer sa révérence, Lamballe aurait pu lui laisser en cadeau d'adieu la maladie qu'il avait contractée au cours de ses débauches.

Le duc de Penthièvre, tout d'abord fermement opposé aux soins du docteur Seiffert, avait fini par céder. Il connaissait assez bien sa bru pour savoir qu'elle ne faillirait pas à l'honneur. Après s'être bien moqué de la princesse, on avait parlé d'autre chose à Versailles, en particulier de l'accueil glacial reçu par la reine lors de la cérémonie de ses relevailles à l'église Saint-Germain. Aucun applaudissement, pas de « Vive la reine ! ». Le soir, à l'Opéra, Marie-Antoinette s'était heurtée à la même froideur, au même silence. « Que leur ai-je fait ? » avait-elle demandé à l'abbé de Vermond. Celui-ci s'était gardé de dire ce que tout le monde savait : on lui reprochait son gaspillage, ses folies comme l'achat de Saint-Cloud en plein marasme financier, son indéfectible attachement à l'Autriche, ses largesses envers les Polignac.

Au printemps, la nouvelle de la faillite de Rose Bertin avait pétrifié Marie-Antoinette. Sa ministre de la mode devait deux millions de livres. Des projets trop grandioses, une multitude de factures impayées aussi... Elle était prête à remuer ciel et terre pour la tirer de ce mauvais pas. On en souriait. Elle qui n'avait rien fait pour les Guéménée, pour le duc de Choiseul, allait se démener pour Rose Bertin ? Selon son habitude, celle-ci se présentait deux fois par semaine à Versailles. Enfermées dans le boudoir de la reine, les deux femmes avaient de longues conversations. Puis Marie-Antoinette consultait le catalogue des nouveautés. Ce châle brodé était exquis, ces chaussures en taffetas piqué de pierres de jade délicieuses. Une robe rose ? Non, elle n'en voulait plus, une mère de trois enfants ne s'habillait plus en rose. Elle préférait le vert céladon, le bleu myosotis, le jaune ventre de biche. Mais elle adorait ces bonnets à la Marlborough, à la Charlotte, à la Créole, à la Bohémienne qui seyaient à sa coiffure « à l'enfant » créée par Léonard, quand elle avait commencé à perdre beaucoup de cheveux après son accouchement.

Autour de Rose Bertin, ses fidèles clientes avaient fait front. Madame du Barry, la princesse de Lamballe, la duchesse de Chartres, tout le monde avait réglé ses mémoires. Le Grand Mogol ne fermerait pas. Qui par ailleurs n'était exempt de dettes ? Artois devait cinq millions, la reine deux, les Polignac encore plus, Provence lui-même était sur la corde raide. Quant à Chartres, en dépit du rapport non négligeable de ses cafés, clubs et boutiques du Palais-Royal, il avait dû vendre des équipages, sa collection de médailles. Il semblait qu'à la Cour nul ne pût se vanter d'être à son aise.

Quoique la fortune des Rohan ne fût plus aussi considérable, le cardinal avait payé rubis sur l'ongle les trente-cinq mille livres d'acompte que demandaient les bijoutiers Boehmer et Bassanges et remis le collier à une femme de chambre de la reine qui s'était présentée avec un billet écrit de sa main. Rohan n'avait pas eu le moindre soupçon. Aujourd'hui, le somptueux écrin devait être rangé dans le coffre à bijoux de Marie-Antoinette, qui avait promis de le porter bientôt. La première traite de quatre cent mille livres serait honorée au début du mois d'août. Le cardinal ne doutait pas de sa parole. Il ne songeait qu'à son retour en grâce, aux faveurs dont il allait jouir et relisait souvent les lettres que la reine lui avait fait remettre, toutes signées « Marie-Antoinette de France ».

L'effervescence régnait au Petit Trianon où le Cercle enchanté répétait *Le Barbier de Séville*. Artois avait le rôle de Figaro, Vaudreuil celui d'Almaviva, la reine était Rosine, Besenval le notaire. Même si la gaîté n'était plus aussi gamine qu'autrefois, l'esprit restait léger, l'atmosphère pleine d'entrain. Les répétitions achevées, on allait boire un verre de lait, croquer des cerises. Depuis la naissance de son « chou d'amour », la reine portait à nouveau un corset sous ses robes légères. Elle avait de la gorge, des hanches pleines. La fluette fillette arrivée de Vienne n'était plus qu'un souvenir.

Eugène de Carignan, le frère de la princesse de Lamballe, était mort à la fin du mois de juin, une mort prématurée qui plongeait les siens dans le désespoir. Marie-Thérèse, ayant perdu le seul membre de sa famille présent en France, éprouvait le besoin de fuir Paris, les rares démonstrations d'amitié de la reine qui, par leur brièveté, l'accablaient davantage encore que son indifférence. Seiffert avait recommandé Bourbon-les-Bains et ils étaient partis tous les deux avec une suite réduite à cinq personnes.

Par manque de pluie, les cultures dépérissaient et la récolte des céréales s'annonçait désastreuse. Une fois encore le prix du pain allait monter en flèche, les pauvres souffrir de la faim. On conspuait l'Autrichienne dans les campagnes, vouait « Madame Déficit » aux enfers. Avec la chaleur, la poussière, les taudis étaient devenus inhabitables et les Parisiens des faubourgs tiraient leurs paillasses sur le trottoir, la nuit venue. On vivait, mangeait, dormait dehors dans une promiscuité qui favorisait les épidémies. Il y avait des cas de typhus, beaucoup de dysenteries, des fièvres quartes, des pneumonies. Le lait destiné aux petits enfants était vendu gâté, le beurre rance, les poissons, quasiment pourris, empestaient. Favorisés par la sécheresse, des incendies ravageaient des pâtés de maisons, jetant les locataires à l'hospice. Et le ciel restait immuablement bleu, l'air torride.

Dans sa maison de Passy où il habitait depuis neuf années, l'Américain Benjamin Franklin s'apprêtait à retraverser l'Atlantique avec cent vingt-huit caisses de meubles et de tableaux, cinquante de vins, ses vêtements et un portrait offert par Louis XVI entouré de quatre cent huit diamants. Son successeur, Thomas Jefferson, était déjà arrivé et avait trouvé un logement provisoire près de la place Royale où s'étaient installés ses esclaves noirs et sa jeune fille, Martha, qui allait rejoindre l'élégant couvent de Panthemont.

Âgé de soixante-dix-neuf ans, Benjamin Franklin quittait Paris avec nostalgie. Il avait enterré Voltaire, Rousseau, d'Alembert, fréquenté les salons à la mode où il comptait de nombreux amis, pris des habitudes difficiles à rompre à son âge. Mais il voulait mourir chez lui, à Philadelphie, où il possédait une jolie maison de brique. Des frères l'attendaient dans son ancienne loge maçonnique qu'il voulait transformer en « Nouvelle Athènes ». À Paris, il avait côtoyé La Fayette, Maximilien de Robespierre aux Neuf Sœurs, Danton à la loge de Saint-Jean d'Écosse. Partout les esprits y étaient en effervescence.

Intéressé par les expériences de Mesmer, Franklin avait assisté à plusieurs séances de magnétisme en compagnie d'un philanthrope, le docteur Guillotin, membre de la loge de la Concorde Fraternelle. Promptement, le savant avait détecté que Mesmer était un charlatan. Abandonné de tous, exécré par le roi qui voyait le diable caché dans son baquet, l'Allemand avait repris le chemin de son pays natal.

*Le Barbier de Séville* avait été une réussite et le roi en personne était venu applaudir les acteurs. Son amitié pour Yolande de Polignac se renforçait. Souvent, on voyait Louis XVI venir le soir se reposer dans le salon de la duchesse, y boire une tasse de chocolat, suivre une conversation que la voix douce de son hôtesse rendait toujours paisible.

Pour l'achat de Saint-Cloud, la reine devait remettre six millions de livres à Orléans et régler le prix impossible à chiffrer des travaux de modernisation et de décoration. La perspective d'accrocher sur la grille d'entrée du domaine l'écriteau « De par la reine[1] » transportait de joie Marie-Antoinette. Sa maison de Saint-Cloud aurait sa propre livrée, elle aurait sa vaisselle, ses cristaux, son argenterie, meublerait les pièces comme elle l'entendait. Et l'air de Saint-Cloud, affirmait-elle, ferait le plus grand bien au dauphin dont la santé demeurait fragile. L'enfant, qui avait beaucoup grandi, se voûtait, il avait des abcès, souffrait des hanches lorsqu'il marchait longtemps. En dépit des diagnostics rassurants des médecins qui affirmaient que le dauphin montrait les symptômes d'un rachitisme dû à sa croissance, et qu'il ne lui fallait qu'une nourriture saine, beaucoup de lait, une vie en plein air, le roi et la reine s'inquiétaient.

L'aménagement de Saint-Cloud avait rompu les habitudes de Trianon. La prise de possession de sa terre occupait tant Marie-Antoinette qu'elle n'avait plus guère de loisirs à consacrer à ses amis. Seules Yolande et Guichette, mesdames d'Andlau et de Châlons l'accompagnaient. Ceux qui venaient en visiteurs ne pouvaient ignorer l'hostilité de la population environnante. Regroupés devant la

1. L'écriteau « De par le roi » était affiché à la grille de tous les châteaux appartenant à la Couronne.

loge des gardiens, on voyait des hommes, des femmes, le visage fermé, des invectives à la bouche.

Et dans Paris s'imprimaient de plus en plus nombreux des libelles et pamphlets accablants. On n'épargnait rien à la reine, ni son goût du luxe, ni son cœur resté autrichien, ni ses folles dépenses, ni son immoralité. Quel genre de relation entretenait-elle avec la Polignac qui pompait le sang de la France ? Des gravures licencieuses circulaient, montrant les deux amies dépoitraillées vautrées dans les bras l'une de l'autre, tandis que d'autres exposaient la relation de la reine avec Axel de Fersen. Pourquoi avait-elle voulu donner à son petit garçon le titre de duc de Normandie sinon par sentimentalité envers un amant d'origine nordique, comme les Normands ? Et cette petite chienne offerte par Fersen qui ne la quittait pas et portait un nom de Viking ?

Marie-Antoinette tentait d'ignorer ces attaques dégradantes. À la demande de la Jules, elle avait accepté de ne point recevoir Bess, lady Foster, l'amie intime de la duchesse de Devonshire, sa chère « Rat », qui était aussi la maîtresse du duc. Mais l'ambassadeur d'Angleterre, lord Dorset, avait ouvert toutes grandes les portes de sa demeure à Bess et on assurait qu'ils s'entendaient à merveille.

Au début du mois d'août, la reine avait eu la surprise de se voir remettre par ses bijoutiers Boehmer et Bassanges un court billet demandant « que Sa Majesté ne les oublie pas ». Pour la naissance du petit duc de Normandie, le roi lui avait offert une épaulette en diamants qui avait été intégralement réglée. Que suggéraient les deux hommes ? Elle avait décidé de n'attacher aucune importance à ce papier et l'avait brûlé. Quelques jours plus tard, tendu, inquiet, monsieur Boehmer était allé voir madame Campan, première femme de chambre de la reine. Non, le solde de ses factures était loin d'être réglé, avait-il insisté. La reine devait un million cinq cent mille livres[1] pour le collier qu'elle avait acquis à la fin du mois de mai. Affolée, madame Campan l'avait pressé de questions. La vente avait eu lieu par l'intermédiaire de monseigneur le cardinal de Rohan auquel la reine avait remis en personne un acompte de trente mille livres. En vain la première femme de chambre avait protesté que nul n'était moins en faveur à la Cour que le cardinal. Boehmer prétendait avoir la preuve du contraire. Il savait que le grand aumônier avait même rencontré la reine et tenait des lettres de celle-ci qui ne laissaient aucun doute sur ses intentions d'acquérir le fabuleux collier.

Avec fermeté, madame Campan avait suggéré au bijoutier d'aller voir monsieur de Breteuil pour lui exposer son affaire. Pire ennemi du cardinal de Rohan depuis qu'ils s'étaient disputé l'ambassade de Vienne, le secrétaire d'État à la Maison du roi ne montrerait aucune indulgence envers le cardinal qui, selon toute évidence, était coupable d'escroquerie.

Breteuil avait aussitôt convoqué l'abbé de Vermond

1. Environ 16 millions d'euros.

qui avait suggéré de parler à la reine avant d'aller trouver le roi.

Plus madame Campan avançait dans son récit, plus la stupeur s'emparait de la reine. Comment le cardinal pouvait-il prétendre posséder des lettres écrites par elle ? Quelle audace le poussait-il à inventer une rencontre secrète ? Au plus vite, Rohan devait s'expliquer devant le roi, être confondu et puni.

La sécheresse et la chaleur avaient persisté au mois d'août. Le spectacle des grandes eaux avait été interrompu et, dans le hameau de la reine, la vache et les moutons avaient du mal à trouver leur pitance. Même au cœur de son cher Trianon, Marie-Antoinette ne parvenait pas à retrouver son calme. Le roi allait recevoir Rohan le quinze août à midi dans son cabinet, juste avant la grand-messe. Elle avait insisté pour assister à l'entretien.

Droit, digne, le cardinal en habit pourpre avait pénétré dans la petite pièce lambrissée où l'attendaient les souverains. D'une voix qu'il ne réussissait pas toujours à garder sereine, il avait narré sa rencontre avec madame de La Motte-Valois, qui se prétendait une proche amie de la reine, et avait prouvé ses dires en produisant des lettres de celle-ci écrites en termes très affectueux. Cette dame lui avait confié que la reine attendait de lui un immense service. Elle lui prouverait sa bonne foi lors d'une rencontre à la nuit tombée dans le parc de Versailles. Il s'était rendu à ce rendez-vous et avait en effet passé quelques instants avec la reine. Une lettre expliquait la nature du service qu'on attendait de lui : acheter le somptueux collier à Boehmer et Bassanges et le lui remettre secrètement. Livide, le cardinal avait achevé son récit. Rien n'avait attiré sa suspicion. Il avait payé un acompte et remis l'écrin à une femme de chambre de la reine venue chez lui, rue de la Grange-Batelière.

Marie-Antoinette s'était emportée. Le cardinal ignorait-il qu'elle ne souhaitait ni le voir ni même l'approcher ? Comment avait-il eu l'audace de penser qu'elle solliciterait un tel service ? Invraisemblable, ce récit masquait une ignoble escroquerie.

Plus calme mais fort contrarié, le roi avait demandé des précisions. Les fameuses lettres qu'il prétendait avoir reçues de la reine étaient-elles signées ? « Oui, elles l'étaient : “Marie-Antoinette de France” », avait opiné le cardinal. D'un ton sec, le roi s'était étonné que Rohan pût ignorer qu'une reine n'usait que de son prénom à la fin d'une lettre. Le faux était évident. Et ne savait-il pas que la superintendante de la Maison de la reine devait contresigner toutes ses commandes ? Déconfit, humble, le cardinal avait baissé la tête. Il avait été abusé. Le silence glacial de ses souverains l'avait poussé à se retirer. Comme il pénétrait dans la galerie des Glaces, le baron de Breteuil avait lancé d'une voix forte : « Qu'on arrête monsieur le cardinal. » La foudre qui se serait soudain abattue n'aurait pas créé plus d'effroi et de stupeur parmi les courtisans. Arrêter le grand aumônier de France revêtu de son habit sacerdotal !

Le capitaine des gardes du corps s'était avancé. Soudain, Rohan avait semblé reprendre son sang-froid.

Hâtivement, il avait griffonné un court billet qu'il avait glissé dans la main d'un de ses domestiques. Tout autour, le brouhaha était indicible. Ce scandale inouï allait déferler dans toutes les cours d'Europe.

Pour se remettre d'une telle émotion, la reine était partie se réfugier chez les Polignac où le Cercle enchanté commentait l'affaire avec passion. Yolande était outragée que l'on osât prononcer le nom de la reine dans une affaire aussi crapuleuse ; Vaudreuil, quant à lui, défendait Rohan abusé par une catin qui l'avait entortillé. Les plus jeunes femmes s'étonnaient que Rohan ait pu se croire aimé de Marie-Antoinette. Quelle fatuité, quelle sottise poussaient les hommes à se croire irrésistibles ! La reine avait pleuré, avait eu des accès de colère puis s'était calmée et tout le monde s'était rendu à Trianon où l'on répétait toujours *Le Barbier* dont on devait donner une deuxième représentation quatre jours plus tard.

Le dix-huit août, on avait arrêté madame de La Motte dans sa maison de Bar-sur-Aube où on n'avait retrouvé aucune correspondance. Elle avait tout nié.

Tandis que Marie-Antoinette jouait Rosine dans son délicieux petit théâtre bleu aux décors de papier mâché, Rohan à la Bastille exigeait d'être jugé publiquement par le Parlement. Le roi hésitait : jeter les détails de cette sordide affaire sur la voie publique pourrait-il se révéler maladroit ? Mais la reine l'avait persuadé : son nom devait être lavé de tout soupçon. Personne ne devait penser qu'elle cherchait à étouffer le scandale. Celui-ci devait éclater haut et fort, écraser le cardinal. N'avait-il pas eu l'audace au moment où l'on mettait la main sur lui de donner l'ordre à son secrétaire, l'abbé Georgel, de brûler tous ses papiers, dont les fameuses lettres qu'elle était censée lui avoir écrites ? Il était hors de question que le peuple pût croire qu'elle commandait un collier de ce prix sans vouloir le payer. C'était un crime de lèse-majesté.

L'enquête était ouverte, Vergennes et Castries interrogeaient eux-mêmes Rohan, tandis qu'à Paris puis en province on soupçonnait la reine d'être fort capable d'avoir acheté ce collier en cachette du roi. N'était-elle pas follement dépensière, n'avait-elle pas commandé bijoux, robes et fanfreluches sans le moindre scrupule ? N'avait-elle pas perdu au jeu des sommes insensées ? Et quant à rencontrer secrètement un homme à la nuit tombée, ce ne serait guère chose nouvelle. On l'avait sue tout énamourée de Coigny, puis de Lauzun, de Fersen enfin. On avait appris que, lorsque la rougeole la clouait au lit, ses chevaliers servants n'avaient pas quitté son chevet. Comment osait-elle jouer à la pudique, à la vierge effarouchée ? Les journaux publiaient des pages de commentaires citant les récits de témoins souvent imaginaires. Le ton montait. Un cardinal, prince de l'Église, un aristocrate de la plus haute lignée avait été arrêté publiquement sur l'ordre de cette femme ? Les journaux s'arrachaient, on les réimprimait jusqu'à trois fois. Chaque jour, quelques flétrissures nouvelles éclaboussaient la reine. Si le cardinal avait cru celle-ci amoureuse de lui, c'était qu'il jugeait possibles ces débordements ; s'il avait accepté de jouer l'intermédiaire pour l'achat du collier, c'était qu'il pensait la reine susceptible de faire cette acquisition. La femme de César était bel et bien soupçonnée. En Angleterre, en Autriche, en Espagne, en Pologne, on ne parlait plus que du procès du cardinal de Rohan. Les Rohan-Rochefort, les Rohan-Soubise, les Rohan-Guéméné, qui faisaient bloc autour de lui, avaient attiré la sympathie d'autres grandes familles. La Cour se trouvait divisée, anxieuse, irritée. On échangeait des propos désobligeants, des railleries, on s'épiait.

La reine tentait de garder sa sérénité. La justice allait l'innocenter en frappant son ennemi. Pour se distraire, elle s'était rendue aux Tuileries et, de là, avait visité le Salon qui se tenait au Louvre. La comtesse de Clermont-Tonnerre était peinte en sultane, la duchesse de Caderousse-Gramont avait posé sans poudre, une grappe de raisin à la main. On pouvait admirer plusieurs portraits de grands seigneurs en simples tenues de chasse ou assis dans leurs jardins, des petits chiens à leurs pieds, à l'anglaise.

La saison de Fontainebleau allait s'ouvrir. Tandis que la reine peaufinait l'expédition sur la Seine qu'elle voulait remonter dans une barge, madame de La Motte, toujours à la Salpêtrière, avait fini par avouer à ses juges qu'elle avait manigancé l'affaire avec la complicité de son mari et de son amant, Rétaux de Villette. Tous deux l'avaient poussée à exploiter la vanité du cardinal, auquel elle était intimement liée, en se disant une proche amie de la reine. De fausses lettres tendrement libellées avaient corroboré ses dires. Louis de Rohan avait mordu à l'hameçon et avoué combien il aimerait regagner les faveurs de sa souveraine. « Rien n'était plus facile », avait-elle assuré. Habile faussaire, Rétaux avait produit une dizaine de lettres soi-disant écrites par Marie-Antoinette. Le ton amical y devenait tendre puis passionné. Enfin était venue la missive où elle le suppliait d'être son médiateur dans une affaire qui lui tenait à cœur. Pour lui prouver combien elle l'estimait, elle se disait prête à le rencontrer une nuit dans le parc de Versailles. Rohan n'avait pas éprouvé le moindre doute. Les compères avaient loué les services d'une prostituée travaillant dans les jardins du Palais-Royal qui ressemblait à la reine. L'entrevue avait eu lieu mais, pour éviter toute anicroche, n'avait duré que quelques instants. La fausse reine avait quand même offert au cardinal la rose rouge qu'elle tenait à la main.

Une fois l'appui de Rohan assuré, tout avait été aisé, la commande du fabuleux collier, l'acompte versé par le cardinal, la livraison du bijou qu'une fausse femme de chambre de la reine était venue chercher, puis le démontage des pierres qui avaient été, pour les plus grosses, bradées à des receleurs. Le mari avait pu gagner l'Angleterre avec des pierres moins importantes dans ses bagages.

Stupéfaits, les juges avaient compris que, sous l'apparence d'une simple escroquerie, l'affaire se révélait épineuse pour la reine. Mais la justice suivrait son cours.

Enchantée, Marie-Antoinette avait découvert à Choisy la barge qui devait l'amener avec ses amis jusqu'à Fontainebleau. Construite en bois précieux, décorée de délicieuses boiseries soulignées d'or, meublée avec un goût exquis, son antichambre privée tapissée de soie sauvage bleutée, sa cabine de tussor ivoire, elle allait offrir au fil de l'eau un cocon de luxe et de sérénité. Sans maugréer, Calonne avait signé les cent mille livres que cette fantaisie avait coûtées et la reine lui en était reconnaissante. Lui-même, par ailleurs, ne se refusait rien. Il possédait deux domaines, ses carrosses étaient doublés de fourrure l'hiver, de soie l'été, il s'habillait avec le plus grand faste et avait commandé son portrait à Élisabeth Vigée-Lebrun à laquelle le liait une tendre amitié. Les Polignac au grand complet n'avaient pas pour lui de mots assez élogieux et, avec les protections dont il jouissait, sa position de contrôleur général des Finances semblait fort solidement assise.

La croisière avait été exquise. Par un temps moins chaud mais toujours sec, l'embarcation tirée par de forts chevaux avait passé Villeneuve-Saint-Georges, Yerres, Corbeille, Melun où, debout sur le pont, chacun avait admiré la vieille ville avec les églises Notre-Dame et Saint-Aspais, puis le serein paysage de la Brie avec ses pâturages et champs de blé.

Mauvaise cette année-là, la moisson laissait voir des chaumes desséchés. Dans les pâturages à l'herbe jaunie, le bétail se pressait autour des points d'eau et, à l'heure de la traite, on voyait des vachères avec leurs tabourets et de lourds baquets de bois. Le long de la rive, des enfants, certains correctement vêtus, d'autres dans de méchantes chemises, les pieds nus, regardaient passer l'embarcation, les yeux écarquillés. La reine pensait à ses enfants, sa Mousseline, son dauphin si fragile et son « chou d'amour », le délicieux duc de Normandie, à Armand aussi qui atteignait l'adolescence et rechignait à lui témoigner de l'affection. Pour tenir compagnie à sa petite Marie-Thérèse, elle avait demandé à une de ses servantes de lui confier sa fille du même âge. Les deux enfants seraient élevées ensemble pour contraindre Madame Royale à partager les biens dont elle était comblée. Son bras sous celui de la reine, Yolande se pressait contre son amie. Elle aussi pensait à ses enfants, à Bichette, sa belle-sœur, qui allait accoucher à nouveau au mois d'octobre.

La princesse de Lamballe prenait les eaux en compagnie du bon docteur Seiffert qui ne la quittait plus. Débarrassée de sa superintendante, la Maison de la reine marchait mieux et nul ne souhaitait que la princesse reprît les choses en main.

Le séjour à Fontainebleau avait été parfait. Mis de bonne humeur par ses chasses quotidiennes, le roi se mêlait volontiers à la société des dames le soir venu. Les enfants adoraient la liberté dont ils jouissaient dans le parc, mangeaient avec appétit, avaient les joues roses. Le dauphin lui-même semblait mieux, ses abcès aux jambes avaient été percés et on n'en avait point vu paraître d'autres. L'enfant pouvait se promener dans sa petite voiture tirée par une chèvre. Avides d'herbe fraîche et de boutons de roses, des biches paissaient dans le parc jusqu'aux abords mêmes du château. Les jardiniers les chassaient à grands cris.

On avait donné des opéras, des pièces de théâtre, des bals informels. Tôt en octobre, Yolande avait pris la route de Paris pour être aux côtés de Bichette lors de son accouchement. Elle se faisait du souci pour cette très jeune belle-sœur encore fluette qui ressemblait à une porcelaine de Saxe. Artois était nerveux, inquiet lui aussi. Aussitôt l'enfant venu au monde, il galoperait jusqu'à Versailles pour serrer dans ses bras sa chère Louise.

On avait clos la saison par un grand banquet de chasse, un concert de hautbois, quelques pique-niques dans le parc ou sous le couvert de la forêt. Au passage du cortège royal, les paysans s'écartaient, leur bonnet vissé sur la tête. Un séjour à Fontainebleau mangeait le revenu de cent paroisses et, avec la misérable récolte, chaque louis d'or gaspillé leur semblait un impardonnable outrage.

Après un interminable travail, Bichette était heureusement accouchée d'un garçon et Yolande de Polignac avait repris ses responsabilités de gouvernante des Enfants de France. Il était temps de regagner Versailles. Dans la campagne, sur les pelouses et les parterres, les nuits humides laissaient des traînées de brouillard. Le petit duc de Normandie avait attrapé un rhume, le dauphin toussait et se voûtait davantage, seule Madame Royale jouissait d'une excellente santé, mais son caractère sombre, son agressivité semblaient, en dépit des efforts de la reine et de sa gouvernante, incorrigibles. La petite Mousseline était née de mauvaise humeur !

À peine installée à Versailles, la Cour avait appris le décès du duc d'Orléans. Chartres prenait son titre et héritait avec sa sœur de ses considérables biens.

Un soir, au milieu de ses amis, la reine avait émis l'hypothèse de recevoir à nouveau son cousin. Il avait mûri et ses nouvelles responsabilités lui ôteraient bien vite de la tête ses idées progressistes. Mais ni le roi ni les Polignac ne souhaitaient sa présence. On lui reprochait son anglomanie, son amitié pour Necker, son affairisme dans l'entreprise du Palais-Royal, le choix de madame de Genlis comme gouvernante de ses fils. Il n'avait rien à faire à Versailles. Seul Esterhazy avait osé noter que, de son côté, le nouveau duc d'Orléans n'avait sans doute nulle envie de venir faire sa cour à une famille pour laquelle il n'éprouvait aucune sympathie.

En Poitou, la dysenterie, le typhus, la variole avaient fait trois cents morts en trois semaines. Les médecins se dévouaient jour et nuit mais des charlatans parvenaient à occire des malades qui auraient pu être guéris. On avait confiance en leurs pouvoirs secrets et ils ne demandaient pour prix de leurs services qu'une poule, un lapin ou, lorsqu'un patient était trop pauvre, une botte de paille, un pichet de vin. Compagne des épidémies, la famine avait fait son apparition. Beaucoup ne se nourrissaient que de bouillie de blé noir, de châtaignes, de pois secs. Les vaches ne donnaient que peu de lait, les vergers n'offraient que des fruits rabougris. Des mendiants, des enfants abandonnés avaient envahi les rues d'Angoulême et de Poitiers. Comme on craignait la contagion, on les ramenait de force dans leurs villages. On avait peine à Paris à se figurer la misère répandue dans les campagnes tant elle était extrême. Pressés par leur besoin d'argent pour acheter du sel, du sucre, des chandelles, un peu de lard, des paysans vendaient leurs draps, leurs effets du dimanche, jusqu'aux couronnes de mariées conservées sous des globes de verre.

Non désireux de regagner leurs villages, des mendiants constituaient des bandes qui pillaient les voyageurs, menaçaient ceux qui possédaient une maison en pierre, du bétail, quelques meubles. En nombre insuffisant, les gendarmes ne pouvaient sévir d'une façon efficace mais on pendait sur-le-champ ceux qui avaient eu la malchance de se faire prendre.

Avec consternation, Marie-Antoinette avait écouté son trésorier lui annoncer une dette de cent trente-huit mille livres. Comment était-ce possible ? Les mémoires s'amoncelaient devant ses yeux : le Grand Mogol, Léonard, des éventails, des châles, des parfums, des chaussures, une niche en bois doré doublée de velours pour sa chienne suédoise Frija, les chapeaux, les plumes, les perles, un service de cristal de Saint-Louis de cent vingt verres et douze carafes ainsi qu'un service de table complet en porcelaine de Sèvres pour Saint-Cloud, des tapis de Perse, des pendules, des paravents en laque de Chine. Les factures défilaient, semblaient infinies. L'argent que lui octroyait le roi aurait dû suffire. Comment avait-elle pu dépenser le double ? C'était incompréhensible.

Pour se changer les idées, elle réunissait ses amis, jouait au whist, au loto, au tric-trac. On riait d'anecdotes juteuses : le mari d'une duchesse très en vue à la Cour, rentré chez lui plus tôt que prévu, avait trouvé un homme dans le lit de sa femme. « Madame, s'était-il exclamé, imaginez votre embarras si un autre que moi avait pénétré dans votre chambre ! »

Empoisonnée par un ragoût, la princesse de Lamballe gardait le lit, Seiffert à son chevet.

## 1786
## *Un soufflet au roi*

L'année avait commencé sous le signe du faste sinon de l'amour. Germaine Necker, une des fiancées les mieux dotées de France, avait épousé le comte de Staël, ambassadeur plénipotentiaire et perpétuel de Suède. Louis XVI avait signé le contrat où figurait la dot de la mariée de six cent cinquante mille livres. La jeune femme pourrait jouir d'une indépendance à laquelle elle semblait beaucoup tenir. Élevée dans le salon de sa mère, en adoration de son père, elle avait très jeune côtoyé les esprits les plus éclairés et avait adopté avec enthousiasme les idées nouvelles. Pour elle, la royauté de droit divin était bien à bout de souffle et on devait transformer la France en monarchie constitutionnelle au plus vite.

Tandis que la société libérale assistait aux noces de mademoiselle Necker, un regrettable fait divers remuait Versailles. Le marquis de Coigny et le prince Joseph de Monaco allaient se battre en duel parce qu'un singe offert par Monaco à madame de Valentinois avait plumé vivant un perroquet superbe et fort bien dressé donné en cadeau à cette même dame par Coigny. Les deux hommes s'étaient affrontés au pistolet et le marquis avait été grièvement blessé. Sans fin dans les salons, on avait commenté ce combat. Était-il grotesque ou sublime ? Le roi s'était contenté de soupirer et d'éloigner de Versailles le prince de Monaco.

À peine celui-ci exilé, on avait appris qu'un autre duel venait d'avoir lieu entre le comte de Broglie et le comte de Danes. Là aussi, l'affaire avait commencé de la plus ridicule façon. Danes, qui avait ramassé une rose tombée du corsage de madame de Coigny, s'était amusé à l'effeuiller sur la table où jouait monsieur de Broglie. Celui-ci s'était énervé et avait intimé à Danes l'ordre de cesser cet enfantillage. « Et pourquoi le ferais-je si cela me plaît ? » avait répliqué Danes avec nonchalance. Le comte s'était levé et lui avait jeté ses cartes à la figure. Dès le lendemain, ils se battaient au bois de Boulogne. Le comte de Broglie avait été blessé.

Certains s'indignaient de tant de futile susceptibilité mais telles étaient les règles de l'honneur. Et puis on s'ennuyait tant qu'il fallait bien un peu de sel dans l'existence quotidienne. Sans manger son prochain, ne mourrait-on pas de faim ?

Toujours actif dans l'affaire du collier de la reine, sûr d'une déconfiture du cardinal, Breteuil venait de créer une poste privée dont les employés vêtus de vert et appelés « perroquets » se chargeaient de remettre à leur destinataire tout pli ou paquet dans l'enceinte de Paris. Ce gagne-pain appartenait jusqu'alors aux ramoneurs savoyards et leur permettait d'empocher quelques liards supplémentaires. La création de cette poste les en dépouillait si soudainement qu'ils avaient décidé de marcher sur Versailles pour se faire entendre du roi.

Parti du faubourg Saint-Denis, le cortège avait atteint le pont de Sèvres quand une barrière de gendarmes l'avait arrêté. « Par ordre du roi, on ne passe pas. » Après d'interminables pourparlers, de multiples allées et venues, un délégué avait fini par être nommé qui se rendrait seul à Versailles et verrait Louis XVI. L'anxiété au cœur, les ramoneurs avaient regagné Paris.

Après deux heures passées à moisir dans une antichambre, le Savoyard avait finalement été reçu par un secrétaire du bureau de la Maison du roi. L'air ennuyé et pressé, l'homme avait promis de remettre le placet le jour même. « Sa Majesté en reçoit beaucoup, avait-il ajouté, ne vous attendez pas à des faveurs spéciales. » Le Savoyard avait patienté trois heures encore avant de voir surgir deux gardes du corps. Tout trouble sur la voie publique, toute contestation d'un édit royal étant interdits, le roi avait ordonné son incarcération à Bicêtre. Ignorait-il qu'on avait agi de même avec les émissaires d'une délégation de cochers de fiacres, quelques jours plus tôt ?

En dépit du froid, la reine avait autorisé le dauphin à étrenner le délicieux petit carrosse qu'on venait de lui livrer. Tout y était réduit en miniature, la banquette du cocher, les sièges capitonnés de velours, les multiples commodités qui permettaient de se déplacer dans le plus grand confort. On y attelait quatre poneys blancs harnachés de bleu de France, portant une aigrette de plumes blanches sur la tête.

Le roi comme la reine ne savaient que faire pour

donner un peu de joie à cet enfant qui ne cessait de souffrir. Après les jambes, les abcès s'étaient étendus à la colonne vertébrale. Il peinait en marchant, dormait mal. Sa gouvernante s'ingéniait à le réconforter, le faire enfin sourire. Depuis longtemps, l'enfant rêvait de ce petit carrosse et se promettait de le conduire lui-même dans le parc. En voyant son fils, le regard illuminé, se hisser sur le siège du cocher, la reine avait eu du mal à retenir ses larmes.

Souvent, elle se sentait triste. Il semblait que tous ses bonheurs fussent, pour une raison inconnue, toujours un peu gâtés. Parce qu'elle était susceptible, nerveuse, des différends l'opposaient souvent à sa chère Jules. Les deux amies se boudaient quelques jours avant de se réconcilier. Elles se voyaient trop, rêvaient de se libérer et ne pouvaient se passer l'une de l'autre.

Un soir, la reine s'était plainte des gens qu'elle rencontrait dans le salon de Yolande. Celle-ci s'était rebiffée : gouvernante des Enfants de France, elle était chez elle et invitait qui elle voulait. La reine s'était mordu les lèvres sans répliquer.

La princesse de Lamballe souffrait toujours des séquelles de son empoisonnement qui la tenait alitée depuis plusieurs semaines. Faible, abattue, elle n'assurait plus aucune de ses responsabilités. Prise de pitié, la reine allait la visiter de temps à autre. La pauvre Lamballe s'imaginait alors que cette marque de compassion était la preuve d'un amour retrouvé et fondait de bonheur.

En réalité, l'atmosphère de la Cour était gâtée par le procès à venir du cardinal de Rohan. On doutait de la justesse de la décision royale. Pourquoi avoir jeté cette crapuleuse affaire sur la voie publique ? Il paraissait probable que Rohan avait été abusé par des escrocs qui avaient tiré parti de sa fatuité. Sa famille se serrait les coudes et ne cessait de rencontrer les membres du Parlement dont un grand nombre n'étaient point les amis du roi. Par ailleurs, Marie-Antoinette et ses proches s'insurgeaient contre un jugement hâtif et clandestin qui semblerait la protéger.

Castries et Vergennes visitaient fréquemment l'illustre prisonnier à la Bastille mais restaient fort discrets. On savait quand même par Breteuil que la police avait retrouvé quelques-uns des receleurs auxquels Rétaux de Villette avait vendu des diamants. Appréhendé, incarcéré, ce dernier avait avoué être l'auteur de tous les faux, les lettres de la reine au cardinal comme celles qu'elle avait adressées à madame de La Motte. Sans se faire prier, il avait donné le nom de la jeune femme galante qui avait joué le rôle de Marie-Antoinette dans le bosquet à Versailles. Elle répondait au nom de Nicole Leguay mais on l'appelait souvent baronne d'Oliva. On l'avait jetée en prison. Tous les protagonistes de l'affaire du collier étaient désormais à l'ombre, hormis monsieur de La Motte qui coulait à Londres des heures tranquilles.

Pour ne pas toujours médire des mêmes, le ton montait aussi à la Cour contre Calonne qui venait pourtant de créer de nombreux emplois en mettant en chantier de grands travaux. Il fallait restaurer les axes routiers, consolider les ponts, draguer les ports, améliorer l'éclairage des villes, l'enlèvement des ordures. Dans le salon de Diane ou celui de Yolande de Polignac, on tolérait ces critiques contre le contrôleur général. Pourquoi s'enterrer la tête dans le sable ? Les finances de la France étaient toujours aussi désastreuses. Officiers et soldats n'étaient plus payés, on craignait des révoltes. Déjà de nombreuses preuves d'indiscipline avaient été notées dans divers régiments. Besenval, qui commandait les Gardes-Suisses, s'inquiétait. Dans le mauvais climat qui régnait en France depuis quelque temps, il fallait pouvoir compter sur les troupes. Mais Calonne gardait des fidèles qui le soutenaient sans démordre, Talleyrand-Périgord, Lauzun, le comte de Narbonne, le comte de Richelieu dont la popularité ne cessait de croître, tous se gaussaient des salonniers qui croyaient pouvoir mieux gouverner que les ministres.

Une bonne nouvelle avait réjoui le roi en ce début de printemps : monsieur de La Pérouse avait atteint le Chili et pu confier du courrier à un navire espagnol qui regagnait son pays ; les deux frégates du grand navigateur mettaient le cap au nord et allaient tenter de découvrir un passage vers l'est au milieu des glaces polaires. Penché avec passion sur ses cartes, le roi suivait la route de La Pérouse. La perspective de l'accueillir lui-même à Versailles lui mettait le cœur en joie.

En mai, la Cour s'était rendue à Marly pour la première fois de la saison. Pour tromper sa nervosité, la reine y avait joué presque quotidiennement au pharaon. Quelques semaines encore et le Parlement donnerait son verdict. De Vienne, elle avait reçu une lettre écrite par son frère Léopold lui apprenant l'immense succès de l'opéra de

Mozart, *Les Noces de Figaro*, lors de sa première représentation au théâtre de l'Empereur. Lui-même avait été séduit par le génie de cet excentrique qui ne faisait rien pour plaire. Il fallait tolérer l'homme et se laisser enchanter par le musicien.

Enceinte depuis sept mois, Marie-Antoinette rêvait de retrouver la paix de Trianon, d'oublier les tensions, la terrible épreuve de ce procès, les calomnies que l'on colportait sur elle, la mauvaise santé du dauphin. Avec les maternités, son teint de lys avait disparu. Des taches rouges marbraient ses joues, son cou. Mais à Versailles, la reine restait la plus élégante des femmes, la plus admirée.

De retour à Versailles, tourmenté par le procès du cardinal, le Cercle enchanté s'était penché quand même sur le choix d'une comédie qu'on pourrait jouer au mois de mai, après les relevailles de la reine. Tous désiraient interpréter une œuvre gaie et légère avec une composition musicale et, pourquoi pas, un court ballet. Le hameau offrait des instants de repos charmants. On savourait un bol de lait, les premières fraises de la saison nappées de crème, une tranche de pain bis sur laquelle le beurre tout juste baratté était relevé d'une pointe de sel mêlé à des fines herbes hachées. Guichette était songeuse, on la savait amoureuse du comte Archambaud de Périgord, liaison que les fréquentes absences du duc de Guiche semblaient favoriser. Artois soupirait pour Bichette encore timide, Besenval et Dillon ne boudaient aucune occasion agréable, Yolande et le divin Vaudreuil restaient fort attachés l'un à l'autre. Le cœur de la reine, sans aucun doute, battait pour Axel de Fersen.

Sous les vivats et les applaudissements des Parisiens, le cardinal de Rohan venait d'être acquitté ! Comment une abomination pareille était-elle possible ? En apprenant le verdict, la reine avait failli se trouver mal et Yolande s'était précipitée à son chevet. Ce qui anéantissait Marie-Antoinette était cette bravade publique, ce soufflet reçu en pleine face. En se croyant aimé d'elle et en achetant ce collier en secret pour obéir à ses ordres, le cardinal méritait donc d'être cru. C'était de toute bonne foi qu'il avait été berné. Son complice supposé, le magicien et aventurier Cagliostro, était lui aussi acquitté. Madame de La Motte, en revanche, restait emprisonnée à la Salpêtrière et serait fouettée puis marquée au fer rouge sur les deux épaules de la lettre V, « voleuse ».

Le roi avait réagi avec une hâte qui avait gêné son discernement. Abasourdi par le verdict, furieux, il avait aussitôt signé un ordre d'exil. Rohan devait gagner l'abbaye de la Chaise-Dieu, il était destitué en outre de sa charge de grand aumônier. Cagliostro devait quitter la France sous quarante-huit heures. Dans les rues de Paris, ces marques d'autoritarisme avaient levé de violentes protestations. Justice avait été rendue. Le roi se croyait-il au-dessus des lois ? On avait hué son nom et celui de la reine. Aux revers des redingotes, sur les chapeaux abondaient des rubans rouges, couleur du cardinal.

À la Salpêtrière, on avait poliment évincé la princesse de Lamballe venue visiter madame de La Motte pour une raison que nul ne connaissait. La prisonnière était dans un tel état de surexcitation qu'il fallait parfois lui passer la camisole de force. Lorsqu'elle avait vu le fer rouge approcher de son épaule, elle s'était tant débattue que celui-ci s'était posé sur son sein. La condamnée s'était évanouie.

Au début du mois de juin, poussés aux dernières extrémités par la misère, tisserands, taffetatiers et soyeux lyonnais avaient formé des comités au sein desquels des meneurs poussaient une nouvelle fois à la grève quand bien même celles-ci étaient interdites et sévèrement réprimées. Pour échapper aux gens du guet, les ouvriers avaient décidé de se réunir dans les terrains vagues du quartier marécageux des Brotteaux. Tous revendiquaient une amélioration de leurs ateliers insalubres, mal éclairés, mal ventilés. Ils voulaient aussi une réduction à dix heures par jour du temps de travail et une augmentation de leurs salaires de douze liards par semaine. Le pain, le vin étaient chers et dans les foyers ouvriers on ne mangeait plus de viande que rarement, des bas morceaux seulement que les bourgeois refusaient. Très vite, poussés par des motifs identiques, les chapeliers s'étaient comme l'année précédente joints aux tisserands.

Alarmés par cette rébellion ouvrière, les patrons avaient aussitôt réagi et fait appel au lieutenant de police afin qu'on réexpédiât manu militari leurs employés au travail. Pour créer sans cesse des nouveautés qui pussent séduire la clientèle, obtenir des commandes, se faire payer, eux-mêmes devaient se battre. Ils avaient des traites à honorer, des loyers à régler et des familles à nourrir. Les ouvriers devaient s'armer de patience. Les temps étaient durs pour tout le monde. Quelques jours plus tard, tout semblait rentré dans l'ordre.

Le prochain départ du roi pour Cherbourg avait poussé Artois à avancer la fête qu'il donnait à Bagatelle en l'honneur de la Saint-Jean. Feux d'artifice, de Bengale, illuminations du parc et pantomimes avaient enchanté les invités jusqu'à l'aube où on avait servi des boissons chaudes dans les salons avant que chacun regagnât son carrosse le teint brouillé, la tenue chiffonnée. Une fois de plus, Galaor méritait son qualificatif d'enchanteur.

Le voyage de Louis XVI en Normandie était un événement si exceptionnel que chacun à Versailles en était frappé comme s'il s'agissait d'une expédition chez les sauvages. À trente-deux ans, le roi n'avait jamais quitté l'Île-de-France et, très attaché à ses habitudes, avait mis beaucoup de résistance à ce projet avant de lâcher prise. Il inaugurerait la digue du port de Cherbourg où l'attendaient le duc d'Harcourt, gouverneur de Normandie, Charles-François Dumouriez et l'amiral de La Bretonnière.

Effectué par petites étapes, le voyage s'était bien passé et le roi avait eu la satisfaction de découvrir de la joie et du respect sur les visages de ses sujets. Passionné depuis l'enfance par la mer, mais peu anxieux de la découvrir, Louis XVI avait marqué un grand contentement quand un canot conduit par vingt rameurs l'avait amené sur le *Patriote*, un vaisseau de soixante-quatorze canons. À bord, il avait pu se réconforter d'une bonne collation avant d'assister à l'immersion d'un neuvième cône de granit qui, associé aux huit premiers, protégerait la rade.

Fort satisfait, il avait repris le vingt-six juin la route de Versailles.

Sur le point d'accoucher, la reine avait souhaité un bon voyage à la princesse de Lamballe qui partait pour Brighton en compagnie de Seiffert afin de prendre des bains de mer. Beaucoup de nobles anglais y passaient la saison et la surintendante avait déjà reçu de multiples invitations. Les soins de son médecin semblaient produire un effet bénéfique. Avec un léger serrement au cœur, la reine avait vu son amie monter en carrosse le rose aux joues, Seiffert à ses côtés. Était-elle sa maîtresse comme beaucoup le colportaient ? Marie-Antoinette en doutait. Elle avait tout simplement trouvé un ami que sa nature possessive et jalouse n'effrayait pas.

Le neuf juillet était venu au monde Sophie Hélène Béatrice, une petite poupée blonde qui semblait vouloir ressembler à sa mère. Yolande avait endossé cette responsabilité supplémentaire avec un peu d'appréhension. Souvent, elle se maudissait d'avoir accepté la charge de gouvernante des Enfants de France, qui se révélait fort lourde. Et elle sentait peser sur ses épaules l'hostilité des sous-gouvernantes, dont madame de Mackau, qui l'accusaient de se décharger sur elles de toutes les besognes routinières et fastidieuses. Il était vrai qu'avec ses propres enfants, Yolande se sentait accablée de corvées que sa nature indépendante et nonchalante fuyait.

La reine avait eu plus de mal à se remettre de ces couches que des trois précédentes. On se réunissait à Versailles et il avait fallu reporter à septembre la représentation à Trianon des *Trois Fermiers*, une libre adaptation de l'opéra-comique qui avait obtenu un grand succès. Une fois encore, Vaudreuil n'avait pas épargné sa peine et on ne pouvait, sans le blesser, annuler le spectacle.

D'Autriche, de Prusse parvenaient des nouvelles de La Fayette, parti faire un tour d'Europe qu'il espérait aussi triomphal que celui d'Amérique. Mais ses idées libérales avaient indisposé le roi de Prusse. Dans la société de Marie-Antoinette, on parlait peu de « l'Américain ». Ses prétentions, ses choix provocateurs, comme d'avoir acheté un domaine à Cayenne pour émanciper tous les esclaves, agaçaient. Jefferson lui-même s'était plaint au roi de l'attitude cavalière du général qui avait cru bon de négocier personnellement des droits avantageux pour les vaisseaux de commerce américains mouillant dans les ports français.

Tandis que la reine se rendait à Trianon pour la première fois depuis la naissance de Madame Sophie, une nouvelle émeute avait éclaté à Lyon. Traités depuis des décennies comme des bêtes, les ouvriers n'en pouvaient plus. Une femme, cinq ou six enfants, souvent de vieux parents à charge, ils travaillaient jusqu'à seize heures par jour et crevaient de misère. Payé vingt sous par jour, l'ouvrier devait débourser huit sous pour une miche de pain. Le sept août, dès la première heure, les tisserands avaient déserté les ateliers, traversé le Rhône, vite rejoints par les chapeliers portant leurs grands tabliers et leurs bonnets de coton. Le mardi huit, toute la fabrique lyonnaise était en grève. Les maçons aussi avaient abandonné leurs chantiers. Un meneur s'était détaché, un ancien soldat de trente-trois ans devenu chapelier, Pierre Sauvage. On devait envoyer des délégations au prévôt des marchands, monsieur de Tolozan, qui commandait aussi la milice bourgeoise. En fin d'après-midi, un millier d'ouvriers avaient emboîté le pas à Pierre Sauvage. « On ne veut, clamait celui-ci, faire de mal à personne, parler seulement à monsieur de Tolozan pour obtenir une augmentation de deux sous par jour. » Le prévôt ne se montrant point, on avait commencé à bombarder à coups de pierres son hôtel, à casser des carreaux, quand un officier de la milice s'était avancé vers eux agitant un mouchoir blanc. Intimidé, le guet avait dû faire demi-tour et il avait semblé aux manifestants qu'ils triomphaient. Déjà on se félicitait, lorsque soudainement la milice bourgeoise avait commencé à tirer. Il y avait eu des blessés autant parmi les manifestants que parmi les curieux.

Mais Pierre Sauvage criait victoire, il avait reçu des promesses de Tolozan. On allait tenir compte de leurs revendications. Dès le neuf, les autorités s'étaient raidies. Chacun devait reprendre son travail, interdiction était faite de se grouper, de porter des cannes ou des bâtons. Le douze août, trois meneurs dont Pierre Sauvage se balançaient au bout d'une corde. L'augmentation de deux sous était révoquée.

Le roi avait reçu Calonne le lendemain du jour où l'on avait appris la mort du roi de Prusse Frédéric-Guillaume, un homme éclairé et aussi un goinfre qui s'était empiffré jusque sur son lit de mort.

L'issue de la révolte lyonnaise avait satisfait Louis XVI. Séditions et actes violents contre les autorités ne pouvaient être tolérés dans son royaume. Mais le rapport de son ministre sur l'état des finances était un point noir. Sans broncher, il avait dû l'écouter annoncer un très important déficit budgétaire. Même si la Compagnie des Indes, la Compagnie des Eaux offraient encore de substantiels bénéfices, le peuple ne cessait de s'appauvrir. Augmenter l'impôt était impensable. Pour tenter de combler les dettes, on devait reporter à un an les premiers remboursements des intérêts des divers emprunts qui se montaient à cent quinze millions de livres. Le contrôleur général avait été ferme. Les acrobaties financières ne servaient à rien, il fallait réformer entièrement le système fiscal. « C'est du Necker que vous me donnez là ! » avait protesté le roi. Calonne ne lui avait pas laissé le temps de le congédier. On devait, en accord avec les idées de Turgot et de Necker, avait-il insisté, créer des assemblées provinciales, établir la libre circulation des grains, la conversion de la corvée haïe de tous en une taxe raisonnable. En outre, avait-il ajouté en évitant de regarder le roi dans les yeux, le clergé devait payer ses dettes et être assujetti lui aussi à l'impôt. « Jamais, monsieur ! » avait interrompu le roi d'une voix glacée. Mais Calonne n'en avait pas encore fini. Pourquoi ne pas vendre certains immenses domaines de la Couronne ? Nul n'en profitait et leur entretien coûtait une fortune. Pourquoi ne pas transformer la Caisse d'escompte en une banque nationale ? Enfin, sachant que sa dernière suggestion avait des chances d'adoucir le roi, il lui avait proposé l'idée d'une assemblée de notables qui réfléchiraient tous ensemble sur les considérables problèmes financiers rencontrés par la France. Le roi n'avait dit ni oui ni non, mais à priori cette idée ne lui déplaisait pas. Avant de prendre une décision, il voulait consulter messieurs de Miromesnil et de Vergennes.

Le mois d'août s'était écoulé et le roi n'avait pas cherché à revoir Calonne. L'ordre de faire parvenir six cent mille livres en Hollande pour solder une dette que ce pays avait contractée envers l'Autriche lui avait été signifié par un billet signé du roi. C'était la volonté de la reine que le contrôleur général avait vue dans cette injonction. En sachant qu'il aurait dû protester, il allait obéir. Qu'il se fît des ennemis du clan Polignac lié intimement à Artois et il était perdu.

Le bruit de ce versement avait vite atteint Paris. Au Palais-Royal, la reine avait été conspuée. Debout sur des tables de cafés, certains avaient osé user de termes avilissants à son égard au milieu de l'approbation générale sans que la maréchaussée n'intervînt. La tension était très forte et Breteuil ne voulait d'émeutes à aucun prix.

On avait essayé de cacher à la reine son discrédit. Les spectacles étant interrompus l'été, elle n'avait guère de raison de se rendre dans la capitale. C'était beaucoup mieux ainsi. Les Polignac se gardaient de commenter la publication du déficit : aux cent quarante millions de livres s'ajoutaient l'achat de Saint-Cloud et le remboursement des dettes de Provence et d'Artois d'un montant de vingt-huit millions de livres. Dans le cercle de la reine, en dépit des critiques de plus en plus vives, on avait défendu Calonne jusqu'au début du mois de septembre, où il avait émis l'idée inacceptable de taxer les nobles et de créer ces damnées assemblées provinciales qui offriraient un contre-pouvoir à des gens dont on n'avait que faire. Le contrôleur général avait-il perdu la tête ? Ne savait-il pas que, lâché par ses amis, il ne serait plus rien ?

À Trianon, on pesait le pour et le contre. Si Calonne était remercié, qui mettre à sa place ? Loménie de Brienne ? Ne fallait-il pas accepter une déroute complète des finances afin que son successeur apparaisse comme le sauveur de la France ? La débâcle, par ailleurs, semblait déjà totale. Les actions de la Compagnie des Indes, jusqu'alors solides, s'étaient effondrées, celles de la Compagnie des Eaux elles-mêmes étaient en forte baisse. Des ateliers, des manufactures fermaient tous les jours, jetant des milliers d'ouvriers sur le pavé. Le temps de Calonne était passé, Breteuil avait juré sa perte.

Au Palais-Royal, chez le duc d'Orléans, ce n'était point le contrôleur général mais Marie-Antoinette qui était vilipendée. En acceptant qu'elle se mêlât de politique, le roi avait perdu tout sens commun. Et l'affection qu'il portait à Yolande de Polignac ruinait ce qui lui restait de raison. Maintenant Louis XVI défendait avec ardeur l'idée d'une assemblée de notables dont il attendait des miracles. Où allait-il pêcher ces gens-là ? Parmi les courtisans, les archevêques, les quelques parlementaires qui le flattaient bassement ? Madame de Coigny avait fait rire les amis des Orléans quand on lui avait demandé pourquoi elle n'apprenait pas à son perroquet à dire « Vive le roi ! ». « Dieu m'en garde, s'était-elle écriée, on en ferait aussitôt un notable. »

Revenue de Brighton, la princesse de Lamballe paraissait souvent aux réceptions de son beau-frère. Ses neveux l'adoraient et elle avait l'impression de retrouver au Palais-Royal une véritable famille. À Versailles, la reine était un jour aimable envers elle, le lendemain froide comme un glaçon. Ces sautes d'humeur compromettaient à nouveau sa santé. Seiffert lui interdisait ces émotions. Elle ne devait paraître à Versailles que lorsque ses fonctions l'exigeaient absolument. Avec tendresse, la princesse de Lamballe avait vu son neveu, le nouveau duc de Chartres, présenté à la Cour. Il avait de beaux cheveux châtains, un regard franc. Son éducation libérale l'empêchait de prendre des airs supérieurs. Intelligent, aimable, il allait être apprécié des souverains. Son grand-père Penthièvre l'accompagnait. Au premier rang de ceux qui assistaient à cette présentation officielle, la princesse rayonnait.

Vite, le spectacle avait figé son sourire. Ni le roi ni la reine n'avaient tendu la main, le dauphin, âgé de cinq ans, n'avait pas embrassé son cousin, Madame Royale ne s'était pas montrée. Seul Provence s'était avancé vers Louis-Philippe et, avec un geste affectueux, lui avait caressé la joue. Marie-Thérèse de Lamballe avait vu son beau-père raide, glacé, quitter avec son petit-fils la galerie des Glaces.

Contre l'avis de Breteuil, de Castries et de Ségur, mais avec l'approbation de Calonne, Vergennes et Miromesnil, le roi avait confirmé son intention de créer une assemblée de notables. Les listes de noms avaient été laborieusement dressées. Parmi les élus, pas un savant, pas un homme de lettres, pas un industriel, pas un avocat, pas un banquier. Les plus qualifiés étaient La Fayette, Dupont de Nemours et Talleyrand-Périgord. Il était entendu que, lors des débats, on ne parlerait que de finances.

# 1787

## *Madame Déficit*

Vergennes, un des ministres sur lesquels le roi savait pouvoir se reposer, s'était éteint au début de l'année. Fin diplomate, ayant servi quatorze ans en Turquie puis en Suède, modéré, conservateur même, il partageait avec Louis XVI beaucoup de convictions. Hostile à l'Angleterre, il avait soutenu les Américains en engageant la France dans une guerre ruineuse pour que son pays se venge de la défaite subie au terme de la guerre de Sept Ans. Ennemi de Choiseul puis de Necker qu'il considérait comme un dangereux réformateur, un républicain, un parpaillot et étranger de surcroît, il avait contribué avec Maurepas à sa perte.

À la veille de l'assemblée des notables, sa disparition était pour le roi un grand malheur. À son chagrin personnel s'ajoutait la déception de savoir absente l'âme de cette commission dont il attendait des résultats miraculeux. Par respect pour la mémoire de celui qui en avait été l'inspirateur, on en avait différé l'ouverture au vingt-deux février.

À la pluie succédaient des chutes de neige et, pour se distraire, les Parisiens se pressaient à l'Opéra, au Théâtre-

Français, aux Italiens, aux Variétés. L'assemblée des notables était bien sûr sur toutes les lèvres mais aussi les réformes surprenantes de l'empereur d'Autriche qui prétendait vouloir abolir la peine de mort, sauf dans les cours martiales, et interdisait tout procès en sorcellerie, une cruauté devenue inacceptable, assurait-il, en cette fin du dix-huitième siècle.

Ces décrets philanthropiques avaient aussitôt poussé les adversaires de l'esclavage à exiger l'abolition de cette honteuse institution. En Angleterre, on parlait même d'acheter une terre en Afrique, la Sierra Leone, où les malheureux Noirs d'Amérique pourraient être rapatriés.

On parlait beaucoup aussi du prochain voyage de Catherine II à travers toute la Russie. La tsarine allait se rendre jusqu'en Crimée par voie d'eau ou de terre. Son ancien amant, Potemkine, était le grand organisateur de cette véritable expédition et on disait qu'il faisait les dépenses les plus somptuaires pour éblouir la tsarine.

La représentation d'*Athalie* à l'Opéra avait fait salle comble. On se pressait dans les rangs d'orchestre, aux balcons comme dans les loges occupées par les aristocrates. Le début du spectacle s'était passé dans le plus grand calme jusqu'au moment où le ténor avait entonné : « Dans ses desseins, une reine cruelle... » On avait entendu alors des sifflets, des cris : « À bas Madame Déficit, à bas l'Autrichienne ! » Le spectacle avait dû être interrompu. Sur la loge royale avait été épinglé un billet : « Tremblez, tyrans, votre règne doit finir. »

Dès l'ouverture de l'assemblée des notables dans la salle des Menus-Plaisirs, sous un fin crachin, Calonne avait annoncé un déficit de cent douze millions de livres. En publiant, peu avant, un surplus de dix millions, Necker avait menti ; c'était un marécage qu'il laissait à son successeur, sûr que celui-ci s'y embourberait. Calonne avait parlé d'une voix ferme, en homme sûr de son crédit, du soutien absolu du roi. Il attendait de l'assemblée des réformes sages, des décisions courageuses concernant la répartition de l'impôt dont la noblesse comme le clergé devaient prendre leur part. Mais le brouhaha dans l'assemblée avait aussitôt clairement indiqué au contrôleur général qu'il s'aventurait sur des chemins fort dangereux. Enfin, le général La Fayette s'était levé. Aussi respectable fût-elle, leur assemblée n'était pas qualifiée pour prendre de telles décisions. C'étaient des états généraux qu'il fallait réunir avec une représentation du peuple français dans son ensemble. Un froid glacial avait accueilli sa proposition.

Avec cette assemblée, une fièvre politique s'était emparée de la capitale. Il n'y avait point un salon, même bourgeois, où on ne suggérât mille réformes, chacun ayant à formuler ses propres revendications. Les esprits s'échauffaient, on se contredisait, on se querellait, se brouillait pour une idée trop libérale ou trop conservatrice. Beaucoup dénonçaient la corruption, les largesses scandaleuses de Calonne envers les princes. Comment pouvait-il devant les notables jouer au redresseur de torts ! Tout le monde savait qu'il avait remboursé rubis sur l'ongle les dettes de la reine, celles de Provence et d'Artois, qu'il était le jouet du clan Polignac. Si les actions de la Compagnie des Indes s'étaient effondrées, n'était-ce pas parce qu'il avait voulu en tirer de trop grands bénéfices ? Un rapport de quinze pour cent était impossible sans filouterie. En vendant des paquets d'actions avant leur effondrement, les privilégiés s'étaient enrichis quand les petits porteurs, mal informés, s'étaient trouvés ruinés.

Partout les querelles personnelles s'intensifiaient. Si Malesherbes, membre du Conseil privé du roi, passait aux yeux de certains pour un grand homme, un esprit éclairé, on le jugeait ailleurs intrigant et flagorneur. Les Polignac le détestaient. Plus les séances de l'assemblée des notables se succédaient sans que de grandes décisions fussent prises, plus Calonne se voyait attaqué. Quel manque de jugement l'avait fait dénigrer Necker, resté très aimé et respecté du peuple ? Et quelle bévue il commettait en cherchant à vouloir faire accepter sa taxe sur le clergé que le roi ne soutiendrait jamais !

Désormais, c'était contre Calonne que les critiques se concentraient. Longtemps son amie, la reine elle-même, semblait l'abandonner, seule lui restait la protection des Polignac. Yolande, Diane et Vaudreuil s'étaient dépensés pour faire obtenir les Sceaux à Malesherbes plutôt qu'à Miromesnil afin de protéger le contrôleur général. Le Cercle enchanté était divisé et on ne pouvait savoir quel clan l'emporterait.

De leur côté, les amis de Necker ne restaient pas inactifs. Une véritable coterie se formait pour son rappel. Aucun mot n'était assez dur pour qualifier le faible impôt territorial demandé à la noblesse comme au clergé.

Mais si les salons étaient en effervescence, le peuple restait calme. Qu'avait-on à faire de tous ces notables, ces aristocrates ou princes de l'Église ? Une fois encore, le roi traitait ses sujets en enfants. On en avait assez des beaux discours, des mesquineries de classe, de l'arrogance de ceux qui prétendaient décider au nom de la France. Pendant qu'ils se pavanaient au milieu de tapisseries, le cul sur des chaises couvertes de velours, on crevait de faim dans les faubourgs. Un seul d'entre eux connaissait-il le prix d'une miche de pain ?

Face aux arguments favorables à Calonne, la reine avait durci sa position. Elle comprenait fort bien que l'opinion publique les liait étroitement, Artois et elle, au contrôleur général, l'un pour avoir fait des largesses, les autres pour en avoir bénéficié. Pour sa sauvegarde, elle devait le sacrifier au plus vite.

La santé du dauphin et maintenant celle de la petite Sophie la préoccupaient. L'insouciance, la turbulence de sa jeunesse avaient disparu à jamais. À presque trente-deux ans, elle se sentait lasse, déçue par certains de ses amis. À part Axel de Fersen, aucun n'était vraiment désintéressé. On attendait d'elle des faveurs, elle n'espérait en retour qu'une totale fidélité.

Le ton dans l'assemblée des notables était devenu aigre. Besenval avait souligné la somme énorme que l'aventure américaine avait coûtée, six cents millions par an pendant cinq ans. Pour payer, on avait emprunté à tout-va en sachant que le Trésor ne pourrait rembourser. Chipoter sans cesse les comptes de la reine faisait preuve d'une extrême naïveté, ce n'était ni Saint-Cloud ni les mémoires de mademoiselle Bertin qui ruinaient le pays. La France,

Besenval le clamait, avait été égorgée par la guerre d'Amérique. Mais le peuple ne l'entendait pas de cette oreille. Entre une guerre lointaine et les extravagances visibles de leur reine, ils avaient choisi. Leurs fils, leurs frères étaient revenus glorieux d'Amérique, on les avait soutenus, on était fiers d'eux. Mais comment ne pas mépriser les Polignac, les haïr même ? Avec leur avidité sans limites, leur goût du luxe, ils causaient le malheur du peuple. La reine devait les bannir tous.

Calonne était aux abois. Si Malesherbes refusait les Sceaux, la reine proposerait aussitôt un homme à elle et il serait perdu. Comment Marie-Antoinette pouvait-elle lui retirer sa confiance alors qu'il avait cédé à tous ses caprices ? Comme il ne comptait comme derniers amis que Talleyrand et Breteuil, les autres, y compris les Polignac et Vaudreuil qui n'avaient cessé de lui quémander des services, l'abandonneraient.

À la fin du mois de février, Breteuil s'était violemment opposé au projet de Calonne de créer une nouvelle Compagnie des Eaux à partir de l'Yvette, dans la vallée de Chevreuse. Il perdait ses derniers alliés car Talleyrand n'était pas homme à obéir seul aux lois de l'honneur.

Le coup fatal était venu dans le bureau du roi qui avait convoqué Calonne et monsieur de Miromesnil. Un différend entre les deux hommes avait fait monter le ton. Miromesnil reprochait aigrement à Calonne d'avoir rendu publiques quelques réformes possibles afin de se gagner l'amitié du peuple. Devant le roi muet, ils en étaient venus aux mains. Toujours silencieux, Louis XVI était sorti. Calonne avait compris que sa tête venait de tomber.

Avec le départ du contrôleur général, le cercle de la reine s'était ressoudé. Quel homme mettre aux Finances qui leur fût acquis ? On intriguait, on complotait. Bientôt un nom s'imposait, celui de Loménie de Brienne, archevêque de Toulouse, un ecclésiastique de soixante ans passés qui avait été l'ami des philosophes dans sa jeunesse avant de s'assagir avec l'âge. Président de l'assemblée des notables, il les connaissait tous, savait comment ménager la susceptibilité de l'un, s'accorder aux idées fixes de l'autre. Pragmatique, honnête, tolérant, il plaisait à la reine et, comme aucun de ses amis ne craignait cet homme assez terne, il s'était imposé comme le candidat idéal. Convaincre le roi était une tâche dont Marie-Antoinette s'acquittait à merveille. Il suffisait de surprendre le souverain à un moment où il était bien repu, content. Il ne fallait rien imposer, mais suggérer, faire valoir les qualités de l'archevêque, jouer sur son statut de prince de l'Église qui le rendait incorruptible, ouvert au bonheur des démunis. L'abbé de Vermond en disait, par ailleurs, le plus grand bien, ainsi que Mercy et monsieur de La Fayette. Un homme qui réunissait la sympathie des conservateurs comme des libéraux était précieux.

À peine aux Finances, sans toutefois jouir du titre de contrôleur général, Loménie de Brienne avait suggéré, selon l'idée de La Fayette, de réunir des états généraux et de prendre Necker comme conseiller. Le roi avait montré une franche hostilité à ces deux propositions.

Dans le salon de la duchesse de Polignac, chacun était stupéfait. Comment un homme comme l'archevêque de Toulouse pouvait-il vouloir la perte de l'aristocratie et de la France en soutenant ce projet suicidaire ? Se rendait-il seulement compte de ce qu'il risquait de déclencher ? Vaudreuil avait voulu aller trouver l'archevêque pour lui faire part de son mécontentement. Yolande l'en avait empêché. Les états généraux ne seraient jamais réunis, la reine et elle pouvaient le garantir.

À Paris comme à Versailles, la mode masculine était aux gilets somptueusement brodés : fleurs, oiseaux, scènes de chasse, paysages, portraits d'enfants, de femmes aimées. Toute l'élégance se concentrait sur cette pièce de vêtement, les vestes demeurant simples, coupées à l'anglaise, les chapeaux à présent démunis de plumes exotiques ou de duvets de cygne. Le port de l'épée dans les réunions mondaines, ou même lors des promenades, était tout à fait abandonné.

Avec circonspection, la reine avait commandé sa garde-robe d'été à Rose Bertin. Ces diables de libéraux et leurs journalistes fureteurs parvenaient à connaître le montant de ses mémoires. Aussi grande fût l'inimitié qu'elle leur portait, elle ne pouvait les défier. La mode, par ailleurs, restait à la simplicité et elle encourageait sa couturière à lui demeurer fidèle. Les jupes légèrement évasées, les corsages souplement ajustés sur lesquels on jetait un fichu de mousseline lui seyaient maintenant mieux que les profonds décolletés, les fanfreluches et passementeries, les corsages à corps de baleines qui ne convenaient plus à sa poitrine épanouie. Entourée de rubans, de fleurs ou d'un bouquet de plumes, la calotte des chapeaux prenait de l'ampleur.

Ils encadraient et flattaient le visage. Aujourd'hui, Léonard haïssait les échafaudages extravagants, ses anciens chefs-d'œuvre, et coiffait ses clientes en boucles souples, mousseuses sur le haut de la tête, effilées sur les épaules. On n'y posait plus qu'une touche de poudre et certaines femmes, comme Yolande de Polignac, amoureuses de la simplicité, y avaient renoncé tout à fait.

Loménie de Brienne aux Finances, la société de la reine avait pu enfin organiser la saison d'été à Trianon. Tout redevenait normal, même les excentricités d'Orléans qui avec sa meute et ses piqueurs avait poursuivi un cerf jusqu'à la place Louis XV. Acculée contre les grilles des Tuileries, la pauvre bête avait été occise devant les badauds stupéfaits. Détaché de madame de Genlis qui n'était plus qu'une amie chère, on savait le duc amoureux fou de madame Buffon.

Afin de bien souligner son désir de ne pas voir Necker se mêler des Finances aux côtés de Loménie de Brienne, le roi avait prié celui-ci de ne pas approcher la capitale à moins de vingt lieues. Cet ordre arbitraire, l'exil de Calonne en Angleterre, l'absence totale de décisions prises au sein de l'assemblée des notables avaient fait encore chuter la Bourse. Les petits épargnants étaient inquiets. Après avoir économisé toute une vie, devraient-ils un jour tomber dans la misère ?

Incapable de trouver des idées neuves ou de prendre des mesures drastiques, Loménie de Brienne avait lancé un nouvel emprunt de soixante-sept millions de livres. Un échec qui avait cependant sauvé l'État de la banqueroute.

Le mois d'avril s'achevait. L'engouement pour l'assemblée des notables était retombé. Nul ne voulait contrarier le roi et le roi désirait le statu quo. Il semblait qu'une lassitude se fût emparée du souverain, un désenchantement que seul rompait son intérêt pour l'expédition de monsieur de La Pérouse. Chaque jour, sur ses cartes de géographie il tentait de calculer où les deux vaisseaux devaient se trouver.

Montmorin avait succédé à Vergennes et le roi, qui souffrait de tout changement, tentait de s'acclimater à son nouveau ministre des Affaires étrangères, un homme réservé et volontaire qui l'intimidait un peu.

Une fois encore, la reine avait dû intervenir dans un différend opposant la duchesse de Polignac et la princesse de Lamballe. Marie-Thérèse avait accusé la gouvernante des Enfants de France de faire preuve d'une inadmissible insouciance dans sa charge et celle-ci avait répliqué vertement qu'à sa connaissance la surintendante de la Maison de la reine n'avait ni compétence ni talent pour la sienne. La reine, ayant nommé à leurs fonctions ses deux amies, ne pouvait rester neutre mais elle éprouvait une vive impatience. Qu'elle se montrât compatissante envers une femme malade et Yolande lui montrerait de l'humeur, qu'elle donnât raison à la duchesse et Marie-Thérèse retomberait dans ses palpitations et syncopes. Pour échapper à ce monde qui lui pesait de plus en plus, Marie-Antoinette rejoignait souvent le roi et ses ministres, écoutait leurs rapports. La détérioration de la situation financière, les tensions sociales pouvaient être maîtrisées, affirmait le souverain, si l'on faisait preuve de raison et d'autorité. La monarchie de droit divin était l'âme et le sang de la France. Sans leur roi, les Français sombreraient dans l'anarchie, Breteuil, Montmorin, Loménie de Brienne, Castries et Ségur en étaient eux aussi persuadés.

Pour mettre un peu de paix dans son entourage, la reine avait permis à Yolande de se rendre en Angleterre chez leur chère Georgiana, duchesse de Devonshire. C'était un crève-cœur pour elle d'imaginer la joie qu'éprouveraient les deux femmes à se retrouver, la liberté avec laquelle elles emploieraient leurs journées, les spectacles qu'elles iraient voir, les bals où on les courtiserait. Il semblait à la reine que sa chère Jules jouissait de plus grands privilèges qu'elle-même. Mercy, qui ne l'aimait guère, ne manquait pas une occasion de souligner les prérogatives inouïes dont jouissaient les Polignac. Perfidement, il évoquait la méfiance que la défunte impératrice avait eue pour cette femme ambitieuse, les inquiétudes dont elle lui faisait part constamment. Mais sa chère maman avait idéalisé son rôle de dauphine, puis de reine. Avait-elle la moindre notion de ce qu'était la vie à Versailles ?

En mai, les notables s'étaient séparés et La Fayette avait demandé à nouveau la réunion d'états généraux. Populaire, charismatique, il savait jouer de ses dons pour tourner la tête du peuple, parler de liberté et d'égalité. Il faudrait un jour rabattre le caquet de ce fauteur de troubles.

Présentement, La Fayette voulait partir à Londres soutenir le Comité pour l'abolition du commerce des esclaves fondé par Thomas Clarckson. Le général montait tant de chevaux à la fois qu'un jour ou l'autre il faudrait bien qu'il tombe et se brise les os.

Tandis que les lettres de Yolande arrivaient de Londres, narrant les mœurs inimitables de l'aristocratie anglaise, la santé de la petite Sophie donnait de sérieuses inquiétudes à la reine et à madame de Mackau, une des sous-gouvernantes qui assurait presque intégralement les responsabilités de la duchesse en son absence. Âgée de onze mois, l'enfant avait de forts accès de fièvre qui déclenchaient des convulsions. Les différents traitements n'avaient guère d'effet. Était-ce, comme on l'assurait à sa mère, l'effet de la sortie des dents, le début du sevrage, une fièvre quarte provoquée par le retour de la chaleur ?

Le décès de Sophie, leur quatrième enfant, avait brisé le roi et la reine. Leur fille les reconnaissait, disait fort bien « papa », « maman ». C'était un crève-cœur, que le déclin du dauphin rendait plus insupportable encore. Rappelée de toute urgence, Yolande de Polignac n'était pas parvenue à consoler son amie. Elle-même ressentait durement la mort de cette enfant dont elle avait pris soin depuis sa naissance.

En dépit d'un temps radieux qui illuminait allées et bassins du parc, les bosquets secrets avec leurs statues dont les rondeurs de marbre s'offraient au soleil, tout semblait triste, oppressant même. Pourtant la conversation de Besenval sous le temple de l'Amour était toujours aussi pétillante, celle d'Esterhazy pleine de fantaisie, Dillon jouait du violon avec le même talent tandis qu'Artois chuchotait ses éternels mots d'amour à l'oreille de Bichette. Il manquait la grâce, l'insouciance, l'ironie tendre du passé. Le soir, dans le salon ivoire et amarante, dans le boudoir, dans la bibliothèque verte et blanche ou dans la pièce de billard décorée de lourds rideaux pourpres, on devisait, on écoutait de la musique, on jouait aux bouts-rimés, aux charades, aux ambassadeurs, mais les fous rires, les taquineries, les conversations galantes d'autrefois étaient devenus rares.

Ségur et Castries avaient menacé de démissionner, les propos de Mercy contre les Polignac s'aigrissaient, devenaient des accusations précises. Sur les quatre-vingt-dix millions de livres empruntées en 1781 et 1782, soixante-dix pour cent étaient dues aux dépenses de la Marine et de la Guerre, trente pour cent à celles de la famille royale : cinq millions pour Rambouillet, trois millions pour le premier remboursement du château de Saint-Cloud, cinq millions pour assurer une rente viagère de cinq cent mille livres au comte de Provence, dix millions pour la terre de L'Isle-Adam, le reste étant allé dans la poche des amis de la reine, les Polignac en particulier. La reine en avait voulu à Mercy. Ces soi-disant justiciers sapaient le prestige et l'autorité du roi. Dans quel but ? Pour obtenir cette fameuse monarchie constitutionnelle ? En laissant les excités du Palais-Royal proférer leurs extravagances, son intuition lui disait qu'on faisait fausse route. Elle trouvait le roi trop faible, hésitant. Face aux atermoiements, à l'incurie, aux négligences, elle se sentait le devoir d'agir.

Le roi l'écoutait, les ministres la subissaient, mais bientôt ils devraient lui prêter une oreille attentive.

En août, comme si les mécontentements populaires n'étaient pas un souci assez grand, le Parlement avait refusé d'enregistrer une taxe supplémentaire sur le timbre et sur les terres. La première pesait trop sur les notaires et les officiers s'occupant d'actes publics et privés, la seconde défavorisait les riches fermiers, les grands bourgeois et la noblesse. Toujours fauteur de troubles, Orléans, revenu quelques semaines plus tôt de Londres, s'était levé à la fin d'une séance pour clamer que ces textes étaient illégaux. Le roi, qui rarement perdait son sang-froid, était devenu rouge de colère : « C'est légal, monsieur, parce que je le veux ! » Orléans avait été prié de quitter Paris et de s'en tenir éloigné jusqu'à nouvel ordre. Le Parlement, quant à lui, était exilé à Troyes.

Plus la reine prenait de l'importance à Versailles, plus il semblait qu'elle en perdît à Trianon où l'abolition de l'étiquette qu'elle avait tant désirée semblait avoir l'effet pervers de donner à certains de ses amis, Besenval et Coigny en particulier, des prétentions à tout gouverner. Certes le Cercle enchanté était toujours cher à son cœur, mais sa légèreté, l'amour que chacun se portait à soi-même avec un désir immodéré d'argent et d'honneurs la décevaient.

De longues séances de pose lui permettaient de converser avec Élisabeth Vigée-Lebrun qui exécutait un tableau d'elle et de ses enfants pour le Salon. Afin de ne pas effacer la présence de Sophie, elle avait voulu que son berceau y figurât. Des liens d'estime et d'amitié la liaient à l'artiste. Outre son talent, Élisabeth avait du cœur et ne manquait pas une occasion de le lui prouver. Ambitieuse, mais trop intelligente pour ne pas comprendre la vanité de la gloire, elle cherchait à séduire par la beauté de ses portraits, même si les modèles ne lui plaisaient guère. Souvent les deux femmes parlaient d'amitié, parfois d'amour. L'une comme l'autre étaient conscientes de leurs attachements sentimentaux. Vaudreuil et Calonne avaient occupé le cœur de l'artiste, Coigny et Axel de Fersen celui de la reine, mais les mots se faisaient indécis, flous, se nimbaient d'un charme qui gommait tout réalisme. La tendresse l'emportait sur le désir, les mots doux sur ceux qui évoquaient les plaisirs charnels. Cette volonté de garder leurs affections auréolées des lumières du cœur les unissait. Aimées plus qu'amantes de leurs maris, elles ne voyaient dans la relation conjugale qu'un devoir d'épouse ; mères, elles idolâtraient leurs enfants. Le tableau promettait d'être très beau mais, en dépit des exhortations d'Élisabeth, la reine ne parvenait pas à offrir son sourire.

Pour se détendre durant la pose, la reine confiait ses enfants à Yolande et s'allongeait sur un canapé de repos pour feuilleter *Le Magazine des modes, Le Cabinet des modes, Le Journal de la mode et du goût, Le Magazine des modes nouvelles françaises et anglaises.* L'automne venu, les redingotes en taffetas ou velours demeuraient indispensables. La reine se réjouissait d'en commander à Rose Bertin une demi-douzaine dans toutes les déclinaisons de gris. Avec ces tenues un peu masculines, Léonard imposait le catogan mais féminisé avec des bouclettes et friselis qui auréolaient le visage.

Un magazine à la main, il arrivait à la reine de songer à la princesse de Lamballe de nouveau à Brighton où elle prenait des bains de mer. Le prince de Galles et, bien sûr, le duc et la duchesse de Devonshire, Canis et the Rat, la visitaient et s'efforçaient de lui rendre son séjour agréable. Marie-Antoinette repensait aux moments d'intimité qu'elles avaient partagés dans le passé. Elles étaient alors deux très jeunes femmes seules, avides d'affection. Ce monde qui l'effrayait tant alors lui était maintenant trop familier. Rien ne la surprenait, ne l'étonnait, ne la heurtait. Certains la craignaient, d'autres la vilipendaient, une minorité lui était attachée. Yolande, certes, abusait de l'emprise qu'elle avait sur son cœur, non pour elle mais poussée, pressée par son entourage, sa belle-sœur Diane et Vaudreuil en particulier. Mais elle ne pouvait envisager la vie sans son amie, la gaîté qui régnait dans son salon, cette chaleur d'un groupe réuni depuis de si longues années qu'il était impossible de songer à le disperser. Que deviendrait-elle sans les bons mots de l'irrésistible Besenval, les facéties de Galaor, le charme juvénile de Guichette et de Bichette, les souvenirs si amusants de madame d'Andlau qui avait bien connu Mesdames Tantes et les imitait à merveille ?

Loin de Versailles, réfugiées dans leur château de Bellevue à Meudon, les vieilles filles avaient adopté un mode de vie simple et champêtre. On les voyait, un panier au bras, dans les allées du parc, revenir du potager où elles avaient cueilli des fraises ou des groseilles. Leurs trois neveux, le roi, Provence et Artois, venaient parfois partager leur déjeuner, la plupart du temps en célibataires. Cet arrangement convenait à tout le monde.

Au Salon, un public nombreux était venu découvrir le grand tableau d'Élisabeth Vigée-Lebrun. Les mêmes insultes étaient prononcées encore et encore, de rares visiteurs se découvraient et répondaient vertement aux offenseurs. Durant tout le Salon, on avait senti la tension, le fossé qui séparait désormais les quelques fidèles de la reine et le grand nombre qui lui était devenu hostile. Le jour de l'inauguration, outrée, Yolande de Polignac était sortie aussitôt. On l'observait elle-même sans aucune bienveillance.

Souvent, la reine se levait tendue, triste. Pour lui rendre le sourire, il fallait le baiser de ses enfants que lui amenaient leurs gouvernantes.

Août s'achevait. Dillon était parti pour ses terres, Esterhazy devait faire un voyage à Budapest, Coigny ne venait plus aussi souvent à Trianon, Vaudreuil passait de longs moments à Paris. On n'avait préparé aucune pièce de théâtre pour le mois de septembre, seulement deux concerts nocturnes dans le belvédère, un souper aux chandelles sous le temple de l'Amour. Des jardiniers travaillaient à désembourber la rivière anglaise qui avait grossi après les fortes pluies du quinze août. Les canards, les cygnes avaient été transportés dans les canaux du parc.

En septembre, encore une fois, la reine s'était querellée avec Yolande. De part et d'autre, les reproches avaient fusé. Se sentant le dos au mur, Marie-Antoinette avait pincé les lèvres, ses yeux gris-bleu jetaient un éclat glacial. « Ne réapparaissez point devant moi jusqu'à nouvel ordre ! » avait-elle prononcé d'un ton dur. Yolande avait blêmi.

Le cœur battant, le souffle court, la reine s'était retirée. Avait-elle perdu son amie ? Soudain, elle avait songé à la douce, à la soumise Marie-Thérèse de Lamballe. Elle allait renouer avec elle, vivre dans la paix de l'esprit et du cœur. Le jour même, elle lui avait écrit. Elle devait revenir d'Angleterre au plus vite, reprendre ses fonctions à Versailles, sa reine l'attendait.

Deux semaines plus tard, elle recevait une réponse de la princesse. Elle était au désespoir mais son médecin lui avait ordonné de continuer sa cure, condition essentielle à sa guérison. Sa chère souveraine qu'elle osait nommer sa « précieuse amie » la comprenait-elle ? Mais guérie ou non, elle regagnerait le palais en octobre au plus tard, quand la saison interdirait les bains de mer. Entre-temps la reine s'était réconciliée avec Yolande et la lettre avait été jetée au panier.

La fin du mois d'octobre avait été délicieuse. Le Cercle enchanté, par une sorte de grâce, avait retrouvé sa magie. Dillon, Coigny, Esterhazy étaient revenus presque simultanément. Le dauphin allait mieux. Le dos soutenu par un corset, il pouvait même faire quelques pas.

Les journées étaient douces, dorées par le soleil. Les moissons puis les vendanges n'avaient été frappées par aucun désastre naturel, ni orages ni sécheresse, et le prix du pain avait baissé. Les vignerons et meuniers parisiens étaient venus donner l'aubade à Versailles, une cacophonie de violons, de violes et de flûtiaux que le roi avait écoutée, le bras de Yolande sous le sien.

À Versailles depuis trois jours, la princesse de Lamballe n'avait pu encore voir la reine. Bouleversée, elle avait promis à Seiffert de démissionner de sa charge et de se retirer dans un de ses châteaux à la campagne. L'Allemand savait qu'elle n'en ferait rien.

Le long de la rivière anglaise, au hameau, sous le temple de l'Amour, dans la grotte et son pavillon, on avait évoqué encore et encore la banqueroute du financier Saint-James dont l'or semblait jaillir des poches. Sa « folie » avait englouti une grande partie de sa fortune et les actrices avaient dévoré le reste. On l'avait embastillé. C'était la fin d'une période faste où l'on ne se refusait rien, où aucune fête n'était trop coûteuse. La reine elle-même dépensait moins pour ses toilettes et avait même demandé à Rose Bertin de reprendre certaines de ses vieilles robes pour les remettre à la mode. Elle était fière en cette fin d'année d'avoir dépensé moins de cent mille livres. Le roi était satisfait. Pour participer à l'effort commun, les souverains avaient également réduit leur service de bouche constitué d'une centaine de personnes. Le Gobelet et le Cuisine-bouche se trouvaient à Versailles, la Paneterie, l'Échanson commun, la Cuisine-commun, la Fruiterie et la Fourrière au Grand Commun. Le Petit Commun servait les tables destinées aux hôtes.

Le roi avait supprimé la charge de grand louvetier mais, à la demande de la reine, avait conservé celle de grand fauconnier qui appartenait à Vaudreuil. Certaines pensions avaient été réduites, les Noailles ne recevaient plus qu'un million de livres par an.

Ces suppressions et réductions avaient soulevé beaucoup d'aigreurs et de rancunes et, pour rendre un peu de gaîté à sa cour, la reine avait recommencé à donner des bals parés où les courtisans bannis de Trianon pouvaient se donner des airs avantageux, exhiber leurs diamants et sentir leurs souverains bien disposés à leur égard. Dans ces bals, Marie-Antoinette apparaissait resplendissante d'élégance, coiffée à ravir par le divin Léonard qui trouvait toujours moyen de surprendre les autres femmes et d'exciter leur jalousie.

Quand il était à Versailles, Axel de Fersen était de toutes les fêtes, qu'elles se déroulent dans le salon d'Hercule, dans la galerie des Glaces ou au Petit Trianon. La tendresse que la reine et lui se portaient l'un à l'autre était de notoriété publique, mais l'attitude digne, réservée du Suédois interdisait tout propos inconvenant. Des libelles, des lettres anonymes circulaient cependant, venant probablement de Paris. Dans ces pamphlets on accusait la reine d'être non seulement la maîtresse de Fersen mais aussi celle du comte de Dorset, ambassadeur d'Angleterre, et la « bonne amie » de la Jules.

Les réformes de Loménie de Brienne avançaient sans célérité. Hostiles au contrôleur général, Provence et Artois en voulaient désormais à la reine de le soutenir. Artois ne paraissait plus à Trianon. Sa chère Bichette le visitait à Versailles et restait fort discrète auprès du Cercle enchanté. Il était évident qu'elle aimait le jeune prince et était prête à lui consacrer sa vie.

Dès les fêtes de la Toussaint, le froid était venu. Toujours en lutte contre le Parlement revenu à Paris, le roi commençait enfin à accepter l'idée de réunir des états généraux. Il avait proposé 1792, mais les parlementaires suggéraient 1789. Plus vite on ouvrirait l'abcès causé par le déficit, plus vite le Trésor pourrait se rétablir. Tous les parlementaires avaient à la bouche le mot « décentralisation » qui irritait le roi.

La mort de Gluck avait beaucoup attristé la reine. De tous les musiciens jusqu'alors vivants, il était celui qu'elle préférait. Depuis son enfance à Vienne, il avait charmé sa famille puis elle-même, qui l'avait fait venir à plusieurs reprises à Versailles. Avec madame Vigée-Lebrun, il était un des seuls artistes à avoir été accueillis par le roi et la reine. Pour honorer sa mémoire, on avait donné à Versailles *Iphigénie en Tauride* qui, une fois encore, avait ravi.

## 1788

## *« Sire, si vous ne bougez pas, dans deux ans il n'y aura ni Parlement, ni noblesse, ni clergé »*

Avec curiosité le roi avait feuilleté le nouveau quotidien anglais *The Times* qui succédait au *Daily Universal Register* et comprenait des pages d'annonces diverses. Le ton y était mondain mais libre et on s'accordait à promettre un grand succès à ce journal aussitôt adopté par l'aristocratie et la bourgeoisie d'outre-Manche. Louis XVI avait été déçu de n'y trouver aucun compte rendu du voyage entrepris par le capitaine Arthur Philipp qui avait pour terme Botany Bay, avec à bord de ses vaisseaux sept cent trente-deux forçats et quatre cent cinquante marins accompagnés de leurs familles. Les Anglais voulaient installer une colonie en terre d'Australie, ou Nouvelle-Hollande, à Botany Bay. Avec ses frégates *La Boussole* et *L'Astrolabe*, La Pérouse devait le suivre de près et le roi éprouvait une vive impatience de recevoir de ses nouvelles. Dans son cabinet de topographie, il se sentait protégé du regard des autres, sourd à leurs opinions. Il n'accordait plus sa confiance qu'à Breteuil et à la reine, qui lui rappelaient sans cesse ses attributs de monarque de droit divin.

À la mémoire du prince Charles-Édouard Stuart,

prétendant catholique au trône d'Angleterre et lointain cousin du roi, la Cour n'avait pas pris le deuil mais écouté une messe de requiem. « Bonnie Prince Charlie », comme on le nommait en Écosse, avait été un héros lorsqu'il avait débarqué dans le pays de ses ancêtres pour s'emparer du trône occupé par la dynastie de Hanovre. Son héroïque périple s'était achevé en débâcle et en tuerie. Le prince avait pu rejoindre Versailles, où Louis XV l'avait reçu avec honneur. On avait même parlé un moment d'une union entre une des Filles de France et le jeune Stuart. Louis XVI se souvenait de ce bel homme qui, après son échec, avait sombré dans l'alcoolisme, détruit ceux qui lui étaient attachés avant de se détruire lui-même. Il laissait une fille légitimée qui avait eu trois enfants d'un Rohan-Guéméné, archevêque de Cambrai. On la disait très malade et, avec elle, le jeune frère de Charles-Édouard étant cardinal à Rome, s'éteindrait l'antique lignée des Stuart.

De l'arrière-grand-père de Bonnie Prince Charlie, Charles Ier d'Angleterre, le roi avait lu à plusieurs reprises diverses biographies qui le faisaient méditer sur les conséquences de la faiblesse et sur la précarité du loyalisme. Catholique au fond de son cœur, le roi martyr avait dû rester pour des raisons politiques fidèle à l'anglicanisme. Pour sa foi, Louis XVI se savait prêt à mourir alors qu'il constatait avec chagrin que l'athéisme progressait en France jusqu'au sein de sa cour. Il était de bon ton de se moquer de tout, de l'amour, du mariage, de l'attachement aux principes moraux de ses ancêtres et de la religion. Bien que de nombreux différends les aient opposés, le roi et Necker considéraient tous deux cet effondrement de la foi comme le signe d'une proche apocalypse.

Depuis qu'un certain Pétion, le fils d'un charcutier qui voulait monter l'opinion contre l'esclavage, avait ouvert à la porte Saint-Denis la Société des amis des Noirs, le caractère déjà difficile de Vaudreuil était devenu insupportable. D'une famille de planteurs de Saint-Domingue, il ne cessait de tempêter contre ces utopistes, ces mouches du coche qui n'avaient pas la moindre notion d'économie mais voulaient leur café bien sucré, leur tasse de chocolat bien épais sans se poser la moindre question. Dans le cercle de la reine, et en dépit de la sympathie du roi pour ces « pauvres Noirs », on était convaincu du bien-fondé des arguments de Vaudreuil et, en ce mois de février glacial, se transporter par la pensée aux Antilles stimulait. Pourquoi cet apitoiement sur des êtres troqués par leurs roitelets contre de l'alcool, des vêtements, du papier, des armes et des bijoux de pacotille ? Sans doute vivaient-ils mieux dans les plantations qu'au cœur de leurs forêts. Les petits serviteurs noirs abondaient à la Cour. Superbement vêtus, fort bien traités, ils ne se plaignaient guère de leur sort.

Plus par bravade sans doute contre l'ordre établi que par philanthropie, La Fayette, Mirabeau, Talleyrand, Sieyès, les deux frères Lameth, cousins des Broglie, avaient rejoint la Société des amis des Noirs. Dans les loges maçonniques, au nom de la liberté, de l'égalité et de la fraternité, on tenait des propos vraiment révolutionnaires dont nul peut-être n'était prêt à tirer les conséquences. Un La Fayette donnerait-il sa fille à un commerçant ? Les idées généreuses étaient une chose, l'abolition des classes sociales une autre.

Enfin était arrivée à la fin de ce mois une bonne nouvelle : le capitaine anglais Philipp avait fait un rapport sur sa rencontre dans Botany Bay avec La Pérouse. Les deux marins avaient entretenu les plus cordiales relations. *L'Astrolabe* et *La Boussole* allaient mettre les voiles sur les îles Vanuatu.

Ces heureuses informations avaient un peu contrebalancé le chagrin que causaient au roi les libelles malveillants qui dénonçaient une liaison amoureuse entre Axel de Fersen et Marie-Antoinette. Pis encore, ceux-ci insinuaient que le petit duc de Normandie était le fils du beau Suédois. Par ailleurs, à Paris, le Parlement devenait de plus en plus rétif et arrogant. En désespoir de cause, le roi avait dû signer l'ordre d'arrestation de deux meneurs, messieurs Duval d'Eprémesnil et Goislard. Dépêché à la tête des Gardes-Françaises, le marquis d'Agoult avait été dans l'incapacité de faire exécuter l'ordre royal. Le président d'Alègre avait jeté avec défi : « Arrêtez-nous tous ! » et d'Agoult avait dû sortir en annonçant qu'il allait référer de cette « rébellion » à son supérieur, le maréchal de Biron. Le Parlement avait été encerclé. Après trente heures de résistance, Duval d'Eprémesnil et Goislard avaient décidé de céder afin de rendre la liberté à leurs collègues. On les avait aussitôt déportés aux îles Sainte-Marguerite.

Boudant les voitures envoyées par Breteuil, les parlementaires s'étaient réunis en face du château à la Bonne Auberge. On les y avait acclamés. Les cris hostiles au roi, « Tyran ! Despote ! », avaient fusé ainsi que « À bas Madame Déficit ! À bas l'Autrichienne ! ». Les Gardes-Suisses et Françaises avaient investi le Parlement. Besenval, qui commandait les dernières, était nerveux : si l'on touchait aux parlementaires, la rue parisienne allait réagir et il faudrait alors envoyer des troupes dans la capitale, une décision fatalement très impopulaire.

Très inquiète de la santé du dauphin, le cœur occupé par Fersen, la reine analysait avec peu de lucidité la situation périlleuse du moment.

En dépit de la tension, le roi et Artois avaient décidé de redonner du zèle aux soldats et aux sous-officiers des Gardes-Suisses et des Gardes-Françaises en assistant à une parade dans la plaine des Sablons. Leur présence ne pouvait que susciter l'enthousiasme. Mais Besenval restait prudent : soldats et sous-officiers n'étaient plus payés intégralement, on leur distribuait des coupons correspondant à la moitié de leur solde encaissables à un mois. Le mécontentement était extrême.

À Trianon, l'ambiance avait des hauts et des bas mais chacun tentait de conserver l'esprit et la gaîté qui y rendaient la vie inimitable. On jouait toujours, moins gros il est vrai, mais ces moments passés autour de la table de pharaon effaçaient les soucis. Les concerts champêtres apportaient aussi une délicieuse diversion.

La reine avait appris que son frère l'empereur avait assisté aux deux dernières représentations de *Don Giovanni*. Mozart conduisait lui-même l'orchestre. Grand mélomane, l'empereur partageait sur Mozart les mêmes réticences que le reste des Habsbourg et avait eu sur le nouvel opéra un avis mitigé. Dans le Cercle enchanté, on avait discuté avec fièvre du grand musicien que Haydn avait déclaré « le plus grand de nous tous ». Dillon, le seul amateur de musique véritablement éclairé, partageait l'avis de Joseph Haydn et s'étonnait des réticences de la reine, des Polignac et d'Esterhazy qui, par principe, défendaient l'empereur d'Autriche. Marie-Antoinette, qui avait connu Mozart tout enfant, jugeait l'homme vulgaire. Ce trait de caractère l'indisposait et lui semblait incompatible avec le génie. Dans le feu de la conversation, Vaudreuil avait posé un bras sur le dossier du fauteuil qu'occupait la reine. D'un coup d'éventail, elle avait puni ce manque de savoir-vivre.

Avec les années, les intrigues amoureuses au sein du Cercle enchanté s'étaient apaisées. On se connaissait trop bien. Vaudreuil et Yolande formaient un couple finalement très uni, Bichette était indéfectiblement liée à Artois, la reine à Fersen. Seule Guichette changeait encore d'amants, mais avait le bon goût de ne pas les imposer à ses amis. Besenval qui, après son engouement pour Marie-Antoinette, avait courtisé avec assiduité madame de Châlons était désormais trop soucieux pour s'adonner aux galanteries et ne trouvait de vrai plaisir que chez lui, au milieu des œuvres d'art qu'il collectionnait. Avec l'âge, le fossé s'élargissait entre lui et la société beaucoup plus jeune du Cercle enchanté. Que réservait l'avenir à ces délicieux jeunes gens si charmeurs et si charmants si ce qu'il craignait advenait ?

Des orages d'une violence inouïe s'étaient abattus sur la région parisienne, dévastant le parc du duc de Penthièvre à Sceaux, emportant des cheminées, des toits, laissant des coulées de boue dans les rues de la capitale, anéantissant les récoltes de blé, d'orge et d'avoine, arrachant des arbres les fruits encore verts. Dans la désolation générale, le duc de Penthièvre et la princesse de Lamballe ne se ménageaient pas pour soulager ceux qui avaient tout perdu. On les bénissait, on les acclamait. Orléans, de son côté, ne restait pas inactif. Il avait demandé aux gens de sa maison de déblayer les détritus qui obstruaient les rues, de ramasser la boue à pleines pelles pour la rejeter dans la Seine ou la Bièvre. Il avait fait aussi distribuer du pain, du vin, du charbon de bois.

À Versailles, on s'était ému aussi, mais il avait semblé aux souverains qu'une aumône serait suffisante. Le roi, en fait, était fort préoccupé par la démission de Loménie de Brienne qu'il était décidé à refuser. Dans la tempête financière qu'ils traversaient, il était hors de question que le capitaine quittât la barre. En outre, le départ de Loménie de Brienne impliquerait le retour de Necker et, bien que la reine y fût finalement favorable, Louis XVI voulait temporiser. Attendre de meilleurs moments était devenu son idée fixe, la seule arme dont il voulait user, à la grande irritation de Malesherbes qui avait osé lui lancer : « Sire, si vous ne bougez pas, dans deux ans il n'y aura ni Parlement, ni noblesse, ni clergé. »

Marie-Antoinette, quant à elle, avait fait son choix : Necker. Elle était prête à lui écrire elle-même, Loménie de Brienne et ses irréductibles amis, les Polignac et Vaudreuil, l'avaient déçue. Le peuple, par ailleurs, lui serait reconnaissant d'avoir rappelé leur grand homme. Son immense popularité était incompréhensible, irritante, mais elle était réelle, et Yolande pouvait lui dire et redire que le Suisse était favorable à une monarchie constitutionnelle, elle se sentait assez de pouvoir sur le roi et ses ministres pour les maîtriser.

Son constant souci était la santé du dauphin. Les médecins ne lui laissaient plus guère d'espoir et elle devait envisager la terrible perspective de le perdre. Recroquevillé dans ses souffrances, son fils se montrait parfois dur envers elle. Qui le dressait contre sa mère ? Certainement pas Yolande qui les aimait tous deux. Madame de Mackau, jalouse de la gouvernante des Enfants de France ? Une autre dame de la Cour ?

À la fin du mois d'août, d'autres orages avaient ruiné cette fois le Vexin, le Maine, la Normandie, la Picardie, le Poitou, la Touraine. Les vignes étaient dévastées, les vergers ravagés. La soudaine crue des rivières avait emporté des bestiaux, noyé les pâturages. Après tous ces malheurs, comment passerait-on l'hiver ? Les notables, les magistrats baissaient les bras. Le Trésor était à sec, Versailles avait arrêté l'envoi de capitaux pour secourir les provinces.

Dans certaines bourgades, la colère grondait : comment le roi pouvait-il vivre dans le luxe quand son peuple crevait de faim ? On insultait la reine, on cherchait des responsables. De peur d'être mis à mal par les villageois, certains aristocrates n'osaient plus quitter leur château. Il semblait qu'une antique confiance fût rompue entre la noblesse provinciale et les paysans. Après avoir cohabité harmonieusement pendant des siècles, on se regardait en ennemis.

À Paris, Loménie de Brienne, incapable de lever des fonds supplémentaires, faisait imprimer en grande quantité du papier-monnaie pour payer l'armée, les fonctionnaires, entretenir les routes, gérer les hôpitaux. L'entretien des châteaux royaux était réduit au strict minimum.

Tous les espoirs convergeaient vers les états généraux qui devaient se réunir huit mois plus tard. Ce proche objectif mobilisait la province. Partout on rédigeait des cahiers de doléances, on cherchait quelle notabilité, quel personnage courageux pourraient représenter à Versailles la noblesse ou le tiers état. En chaire, des curés de campagne prônaient la hardiesse, la détermination. On présentait au peuple une chance qui pourrait ne plus se reproduire. Il devait en profiter pour changer l'ordre social, obliger les riches à tenir compte des miséreux.

Le Parlement de Paris était en grève et au Palais-Royal régnait une vive effervescence. On avait l'impression que s'ouvrait une boîte de Pandore contenant toutes les promesses et toutes les illusions. Dans la poussière des jardins, sous les marronniers aux feuilles jaunissantes, on s'enfiévrait en parlant de liberté, de constitution. Enfin on allait participer à la vie du pays, insuffler à la France une énergie nouvelle à une époque où tout était en mouvement, l'industrie, le commerce, la diffusion des informations. On découvrait par les journaux des événements advenus deux ou trois jours plus tôt en Italie, en Espagne, dans l'Empire, en Angleterre. Le monde se faisait plus petit.

Longtemps la reine avait réfléchi avant de prendre sa décision. Le dauphin était trop faible, déformé pour assister à la parade d'intronisation de l'ambassadeur du sultan Tippo Sahib. L'enfant avait supplié mais, les larmes aux yeux, la reine était restée ferme. On ne pouvait exhiber à des étrangers un héritier royal malade, au corps tordu. Comprenant qu'il implorait en vain, le dauphin s'était durci et refusait souvent d'embrasser sa mère quand elle venait lui souhaiter le bonsoir.

Le défilé avait été féerique : animaux exotiques, serviteurs empanachés précédaient l'ambassadeur et ses proches vêtus de brocarts, de velours damassé, couverts de diamants, coiffés de turbans à aigrette où étincelaient rubis et émeraudes gros comme des œufs de pigeon. Puis des musiciens, des cracheurs de feu, des jongleurs, des Noirs gigantesques vêtus d'argent qui balançaient des cassolettes à parfum, des danseuses vêtues de voiles arachnéens, les yeux fardés de noir, les lèvres de pourpre, s'étaient succédé. Du roi aux chambrières, tout Versailles écarquillait les yeux comme si les personnages d'un conte de fées étaient soudain devenus réels. L'ambassadeur s'était prosterné devant Louis XVI, embarrassé, qui avait mis un instant à comprendre ce qu'on attendait de lui : qu'il relevât son hôte et lui donnât l'accolade. La galerie des Glaces embaumait le santal, le musc, et le soleil en se couchant faisait scintiller les lustres, étinceler les miroirs. Effrayée par les grands chiens au poil soyeux qui portaient des colliers sertis de pierres précieuses, Madame Royale s'était serrée contre les jupes de sa mère.

Le soir, on avait donné un opéra en l'honneur de l'ambassadeur où tous les amis de la reine avaient pu se faire convier. Vaudreuil, d'habitude sarcastique, était resté muet d'étonnement.

Ce divertissement n'avait été que de courte durée. Les soucis avaient de nouveau pesé sur la reine : Malesherbes donnait sa démission du Conseil du roi. Louis XVI sombrait. Il semblait sans force morale, restait longtemps dépourvu de réaction alors qu'il lui aurait fallu décider avec célérité. Yolande elle-même ne parvenait plus à le dérider. Sans réagir, il l'écoutait, prenait sa main et, avec un sourire triste, la serrait dans les siennes. Malesherbes parti, le sort des juifs de France, dont il s'était fort soucié, redeviendrait précaire et l'abbé Grégoire, qui s'était dépensé en leur faveur, était désespéré. Le roi, de toute évidence, ne s'intéressait guère à cette minorité dépourvue de toute influence et avait vite fait comprendre à l'abbé qu'il ne pourrait compter sur lui.

Au même moment, la reine avait appris que la princesse de Lamballe, en jouant avec son neveu Beaujolais à Villers-Cotterêts où Orléans était exilé, avait reçu une branche sur la tête. Restée inanimée un long moment, elle subissait d'affreuses migraines. Il fallait lui écrire. Mais le moindre mot affectueux que la reine lui adressait redonnait à la malheureuse princesse des espoirs insensés. Il fallait jouer avec les expressions, les rendre inoffensives. Et Fersen était de nouveau absent pour quelques semaines. Seul il lui donnait de la force, une assurance qui lui permettait de discuter avec les ministres, de leur imposer ses vues.

Aussi souvent que possible lorsqu'il était à Paris, ils se retrouvaient près de Trianon pour une discrète promenade à cheval mais, quelles que fussent les précautions qu'ils prenaient, ils ne pouvaient passer inaperçus et toutes sortes de rumeurs malveillantes circulaient à Versailles.

Atterrée, Marie-Antoinette avait appris que l'on avait remis au roi, au cours d'une chasse, un paquet de lettres anonymes dénonçant leur liaison. Le roi avait mis pied à terre, s'était assis sur un tronc d'arbre pour les parcourir et avait pleuré.

Le soir même, elle avait protesté de son innocence et avait proposé à Louis de ne plus jamais revoir le jeune Suédois – « mais ils perdraient l'un et l'autre leur plus sûr ami », avait-elle ajouté. Le roi l'avait prise dans ses bras et baisée au front. La confiance qu'il avait en elle jamais ne serait remise en question.

Les événements malheureux semblaient s'enchaîner en une course folle. Aux abois, les caisses de l'État étant vides, Loménie de Brienne imprimait toujours en masse de la monnaie papier et songeait à un emprunt forcé à cinq pour cent. Le prix du pain, des denrées essentielles à la vie montait de jour en jour. Et, pour comble de malheur, avec les orages qui avaient ravagé la France, le blé était rare, il fallait en importer et l'antique soupçon d'un roi stockant d'énormes réserves pour maintenir hauts les cours se répandait, levant contre Louis XVI un furieux ressentiment.

Breteuil, Vaudreuil, Coigny, Besenval pressaient Marie-Antoinette de faire rappeler Necker au plus vite en le nommant conseiller de Loménie de Brienne. La transition se ferait alors en douceur.

N'ignorant nullement ces manœuvres hostiles, celui-ci avait donné sa démission à la fin du mois d'août : il se sentait offensé et même humilié de devoir rendre implicitement des comptes à monsieur Necker. La seule récompense qu'il réclamait pour ses bons services était un chapeau de cardinal. Le roi le lui avait promis.

Loménie de Brienne avait quitté le contrôle général sous les huées et, avec horreur, il avait observé son mannequin enflammé par une foule haineuse.

Avant même de saluer le roi, Necker s'était rendu chez la reine. On le rappelait trop tard. Il ne pouvait que poser des cautères sur des blessures sans doute mortelles. Mais il allait essayer de colmater les fuites les plus dangereuses. On devait pour cela lui laisser les mains libres. Chaque mot était prononcé lentement, ses yeux dans ceux de Marie-Antoinette. Que le roi se mêlât des affaires et tout était perdu. Humiliée, la reine avait fait bonne figure mais, le banquier suisse parti, elle avait pleuré dans les bras de Yolande. Elle, reine de France, obligée de subir une pareille arrogance !

Dès le lendemain, le contrôleur général s'était mis au travail. Sa priorité était la création de ces fameuses assemblées provinciales, cent fois évoquées, cent fois oubliées. Le peuple français avait changé, il désirait des responsabilités et, si on ne les lui accordait pas, il les prendrait par la force. Les temps d'un roi paternel face à un peuple d'enfants étaient révolus à jamais. Seules ces assemblées devaient jouir du pouvoir de lever l'impôt. Les revenus de la France ne devaient jamais plus être le bien exclusif du roi.

En dépit de sa popularité, le Suisse ne parvenait pas à faire tomber la colère populaire. Chômage et inflation créaient des foyers de violence qui n'attendaient qu'une occasion pour exploser. On avait brûlé à Paris de nombreuses guérites où stationnait le guet à pied, des gardes avaient même été massacrés. Tout ordre imposé par la force était haï. Besenval avait dû envoyer les Gardes-Suisses auxquelles s'étaient jointes les Gardes-Françaises. La confrontation avait dégénéré, les gardes avaient tiré et il y avait eu une dizaine de morts. Dans les faubourgs Saint-Marcel et Saint-Antoine, nul soldat ou gendarme n'osait plus s'aventurer. Ces quartiers étaient désormais contrôlés par leurs habitants. Mais la tension, l'excitation des masses, la haine qu'elles vouaient aux privilégiés n'atteignaient que vaguement Versailles.

Élisabeth Vigée-Lebrun avait organisé au début du mois de septembre un souper grec. Tout Paris en parlait et chacun espérait recevoir une invitation. À ses amis, elle avait emprunté des lits à la grecque, des vases et avait demandé à monsieur de Cubières de venir avec sa lyre d'or. L'artiste avait procédé à de pointilleuses recherches pour retrouver des menus servis à Athènes au temps de Périclès et s'était démenée pour convaincre quelques cuisiniers de tenter l'aventure. Le miel, les confitures de pétales de roses, les olives, les amandes, le fromage de brebis venaient de Grèce, le vin de Chypre. Pour cette fête, l'artiste avait ouvert largement sa bourse, elle savait ce soir-là être le point de mire de Paris. Boutin, qui possédait les merveilleux jardins de Tivoli, avait envoyé ses jardiniers pour les arrangements floraux, Vaudreuil sa collection de statuettes, un buste superbe d'Aphrodite. Une fois encore Marie-Antoinette, si proche de sa chère Lisette, devrait se contenter des récits que Vaudreuil, Dillon, Esterhazy lui feraient.

Le souper avait été à la hauteur de ce que l'on attendait. Décors éblouissants, nourriture étonnante, musique enchanteresse. On était resté autour de la table, allongé sur des lits, jusqu'à l'aube. Le ton d'abord joyeux, léger s'était fait plus sérieux au fur et à mesure que se vidaient les bouteilles. On avait parlé politique, critiqué l'attachement insensé du roi à un régime qui craquait de toutes parts. Comment en cette fin de dix-huitième siècle pouvait-on refuser à la France une constitution ? Où vivait-il ?

À l'aube, le vin de Chypre ayant tout à fait tourné les têtes, on avait même évoqué la possibilité d'imposer les changements par la force. La fleur de la noblesse française s'était senti soudain une âme révolutionnaire. Le récit de ce fameux souper avait été colporté dans toute l'Europe et jusqu'en Russie. Les Français formaient décidément un peuple singulier.

Chaque jour apportait un nouveau désagrément. Maintenant les parlementaires exigeaient le départ de Lamoignon. Celui-ci acceptait de s'éloigner contre quatre cent mille livres de dédommagement, que le Trésor était incapable de lui verser. Il n'y avait plus dix mille livres dans les coffres et, sans la décision généreuse de Necker d'offrir une nouvelle somme importante prise sur sa propre fortune, la banqueroute aurait dû être proclamée.

Face aux incessantes critiques, Marie-Antoinette se raidissait. Seule la présence de Fersen faisait disparaître ses angoisses, l'obligeait à penser à des moments heureux, à se faire la plus belle des femmes. Son goût pour la toilette ressuscitait. Rose Bertin avait présenté d'irrésistibles modèles qui lui seyaient à merveille. Elle adorait à présent le gris perle, le gris bleuté, le vert amande, des formes simples que des colifichets originaux, des bijoux « enlevaient ». En dépit du poids qu'elle avait pris, sa grâce restait inimitable, sa démarche altière unique. Elle avait une façon très gracieuse de déplier son éventail, de tendre la main, d'adresser un sourire à son interlocuteur. Ses ennemis eux-mêmes y étaient sensibles.

La saison s'achevait à Trianon. Pendant que, dans le cabinet du roi, on parlait des états généraux, discutait sans fin du nombre de représentants du tiers état, égal ou double à celui de la noblesse et du clergé, on s'apprêtait à mettre à l'abri pour l'hiver les mille deux cent trente-deux pots de porcelaine blanche à son chiffre commandés à la manufacture de Sèvres par la reine. Dans le hameau, Vaudreuil, Besenval, Fersen collectaient en chemise les œufs dans des paniers d'osier, madame d'Andlau, Yolande de Polignac disposaient sur des plateaux de jonc des fromages frais de brebis en forme de cœur, tandis que les jeunes femmes cueillaient les dernières pêches.

De connivence avec leur reine, tous ses amis la laissaient marcher à quelques pas devant eux au bras d'Axel de Fersen. Instinctivement, ils comprenaient qu'elle méritait ces moments de bonheur.

L'avenir était préoccupant. Selon l'avis des Polignac, les états généraux allaient être source d'immenses difficultés. Son nombre doublé, à quoi prétendrait le tiers ? On comptait dans son sein des hommes violents et redoutables comme Robespierre, Danton, Marat, prêts à tout pour imposer leur volonté au roi et que d'irresponsables aristocrates appuyaient. À quoi pensait Orléans, quelles étaient ses ambitions ? La Fayette ne comptait-il pas se présenter en sauveur, en héros du peuple, comme il l'avait fait en Amérique ?

En novembre étaient apparues les premières gelées nocturnes. Chacun prédisait un hiver glacial. On engrangeait le bois, ce que l'on pouvait trouver de grains encore disponibles. Necker tentait de tout prévoir, de tout organiser et travaillait nuit et jour, épuisant ses collaborateurs.

Pour réunir quelques fonds afin de faire face à l'urgence, il avait lancé un emprunt à six pour cent, réduit les bénéfices des fermiers généraux. Mais face à l'inflation, les épargnants perdaient confiance et on se pressait à la Caisse d'escompte pour encaisser de l'or contre des coupons. Incapable d'honorer toutes ces demandes, la Caisse avait émis de nouveaux bons payables à six mois. C'était la fuite en avant.

On fermait Trianon pour l'hiver et la reine s'efforçait de faire front devant les mauvaises nouvelles qui pleuvaient de partout. Elle passait de longs moments au chevet de son fils aîné dont aucun médecin ne promettait plus la guérison, tentait de redonner du courage au roi, de contenir les emportements de Madame Élisabeth, sa belle-sœur, ennemie de toute réforme, de tout changement, d'accepter une séparation prochaine d'avec Fersen qui devait passer quelque temps en Suède.

Chez le duc d'Orléans, l'opposition prenait un ton plus agressif. Avec ou sans l'accord du roi, la France allait se doter d'une constitution. Certains imaginaient deux chambres comme en Angleterre, la plupart une chambre unique où les trois états seraient mêlés. Le roi ne rédigerait plus les lois, son rôle serait de les approuver. On le laisserait chef des armées mais il ne pourrait plus prendre de décisions sans l'accord des députés.

Les têtes s'échauffaient et les conversations se prolongeaient tard dans la nuit tandis qu'à deux pas, dans les jardins du Palais-Royal, autour des tables du restaurant Massé, ceux que l'on nommait les « enragés » rêvaient d'une république et qu'un peu plus loin, chez le conseiller

Duport, rue du Grand-Chantier, Hérault de Séchelles, Condorcet, Mirabeau, La Fayette, les deux frères Lameth, le duc de La Rochefoucauld-Liancourt se séparaient après s'être juré la mort de l'Ancien Régime.

En novembre, la reine et Yolande avaient eu le bonheur de voir revenir dans un Versailles glacé, anxieux, où bruissaient les rumeurs les plus pessimistes, Vaudreuil, qui avait dû s'absenter pour quelques semaines, et Axel de Fersen. Réunis le soir dans les petits appartements de la reine, on jouait, devisait, faisait de la musique. À dessein, on ne lisait ni ne commentait les journaux dont le ton montait. *Le Journal de Paris* venait de publier : « Les maîtres de la France, ce sont les aristocrates avec leur fortune, leurs châteaux, leurs immenses terres. Ils jettent de l'huile bouillante sur les plaies de la nation. »

Au coin du poêle en faïence du petit salon de Yolande qui répandait une douce chaleur, on faisait des bouts-rimés et tentait de rire pour dissimuler son inquiétude.

Le vingt décembre, Louis XVI annonçait le doublement du tiers, sûr que son bon peuple l'appuierait inconditionnellement face aux débordements d'une noblesse trop gâtée qui avait l'inconscience de mordre la main qui la nourrissait.

# 1789

## *« Mort aux aristocrates ! »*

Transis, hommes, femmes, enfants se rassemblaient autour de grands feux qu'Orléans faisait allumer aux coins des principaux carrefours. Dans les jardins du Palais-Royal, on distribuait aux indigents le matin du pain, le soir un bol de soupe chaude, tandis que chaque quartier voyait s'ouvrir un centre de soins gratuits, des ateliers pour les chômeurs. On acclamait le duc. Pourquoi Dieu avait-il choisi pour roi le « gros benêt » au lieu de ce prince éclairé ?

Chez les marchands de vin, dans les gargotes, les clubs, on discutait avec fièvre des réformes à entreprendre. Les cahiers de doléances se remplissaient, le ton des voix montait. Cette atmosphère passionnée, délirante, gagnait la province et il n'y avait plus une bourgade qui ne possédât son club de patriotes. En dénonçant les maux dont ils souffraient, paysans, artisans, ouvriers en prenaient une conscience plus vive encore. Qu'avait fait le roi pour les soulager ? Rien. Le peu de prestige que Louis XVI conservait était ébranlé.

Un froid mordant désolait les campagnes. Les mares et

les ruisseaux étaient pris par la glace, forçant les paysans à tirer l'eau des puits à grand-peine pour abreuver les bestiaux. Le fourrage manquait, les réserves de céréales s'épuisaient. Les légumes avaient gelé dans les potagers et on en arrivait à rendre responsables le roi et la reine de ces calamités. Qu'ils visitent donc leurs bonnes provinces et ils verraient dans quel degré de misère le peuple avait sombré. Ceux qui restaient fidèles à la royauté de droit divin se taisaient. À quoi bon attirer sur soi la haine du voisin ?

À Paris affluaient de partout miséreux, mendiants, brigands aussi, prêts à tous les méfaits. Necker ne dormait plus. Que les boulangers ferment et les émeutes s'étendraient à toute la ville. On était sur le bord d'un volcan et le contrôleur général vomissait les hommes comme Calonne qui, de Londres, attisaient l'incendie. Qu'avait-il fait lorsqu'il tenait les Finances ? Il était bien aisé de montrer les crocs de l'autre côté de la Manche où les marchés regorgeaient de victuailles, où les ministres accomplissaient leur devoir sans être insultés. Il lui fallait colmater des brèches ouvertes par des générations d'imprudents et même d'hurluberlus piochant sans vergogne dans le Trésor pour se créer des réseaux de protecteurs. Sa tâche dépassait de beaucoup celle de contrôleur général, on attendait de lui des miracles. Il faisait son possible, n'acceptait aucun salaire, travaillait comme un forcené et ne pouvait qu'approuver l'immense désir de changement qui possédait la France

L'abbé Sieyès venait de publier *Qu'est-ce que le tiers état ?*, un ouvrage révolutionnaire qui jetait sous le nez du roi les aberrations de la monarchie absolue. À Nantes, on avait dû envoyer la troupe pour séparer de jeunes aristocrates et des étudiants qui s'affrontaient. Les étudiants blessés avaient été portés en triomphe, les nobles conspués. Et que penser de Loménie de Brienne, réfugié à Nice, qui recevait son chapeau de cardinal, récompense de son incapacité ?

À Versailles, on évitait autant que possible les propos trop conservateurs ou trop progressistes. Il fallait louvoyer. Toujours très proche de Marie-Antoinette, Besenval la pressait de ne pas se laisser prendre en otage, même si son cœur penchait sans partage pour le régime que Dieu avait choisi pour la France. Bien que religieuse sans excès, celle-ci ne pouvait accepter d'être manipulée par le peuple et mettait volontiers la puissance divine de son côté. Artois, Fersen, Coigny, les Polignac, Vaudreuil achevaient de la persuader de ne point céder. Qu'on donnât un doigt à ces gens-là et ils vous avalaient le bras. Plus modérés, Esterhazy, Dillon, Guines hasardaient de temps à autre quelques conseils : les assemblées provinciales étaient-elles une si mauvaise idée qu'il faille s'abstenir d'y songer ? Ne fallait-il pas octroyer au peuple quelque responsabilité politique de peur qu'il ne s'en emparât par la force ?

La reine écoutait les uns et les autres, mais l'influence des Polignac et de Fersen prévalait.

Le roi chassait du matin au soir et regagnait, épuisé, le château pour souper et se coucher. On ne pouvait laisser les ministres sans directives et la reine était prête à assumer les responsabilités de son mari. Songer seulement à l'avenir lui était douloureux. Son fils aîné était au plus mal, on venait de l'installer à Meudon où l'air était meilleur qu'à Versailles. Verrait-il seulement le printemps ? Necker, qu'elle n'aimait point, s'avérait incontournable et elle devait courber l'échine. Fersen parlait d'un nouveau voyage, d'une nouvelle absence. Son frère Joseph avait eu quelques malaises et, à Vienne, on le pressait de se ménager. Les soucis de sa guerre contre les Turcs, prix de son alliance avec la Russie, le minaient. Le petit Armand, ce fils adoptif dont elle avait pris si grand soin, se détachait d'elle, tenant de plus en plus souvent des propos effrontés qu'il fallait bien châtier. Fugitivement, elle avait envie de se réfugier auprès de la douce princesse de Lamballe.

Plongée dans un état d'angoisse et de colère, la Cour put s'en donner à cœur joie avec la plaisante disgrâce de madame de Gourbillon, favorite de la comtesse de Provence. Cette dame, fort ambitieuse, avait pris trop d'ascendant sur l'épouse délaissée de Monsieur qui avait décidé son exil à Elbe. Chargé de lui porter le décret de bannissement, le duc de La Vauguyon n'avait pu s'y résoudre et il avait fallu se rabattre sur un gentilhomme de la Chambre de Monsieur. La comtesse de Provence s'était en vain rebellée contre cette décision arbitraire et madame de Gourbillon avait dû quitter Versailles.

Dans toutes les provinces, on élisait les députés qui siégeraient aux états généraux : nobles, ecclésiastiques, représentants du tiers état. Ces élections se déroulaient dans le plus grand calme. À la Cour, on ne se préoccupait que de la façon dont chaque ordre siégerait : fallait-il les tenir séparés, les unir ? Le roi était pour les séparer. Il portait désormais tous ses espoirs dans la réunion de ces états généraux. Les difficultés que la France traversait allaient trouver une issue heureuse et le bonheur reviendrait sur son beau royaume. Le peuple l'aimerait, la noblesse lui resterait attachée, le clergé continuerait à respecter l'intransigeant chrétien qu'il était. On redoutait, cependant, l'influence du nouvel archevêque d'Autun, Charles Maurice de Talleyrand-Périgord. Maintes fois ce dernier avait affirmé qu'il fallait imposer au roi une constitution, le principe de l'habeas corpus et une réforme du système judiciaire. Le deux août, il avait célébré à Autun la messe de Pâques avant de sauter dans son carrosse pour rejoindre Paris, disant adieu pour toujours à son archevêché. Il avait parcouru des paysages désolés par le dégel, des pauvres villages, observé des rassemblements de protestataires contre les ordonnances réglant les mouvements des céréales qui les privaient de blé. Au Palais-Royal l'attendaient Orléans et ses amis, tous accaparés par la situation politique. Brissot venait de fonder un journal, *Le Patriote français*, dont le ton vindicatif donnait lieu à des commentaires sans fin. Chacun se sentait sur le fil d'un rasoir, le tout était de garder son équilibre et d'aller de l'avant, sans commettre d'erreur.

Présider à la visite d'Antoine Laurent Jussieu des jardins de Trianon avait été pour Marie-Antoinette un précieux moment de bonheur. La veille, selon les règles de l'étiquette, il y avait eu grand souper puis jeu dans ses salons où on étouffait. Au bord du malaise, la reine avait demandé à Yolande de lui donner son bras pour faire quelques pas sur la terrasse, escortée seulement d'un petit nombre de gardes du corps dans leur habit à culotte bleue et veste rouge galonnées d'argent.

Là, sur l'épaule de son amie, elle avait sangloté. Alors que le dauphin se mourait, il lui fallait parader, sourire, faire mille gestes imposés qui broyaient les sentiments. Sachant sa mort prochaine, le pauvre enfant cherchait des coupables. Un ennemi de sa gouvernante lui avait glissé à l'oreille que l'on tentait de l'empoisonner. Il pensait sa mère complice et la rejetait. Tout à la Cour n'était que médisance, bassesse, traîtrise. Sans ses amis, elle n'aurait plus le goût de vivre. Yolande parfois, comme dans un rêve, parlait de fuite, de vie heureuse loin de Versailles dans un joli château entouré de prairies, à l'exemple des gentilhommières anglaises. Marie-Antoinette avait les larmes aux yeux. Pourquoi Dieu l'avait-il voulue reine ? Épouse de Fersen, mère de ses enfants, elle aurait été la femme la plus heureuse du monde.

Professeur au Jardin du roi, Jussieu avait hérité des talents d'une famille de célèbres botanistes. Ses oncles avaient dévoué leur vie à la science des végétaux et acclimaté en France des plantes exotiques inconnues, des arbres majestueux comme les cèdres du Liban. Dans toute l'Europe, on le respectait et, en Angleterre, il était accueilli en hôte d'honneur.

Sans se hâter, Jussieu avait admiré plus particulièrement les cyprès de Crète, les noyers d'Amérique, les acacias roses de Chine, les tulipes perroquets qui fleurissaient par centaines dans les parterres, mêlées à des jonquilles et des jacinthes lilas. À la reine, il donnait le nom latin de chaque plante, chaque arbuste. Devant de modestes pâquerettes, il avait cité quelques vers en anglais.

*A gold and silver tray*
*Upon a pillow green*
*Earth hold her daisy up*
*To catch the sunshine in*[1].

Les gestes mesurés, la voix douce, l'érudition dénuée de pédanterie du botaniste avaient charmé la reine. Elle comprenait que son jardin lui plaisait et en éprouvait une grande fierté. Tant d'elle-même avait été investi à Trianon ! Le jardin gardait de si précieux souvenirs ! Ceux de longues promenades solitaires avec Coigny puis avec Fersen, de conversations débridées avec ses amis, de fous rires, de chansons. Là, dans le petit château, le hameau, le belvédère, la grotte, le long de la rivière, sous le temple de l'Amour, elle n'avait éprouvé que du bonheur. « Madame, avait prononcé Jussieu en la quittant, vous devriez enseigner la botanique au Jardin du roi. »

La soirée était exquise et la reine s'était attardée dehors en compagnie de Yolande de Polignac, de Guichette et de Besenval. Ils avaient parlé de l'amour, de la fragilité des sentiments et de la beauté sans lesquels on ne pourrait vivre. Dillon, qui les avait rejoints, avait joué du violon

1. *Un plateau d'or et d'argent / Sur un vert coussin. / La terre tient droite la tête de ses marguerites / Pour y attraper le soleil.*

sous le temple de l'Amour. Le soleil se couchait derrière la forêt. Tous avaient la nostalgie de la fuite irrémédiable du temps, de la brièveté du bonheur.

Des toits des immeubles et des maisons, les ouvriers révoltés bombardaient la troupe de tuiles, tandis que dans les rues on lançait sur les soldats des pavés arrachés à la chaussée. Dans le faubourg Saint-Antoine, les flammes qui dévoraient la belle maison des Réveillon jetaient un éclat fauve sur les façades des boutiques qui avaient hâtivement fermé.

Enragés par la décision du célèbre fabricant de papiers peints de réduire leur paye, les ouvriers s'étaient mis en grève avant que les plus violents d'entre eux n'aient décidé d'aller trouver Réveillon pour lui faire rendre gorge. Comment ce gros bourgeois opulent pouvait-il décider d'affamer le peuple alors que lui-même ne se refusait rien ? Sa femme, ses filles étaient vêtues de soie, tandis que leurs ouvrières en haillons, payées dix sous par jour, crevaient de misère. Les hommes, eux, touchaient vingt sous, mais avec le prix des denrées qui ne cessait d'augmenter, ils ne pouvaient plus nourrir leur famille. Barricadé chez lui, Réveillon avait refusé de recevoir les soi-disant émissaires, tous déjà pris, affirmait-il, par le vin. Fous de colère, ceux-ci avaient alors jeté des brûlots sur la bâtisse qui s'était aussitôt enflammée. Arrivé promptement sur place, le guet avait pu protéger la famille Réveillon d'un probable massacre et, pour sa sécurité, on l'avait conduite à la Bastille toute proche.

Mais l'émeute était devenue incontrôlable. Aux ouvriers s'étaient joints de mauvais garçons, des hommes désœuvrés qui cherchaient la bagarre, les salariés, en grève eux aussi, d'une fabrique de salpêtre voisine. Dépassé, le commandant du guet avait conjuré Besenval et ses Suisses d'intervenir. Des centaines de soldats à pied et à cheval avaient investi le faubourg Saint-Antoine et se trouvaient face à face avec des émeutiers prêts à tout. Très vite, l'affrontement avait tourné à la bataille rangée et, pour se protéger, les Suisses avaient fait feu. Le massacre avait été terrible : cent trente-sept ouvriers et dix Suisses morts. Dans le quartier, la fièvre montait. Comment osait-on assassiner le peuple qui ne réclamait que son dû ? Tout le faubourg avait été bouclé, le couvre-feu décrété. En fin d'après-midi, Orléans, qui revenait du champ de courses de Charenton, avait traversé à cheval une foule surexcitée, haineuse. « Patience, mes amis, avait-il prononcé d'une voix forte, votre bonheur est proche. » Une fois encore, on l'avait acclamé.

Toute la nuit, des foyers d'émeutes sporadiques avaient éclaté près du Pont-Neuf, du Pont-au-Change et dans les faubourgs. À l'aube seulement, on pouvait déclarer l'ordre rétabli.

Dans le salon de la reine était assemblé un groupe de gentilshommes. Le ton des voix qui montait se faisait passionné. Les discussions tournaient autour des vêtements que l'on devait porter pour l'ouverture des états généraux. Le noir étant imposé au tiers état et au bas clergé, la noblesse devait se parer des plus brillants atours pour imposer sa prééminence : chapeaux emplumés ou richement galonnés, gilets brodés, vestes de taffetas gris tourterelle, d'ottoman violine, de damas de Gênes, de gourgouran vert céladon, cravates de mousseline, de dentelle et bien sûr nœuds d'épée les plus raffinés, brodés, galonnés, soutachés. Devant le roi et tous les princes du sang, les ambassadeurs, dont Gouverneur Morris qui remplaçait Thomas Jefferson, et de nombreux grands seigneurs étrangers, le défilé d'ouverture devait frapper les imaginations, montrer au peuple l'autorité et le prestige de son roi.

On servait du thé, du chocolat, du café, des pâtisseries. Les valets et servantes tendaient l'oreille pour saisir des bribes de conversation. Dans leurs vêtements ruineux, ces beaux messieurs allaient certes parader, mais le tiers tout de noir vêtu aurait le dernier mot. Le peuple s'enflammait pour le vote par tête, et non par ordre comme le désirait le roi. Fini les mauvais tours, on allait maintenant taper sur la table.

Déjà les premiers députés étaient arrivés à Versailles et, les auberges étant pleines, ils avaient dû louer des chambres chez l'habitant. On se réunissait dans les cafés, on palabrait : la Provence voulait sa propre constitution mais Mirabeau, qui représentait ses concitoyens, avait d'autres ambitions.

Après trois semaines de temps printanier, il pleuvait à torrents. Paris était de méchante humeur. On criait : « Mort aux riches ! Mort aux aristocrates ! Mort aux accapareurs ! » Rose Bertin faisait protéger sa boutique par des gendarmes, les riches commerçants avaient verrouillé leurs portes. Le moindre incident pouvait dégénérer en émeute. Versailles était prêt à tout moment à faire intervenir les Gardes-Suisses et les Gardes-Françaises. Les ponts de Saint-Cloud et de Sèvres étaient étroitement surveillés.

Chez la gouvernante des Enfants de France, le ton montait. Artois, Breteuil, Vaudreuil complotaient le renvoi de Necker qu'on comparait à Cromwell, un homme dangereux qui usait de sa popularité auprès du peuple afin de tenir la dragée haute au roi. Pour déstabiliser les revendications populaires, priver la canaille d'une idole en papier mâché, il fallait se débarrasser de lui au plus vite, avant l'ouverture des états généraux. Un vote par tête ? Ces gens-là rêvaient-ils ? Croyaient-ils qu'on se laisserait tondre sans résistance ? Qu'avaient pour s'imposer ces quelques fortes têtes plus braillardes qu'efficaces ? Des bâtons et des couteaux. Eux avaient l'armée, l'argent et le clergé. Une bonne poignée d'or et Mirabeau, Danton fermeraient leur clapet. Quant à Orléans, il était incapable d'assumer un rôle de commandement. De beaux gestes, de bonnes paroles étaient tout ce qu'il était capable d'offrir.

La reine était mal à son aise. D'un côté elle avait appuyé Necker, de l'autre elle prêtait une oreille complaisante aux propos qui sapaient son autorité et sa personne. Avait-elle fait une erreur en imposant le banquier suisse au roi ? Mais Loménie de Brienne était déconsidéré, abandonné par tous et le remplacer aux Finances était devenu urgent. Elle restait convaincue qu'il fallait accorder au peuple un os à ronger et, si Necker pouvait le faire tenir tranquille, alors elle avait fait un bon choix. Yolande elle-même ne parvenait pas à la convaincre qu'aussitôt le Suisse renvoyé, le parti du roi triompherait. Louis XVI devait imposer le vote par ordre.

Aux soirées chez son amie, Marie-Antoinette était moins assidue. Ces propos sans concessions l'embarrassaient, le ton acerbe de ses amis la consternait. Prétendaient-ils les gouverner, le roi et elle ? À plusieurs reprises, elle était retournée chez la princesse de Lamballe où elle retrouvait cette même atmosphère un peu morne, ce ton mesuré et indulgent qui l'avaient fait mourir d'ennui autrefois. Aujourd'hui cela l'apaisait.

Des nouvelles alarmantes ne cessaient d'arriver à Versailles, comme celles des émeutes qui venaient de se produire à Marseille où la foule s'était emparée de trois forts et avait massacré un des commandants, le chevalier de Beausset.

Dans le cercle de la reine, on se réjouissait du défilé des élus et du respect que celui-ci imposerait à la foule. Besenval, satisfait de sa répression des révoltes du faubourg Saint-Antoine et tout juste nommé par la reine gouverneur militaire de Paris, préparait ses Suisses pour la parade, leur faisant astiquer leurs armes et les boutons de leurs uniformes. Artois voulait les gentilshommes de sa Maison tout de parme vêtus. Vaudreuil, grand fauconnier, prenait pour une unique fois sa charge au sérieux en faisant broder et emplumer les capuchons des faucons, vêtir les trente cavaliers qui paraderaient, leur oiseau au poing, d'or et d'amarante. La reine elle-même s'était laissé étourdir. Rose Bertin lui avait proposé une tenue de rêve pour le défilé d'ouverture des états généraux. Le choix de Marie-Antoinette s'était arrêté sur une robe de satin violet portée sur une jupe blanche semée de paillettes et de petits diamants. Léonard, qui vrombissait comme une guêpe depuis des semaines, avait choisi d'orner les cheveux de la reine à peine poudrés d'un cercle de diamants et de plumes d'autruche blanches. Parmi la douzaine d'éventails achetés chez Méré, elle en avait choisi un à branches de vermeil semées de petites améthystes et de rubis.

Surintendante de sa Maison, la princesse de Lamballe se tiendrait aux côtés de sa souveraine. Tout émue, elle avait choisi du satin blanc souligné d'aériennes dentelles. Écartant plumes et diamants, elle porterait dans ses cheveux des roses qui mettraient en valeur la pâleur de son teint et des myosotis qui donneraient de l'éclat au bleu clair de ses yeux. Grâce aux soins de Seiffert, elle se portait assez bien pour endurer la longue cérémonie, jouer son rôle avec le sourire, ne pas céder à la panique que lui causaient les foules. Les attentions que lui portait à nouveau la reine, les mots affectueux qu'il lui arrivait de prononcer avaient contribué largement à son mieux-être. Marie-Thérèse continuait à se rendre chaque semaine chez son beau-frère Orléans pour jouir de la compagnie de ses neveux. Là, elle côtoyait un monde qu'un fossé infranchissable semblait séparer de la Cour. On y parlait de vote par tête, d'égalité devant l'impôt, on se moquait des simagrées des courtisans avec leurs plumes et leurs gilets brodés de fil d'or. Orléans avait opté pour un habit sombre sans aucune ornementation, un chapeau rond de simple bourgeois. Sa décision n'était pas tout à fait arrêtée, mais il était fort probable qu'il choisît de défiler avec le tiers.

Enfin était arrivé le quatre mai. Dès l'aube, Versailles était en effervescence. On avait installé le dauphin, incapable de se tenir debout, sur de gros coussins placés derrière une fenêtre afin de lui permettre de jouir, à côté de son frère et de sa sœur, du spectacle extraordinaire qu'allait offrir cette procession. La reine ayant découvert que madame d'Harcourt effrayait son fils en le prévenant contre sa gouvernante avait congédié celle-ci. L'enfant avait très vite cessé de se montrer hostile envers sa mère et Yolande de Polignac. Résigné, triste, d'une extraordinaire maigreur, il arrachait des larmes à ceux qui le visitaient.

Selon les règles de l'étiquette, on chanterait le *Veni Creator* à l'église Notre-Dame puis le long cortège irait à pied de l'église à la cathédrale Saint-Louis, le roi marchant sous un dais derrière le saint-sacrement, la reine et ses dames derrière lui.

Bien qu'angoissée par la perspective de cette journée, Marie-Antoinette avait pris plaisir à se parer, à admirer devant une psyché la somptueuse robe qui lui offrait l'image d'une femme belle encore, d'une reine majestueuse. Mais cette personne dont elle voyait le reflet était aussi la femme vêtue de mousseline, coiffée d'un simple chapeau de paille cueillant des fleurs à Trianon ou savourant une tasse de lait mousseux, tiède encore, dans sa laiterie, la mère chantant des ballades à ses enfants, leur disant des contes, l'amie affectueuse et dévouée, l'amoureuse anxieuse de plaire, d'être chérie à jamais. Tout était à facettes, tout était vrai et faux en même temps.

Le ciel se couvrait. D'un instant à l'autre, la pluie pouvait s'abattre sur l'interminable cortège ouvert par les députés du tiers, vêtus de noir et portant un cierge à la main. Tous s'étaient montrés solidaires des protestations des représentants parisiens sur leur mode d'élection : étaient inéligibles les ouvriers, les petits artisans, les apprentis sous le prétexte qu'ils ne payaient point une capitation d'au moins six livres. Ils avaient clamé leur indignation et les députés de la province, déjà à Paris, s'étaient joints à eux.

Au passage de Louis XVI dans la rue des Réservoirs, on avait entendu des « Vive le roi ! » mais un silence glacial, rompu çà et là par « Vive le duc d'Orléans », avait accompagné la reine. Celle-ci avait blêmi. Un instant, elle s'était appuyée sur le bras de la princesse de Lamballe comme si la tête lui tournait, mais vite elle s'était reprise et avait retrouvé son regard fier. À la cathédrale Saint-Louis l'attendait un nouvel outrage. Pétrifiée, elle avait entendu le sermon prononcé par monseigneur de La Fare, évêque de Nancy, fustigeant le luxe de la Cour, l'égoïsme des grands, dépeignant en termes durs la misère des campagnes, l'insupportable poids des taxes qui les écrasaient et épargnaient les nantis. En dépit de la présence des souverains, l'assistance avait applaudi.

Alors que son carrosse roulait vers le palais, de nouvelles insultes avaient fait sursauter la reine assise entre mesdames de Polignac et de Lamballe : « À bas les aristocrates ! À bas Madame Déficit ! » et aussi : « Mort aux Polignac ! Mort aux sangsues de la France ! »

De retour dans ses appartements, Marie-Antoinette avait sangloté. Plus que les outrages qu'elle avait subis, il lui semblait que c'était tout un monde, son monde, qu'on conspuait, celui du roi, de ses enfants aperçus radieux au balcon des Petites-Écuries, son dauphin mourant, sa Mousseline, son « chou d'amour », ses amis, tout ce qui constituait son univers.

À bout de forces, la reine ne s'était pas attardée après le souper. Le lendemain allait être également éprouvant. Le roi devait prononcer le discours d'ouverture dans la salle des Menus-Plaisirs, protégée de toute intrusion extérieure par les gardes du corps commandés par le jeune duc de Guiche. Puis Necker prendrait la parole.

Dans le salon des Polignac, tous étaient restés après le départ de Marie-Antoinette. Ce que l'on avait vu et entendu le jour même était scandaleux. À tout prix il fallait faire avorter ce monstre qu'étaient les états généraux, mater l'arrogance de ces brutes du tiers avant qu'elles n'attaquent. Les plus agités étaient Artois et Vaudreuil. L'un comme l'autre étaient décidés à approcher les députés de la noblesse, en particulier les gentilshommes provinciaux, pour les conjurer de refuser toute concession, tout accommodement avec le tiers. Certes une minorité d'entre eux, ralliée aux utopies d'Orléans comme Crillon, La Fayette, Castellane, se montrerait réticente, mais on parviendrait à empêcher la réunion des trois états.

Alors que le roi avait fait un discours ferme et bref, Necker s'était éternisé. Aphone après deux heures de palabre, il avait demandé à Pierre Broussonnet, un jeune médecin passionné de botanique, doué d'une belle voix, de terminer pour lui l'exposé que personne n'écoutait plus, celui du déficit, cinquante-six millions [1], de ses projets d'établir une égalité fiscale, de décentraliser le pouvoir, de ses dispositions pour unifier le système des pensions, pour gérer les hôpitaux, contrôler l'importation du tabac, des mousselines – une énumération sans fin.

Le discours du contrôleur général enfin achevé, Artois s'était penché vers Marie-Antoinette. « Qu'attendez-vous, madame, pour faire renvoyer cet individu ? — Il nous est encore utile », avait-elle répondu. Les Polignac comme son beau-frère voulaient remplacer Necker par monsieur de Machault, âgé de quatre-vingt-dix ans mais lucide. La reine avait fait la sourde oreille.

Dès le lendemain, quarante-sept nobles avaient sollicité la rédaction d'une constitution. Artois et Vaudreuil avaient été pris de court. L'initiative de ce groupe avait joui d'une réception plutôt favorable auprès du tiers, mais c'était au roi et à ses ministres de décider.

Pour en savoir plus sur les intentions du duc d'Orléans, les Polignac avaient invité à souper Chartres, son fils aîné. Le jeune homme était resté discret. À seize ans, Louis-Philippe semblait posséder déjà une grande maîtrise de lui-même, beaucoup d'habileté. Son père, s'était-il contenté d'affirmer, était tout dévoué à la monarchie et au roi son

1. Environ huit cents millions d'euros.

cousin. Monseigneur était-il l'ami de Mirabeau ? avait interrogé madame de Landlau d'un ton maternel. « Je ne le crois pas, avait répondu le prince, car nous ne le voyons guère au Palais-Royal. » Et pourquoi n'avait-on pas remarqué le duc d'Orléans parmi les princes du sang à l'église Notre-Dame ? « Mon père, je suppose, préférait siéger avec les députés. » Artois avait failli étouffer de colère.

Le dauphin s'était éteint au matin d'une belle journée de juin. Prostrés, le roi et la reine s'étaient réfugiés à Marly où ils avaient refusé de voir le duc de Choiseul-Praslin, porte-parole de la noblesse, Bailly, celui du tiers, et Talleyrand, celui du clergé. Marie-Antoinette ne supportait que la présence de Yolande, de la princesse de Lamballe, de Vaudreuil et de Besenval. Tout se disloquait. Elle avait des cauchemars où elle voyait du sang, des étendues désertiques. Madame Campan dormait dans sa chambre, lui apportait de l'eau sucrée. On ne pouvait faire davantage. Autant que sa femme, le roi était brisé. Les forces lui manquaient pour faire face à l'adversité qui s'acharnait sur lui. On le voyait marcher pesamment dans le parc, effaré, répondant à peine aux gentilshommes qui l'accompagnaient. Il avait placé tant d'espoirs dans ce fils aîné, avait voulu lui remettre un royaume fort et prospère. La Providence s'était montrée injuste envers lui.

Après les obsèques du dauphin à Saint-Denis, les souverains avaient regagné un Versailles où l'humeur restait sombre, tendue. Quelques aristocrates et membres du clergé siégeaient désormais avec le tiers, enflammés par Sieyès, adepte enthousiaste des idées nouvelles. Mirabeau exultait et avait clamé à la tribune que les députés du tiers étaient les seuls véritables représentants du peuple.

Des phrases, des déclarations, des passages d'articles bouillonnaient dans les cerveaux. Tout le monde avait la certitude de vivre un moment historique.

Avec fracas, le tiers état s'était donné le dix-sept juin le nom d'Assemblée nationale. Bailly, qui avait appelé au vote, avait collecté quatre cent quatre-vingt-onze voix favorables contre quatre-vingt-dix hostiles.

Leur but était clair et précis : rédiger une constitution. « Depuis quand, avait clamé un député, la constitution des nations dépend-elle de la volonté du roi ? » Il avait été fébrilement applaudi et son seul contradicteur, pour ne point être écharpé, avait dû être évacué par une porte dérobée.

Le soir même, la salle des Menus-Plaisirs ayant été fermée, le tiers occupait le Jeu de paume.

Voulant présenter à Louis XVI un mémoire demandant le vote par tête, l'égalité devant l'impôt, le droit pour tout citoyen qualifié d'accéder à l'ensemble des charges publiques, Necker avait sollicité une audience de la reine. « C'est hors de question ! » avait jeté Marie-Antoinette. Mais si le contrôleur général désirait avoir un entretien avec le roi, il allait l'obtenir et se faire remettre vertement à sa place.

Louis XVI pour une fois avait réagi. Aux aristocrates rassemblés devant lui, il avait adressé des remerciements pour leur dévouement, l'amour qu'ils portaient à leur souverain. Il s'engageait solennellement à maintenir les droits attachés à la naissance et à leur conserver les charges et postes réservés à la noblesse. En même temps, pressé par la reine, Yolande de Polignac, Vaudreuil et Besenval, il faisait rassembler quarante mille hommes de troupe autour de Versailles sous les ordres du maréchal de Broglie. Les princes reprenaient, en outre, l'usage de la salle du Jeu de paume à laquelle seuls ils auraient accès. Aussitôt le tiers s'était réfugié dans l'église Saint-Louis où l'avaient rejoint cent quarante-huit membres du clergé et une nouvelle poignée d'aristocrates, dont le comte d'Agoult.

Les souverains ne pouvant plus tergiverser, il fallait agir, rouvrir la salle des Menus-Plaisirs afin de redonner une normalité à ces états généraux.

Le roi seul avait présidé à la réouverture. Longuement, il s'était entretenu auparavant avec Breteuil et la reine qui l'avaient conjuré de se montrer sévère. Il était le maître et devait s'exprimer comme tel.

Entré d'un pas décidé, le roi s'était installé à la tribune et d'emblée avait déclaré que les trois ordres resteraient séparés, que les décisions prises par le tiers étaient nulles, qu'il rejetait sans discussion possible le nom d'Assemblée nationale. Les droits féodaux seraient maintenus, certains postes demeureraient réservés aux membres de l'aristocratie. Mais il conservait la liberté de la presse et les libertés individuelles. D'un ton sec, il avait ordonné aux trois ordres de se réunir le lendemain dans leurs trois chambres respectives et avait quitté aussitôt la salle des Menus-Plaisirs.

Dreux-Brézé, maître des cérémonies, avait demandé au clergé et au tiers d'évacuer la salle. Un brouhaha que dominait la voix puissante de Mirabeau l'avait interrompu : « Nous sommes ici de par la volonté du peuple et nous n'en sortirons que par la force des baïonnettes ! » Le tumulte était à son comble. Dreux-Brézé avait dû sortir.

La nouvelle de cette rébellion avait été portée au château alors que chez les Polignac on félicitait le roi d'avoir si heureusement maté la sédition. Artois, Yolande, Diane, Vaudreuil, Dillon, Guines étaient au comble du bonheur. Maintenant, il fallait chasser Necker au plus vite, exiler Mirabeau, renvoyer Talleyrand dans son évêché, les nobles contestataires dans leurs châteaux. Assise à côté de Louis XVI, la duchesse de Polignac avait posé son éventail sur le rebord du fauteuil de son souverain dans un geste de familiarité qui révélait leur parfaite entente. Le roi était satisfait. Il venait de montrer clairement qu'il était capable d'autorité. À son retour au château, Marie-Antoinette l'avait laissé la prendre dans ses bras. C'était une belle journée.

Mais l'attitude de défi insolent du comte de Mirabeau avait glacé le petit groupe. Tous les regards s'étaient posés sur le roi qui, massif, immobile, était devenu rouge de colère. « Il faut envoyer les Gardes-Françaises, avait prononcé Artois, arrêter Mirabeau, chasser ce petit monde à coups de trique. » Le roi se taisait toujours. Devinant sans doute que son courroux ferait long feu, la reine n'osait le regarder. Les minutes se faisaient éternité. « Ils veulent rester ? tonna enfin le roi. Eh bien foutre, qu'ils restent ! » Des mains de Yolande de Polignac l'éventail de soie était tombé.

« Enfin une bonne nouvelle ! » s'était réjouie la reine. Elle était en tenue du matin quand on lui avait annoncé la prochaine arrivée à Paris du duc et de la duchesse de Devonshire. Avec son entrain, sa force d'âme, sa chère Georgiana allait la consoler, la conseiller. Et en fêtant les Anglais, on oublierait ces atroces moments.

Trianon était exquis, asphodèles blanches, coquelicots d'Islande, roses, pois de senteur et pimprenelles formaient de délicieux massifs champêtres. Des iris bleus et roses longeaient la rivière anglaise au-dessus de laquelle toutes sortes d'insectes venaient danser. Marie-Antoinette aurait voulu entourer d'un haut mur son cher domaine, l'isoler du reste du monde.

Venant de Paris, la duchesse était arrivée inquiète à Versailles. Elle avait vu des groupes vociférant près des boulangeries et des boucheries closes, des orateurs improvisés qui péroraient devant des débits de boissons. L'air semblait chargé d'électricité comme avant un orage. Le duc et elle s'étaient installés chez lord Dorset à l'ambassade d'Angleterre et s'étaient fait conduire au Palais-Royal. L'effervescence qui y régnait, la foule qui s'y pressait les avaient effrayés et ils avaient fait demi-tour.

« La folie ne triomphera pas de la raison », avait assuré Marie-Antoinette. Elle avait entraîné son amie à Trianon où, une fois encore, le Cercle enchanté s'était réuni. Mais l'insouciance avait disparu, les mots d'esprit se faisaient rares. On préférait les promenades aux jeux de plein air, le repos sous le temple de l'Amour aux mille folies du passé. On avait écouté sous les étoiles un orchestre de chambre jouer du Salieri, soupé dans les senteurs exquises du foin coupé. Le vin rutilait dans les carafes de cristal, les cerises et les fraises dans les coupes de porcelaine de Sèvres. Fort soucieux de la situation quasi révolutionnaire, Besenval avait néanmoins courtisé Georgiana avec son esprit habituel. Esterhazy évoquait Budapest, les sources thermales, les grandes plaines avec leurs luxuriants vergers, le cours majestueux du Danube. Chacun rêvait, s'imaginait loin de Versailles, à l'abri de cette incompréhensible violence.

Seule la duchesse de Devonshire affirmait la nécessité d'une évolution. Avec l'abondance des journaux, l'instruction, le peuple avait mûri. De la petite enfance, il fallait bien entrer dans l'adolescence avant de devenir adulte. Les droits et les libertés s'étendaient avec l'âge et on ne traitait pas un jeune homme de quinze ans comme un garçon de six. Plus les enfants participaient à la vie de la famille, chacun selon ses capacités, plus l'harmonie y régnait.

Avec stupeur, elle avait noté en retrouvant Marie-Antoinette son regard inquiet, ses traits tirés. Toujours fort élégante en dépit de son grand deuil, elle avait désormais une tournure de matrone. Tout ce qu'il y avait d'espiègle en elle, d'amusante originalité avait disparu. Fersen, Mousseline et le petit dauphin rassemblaient tout ce qui lui restait comme potentiel d'amour et ce fameux Cercle enchanté, privé de son inspiratrice, n'était plus déjà qu'une ombre.

Le dîner donné pour le départ des Devonshire avait bouleversé Marie-Antoinette. L'idée absurde qu'elle pouvait ne jamais revoir Georgiana la hantait. En serrant son amie dans ses bras, elle avait pleuré.

À peine le carrosse avait-il franchi les grilles du château que les nouvelles alarmantes s'étaient succédé. Orléans et un grand nombre de députés dc la noblesse avaient rejoint le tiers, qui les avait ovationnés. Les irréductibles étaient hués, on les insultait, on les traitait de suppôts de la reine, d'Artois, des Polignac.

La haine semblait s'imposer, heurtant de plein fouet Marie-Antoinette. Jadis un si proche ami, Orléans aujourd'hui l'affrontait. Elle se souvenait des courses de chevaux dans la plaine Monceau, du groupe exubérant qu'ils formaient alors avec Lauzun, Vaudreuil, Coigny. Ces moments avaient-ils seulement existé ?

La Chambre unique était devenue une réalité qu'aucune utopie ne pouvait altérer. Une fois encore, le roi cédait. En pleurant, il avait écrit à Choiseul-Praslin pour lui ordonner de rejoindre le tiers avec ses fidèles. À deux pas, d'un regard dur, la reine l'observait. Pourquoi le jugeait-elle ? De son mieux, il tentait de faire taire les pamphlétaires qui l'insultaient ainsi que les Polignac. Mais la police lui obéissait-elle encore ? Déjà parmi les soldats, beaucoup sympathisaient avec le peuple. Il n'était sûr que de ses Suisses et des gardes du corps.

Ayant émis publiquement des opinions libérales, certains membres des Gardes-Françaises avaient été arrêtés. Le soir même, Paris se soulevait pour exiger leur élargissement. On avait forcé les portes de la prison de l'Abbaye où ils étaient détenus et on les avait portés en triomphe en criant : « À bas la reine ! À bas Artois ! À bas les

Polignac ! » Le roi avait fait appeler Besenval. La sécurité de Paris était sous sa responsabilité, il devait y maintenir l'ordre, coûte que coûte. On devait tout de suite doubler le nombre de soldats qui gardaient les ponts de Sèvres et de Saint-Cloud, disposer des canons. Besenval s'était incliné, incapable de dire au roi que les soldats les plus zélés ne pouvaient maîtriser un peuple révolté et que toute effusion de sang serait dramatique.

Cette rare fermeté de Louis XVI semblait avoir redonné espoir à Marie-Antoinette. On l'avait vue sourire, s'enfermer toute une matinée dans son boudoir avec Rose Bertin. Les robes autres que noires lui étant interdites, elle palliait cette frustration par une débauche de commandes de jupons de soie, de chemises de nuit, de déshabillés, de bonnets, de bas, de babioles à la mode. C'était comme un étourdissement, une griserie qui faisait oublier le malheur. Lorsqu'elle examinait avec attention l'éventail des échantillons de tissus, essayait des modèles, laissait ses femmes de chambre lacer les corsets, nouer les rubans, faire bouffer les jupes, ajuster chapeaux ou bonnets, lorsque Léonard étoffait par des postiches ses cheveux devenus clairsemés, y accrochait des cocardes, des fleurs de soie, des plumes, des aigrettes, elle attachait moins d'importance à l'élection d'Orléans à la présidence de l'Assemblée nationale, honneur qu'il avait décliné par lâcheté pour ne point lier trop étroitement l'opposition à sa personne. Elle oubliait que, très bientôt, il lui faudrait apparaître au balcon avec le roi où on les acclamerait pour une décision qu'elle haïssait. Cette Assemblée unique était un brûlot destiné à les consumer.

L'arrivée des troupes autour de Paris avait soulevé la peur et la colère de la population. Le roi cherchait-il à massacrer ses mauvais sujets ? En toute hâte, on avait formé une milice populaire destinée à se protéger. Les plus actifs à rassembler des volontaires avaient été les bourgeois, hantés par la peur de voir flamber leurs maisons et leurs biens mis à sac.

Obsédé par le spectre de la famine, Necker s'était rendu aussitôt à Versailles pour dénoncer l'encerclement de Paris. Breteuil, qui haïssait le contrôleur général, l'avait reçu froidement et écouté d'une oreille. Le roi avait besoin de la présence de ces troupes pour rassurer les Parisiens. Sa Majesté avait, en outre, fait venir des soldats des armées de l'Est, en tout six régiments, trois de cavalerie, trois d'infanterie, pour prendre faction autour des résidences royales, Rambouillet, la Muette, Marly, Choisy. Ahuri par ces nouvelles, Necker avait sollicité une audience de la reine qu'elle avait refusée. Son entourage l'avait enfin convaincue. Il fallait renvoyer Necker. De cet homme-là, elle avait espéré des miracles qu'il était bien incapable de réaliser. Tout chez lui était fatuité et rodomontades.

Outragé, Necker avait repris la route de Paris où il rédigerait sa démission. Le roi ne voulait en faire qu'à sa tête ? Fort bien, il se débrouillerait avec les Finances. Imprimer des billets n'était qu'un cautère sur une jambe de bois. À la barrière de Chaillot, son carrosse avait dépassé l'avant-garde des Suisses commandés par son compatriote Besenval. Il souhaitait bien du plaisir à cet homme arrogant, intrigant dans l'âme, qui avait su si bien embobiner la reine. Qu'il fasse tirer ne serait-ce qu'un coup de fusil sur une population surexcitée et il mettrait Paris à feu et à sang.

Dans le cabinet de Marie-Antoinette, on préparait la lettre signifiant à Necker qu'on n'avait plus besoin de ses services. Breteuil, Vaudreuil, Artois donnaient tous leurs avis. Il fallait que le billet signé par le roi fût bref et sec. En son for intérieur, Breteuil exultait : avec Necker, on allait renvoyer Montmorin et Saint-Priest. Leurs amis La Luzerne et Puységur donneraient aussi leur démission. Très écouté par le roi, il allait avoir le champ libre. La reine avait donné son accord pour qu'il prît les Finances. La Vauguyon, un homme d'un grand âge, serait aux Affaires étrangères et Besenval resterait commandant de la ville de Paris. Des amis dévoués.

Tout était prêt pour la contre-attaque. L'Assemblée dissoute, on jugulerait par la force la contestation. Orléans serait exilé, La Fayette maîtrisé, Mirabeau enfermé. La coterie de la reine triomphait.

On s'était réjoui ce soir-là à Versailles, en dépit de forts orages qui se succédaient. Apeurés par un tonnerre assourdissant, les enfants royaux s'étaient réfugiés dans les appartements de leur gouvernante où la reine les avait rejoints. En ce moment, Necker et sa prétentieuse épouse devaient faire atteler pour quitter Paris. « Que le diable les emporte ! » avait déclaré Artois en s'installant devant une table de jeu.

Une partie de la nuit, une pluie violente avait frappé les carreaux du château, tenant éveillées la plupart des cinq mille personnes qui y vivaient. Marie-Antoinette avait fait diluer quelques gouttes de laudanum dans de l'eau sucrée. Après la joie de savoir la situation de nouveau entre ses mains, une peur sourde l'oppressait. Les responsabilités qui l'attendaient étaient énormes et, comme sa mère le lui avait répété souvent, elle n'avait aucune connaissance de l'exercice du pouvoir, aucune lumière sur la théorie du gouvernement. Elle agissait à l'instinct, avec détermination et autorité.

L'insurrection populaire gagnait tous les quartiers de Paris. Par une chaleur orageuse, accablante, on avait bombardé de pierres les boulangeries closes, les demeures de quelques grands seigneurs soupçonnés de posséder de vastes réserves de farine destinées à leur usage personnel. Des faubourgs, le peuple avait gagné les barrières d'octroi pour les incendier. Quand on crevait de faim, on ne payait plus de taxes.

La nouvelle du renvoi de Necker avait éclaté comme une bombe. La seule personne capable de les sauver du marasme était congédiée comme un laquais. Au Palais-Royal, la fièvre régnait. Que voulait le roi ? Croyait-il les intimider avec ses troupes et ses décisions despotiques ? Debout sur une table du Café du Roy, Camille Desmoulins, un jeune ami de Danton, avait arraché quelques feuilles, couleur de l'espérance, d'un marronnier pour les distribuer comme cocardes que les personnes présentes avaient accrochées à leur chapeau. Les voix étaient si fortes que nul ne s'entendait plus parler. On criait :

« Orléans, Orléans au balcon ! » mais le duc n'apparaissait pas.

En masse, hommes et femmes s'étaient retrouvés devant l'Opéra et les différents théâtres parisiens pour les empêcher d'ouvrir. Il ferait beau voir que les aristocrates prennent du bon temps quand on foulait aux pieds les aspirations du peuple. Sous les huées, leurs voitures avaient dû rebrousser chemin.

Puis on s'était rendu aux Tuileries pour porter en triomphe les bustes en carton de Necker et du duc d'Orléans. La grille franchie, les processionnaires s'étaient vu arrêter par des soldats du Royal-Allemand, baïonnette au fusil. Il y avait eu un moment d'hésitation puis, résolument, les meneurs avaient marché en avant.

« Il faut nettoyer les Tuileries. » Besenval n'avait aucun doute. Si les émeutiers parvenaient au château, ils en forceraient les portes, le pilleraient et malmèneraient les quelques familles qui y demeuraient. Ses Suisses étaient prêts à intervenir. Pour le baron, il était hors de question d'avoir recours aux Gardes-Françaises ou au Royal-Cravate. Seuls les soldats étrangers restaient fiables.

Après la charge des Suisses, on avait relevé trois morts dont les cadavres avaient été portés en triomphe dans les rues avoisinantes. On hurlait : « Vengeance ! » Maintenant tout le monde était persuadé que le roi voulait dissoudre l'Assemblée, écraser son peuple. La milice populaire était prête à défendre les députés jusqu'à la mort s'il le fallait. Une poussière âcre poussée par un vent chaud brûlait les yeux et les gorges, mettait les nerfs à vif. La nuit qui tombait accentuait le sentiment d'oppression, de malaise. Il était inutile de songer à se coucher pour prendre du repos.

« Ils réclament le retour de Necker et de La Luzerne ? s'était moqué Breteuil. Eh bien, qu'ils patientent. L'obstination, comme disait Montaigne, est la plus sûre preuve de bêtise. Est-il rien de certain, de résolu, de sérieux comme l'âne ? »

Épuisé par une journée de chasse, le roi avait gagné ses appartements. Quelques instants auparavant et d'une façon glaciale il avait reçu Orléans, arrivé en toute hâte de Paris. Le peuple était mécontent ? À qui la faute sinon à ceux qui l'excitaient ? Son cousin le traitait d'irrésolu ? Eh bien, mieux valait être faible que traître.

Au grand regret de la reine qui voulait le complimenter sur sa maîtrise d'une situation difficile, Besenval n'était pas paru : Paris était devenu une poudrière et il devait y rester. On y sonnait le tocsin. Le roi et la reine voulaient réfléchir. Mais pour l'un comme pour l'autre, l'autorité royale devait s'imposer.

Dans l'Orangerie du château, les serviteurs s'activaient aux derniers préparatifs du souper qui allait être donné en l'honneur des officiers des troupes étrangères. Artois, Vaudreuil et la duchesse de Polignac avaient promis d'y apparaître pour lever leur verre à la santé des « braves ».

Dans le salon de la duchesse, on se moquait : avait-on idée de porter des noms de famille comme certains membres du tiers ? Il y avait des Leporc, Lerat, des Bit, des Cocu et même des Chieur ! Allait-on voir des ministres porter ces patronymes ridicules ? Chacun y allait de sa boutade. C'était bon de rire après tant d'anxiétés. Considérer les députés du tiers comme des pairs ? « Voyons, avait déclaré madame d'Andlau, on reçoit ces gens-là dans son lit, pas dans son salon ! » Tourner en dérision ces hommes qui les avaient tant inquiétés remettait les choses à leur place. Ils ne pouvaient mettre en danger une vieille aristocratie puissante et solidaire. Qu'on fronce seulement les sourcils et tout rentrerait dans l'ordre.

Alors que les Polignac et le comte d'Artois trinquaient avec les officiers suisses et allemands, des Parisiens s'étaient lancés à l'assaut de couvents, sûrs d'y trouver toutes sortes de denrées alimentaires. On avait forcé les portes de Saint-Lazare, pillé les resserres, libéré les prisonniers. D'autres groupes cherchaient des armes afin de se défendre si on les attaquait. Après maintes hésitations, Flesselles, prévôt des marchands, avait ouvert l'armurerie de l'Hôtel de Ville, mais il fallait plus de fusils, de la poudre surtout. On en trouverait à l'hôtel des Invalides, à l'Arsenal.

Au même moment, la délégation partie à Versailles pour demander au roi le rappel de Necker était revenue outragée. Louis XVI ne les avait reçus que pour déclarer : « J'ai seul le pouvoir de décider et je ne rappellerai pas Necker. »

Au cours de la nuit, Besenval avait fait passer la Seine à une compagnie du Royal-Allemand pour la stationner place Louis XV. S'étant entêté à vouloir traverser le fleuve en barge plutôt que par le Pont-Neuf, les troupes ne s'étaient rassemblées qu'à minuit entre les Champs-Élysées et les grilles du jardin des Tuileries. Dès l'aube, une foule armée leur faisant face, Besenval avait donné l'ordre de se replier au Champ-de-Mars.

Tandis que les émeutiers se ruaient aux Invalides pour obtenir armes et poudre, Louis XVI partait à nouveau chasser. Une journée de galop effréné loin du château, des ministres, de Marie-Antoinette et de ses amis parfois importuns. Dans la forêt, à la poursuite d'un cerf, il revivait. Les odeurs du sous-bois, le sifflement des branches au passage des chevaux, les aboiements de la meute, les cris des veneurs, le son des cors de chasse l'enivraient. Il n'y avait plus alors de place pour l'anxiété, les doutes, l'amertume et les ressentiments. Il était libre.

L'orage qui avait éclaté la nuit précédente ayant rafraîchi l'air, la reine avait décidé de déjeuner à Trianon. On s'y restaurerait simplement entre amis, on se promènerait, ferait quelques parties de cartes ou de tric-trac. Une après-midi paisible où il serait interdit de parler politique. Pourquoi ne pas songer à préparer quelques saynètes que l'on jouerait à la fin du mois d'août, avant de gagner Fontainebleau ? Mais Artois, Yolande et Vaudreuil s'en sentaient incapables. Les événements récents les jetaient dans un état émotionnel qui les empêcherait de concentrer leur attention sur un texte. « Il faut bien vivre », avait juste mentionné Marie-Antoinette.

On allait servir le repas. Fleurs des champs, campanules, roses mêlées à du chèvrefeuille étaient disposées harmonieusement sur la table. Les hommes étaient en gilet, les femmes portaient des chapeaux de paille où étaient accrochés des bleuets, des coquelicots, des marguerites. Au fil de la rivière anglaise, des canards s'ébrouaient ; au-dessus, dans un ciel nuageux, les hirondelles passaient comme des traits.

Besenval observait Sombreuil, debout à quelques pas. Hors de lui, le gouverneur des Invalides pouvait à peine s'exprimer de façon cohérente. Les émeutiers avaient pillé l'armurerie défendue par une poignée de vétérans qui semblaient plutôt chercher à faciliter leur entreprise qu'à la contrarier. Maintenant le peuple avait à sa disposition une quantité importante de fusils et quelques canons. On allait chercher de la poudre à la Bastille où Besenval avait fait emmagasiner des barils au début du mois. Sombreuil sommait Besenval d'arrêter les insurgés.

Le baron était stupéfait : comment lancer ses troupes sur un peuple armé qui n'entendait plus raison ? Et où placer ses Suisses ? Place de Grève ? Dans le faubourg Saint-Antoine ? Il était déjà trop tard. Afin de couper la marche des assaillants, il fallait envoyer un corps de fantassins à la Bastille et aider le gouverneur, monsieur de Launay, à défendre la forteresse. D'habitude un modèle d'élégance, Besenval était en sueur. Sous sa perruque, son uniforme couvert de poussière, il étouffait. « De Launay se défendra », avait-il assuré. Il l'espérait. Né à la Bastille quarante et un ans plus tôt, le gouverneur ne l'avait jamais quittée et une vie paisible passée à garder un petit nombre de prisonniers, de qualité pour la plupart, le préparait mal à affronter des situations violentes. Il disposait de quinze canons, mais sa garnison ne comptait que quatre-vingts soldats invalides et trente Suisses que Besenval avait envoyés la veille par prudence quand on avait assailli l'Hôtel de Ville.

Le baron espérait que ce maigre effectif saurait gérer une situation fort périlleuse. « Je pars à l'instant à la Bastille », avait-il jeté pour rassurer Sombreuil auquel il avait donné la veille l'ordre de rendre ses fusils inutilisables. Comment était-on arrivé à une pareille situation !

Dès le faubourg Saint-Antoine, on entendait les vociférations du peuple massé devant les ponts-levis de la Bastille. Nul ne prêtait attention à deux hommes qui avaient escaladé le toit d'un parfumeur voisin pour se glisser jusqu'à une poterne non gardée donnant sur une ruelle étroite.

Un cri de joie jaillit de la foule quand soudain on les aperçut coupant à coups de hache les chaînes d'un des deux ponts-levis. À présent les émeutiers avaient accès à la première cour où se trouvait la demeure de Launay. Pas un coup de fusil n'avait encore été tiré.

Lorsque Besenval et ses soldats étaient arrivés en vue de la forteresse, il était trop tard. Du haut des créneaux, le commandant des Suisses avait donné l'ordre de tirer.

Dans une panique extrême, on avait hurlé : « Vengeance ! À l'assaut ! »

« Launay est dans une mauvaise posture », avait pensé Besenval. Qu'il fasse sauter la poudrière et tout le quartier serait pulvérisé, qu'il tire au canon et les morts seraient innombrables. Mais il devait tenir, surtout ne pas faire abaisser le second pont-levis.

Un groupe de Gardes-Françaises s'était joint aux insurgés auxquels il donnait des conseils. Un siège en règle s'avérait inéluctable.

Le bruit des chaînes du second pont-levis qui s'abattait avait arraché à la foule des hurlements d'allégresse. Dans un indescriptible désordre, on se ruait à l'intérieur de la citadelle. Le gouverneur avait capitulé.

Moins d'un quart d'heure plus tard, Besenval le vit émerger de la Bastille, escorté par des Suisses et quelques-unes des Gardes-Françaises qui avaient fraternisé avec les émeutiers. Besenval n'avait plus que la solution d'un repli au Champ-de-Mars et, de là, aux ponts de Sèvres et de Saint-Cloud pour les rendre inaccessibles. Qu'il fît tirer un seul coup de feu et la moitié de ses Suisses pouvait être sauvagement tuée.

Alors qu'il donnait l'ordre de la retraite, un de ses soldats échappé de la Bastille arriva hors d'haleine. On avait massacré Launay et cinq Suisses. Les émeutiers se portaient sur l'Hôtel de Ville pour faire partager le même sort à Flesselles. En acceptant que les troupes gardent l'Hôtel de Ville, celui-ci avait trahi le peuple.

De retour au Champ-de-Mars, l'irrésistible baron de Besenval, anéanti de fatigue, bouleversé par des émotions diverses, s'était assis sur un tronçon de bois mal équarri et avait pleuré.

Alors qu'il rentrait de la chasse en début de soirée, on avait appris au roi que la reine était toujours à Trianon. On attendait Sa Majesté après le souper. Fatigué, affamé, Louis XVI avait décidé de ne point attendre et s'était fait servir dans ses appartements. Après s'être délecté d'une truite, d'un chapon, d'un carré d'agneau, de plusieurs pâtisseries et avoir vidé un flacon de vieux vin de Bordeaux, il s'était couché.

Au-dessus du parc, le ciel se couvrait de gros nuages noirs. Un instant le roi était resté debout devant une fenêtre pour les observer. Les trois cerfs qu'il avait courus aujourd'hui lui avaient échappé. Une piètre journée. Il inscrirait « rien » sur son carnet de chasse.

Réveillé en sursaut à onze heures du soir, le roi avait eu la surprise de voir devant son lit le duc de La Rochefoucauld. Ahuri, il s'était mis sur son séant.

« Il y a de mauvaises nouvelles de Paris, Sire. La Bastille est prise.

– C'est une émeute ?

– Non, Sire, c'est une révolution. »

Le plus grand désordre régnait dans les appartements de la reine. Le maréchal de Broglie avait supplié le roi de se retirer à Metz avec sa famille et, atterrée par les événements de la veille, Marie-Antoinette faisait préparer des malles, rassemblait ses bijoux dans un meuble conçu à cet effet. La veille, le roi s'était rendu à l'Assemblée pour conjurer les députés de l'aider à ramener l'ordre. Un silence poli avait accueilli son discours. À peine de retour au château, Breteuil et le maréchal de Broglie avaient rappelé au roi que, dès le début du mois de juillet, ils lui avaient conseillé de gagner une de ses garnisons de l'Est. Aujourd'hui, la décision devait être immédiate.

La reine ne voulait plus réfléchir, plus se battre, seulement se mettre à l'abri avec le roi et ses enfants. Cette populace pouvait marcher sur Versailles, les massacrer comme Launay et Flesselles. Imaginer leurs têtes sur des piques la faisait défaillir. Ces gens étaient des bêtes fauves. Mesdames Campan, sa première femme de chambre, d'Ossun, sa première dame d'atours, étaient épuisées. Les robes étaient pliées dans du papier de soie, la lingerie éparse sur le lit, des douzaines de paires de souliers gisaient à terre à côté des cartons à chapeaux. Des femmes de chambre entraient et sortaient tandis qu'affolés, inutiles, les filles et garçons de chambre restaient les bras ballants, le feu aux joues. Soudain, Yolande de Polignac s'était fait annoncer. De son côté, elle veillait aux bagages des enfants royaux qui, excités et inquiets, s'attachaient à ses jupes.

En pleurant, Marie-Antoinette avait serré son amie dans ses bras. S'il fallait partir, elles ne se sépareraient pas. Vaudreuil et Guines avaient pris eux aussi la décision de quitter Versailles. Fersen les retrouverait tous à Metz. Léonard, toujours vrombissant, venait d'entrer. On avait besoin de lui, il suivrait.

« Je dois brûler des papiers », avait prononcé la reine

en quittant les bras de son amie. Elle allait détruire des lettres reçues de sa famille, de vieux billets de Mercy, des mémoires de parures achetées sans l'assentiment du roi. Il ne fallait rien laisser derrière elle qui pût la compromettre.

Alors qu'une femme de chambre entrait portant un plateau, des tasses, une théière, Breteuil, sans même se faire annoncer, avait pénétré en trombe dans le petit salon. « Madame, avait-il jeté, tout est annulé. Le roi a changé d'avis. »

À mots hachés, le roi avait expliqué à une Marie-Antoinette en larmes qu'il devait obtempérer aux demandes du peuple. La Rochefoucauld-Liancourt l'en avait persuadé. Fuir serait une capitulation honteuse, une lâcheté. Il ne pouvait y consentir. Mais leurs proches, leurs amis les plus chers n'avaient pas à s'exposer. Le comte d'Artois devait quitter la France ainsi que les Polignac, le comte de Vaudreuil, l'abbé de Vermond. La haine du peuple s'étant concentrée sur eux, ils n'étaient plus en sécurité à Versailles.

Passionnément, la reine était intervenue : se séparer de leurs plus fidèles soutiens, d'une amie si chère, presque une sœur ! Avait-il songé à ses propres enfants privés d'une gouvernante qui leur était entièrement dévouée ? Le roi n'avait rien répondu. « J'en mourrai », avait jeté Marie-Antoinette. Louis enfin avait posé une main sur son épaule : « On ne meurt pas de contrariété, madame, il faut m'obéir. Cet ordre, croyez-le, m'est tout aussi douloureux à donner qu'à vous de le recevoir, mais je veux protéger ceux que j'aime, leur sûreté dépend de moi et de vous.

– Quand doivent-ils quitter la France ? avait demandé la reine. – Aujourd'hui même, madame. Le marquis de La Fayette qui, comme vous le savez, est devenu commandant de cette garde populaire qu'on nomme Garde nationale veillera à leur sécurité jusqu'au premier relais. Ils ne seront plus reconnus par la suite. »

Le groupe des voyageurs était prêt à partir. De toutes ses forces, la duchesse de Polignac avait résisté à l'ordre du départ jusqu'à l'intervention du roi en personne. En lui prenant la main, il avait fermement prononcé : « Mon cruel destin me force d'éloigner de moi tous ceux que j'estime et que j'aime. Je viens d'ordonner au comte d'Artois de partir, je vous donne le même ordre. Plaignez-moi mais ne perdez pas un seul moment. Emmenez votre famille, comptez sur moi dans tous les temps. Je vous conserve vos charges. » La voix de Louis XVI s'était mise à trembler, il avait des larmes dans les yeux.

Avant qu'elle ne quittât ses appartements, la reine était venue rejoindre Yolande et les deux amies s'étaient étroitement embrassées. Puis la reine s'était éloignée d'un pas pour laisser Vaudreuil lui baiser les mains. « Mon ami, avait-elle prononcé d'une voix blanche, vous aviez raison, Necker est un traître, nous sommes perdus. »

Dans la berline des Polignac avaient pris place la duchesse, Diane, Guichette et son nouveau-né. Dans une deuxième voiture qui prendrait une autre route, les deux plus jeunes enfants, leur gouvernante et une femme de chambre. On achevait de préparer la voiture du comte d'Artois qui serait accompagné de Vaudreuil, de monsieur d'Hénin, son capitaine des gardes, et de monsieur de Creilly, son écuyer. Le cocher savait qu'il devait s'arrêter à Chantilly avant de rejoindre Valenciennes. D'autres berlines avaient été sorties des remises, une pour Louise de Polastron, Bichette, son jeune fils et deux dames de compagnie. Mesdames d'Andlau et de Châlons gagneraient, quant à elles, le Portugal où des membres de leur familles les accueilleraient. À Chantilly, le prince de Condé préparait son propre départ ainsi que le prince de Luxembourg et les Castries.

Alors qu'un valet fermait la porte de la berline des Polignac, un garçon de la Chambre de la reine était arrivé tout essoufflé, porteur d'un billet : « Adieu, la plus tendre des amies ! Ce mot est affreux mais il le faut. Je n'ai que la force de vous embrasser. »

Un instant plus tôt, monsieur Campan, chargé d'assister au départ des Polignac, leur avait remis une bourse contenant cinq cents louis.

Les voitures qui s'étaient mises en marche semblaient s'abîmer dans les ténèbres.

De chagrin et d'angoisse, Marie-Antoinette n'avait pu ni dormir ni avaler quoi que ce fût pour son petit déjeuner. Où se trouvaient en ce moment les Polignac, Artois et Vaudreuil, mesdames d'Andlau et de Châlons, l'abbé de Vermond ? Les reverrait-elle seulement ? Au plus vite, elle devait nommer une gouvernante pour ses enfants et songeait à madame de Tourzel pour laquelle elle éprouvait un grand respect. Installée dans les appartements de Yolande, la vie prendrait un autre tour, peut-être pourrait-elle alors y pénétrer à nouveau.

En dépit du danger que ce déplacement représentait, le roi avait décidé de se rendre le jour même à l'Hôtel de Ville de Paris en compagnie du maréchal de Beauvau, du duc de Villeroi, du duc de Villequier, du comte d'Estaing et du populaire marquis de Nesle. Là, il avait accepté la cocarde bleu et rouge remise par Bailly. Les quelques mots que le maire de Paris avait prononcés en la lui remettant l'avaient outragé : « Henri IV avait conquis son peuple, ici c'est le peuple qui a conquis son roi. » Mais il avait réussi à se dominer.

Revenu sain et sauf dans l'après-midi, il s'était inquiété de l'état d'extrême nervosité de la reine qui, les dents serrées, le teint blafard, semblait incapable de se concentrer sur la moindre activité. De son côté, il se sentait maître de lui. Le lendemain, il chasserait, la vie reprendrait son cours.

Madame de Tourzel avait pris en main avec énergie la Maison de Madame Royale et du dauphin. Marie-Antoinette l'estimait mais il n'y avait pas entre elles cette incomparable tendresse qui les avait liées, Yolande et elle. Elle ne pouvait penser à son amie sans avoir les larmes aux yeux. Avec effort, elle s'était rendue à Trianon. Sans Vaudreuil, sans Besenval qui tentait de quitter Paris, sans les Polignac, Guichette et Bichette, sans mesdames d'Andlau et de Châlons, le Cercle enchanté était rompu. Coigny, Esterhazy, Dillon, madame d'Amblemont, dont elle s'était rapprochée après que cette dernière eut juré de tuer Orléans de ses propres mains, Madame Élisabeth faisaient de leur mieux pour apporter un peu de gaîté, mais le cœur n'y était plus. Sèche envers ceux qui la contrariaient, la reine se durcissait.

À Fersen, elle avait écrit : « Tout le monde fuit, je ne cesse de pleurer. »

Comme pour justifier ses alarmes, on avait appris qu'avaient été mis à mort deux financiers de l'armée et de la marine, le beau-père pendu à un réverbère, le gendre massacré devant l'Hôtel de Ville. Qu'avaient fait La Fayette et sa glorieuse Garde nationale pour les protéger ? Rien. Que tenterait-il si Versailles était pris d'assaut ?

Necker, sur la route du retour, avait déjà formé son ministère. Des portefeuilles étaient attribués à des hommes disgraciés par le roi : Saint-Priest, Montmorin, La Luzerne, auxquels étaient joints Beauvau, La Tour du Pin, Pompignan. Sur la route de Paris, la foule ovationnait le contrôleur général, des mères lui tendaient leurs enfants afin qu'il les bénît. Necker était le « roi du peuple ».

Alors qu'il approchait de Paris, celui-ci avait appris l'arrestation de Besenval qui risquait d'être promptement jugé et exécuté pour avoir conduit ses Suisses à la Bastille. Bien que les deux hommes ne se soient jamais entendus, ils étaient suisses l'un et l'autre et Necker s'était senti dans l'obligation d'intervenir en sa faveur. On ne devait pas le conduire à Paris, où son sort était scellé, mais le garder en sécurité à Nogent-sur-Seine, lieu où on l'avait appréhendé. Sa cause était mauvaise : d'un côté les royalistes l'accusaient de ne pas être intervenu avec autorité, de l'autre les Parisiens l'avaient vu donner l'ordre de tirer. Par sa faute, il y avait eu trente morts parmi les assaillants de la Bastille.

La démolition de la Bastille attirait maints badauds, bourgeois, apprentis, clercs, garçons et filles de magasins, jusqu'à l'ambassadeur Thomas Jefferson, qui avait laissé sa place à Gouverneur Morris avant de regagner l'Amérique. Necker avait été accueilli par des salves d'artillerie, des illuminations, des ovations sans fin. Il savait qu'il allait décevoir. Comment redresser promptement une situation aussi désespérée ? Le nombre des sans-ouvrage était insupportable. Avec le début de l'émigration des nobles, des centaines de domestiques s'étaient retrouvés sur le pavé, venant grossir leurs rangs.

Certes, Necker ne s'était pas attendu à un accueil chaleureux à Versailles, mais l'attitude rigide du roi, le regard glacé de la reine l'avaient mécontenté. Pour se montrer déférent, il avait baisé la main de Marie-Antoinette qui, jugeant déplacée cette familiarité, l'avait retirée sèchement.

L'après-midi, il s'était rendu à l'Assemblée qui l'avait acclamé à tout rompre. Fort sceptique, il avait écouté les députés. Si le roi n'était pas apte à gouverner, ces gens-là n'étaient pas prêts à diriger la France. Le vide qu'il entrevoyait lui semblait porteur de toutes les erreurs, de tous les excès. Certains déjà apparaissaient clairement : l'Assemblée venait de créer un « Comité de rapport », sorte de police populaire dangereuse pour les libertés individuelles.

Le soir, Necker avait regagné Paris dépouillé de ses dernières illusions.

Bailly et La Fayette l'attendaient le lendemain à l'Hôtel de Ville. Après un long entretien, ils avaient déjeuné ensemble. Sans attendre le dessert, Necker avait évoqué la situation dramatique de Besenval. On lui avait appris qu'il avait été transféré à Villenauxe. Là, et non à Paris, il devait être jugé. La Fayette avait donné sa parole : Besenval serait remis en liberté mais il devait auparavant en référer à l'Assemblée. La chose serait faite le lendemain même.

Des bouffées de violence secouaient la province qui venait d'apprendre les événements survenus à Paris. Avec horreur, on avait appris à Versailles que monsieur de Guilly, lieutenant de la maréchaussée au Mans, avait été mis en pièces, que le vieux comte de Falconnière avait été brûlé vif par ses villageois et que les châtelains de Juigné avaient eu le nez et les oreilles coupés avant d'être massacrés. Près de Mamers, on avait fracassé les dents et la mâchoire de madame de Bonneval. Il n'y avait pas de jour où la reine n'interpellât le roi : quand allait-il agir pour faire cesser ces atrocités ? Celui-ci ne promettait rien. Il fallait laisser Necker rétablir la confiance, n'intervenir qu'à froid. Le moment n'était pas venu.

Effaré, le roi avait appris le cinq août que, afin de se solidariser avec l'agitation paysanne, l'Assemblée, sur une proposition du vicomte de Noailles, avait voté la veille, dans enthousiasme, l'abolition des privilèges, le droit pour tout homme qualifié d'avoir accès à chaque grade de l'armée. Au-delà de cette décision qu'il aurait, du reste, pu sanctionner ultérieurement, le roi constatait qu'une fois encore on avait bafoué son autorité. La colère mais surtout le désarroi le submergeaient, la détresse aussi, causée par la désorganisation d'un ordre social, religieux et moral qu'il avait toujours connu.

De son côté, plus que les événements récents qui lui causaient cependant un violent dépit, plus que le nouvel emprunt de trente millions de livres levé par Necker, la reine était préoccupée par le sort de Besenval. Lorsque La Fayette, pour une fois raisonnable, avait demandé l'élargissement du baron, les députés de l'Assemblée s'étaient écriés qu'une telle requête était illégale, que remettre en liberté un traître serait bafouer la justice. Non seulement celui qui avait menacé le peuple serait maintenu en prison à Villenauxe, mais on allait doubler sa garde. Sidérés, Necker et La Fayette avaient compris qu'il fallait à présent compter sur une force redoutable, celle de l'Assemblée.

Le douze août, la reine avait enfin éprouvé un peu de bonheur en se voyant remettre par madame de Mackau, sous-gouvernante de ses enfants, la première lettre de Yolande. Elle était à Bâle. Ses fils Jules et Melchior venaient de rejoindre Bruxelles d'où ils feraient route vers la Suisse. Elle attendait d'un jour à l'autre Bichette et son bébé. À Sens, ils avaient failli être arrêtés et, près de Besançon, une bande de paysans qui venait d'assassiner monsieur de Mesnay, conseiller au Parlement, avaient tiré sur leur voiture. Ils avaient dû leur salut au sang-froid du cocher. Installés à Bâle, ils organisaient tant bien que mal leur nouvelle vie. Un courrier leur avait fait savoir qu'Artois et Vaudreuil étaient en sécurité à Namur.

Longtemps la reine était restée immobile, la lettre entre les mains. La réalité de la séparation était là, définitive peut-être. Sa Jules était en Suisse dans une belle ville, elle savait ses enfants à l'abri et bientôt tous les Polignac seraient réunis. Un sentiment oppressant de solitude l'écrasait. Il lui faudrait un peu de temps pour répondre à son amie. À cet instant sa main refusait de lui obéir.

Dans le charmant boudoir, tout était silencieux. Elle n'avait pour compagne que madame Campan qui lisait. Comme il faisait chaud, les domestiques avaient fermé les volets et, dans la pénombre, elle entendait bourdonner quelques mouches. Le mois d'août qui, habituellement, précédait le départ à Fontainebleau était si doux à Trianon ! On déjeunait sur l'herbe, on faisait la sieste, on trempait ses pieds dans la petite rivière, on dégustait des pêches et du raisin, on buvait du lait à la laiterie, on parlait de concerts et de pièces de théâtre, on jouait au pharaon, au billard, au tric-trac, au whist, on se taquinait. Ce temps-là reviendrait-il seulement ?

Son cher Besenval allait se trouver devant ses juges. Qu'on pût toucher à un de ses cheveux la rendait malade. Le roi n'avait donc plus la moindre autorité ? Sur la base d'un texte rédigé par le marquis de La Fayette, on venait de proclamer la Déclaration des droits de l'homme et du citoyen. Que ne parlait-on de leurs devoirs moraux, de la fidélité qu'ils devaient à leur souverain ? Désormais chacun se sentirait libre d'agir comme bon lui semblait. Seuls les monarques seraient contraints.

La princesse de Lamballe avait regagné Versailles, le soir même, elles souperaient ensemble. Dans son désarroi, Marie-Antoinette avait rappelé cette vieille amie, cette ombre fidèle. Elles avaient les mêmes souvenirs, des chagrins et espérances semblables.

La lettre était achevée. Marie-Antoinette l'avait relue avant de la signer. Chaque phrase lui était sortie du cœur et elle avait dû maîtriser sa plume afin qu'elle ne courût pas trop vite sur le papier.

« Je n'ose vous écrire qu'un mot, mon cher cœur. Je peux vous parler de toute mon amitié, je ne vous exprime pas tous mes regrets d'être séparée de vous. J'espère que vous les sentez comme moi.

« Ma santé est assez bonne, quoique nécessairement un peu affaiblie par les chocs continuels qu'elle éprouve. Nous ne sommes entourés que de peines, de malheurs et de malheureux, sans compter les absences. Tout le monde fuit et je suis encore trop heureuse de penser que tous ceux qui m'intéressent sont éloignés de moi. Aussi, je ne vois personne et suis toute la journée seule chez moi. Mes enfants sont mon unique ressource, je les ai le plus possible avec moi. Vous savez sûrement la nomination de madame de Tourzel, elle a bien coûté à mon cœur mais du moment que vous avez donné votre démission et que ce n'était plus l'amitié et la confiance qui présidaient à leur éducation, j'ai voulu du moins que ce fût une personne de grande vertu.

« Adieu mon cher cœur, je ne vous parle point d'affaires, elles ne seraient qu'affligeantes pour toutes deux. Enfin il faut espérer qu'un jour le calme renaîtra, mais le bonheur du roi et le mien par conséquent existant dans la prospérité de son royaume et le bonheur de tous ses sujets depuis le plus grand jusqu'au plus petit, nous sommes encore bien loin de la tranquillité. Pour moi, mon cher cœur, la mienne ne sera parfaite que quand on nous aura rendu justice et qu'on reconnaîtra la pureté de notre cœur. Ne doutez jamais de ma tendre amitié, elle est à vous jusqu'à la mort. »

La lettre partirait le soir même et, dans cinq jours au plus, serait dans les mains de sa chère Yolande. Elle ne voulait pas l'inquiéter excessivement, lui parler des rumeurs courant dans les campagnes sur son compte et celui de ses proches. On accusait les émigrés de distribuer de l'argent à des repris de justice pour qu'ils terrorisent, pillent, mettent les villages à feu et à sang. Cette peur intense, irréfléchie qu'on appelait la « Grande Peur » poussait les paysans à brûler des châteaux afin de terrifier les châtelains et de s'assurer de la destruction des documents établissant les droits féodaux.

Cette Grande Peur, la reine en était sûre, avait été organisée et parfaitement orchestrée par le parti du duc d'Orléans et par les francs-maçons. Mirabeau était leur complice.

Le contrecoup de ces violences était le renforcement de la Garde nationale qui rassurait. Mais cette force était devenue redoutable. La Fayette le savait bien. Marie-Antoinette avait tu aussi à son amie ce que lui avait confié

Rose Bertin. Avec le départ de tant de familles nobles, le commerce de luxe périclitait et de nombreuses boutiques des quartiers élégants fermaient. Autrefois si nombreux à Paris, les étrangers étaient absents. L'argent ne circulait plus.

La tentative d'emprunt de Necker s'était soldée par un échec. Les liquidités manquant, le prix de l'or ne cessait de monter. Cet insuccès renforçait la reine dans sa conviction que le banquier suisse n'aurait jamais dû être rappelé. Idole du peuple, il se croyait le maître de Versailles.

Necker, par ailleurs, se montrait fort dévoué à la cause de Besenval et ne cessait d'intervenir en faveur de son compatriote. Son procès aurait lieu au mieux à la fin de l'année. C'était une attente angoissante pour ses amis. Son esprit, son art de conter des histoires, son entrain laissaient un vide irremplaçable.

Au début du mois de septembre, la princesse de Lamballe était partie rejoindre son beau-père à Eu. Le vieux duc aimait ce château et se dépensait pour améliorer la vie des paysans et des pêcheurs. Il avait, de ses deniers, créé un chenal qui permettait d'aménager le port. Là, Marie-Thérèse jouissait de la paix dont elle avait tant besoin et que la Cour était incapable de lui offrir. Elle était partie sûre de l'affection retrouvée de la reine, heureuse comme une enfant. Marie-Antoinette avait dû admettre qu'elle souffrait de cette absence. Qui lui restait-il ? Le duc de Guines à moitié mort de peur, monsieur d'Adhémar songeant au départ, Élisabeth Vigée-Lebrun, sa Lisette qui, elle aussi, s'apprêtait à émigrer, le beau Dillon qui seul, avec sa grande culture et ses talents musicaux, parvenait à lui donner, l'espace d'un bref moment, l'illusion que le Cercle enchanté existait toujours.

Autour d'elle, elle ne voyait que des visages anxieux, n'entendait que des conversations alarmistes ou pleines de ressentiments. Avec le départ de tant de familles, de nombreux appartements étaient fermés par des cadenas et lorsqu'on longeait les couloirs du château, on avait l'impression d'être dans une citadelle désertée.

À la fin du mois de septembre, Necker était venu faire son rapport au roi. La situation des finances n'était plus catastrophique, elle était pathétique. Il ne pouvait plus garantir d'empêcher la disette à Paris et, avec elle, des émeutes impossibles à maîtriser. La hausse des prix était incontrôlable comme le nombre des hommes et des femmes sans ouvrage. Au mont-de-piété, on gageait jusqu'à son matelas.

Les sombres prédictions du contrôleur général n'avaient pas été longues à se réaliser. La reine tenant le dauphin par la main, et escortée par mesdames Campan, La Tour du Pin et La Rochejacquelin, était venue honorer de sa présence un banquet donné à Versailles en l'honneur du régiment de Flandres. On les avait follement applaudis. Juché sur une table au milieu de la joie générale, le petit dauphin était aux anges. C'était pour Marie-Antoinette un instant de revanche sur l'adversité. Elle se sentait aimée, respectée. Pour ces hommes elle représentait encore la cause sacrée de la monarchie pour laquelle ils étaient prêts à mourir.

On avait accroché une cocarde blanche à la veste de

taffetas bleue du petit Louis. Marie-Antoinette en portait une dans ses cheveux. Comme une traînée de poudre lancée par les domestiques, le bruit avait couru que tous les convives avaient arboré la cocarde blanche et qu'on avait foulé aux pieds celle qui était le symbole de la nation française.

La réaction avait été immédiate. Marat avait appelé aux armes, Danton aux Cordeliers n'avait pas eu de mots assez durs pour accabler la reine et sa clique d'aristocrates. Au Palais-Royal, Camille Desmoulins s'était déchaîné. Ce moment si heureux pour Marie-Antoinette s'achevait en drame. De toute la journée du vingt septembre, elle n'avait pas quitté ses appartements. En fin d'après-midi, le roi l'avait rejointe : à nouveau Necker et Montmorin le pressaient de gagner Compiègne. Il n'y consentirait point. Désespérée, la reine n'avait pas eu l'énergie de défendre cette résolution qui, un instant plus tôt, lui était apparue comme une planche de salut. Pourquoi le roi s'entêtait-il à considérer tout déplacement comme une fuite ? N'étaient-ils pas libres d'aller où bon leur semblait ? Qui prétendait pouvoir les en empêcher ? Accepter d'être dirigé par l'Assemblée, c'était déjà lui reconnaître ce droit.

Mais toute vraie discussion ce soir l'insupportait. Louis voulait demeurer à Versailles ? Eh bien, ils resteraient. Mais que ne pensait-il à leurs enfants ! Leur restaient la protection de la Providence, celle des fidèles gardes du corps et des Gardes-Suisses.

À Paris, le guet n'intervenait plus, laissant une foule déchaînée brûler les portraits de Breteuil, de Yolande de Polignac, d'Élisabeth Vigée-Lebrun. L'île de la Cité était occupée par le peuple, quiconque ne portait pas la cocarde bleu et rouge ne pouvait y pénétrer. On y braillait des chants patriotiques, clamait sa haine de la reine et des aristocrates.

Le cinq octobre avait commencé dans la douceur de la température et de furtives apparitions du soleil entre de gros nuages gris. De bonne heure, le roi était parti chasser dans la forêt de Meudon et Marie-Antoinette avait décidé de se rendre à Trianon, escortée seulement de deux gardes du corps.

Une envie irrépressible lui était venue de revoir par ce beau jour d'automne un peu nostalgique sa chère demeure, de parcourir son jardin, d'aller parler aux fermiers, de caresser leurs griffons avec lesquels sa petite Frija faisait bon ménage. La chienne, cadeau de Fersen, ne la quittait pas. En la choyant, elle songeait à lui. Il avait regagné Paris deux jours plus tôt, prêt à lui offrir son bras. Tant de force émanait de cet homme, tant de volonté. À son côté, elle ne craignait rien. Jamais un mot ne lui avait échappé publiquement sur leur tendresse réciproque, jamais il n'avait osé un geste déplacé. C'était son ombre qu'elle allait retrouver dans le silence de Trianon, sa bouche si désirable, sa haute silhouette, son visage un peu émacié, son ombre et celles de l'irrésistible Besenval, du divin Vaudreuil, du beau Dillon, de sa chère Jules, des délicieuses Bichette et Guichette, de madame d'Andlau et sa fille, la belle madame de Châlons. Tous réunis sous le temple de l'Amour ou dans le salon du Trianon, unis, heureux, protégés de la violence et de la laideur du reste du monde.

Après une collation de fruits et de fromages frais, Marie-Antoinette avait marché jusqu'à sa grotte. Un instant elle s'était arrêtée devant le jeu de bagues. Les dragons et les paons semblaient sommeiller. Les éveillerait-on un jour ?

Le bruit clair de l'eau qui cascadait, la pénombre, l'odeur de mousse lui offraient toujours le même bien-être. Elle pouvait demeurer immobile de longs moments pour se reposer, laisser la paix la gagner.

Annonçant une forte ondée, le ciel se couvrait, il fallait rentrer. La reine s'y résignait quand un cavalier était arrivé au grand galop. Elle entendait des hennissements, des appels. « Où est Sa Majesté ? » Puis elle avait aperçu une silhouette d'homme qui s'approchait, son chapeau à la main.

« Madame, avait prononcé le messager, il vous faut regagner le château aussitôt. On marche sur Versailles. – Qui ? avait-elle interrogé, la peur au ventre. – Des femmes qui veulent du pain, madame. »

« Vite, vite, Sire, il n'y a pas un instant à perdre. »

Derrière la première grille, la foule des femmes vociférait. Il pleuvait à torrents et des fenêtres du château on ne voyait qu'une masse grisâtre, informe, qui s'agglutinait derrière la cour de Marbre. Depuis une heure, le roi tergiversait. Devait-il ou non se rendre à Rambouillet ? La

Fayette était arrivé avec un appréciable renfort de gardes nationaux. La situation était-elle aussi grave ?

« Partons », soupira-t-il enfin.

Mais déjà un attroupement bloquait les écuries et les remises. On ne pouvait sortir ni voitures ni chevaux. Les harnais de deux voitures déjà attelées avaient été coupés.

Il fallait se résigner, essayer de dormir.

Reçu en audience, La Fayette avait affirmé que ces femmes ne voulaient que du pain et l'assurance qu'elles n'en manqueraient plus dans l'avenir. Par fatalisme, mansuétude, horreur de verser le sang, le roi avait consenti à ce qu'on ne fît pas intervenir les gardes du corps. Au milieu de la nuit, ces mégères perdraient patience et regagneraient Paris. En très grande majorité, il en était sûr, ses sujets le respectaient, avaient confiance en leur roi.

Sur l'insistance de madame Campan, de madame d'Ossun et de madame Thibault, la reine, après s'être assurée que ses enfants étaient en sécurité, avait accepté de se coucher.

Minuit sonnait. Il pleuvait toujours et, dans le lointain, on entendait la rumeur sourde, menaçante de la foule qui s'accrochait aux grilles.

En se laissant gagner par le sommeil, vers deux heures du matin, Marie-Antoinette s'était persuadée qu'Orléans et lui seul avait lancé ces femmes sur Versailles. Depuis toujours il ambitionnait le pouvoir, il fallait l'éloigner de la France au plus vite.

Elle somnolait depuis un moment quand des voix affolées l'avaient éveillée. Madame Augié, sœur de madame Campan, et madame Thibault, ses femmes de chambre, avaient dans leur précipitation du mal à s'exprimer. On entendait dehors des coups de fusil, des hurlements. La reine avait compris qu'elle devait fuir en toute hâte. La foule, qui avait forcé les grilles de la cour de Marbre et les portes du château, cherchait ses appartements. En s'interposant, un garde du corps avait été grièvement blessé.

Marie-Antoinette avait voulu passer une robe de chambre mais madame Thibault l'en avait empêchée. « Il n'y a pas un instant à perdre, madame, fuyez chez le roi. »

La chambre de Louis XVI était vide. Alerté par le vacarme, il avait lui-même emprunté les passages secrets pour rejoindre sa femme. Des gardes du corps refugiés chez la reine lui ayant appris qu'elle-même était à sa recherche, il avait couru aussi vite que son poids le lui permettait tout au long du chemin inverse et avait eu le bonheur de retrouver chez lui, outre Marie-Antoinette, ses deux enfants amenés par madame de Tourzel. Très vite avaient surgi Provence et sa femme, Mesdames Tantes qui par hasard passaient quelques jours à Versailles et Necker, le seul qui fût habillé et rasé de frais. De leurs yeux, ils avaient vu deux gardes du corps décapités. On attendait La Fayette. Que faisait-il avec ses gardes nationaux ? Ce corps n'avait-il pas été créé pour assurer la sécurité de tous les Français ?

Enfin le marquis avait surgi, fort embarrassé. Certes, il y avait des gardes nationaux qui avaient payé de leur vie leur fidélité au roi, mais beaucoup d'entre eux avaient laissé pénétrer la foule dans le château et fraternisé avec elle. Il fallait apaiser les émeutiers, paraître au balcon, prononcer quelques mots.

Avec résolution, le roi s'était avancé. Un torrent de vociférations l'avait accueilli parmi lesquelles il saisissait : « À Paris ! À Paris ! Vive la Nation ! » Comment parler à ces gens-là ?

Puis on avait tiré des coups de feu, sans doute pour imposer le silence et clairement les cris étaient parvenus jusqu'aux oreilles du roi : « La reine ! La reine ! » Blême, Marie-Antoinette avait regardé La Fayette qui lui avait adressé un signe de tête. Elle devait obtempérer. S'emparant des mains de ses enfants, la reine avait fait quelques pas. « Pas d'enfants ! » avait-on hurlé. Madame de Tourzel les avait éloignés.

« Venez, madame », avait prononcé La Fayette.

Il l'avait accompagnée sur le balcon. Là, toute proche, la foule des poissardes lui faisait face. Elle voyait leurs méchantes robes trempées, leurs cheveux dégoulinants de pluie sous des bonnets placés de travers, des faces burinées, livides ou rougeaudes flétries par le travail. La Fayette lui avait pris la main et y avait posé ses lèvres. Il y eut des cris de joie, des applaudissements.

« À Paris ! À Paris ! » avait-on recommencé à hurler.

« Sire, avaient prononcé presque ensemble Necker et monsieur de Saint-Priest, il faut obtempérer ! »

Dans l'après-midi, la longue file des voitures s'était mise en route vers Paris. Dans un seul carrosse s'étaient entassés le roi, la reine, leurs enfants, le comte et la comtesse de Provence, Madame Élisabeth. Le reste de la Cour suivait.

Avant que les voitures ne se mettent en marche, Fersen avait pu glisser quelques mots à la reine. Elle y avait répondu par un sourire triste.

Il avait fallu six heures aux souverains pour gagner Paris. Avant de s'installer aux Tuileries où manquaient toutes les commodités, le roi et la reine avaient dû s'arrêter à l'Hôtel de Ville afin d'écouter une brève harangue de bienvenue préparée par Bailly.

Tard ils avaient pénétré dans un château humide, peu meublé, qui sentait l'abandon. On avait préparé un repas auquel Marie-Antoinette n'avait pu toucher. Seuls le roi et la reine logeaient dans les charmants petits appartements aménagés par cette dernière pour ses courts séjours lorsqu'elle se rendait à l'Opéra. Les autres avaient dormi sur des matelas jetés par terre. Fersen, par discrétion, ne s'était pas montré.

Les jours s'étaient succédé dans la peur et l'angoisse. Beaucoup de courtisans bouclaient leurs malles pour gagner qui l'Angleterre, qui l'Allemagne ou la Suisse. Afin de prouver qu'elle ne haïssait personne, la reine avait promis à une délégation de femmes qu'elles pourraient dès le lendemain retirer sans contrepartie des objets déposés au mont-de-piété. Mais avec les incessantes audiences, la vie quotidienne à organiser, ses enfants à rassurer, elle avait oublié de faire prévenir le responsable. Les femmes accourues en grand nombre au mont-de-piété s'étaient fait claquer la porte au nez et les cris de haine envers la reine avaient repris de plus belle.

Aussitôt qu'elle avait appris à Eu l'invasion de Versailles et le retour forcé des souverains aux Tuileries, la princesse de Lamballe avait sauté dans une voiture légère et supplié le cocher de la conduire ventre à terre à Paris. Ne s'arrêtant que pour relayer, ils étaient arrivés vingt-six heures plus tard. La nuit était avancée et la princesse n'avait pas voulu réveiller Marie-Antoinette. Mais en dépit de son épuisement, elle n'avait pu trouver le sommeil et la première personne que la reine avait aperçue en se levant avait été son amie. Elle l'avait serrée dans ses bras.

Les liens réciproques d'affection entre les deux femmes se renouaient jour après jour. La soumission de la princesse donnait à Marie-Antoinette la certitude réconfortante que cette amie-là ne l'abandonnerait jamais.

L'espoir renaissait un peu aux Tuileries. On s'organisait. Les nombreux meubles venus de Versailles rendaient la vie quotidienne moins pénible. Un semblant de cour s'était même reformé avec les derniers fidèles. On tentait de vivre normalement, de recevoir, de dîner une fois par semaine en public, de s'installer devant une table de jeu, de se promener dans les jardins où s'épanouissaient héliotropes, asters, cosmos et roses. Afin de se débarrasser de lui, le roi et Montmorin avaient confié une mission fictive à Orléans qui irait enquêter outre-Manche sur la présence en France d'agitateurs anglais.

Orléans embarqué, on respirait mieux. Autour d'une tasse de thé, on discutait des événements, de la présentation par le docteur Guillotin devant l'Assemblée d'une machine à décapiter « humainement » qu'il voulait nommer la « louisette ». Les dames avaient poussé des cris d'effroi bien vite remplacés par des rires quand Montmorin avait lu quelques pages du journal d'un certain Camille Desmoulins intitulé *Les Révolution de France et de Brabant*. L'arrogance de ces petites gens avait-elle des limites ? Et ce club des Jacobins où s'étaient précipités Barnave, Duport, La Fayette, les Lameth, Mirabeau, Sieyès, Brissot, Robespierre ? Les membres de cette assemblée hétéroclite allaient bien vite se manger le nez. Qu'avaient en commun le marquis de La Fayette et celui qui se faisait nommer Maximilien « de » Robespierre ?

Le roi, la reine et leurs proches avaient atteint la conviction qu'il fallait faire d'apparentes concessions pour rétablir l'ordre ancien. Dans le même temps, ils devaient correspondre avec les ambassadeurs et les princes pour leur demander de ne pas croire tout ce qu'ils promettaient. Les engagements concernant l'avenir de la France leur étaient arrachés par la force. Des émissaires secrets étaient partis afin de confirmer leurs résolutions. Le roi était surveillé, harcelé, menacé. S'il semblait plier, c'était pour mieux résister.

L'inflation devenait insupportable et la décision avait été prise de s'emparer de certains biens du clergé. Leur vente allait soulager l'énorme déficit. Necker en espérait quatre cents millions de livres. La popularité du contrôleur général souffrait par ailleurs de violentes attaques faites contre lui par Mirabeau, Marat et certains ultra-royalistes. On ne le croyait plus capable de miracles. Le roi ne lui montrait ni bienveillance ni hostilité, il restait froid et usait avec lui de propos aussi brefs que possible.

Privé de chasse, Louis XVI sombrait dans la mélancolie. En dépit de sa propre nervosité, la reine devait souvent prendre les décisions à sa place. Visiteur aussi assidu que possible, Fersen la conseillait et la réconfortait.

Avec bonheur, Marie-Antoinette avait retrouvé les soins capillaires de Léonard et la présence de Rose Bertin qui, discrète, pénétrait dans le château des Tuileries par une porte dérobée. Choisir des fichus, des bonnets, des chapeaux, des corsages, des redingotes, des jupes de taffetas, de tussah, de gros-grain, des jupons de linon et de mousseline apportait à la reine un bonheur intact. Elle aimait caresser les étoffes, nouer les rubans, jeter les légers fichus sur ses épaules. Ces moments la soulageaient un instant d'une anxiété qu'elle ne parvenait guère à dompter. Peu lui importait que Necker fronçât les sourcils ! Ce qu'elle dépensait était négligeable dans la dette de la France. Et Penthièvre ne venait-il pas de faire fondre sa vaisselle d'argent pour en offrir la somme obtenue au Trésor ? De son côté Marie-Thérèse, qui louait sa maison de Passy, avait remis à Necker soixante-douze mille livres, le quart de ses revenus. Quant à elle, c'était sa détermination et son courage qu'elle offrait à la France.

# 1790

## *« Il nous faudra donc rester seuls »*

Après les désordres sporadiques qui avaient secoué la province, les impôts ne rentraient plus. Le déficit atteignait trois cents millions de livres et il fallait rembourser les différents emprunts, certains contractés à des taux d'intérêt suicidaires. Le roi, l'État avaient été sacrifiés aux ambitions du contrôleur général, la reine et la princesse de Lamballe en étaient certaines. Le renvoyer étant impossible, il fallait agir sur d'autres fronts.

Les lettres que Marie-Antoinette recevait régulièrement des Polignac lui réchauffaient le cœur. Louise de Polastron, Bichette, voulait rejoindre Artois à Turin, voyage qui scellerait une séparation définitive d'avec son mari. Tous restaient actifs au service de la monarchie. Ils étaient à Rome, dans le beau palais Stoppani, sous la protection du cardinal de Bernis. Vaudreuil était avec eux et ne cessait de répéter qu'une intervention en France de l'Autriche ou de l'Angleterre serait catastrophique.

À Turin, Artois se débattait pour construire des alliances qui, comme du sable, lui filaient entre les doigts.

La reine répondait à ces tendres lettres. Elle s'efforçait de mettre de l'espoir dans ses propos. La situation était meilleure. Depuis qu'ils résidaient à Paris, le bon peuple était déjà revenu vers eux. Parfois, il était vrai, elle s'angoissait, mais n'était-ce pas dans le malheur qu'on comprenait vraiment qui on était, quel sang coulait dans ses veines ? C'était la méconnaître que de croire qu'on pouvait gouverner la fille de l'impératrice Marie-Thérèse.

La décision d'abolir les vœux monastiques et de supprimer toutes les congrégations régulières hormis celles se consacrant à l'éducation ou aux œuvres charitables avait semblé tirer enfin le roi de sa léthargie. Comme Penthièvre, il accepterait de prêter serment du bout des lèvres à la Nation et à la Constitution, mais il défendrait prêtres et religieux sans fléchir.

L'annonce du décès de Joseph II avait achevé de décourager la reine. Ce frère lui avait toujours témoigné beaucoup de prévenance, il s'était soucié de la réussite de son mariage, des difficultés qu'elle avait rencontrées à la Cour de France. Pourrait-elle compter sur Léopold comme elle s'était appuyée sur Joseph ? Quel engagement était-il prêt à prendre pour venir en aide au roi de France et à une sœur avec laquelle il n'avait guère d'affinités ?

Aux Tuileries, préparatifs de départs et départs se succédaient. Breteuil avait rejoint Bruxelles. « Il nous faudra donc rester seuls », soupirait parfois Marie-Antoinette à la princesse de Lamballe. Celle-ci n'osait évoquer la fidèle présence d'Axel de Fersen qui visitait la reine plusieurs fois par semaine. Cette relation mettait Marie-Thérèse mal à l'aise. Elle ne pouvait l'approuver ni ne voulait la condamner.

Çà et là, des nobles un peu exaltés formaient des complots pour faire évader leurs souverains. Le marquis de Favras, probablement payé par Provence, avait été démasqué et décapité. D'autres s'activaient dans l'ombre sans aucune chance de succès. Seul Fersen restait crédible auprès de la reine. Persuadé que la famille royale devait s'éloigner de Paris, il préparait des plans avec minutie. La princesse de Lamballe doutait du bien-fondé de ce projet. Un roi fuyard n'était plus un roi. Louis XVI devait convaincre son peuple qu'il l'aimait, avoir confiance en Dieu et en sa Providence.

Incapables de s'entendre avec Necker, le roi et la reine s'étaient tournés vers Mirabeau qui, à plusieurs reprises, les avait assurés qu'il pouvait sauver la monarchie. Pourquoi ne pas jouer la carte du Provençal ? Très populaire à l'Assemblée, il pouvait faire fléchir maintes décisions.

En mars, le baron de Besenval avait enfin été acquitté. Rentré à Paris, il avait fait une courte visite à la reine. Le cœur malade, vieilli, il allait vivre dans son hôtel parisien au milieu des œuvres d'art qu'il avait collectionnées. Une ombre dans les ombres du passé. Revoir dans un pareil état son ami avait désespéré Marie-Antoinette. L'irrésistible Besenval était indissociable des moments de bonheur passés à Trianon. Il l'avait désirée et le lui avait fait savoir, elle l'avait repoussé sans pourtant lui ôter son affection. Il avait aussi courtisé la comtesse de Châlons et elle le soupçonnait d'avoir été aussi un peu amoureux de sa chère Rat, la duchesse de Devonshire, dont elle avait reçu quelques nouvelles par l'intermédiaire de Dorset toujours à l'ambassade d'Angleterre. Georgiana était enceinte à nouveau et priait tous les saints du ciel de lui donner un fils. Résidant entre Bruxelles et Lille, protégée par La Fayette, elle attendait la naissance au mois de mai. Il n'était pas impossible qu'elle se montre à Paris. Marie-Antoinette le souhaitait ardemment. Serait-il possible alors de reconstituer aux Tuileries un simulacre du Cercle enchanté ? Fersen serait toujours présent, Dillon, Coigny, Esterhazy ne l'avaient pas encore quittée.

L'arrivée du printemps semblait confirmer l'embellie dont la reine profitait quand la nouvelle était arrivée aux Tuileries. Le journal *Le Moniteur* avait publié le contenu du *Livre rouge* où étaient inscrits tous les comptes personnels du roi. Un certain Camus, député de l'Assemblée nationale, était à l'origine de cette fuite. Fersen s'était emporté. Pourquoi le roi n'avait-il pas détruit ces carnets avant de quitter Versailles ? Sa Majesté ne concevait-elle pas qu'ils étaient un véritable brûlot s'ils tombaient entre les mains de ses ennemis ? Figuraient dans ce livre une succession de noms de privilégiés et les montants des sommes, parfois considérables, qui leur avaient été versées. Les Polignac étaient, bien sûr, au premier rang.

Dès la publication du journal, le public avait montré sa rage, son exaspération. C'était leur argent, celui des bourgeois, des commerçants, des petits propriétaires qui allait dans les poches de ces parasites ! Necker était intervenu aussitôt pour défendre le roi. Certes, Provence et Artois avaient reçu de fortes sommes d'argent, mais les frères du plus grand monarque d'Europe pouvaient-ils vivre en bourgeois ? Et les Polignac, de par leurs fonctions à la Cour, avaient à faire face à un considérable et fort dispendieux train de vie. Mais les tentatives du contrôleur général étaient tombées dans des oreilles de sourds. On lui en avait voulu de son intercession. Le député Anson l'avait directement invectivé de la tribune de l'Assemblée. Pour le ministre, le vent commençait aussi à tourner.

Afin de témoigner sa confiance aux Polignac, atteints de plein fouet par la tempête, le roi en personne avait écrit au duc : « Ceux qui sous le prétexte spécieux de tout régénérer sapent les bases de la monarchie n'ont point diminué d'audace depuis votre départ. Les maux de la France augmentent progressivement d'une manière effrayante. Plus je médite l'histoire de mes aïeux, plus je suis convaincu que nous sommes à la veille de la subversion la plus cruelle dans ses résultats. Il était si facile d'opérer le bien lorsque moi-même j'allais au-devant de tout ce que le peuple pouvait raisonnablement ambitionner.

« Je n'ai du moins rien à me reprocher. J'ai tout fait pour étouffer les haines, prévenir les esprits et concilier les cœurs. Aujourd'hui les agitateurs feignent de soupçonner la pureté de mes intentions. Les personnes honnêtes qui ont conservé de l'attachement pour moi sont principalement en butte à tous les outrages d'une licence sans frein. Chaque jour voit éclater des projets plus ou moins désastreux. Sans moyens répressifs, je fais seul tête à l'orage. Mais cela peut-il durer longtemps ? Adieu, monsieur, nous conserverons toujours pour vous les plus affectueux sentiments. »

L'orage s'était éloigné, laissant derrière lui de nouveaux ravages. Bien que Mirabeau lui promît loyauté, zèle, énergie et courage, Marie-Antoinette ne voulait pas lui faire tout à fait confiance. Usant de la même stratégie que le roi, elle allait où elle savait devoir aller en amadouant les uns et les autres. Ce qu'elle désirait, avant tout, était la restauration de l'ordre ancien.

Une lettre de Yolande lui avait été remise à la fin du mois de mai. Armand, son fils aîné, était fiancé à mademoiselle de Nivenheim, nièce de madame de Champcenetz. Le nom et la fortune de cette famille permettraient à leur cher enfant de tenir son rang la tête haute. On prévoyait un mariage fastueux en Italie. Quittant Rome au climat insalubre, les Polignac allaient passer l'été à Venise où ils avaient loué le palais Carpenado. Cependant, malgré les douceurs de ce beau pays, son cœur était resté à Trianon.

Marie-Antoinette s'apprêtait à lui répondre quand elle avait reçu la tragique nouvelle du décès du baron de Besenval. Incapable de se remettre de ses mois de prison, malade, il s'était alité le soir d'un grand dîner qu'il offrait à vingt-cinq de ses amis. Au dessert, simplement vêtu d'une robe de chambre blanche, il avait surgi dans la salle à manger. « C'est l'ombre du Commandeur qui vous fait visite », avait-il déclaré. Une heure plus tard, il s'était éteint.

Il semblait à la reine que le malheur ne la lâcherait plus, elle pleurait pour un rien, ne parvenait à fixer son attention. Même l'annonce de la suppression de la noblesse héréditaire et de l'abolition des titres ne lui avait arraché qu'un rire sarcastique. Les aristocrates devaient renoncer à leurs armoiries et les ôter de leurs carrosses.

Par bonheur, elle avait gagné avec le roi et leurs enfants sa résidence d'été à Saint-Cloud. Là, elle respirait mieux, pouvait se promener dans le parc sans être dévisagée, apostrophée par des gens haineux. Les enfants y étaient heureux, le roi chassait. C'était un semblant de vie normale, un semblant de bonheur. Mais la perspective de la grande fête de la Nation donnée le quatorze juillet au Champ-de-Mars la tourmentait. Que leur faudrait-il encore subir ?

Dans les jardins de Saint-Cloud, elle avait accordé un entretien à Mirabeau. Celui-ci offrait expressément ses services contre argent comptant. Le roi l'avait autorisée à promettre au comte six mille livres par mois et de rembourser ses dettes qui s'élevaient à deux cent huit mille livres. « Voilà à quel niveau se situent les convictions des patriotes, avait rapporté Marie-Antoinette à la princesse de Lamballe, Mirabeau est plus gourmand que Judas. »

Le jour fatidique du quatorze juillet était arrivé et la famille royale avait quitté Saint-Cloud de bonne heure pour assister à la mascarade parisienne au cours de laquelle le roi devait jurer de protéger la Constitution. De retour de

Londres, Orléans y assisterait et il faudrait le côtoyer à nouveau. On disait qu'il avait supprimé la livrée de ses domestiques pour les vêtir de drap gris et qu'il avait publié un article dans l'exécrable *Ami du peuple*. Les courtisans qui escortaient les souverains étaient prêts à lui cracher à la figure. Quant au roi, il se contenterait de saluer son cousin d'un signe de tête.

L'avant-veille, les députés avaient voté la Constitution civile du clergé. Le roi, de gré ou de force, était censé l'approuver.

Comme toutes les femmes qui assistaient à la fête, la reine était vêtue d'une robe blanche ceinturée de rouge et de bleu. Dans ses cheveux, elle portait des fleurs bleues, blanches et rouges.

Le Champ-de-Mars était comble quand le carrosse royal s'y était arrêté. Magnifiquement décoré de branches et de fleurs, le vaste terrain, avec la tente sous laquelle se tiendraient la famille royale et l'autel de la Nation avec ses quatre vases antiques d'où s'élevaient des fumées d'encens, offrait un spectacle grandiose. Sur quatre-vingt-trois lances flottaient les bannières des nouveaux départements et en face de la Seine on avait édifié un arc de triomphe.

En procession, quarante mille fédérés étaient arrivés de la place de la Bastille après avoir suivi les boulevards, la rue Royale, emprunté la place Louis XV puis traversé la Seine sur un pont de bateaux. Ils étaient parvenus au Champ-de-Mars quelques instants avant le roi.

Quand la famille royale avait pris place, l'air sévère, il y avait eu des applaudissements. La pluie tombait mais la joie du peuple était si grande, une joie spontanée, intense, que nul ne paraissait en être incommodé.

Après avoir prêté serment d'un ton monocorde, le roi avait été acclamé. Depuis longtemps on n'avait vu pareille ferveur. « Mon Dieu, avait murmuré le comte de Provence à son écuyer, si mon frère avait plus d'à-propos, il ferait basculer le peuple en sa faveur, *hic et nunc.* » Mais Louis XVI était resté apathique.

Dans un mouvement de fierté, la reine avait pris le dauphin habillé en garde national dans ses bras et s'était avancée de quelques pas. Cette simple initiative avait suscité des cris de joie : « Vive le roi ! Vive le dauphin ! » Mais peut-être était-il trop tard pour Marie-Antoinette, son cœur ne pouvait plus s'émouvoir.

Escorté de son état-major, follement applaudi, La Fayette avait caracolé sur son magnifique cheval. Devant la tribune royale, il s'était immobilisé pour lever son chapeau. La reine avait serré les dents. L'instant de grâce était passé.

Leurs soldes n'étant plus payées, les Suisses de Nancy s'étaient révoltés et la population de la ville avait pris fait et cause pour eux. Sur l'ordre de La Fayette, le marquis de Bouillé avait réagi. À la tête de plusieurs milliers de soldats, il avait pénétré dans la ville, enfoncé les barricades. On avait compté trois cents morts. Quand Bouillé recevait du roi de chaleureuses félicitations pour son action, la colère parisienne se déchaînait : Bouillé était un boucher, un ennemi de la Révolution. Parti du Palais-Royal et dirigé par Marat, un cortège de six mille personnes s'était acheminé vers l'Assemblée pour exiger la destitution des ministres sanguinaires. On voulait se saisir du ministre de la Guerre, La Tour du Pin, le juger hâtivement, l'exécuter.

Necker n'était plus épargné. Il fallait qu'il quitte Paris au plus tôt. S'il restait au contrôle général rue Neuve-des-Petits-Champs, La Fayette lui avait fait savoir qu'il ne pouvait garantir sa sécurité. Découragé, épuisé, Necker avait donné sa démission et était parti avec sa famille sur ses terres de Saint-Ouen d'où il comptait gagner la Suisse, laissant la France à la dérive. Rien ne pouvait plus être tenté pour le Trésor, il faudrait admettre son insolvabilité.

Dérouté et bouleversé par les manifestations populaires, le roi restait amorphe. Il ne comprenait plus, ne pouvait pas imaginer une France où punir des soldats révoltés apparaissait comme un crime. Le départ de Necker l'avait laissé indifférent.

De retour aux Tuileries, privé de chasse et de grand air, sa santé s'altérait. Il mangeait trop, renonçait souvent aux promenades dans les jardins pour ne pas être apostrophé, semblait se désintéresser de tout.

À Paris, Marie-Antoinette, elle aussi, suffoquait. Plus que tout, elle souhaitait voir près d'elle des visages amis, aimants. Ne demeuraient plus que Coigny, Esterhazy, Dillon, Fersen. Pour se débarrasser durant un moment de son envahissante affection et lui ramener la duchesse de Devonshire, qui avait enfin donné un héritier à son mari, elle avait envoyé la princesse de Lamballe en Angleterre.

Le quinze septembre était parvenue aux Tuileries une

autre lettre de Yolande de Polignac qui relatait le mariage d'Armand. La fête, splendide, serait immortalisée par le peintre Francesco Guardi qui travaillait à une toile montrant la mariée de quinze ans ravissante dans une robe toute simple de soie ivoire et portant des fleurs d'oranger dans les cheveux. Après avoir lu les dernières lignes, la reine n'avait pu maîtriser ses larmes. La frustration de n'avoir pu assister à ces fêtes, le chagrin de savoir Yolande loin d'elle, peut-être pour toujours, lui brisaient le cœur.

Les émigrés, par ailleurs, s'agitaient tout de travers. Artois voulait diriger une armée qui rétablirait par la force l'ordre ancien. Concevait-il le risque qu'il faisait courir à son frère ? Cette effervescence exaspérait les Français. Il fallait agir tout autrement, dans l'ombre, dans le secret.

Enfin Georgiana était arrivée à Paris et le rêve de Marie-Antoinette avait pu se réaliser. Entourée de ses amis, elle avait passé une semaine dans la paix de Saint-Cloud. Les heures s'étaient écoulées douces, nostalgiques, heureuses et douloureuses, comme une ultime rémission.

L'année s'était achevée sur d'exécrables nouvelles. Calonne, qui de Londres s'était rendu à Vienne pour s'entretenir avec Léopold II, s'était vu claquer la porte au nez. Aux Tuileries, on avait rendu l'ancien ministre responsable de son échec.

Après les fêtes de Noël que Marie-Antoinette avait tenté de rendre joyeuses pour ses enfants, le roi, en dépit d'une lettre du pape, avait pris la décision de ratifier le serment du clergé à la Constitution civile. Ce choix, comme les autres, lui était arraché par la force et n'avait aucune valeur à ses yeux. Il semblait encore attendre le moment propice pour redresser la tête sans réaliser que, le quatorze juillet au Champ-de-Mars, il l'avait manqué à jamais.

## 1791

## *Les adieux à Fersen*

Les départs, ou plutôt les fuites, se succédaient. Les Duras avaient quitté les Tuileries, Mesdames Tantes préparaient leur exil à Rome, Coigny, Esterhazy, Dillon, eux aussi, allaient émigrer.

Marie-Antoinette recevait ces nouvelles sans larmes. Elle avait l'impression de ne plus pouvoir en verser. Lui restaient Axel de Fersen, la princesse de Lamballe et quelques amis fidèles, quoique moins intimes, comme Brissac qui venait de prendre le poste à haut risque de commandant de la place de Paris. La comtesse du Barry, sa maîtresse, avait tenté de le dissuader d'accepter une aussi dangereuse responsabilité, mais son honneur l'emportait sur le souci de sa sécurité personnelle. Il donnait de temps à autre de belles fêtes dans son hôtel parisien auxquelles la princesse de Lamballe assistait parfois. Lorsqu'elle y rencontrait madame du Barry, elle lui adressait désormais quelques mots aimables. Le temps des mesquineries était passé.

Pour se distraire, Marie-Antoinette avait pris l'habitude de venir chaque soir chez son amie qui occupait le premier étage du pavillon de Flore. La société de la princesse était pieuse, vertueuse, ultra-conservatrice. Nul ne pouvait comprendre les accommodements du roi avec la nouvelle Assemblée, ses tentatives pour ménager ceux qu'il savait être ses ennemis. Dans ce cercle étroit, pas un seul ne craignait véritablement l'avenir. La royauté était sanctifiée par Dieu et nul n'aurait l'audace ni le pouvoir de la détruire. Au milieu de ces rêveurs, Marie-Antoinette brodait, faisait de la tapisserie. Lorsque, épuisée, tendue, madame de Lamballe, toujours escortée de son médecin, Seiffert, gagnait un des châteaux de son beau-père, la reine passait alors ses soirées avec sa belle-sœur, Madame Élisabeth, et madame de Tourzel, un petit cénacle que le roi rejoignait souvent.

Les défections se multipliaient : les Fitz-James, la princesse de Chimay, le cardinal de Montmorency, monseigneur de Sabran, monseigneur de Roquelaure. Les aumôniers du roi s'apprêtaient tous à quitter la France.

Des gentilshommes continuaient à conspirer pour faire évader les souverains des Tuileries ou s'armaient afin de les protéger. Mais à peine formés, tous ces complots, comme celui des poignards, avaient échoué.

Lors de ses visites quotidiennes aux Tuileries pour coiffer la reine et la princesse de Lamballe « à l'espoir », sa dernière création, Léonard apportait des nouvelles de l'extérieur. En se montrant très strict sur la sécurité, La Fayette avait beaucoup perdu de sa popularité. On le soupçonnait maintenant de se montrer plus conciliant envers les aristocrates qu'envers le peuple. Ne s'était-il pas contenté de désarmer les conjurés ultra-royalistes qui avaient fomenté la conspiration des poignards ?

Le voyage de Mesdames Tantes à Rome, en dépit de quelques incidents, s'était bien achevé. Les deux vieilles filles étaient en sécurité auprès du saint père.

La princesse de Lamballe était à Amboise chez son beau-père. Pressé par lui de couper tout lien avec son beau-frère le duc d'Orléans, elle y consentait enfin et, sous sa dictée, lui avait écrit une lettre. Mais leur entente était trop bonne pour qu'ils pussent se brouiller tout à fait.

Léonard, en poudrant avec légèreté les cheveux déjà grisonnants de la reine, s'attardait sur les potins parisiens : une certaine Olympe de Gouges, enfant adultérine, prônait les droits de la femme. Elle voulait une loi autorisant le divorce, une autre contre la peine de mort. Le peigne glissait dans les cheveux de la reine, les doigts habiles du coiffeur enroulait les boucles, crêpait les mèches sur le dessus de la tête. Les femmes de petite vertu se multipliaient dans les jardins du Palais-Royal, une honte que le duc d'Orléans tolérait. Les épingles semblaient danser dans les mains de Léonard ; là il accrochait une fleur, ici un léger plumeau, la mode étant passée des plumes d'autruche ou de héron. La plus belle restait celle offerte à la reine par le duc de Lauzun. Amoureux de l'actrice Charlotte Laurent, Lauzun, devenu duc de Biron à la mort de son oncle, était un des amis les plus fidèles du duc d'Orléans.

Parfois Marie-Antoinette songeait à son sourire, à son regard, revoyait sa silhouette mince dans les allées de

Versailles lorsqu'ils chevauchaient côte à côte dans la lumière des petits matins. Avec Coigny, avec Vaudreuil, avec Dillon et Besenval, il incarnait ce que l'aristocratie avait de plus policé, de plus charmeur, de plus spirituel, de plus léger aussi. Les temps de malheurs les avaient dispersés comme des fleurs coupées soufflées par le vent.

Léonard maintenant évoquait le droit des prêtres au mariage. La reine lui avait coupé sèchement la parole.

De retour aux Tuileries, la princesse de Lamballe avait appris à Marie-Antoinette la séparation du duc et de la duchesse d'Orléans. Le duc gardait ses enfants et Adélaïde, la duchesse, s'était refugiée chez son père, le duc de Penthièvre.

Dépassé par l'ampleur des mouvements populaires, le raidissement des chefs de l'opposition, Orléans voguait à la dérive. Gêné financièrement, il ne pouvait plus donner ses somptueux dîners, distribuer de l'argent à profusion ici et là. À Paris, on le voyait comme un homme sur le déclin, alors que dans l'entourage du roi on l'accusait encore d'être l'instigateur des mouvements hostiles à la monarchie.

En réalité, c'était au cœur de l'Assemblée qu'on se battait pour le pouvoir. Barnave, La Fayette, Sieyès, Girardin avaient fait sécession du club des Jacobins pour fonder le club des Feuillants, tandis que Mirabeau s'alitait chez lui rue de la Chaussée-d'Antin pour ne plus se relever. Beaucoup à la Cour, à l'Assemblée et parmi les Jacobins s'étaient réjouis de sa mort. En l'apprenant, la reine avait éprouvé une sorte d'apaisement. Il lui avait été impossible de décider si elle pouvait ou non avoir confiance en cet homme. Il faisait peur.

Autrefois si charmeur, le sourire de Marie-Antoinette était devenu rictus. Chaque minute de sa vie aux Tuileries la contrariait, chaque décision de l'Assemblée l'insupportait. Axel la conseillait, tentait de la réconforter. « Le parti du roi, déplorait-il, n'est composé que de gens incapables. Il faudrait balayer tout ce petit monde et le remplacer par des hommes à poigne qui auraient du courage et une vision claire de l'avenir. » Quant à sa belle-sœur, Madame Élisabeth, ajoutait-il, elle devrait garder pour elle ses opinions trop rigides. Les mœurs de l'époque exigeaient quelques concessions pour que la monarchie se stabilisât.

Fugitivement leurs mains se frôlaient et c'était un bonheur que la reine conservait longtemps dans son cœur. Tout ce qu'elle souhaitait de l'avenir était qu'on ne lui arrachât pas cette joie-là.

Marie-Antoinette n'ignorait aucune critique venant de l'étranger. Pourquoi le roi avait-il accepté la cocarde tricolore, pourquoi tolérait-il qu'on ait aboli tous les titres de noblesse, le port des armoiries ? Elle savait que M. de Rulhière avait clamé : « Nous en avons assez de cette bourbonaille ! » Comme il était facile de les juger quand on était en sécurité dans un palais italien ou un château allemand ! Les souverains étaient seuls, elle-même si étroitement surveillée qu'elle ne pouvait plus écrire à Yolande. Le roi s'en chargeait.

L'autorisation leur avait été donnée de rejoindre Saint-Cloud pour Pâques. La reine comptait les jours. Là-bas, la surveillance se relâchait un peu, elle pouvait aller et venir sans avoir des gardes sur ses talons, rester seule dans sa chambre, des droits élémentaires qui, aux Tuileries, lui étaient refusés. Le roi, Madame Royale et le dauphin partageaient son impatience, le roi parce qu'il pourrait à nouveau chasser, les enfants à cause des innombrables jeux auxquels ils pourraient se livrer dans le parc. La reine avait même promis à son fils de faire venir de Versailles sa petite voiture à chèvre.

Le jour du départ, le temps était ensoleillé. On quitterait les Tuileries après le déjeuner et serait à Saint-Cloud au cœur de l'après-midi. Vêtue avec simplicité d'une redingote en velours gris tourterelle portée sur une robe de soie moirée de même ton, coiffée d'un chapeau rond dont la haute calotte était drapée de mousseline, la reine avait rejoint le roi dans le carrosse qui les attendait. Madame de Tourzel et les enfants voyageraient avec eux. Madame Campan, Léonard, madame Thierry et une autre femme de chambre fermeraient la marche. Le gros des domestiques avait quitté les Tuileries la veille afin de préparer le château de Saint-Cloud à les recevoir. Les gentilshommes et dames constituant ce qui restait de la Cour seraient à Saint-Cloud pour le souper.

Le roi allait donner l'ordre au cocher de fouetter les chevaux quand, à sa grande surprise, il avait vu la grille du jardin se refermer derrière une troupe d'hommes et de femmes qui vociféraient. « On ne part pas, Sire », avait annoncé sèchement un officier de la Garde nationale. Le roi avait tenté de parlementer. Comment pouvait-on lui ôter une liberté qu'il avait accordée à la Nation ? Pour toute réponse, il avait reçu une bordée d'injures : « Foutu aristocrate ! Gros cochon ! » De tous côtés, on n'entendait que des insultes : « À bas l'Autrichienne ! La reine au couvent ! »

Le temps passait. En vain La Fayette avait tenté de haranguer la foule. On l'avait sifflé. « N'as-tu pas dit toi-même, avait ricané une femme, que l'insurrection était le plus saint des devoirs ? » Une grasse hilarité avait suivi ses propos.

Venant du palais, Marie-Antoinette avait vu s'avancer son majordome, monsieur de Gougenot, un homme corpulent d'un certain âge. Par miracle, il avait pu parvenir jusqu'au carrosse. « Je viens prendre vos ordres, Sire, avait-il murmuré, voulez-vous que les Suisses interviennent ? » Brutalement, on l'avait arraché de la portière, écarté, bousculé, frappé, jeté à terre. Quelle fieffée traîtrise mijotait-on ? Incapable de maîtriser davantage ses nerfs, la reine s'était penchée à la portière : il fallait cesser de malmener monsieur de Gougenot, elle l'ordonnait. À nouveau, il y avait eu des rires dans la foule. Tout proche du carrosse, un homme, follement applaudi, avait lancé d'un ton sarcastique : « En voilà une plaisante bougresse pour donner des ordres ! »

Le roi s'était décidé. On ne voulait pas qu'il parte ? Eh bien, il allait rester. D'un geste résolu, il avait ouvert la portière, était descendu, suivi par la reine, qui avait pris le dauphin dans ses bras, et ils avaient regagné les Tuileries. En silence, Marie-Antoinette pleurait. Le plus vite possible, par tous les moyens, cette situation devait prendre fin. Elle n'en pouvait plus de l'inertie du roi, du projet insensé d'Artois de lancer des troupes sur la France avec la bénédiction de sa sœur, Madame Élisabeth, du silence qui suivait ses lettres de supplication à son frère l'empereur. Elle n'en pouvait plus des Tuileries, de son atmosphère étouffante, de l'incessant espionnage auquel elle était soumise.

Fersen avait raison : ils devaient quitter Paris, s'installer dans une ville frontalière et, de là, reprendre en main la situation, rétablir la confiance. Désormais elle ne vivrait plus que dans l'attente de cette espérance.

Devant l'Assemblée nationale, le roi avait achevé son bref discours et prêté serment à la Constitution. On avait entendu quelques « Bravo ! » et « Vive le roi ! » mais la majorité était restée assise, la tête couverte. Muette, la reine avait longuement considéré ces représentants qui ne cherchaient qu'à les humilier. Mais ces gens n'auraient pas le bonheur de les voir bouleversés. Le roi et elle avaient appris à ne rien laisser paraître de leurs sentiments.

À pied, les souverains avaient regagné les Tuileries. Durant le court trajet, le roi n'avait pas desserré les dents. La reine avait pris le bras de la princesse de Lamballe, ses jambes la portaient avec peine. Le serment à la Constitution était un pas de plus que faisait le roi vers une abdication pure et simple.

Dans le grand salon de réception, Marie-Antoinette

avait salué leurs amis avec précipitation avant de regagner ses appartements. Le roi l'avait suivie. Effondré dans une bergère, il avait porté son mouchoir à ses yeux. D'une voix étranglée par les larmes, il avait déploré que sa femme ait eu à assister à une pareille mascarade. Marie-Antoinette lui avait pris la main. Tout cela allait avoir une fin. Si la décision irrévocable de quitter Paris n'était pas prise, elle-même partirait pour Vienne et demanderait l'hospitalité à son frère. Aucun être humain ne pouvait endurer sans mot dire ce qu'on leur infligeait : le total reniement d'eux-mêmes, de leurs plus profondes convictions. Voir dépouiller leur fils du royaume que la Providence lui destinait n'était-il pas criminel ? Le roi avait hoché la tête. Depuis plusieurs semaines, il savait que le comte de Fersen élaborait des plans pour leur évasion des Tuileries. N'ignorant pas le refus de Louis XVI de quitter la France, le Suédois avait choisi Montmédy, dans la Meuse, comme refuge pour la famille royale, une ville fortifiée par Vauban proche des frontières.

Le marquis de Bouillé, commandant des troupes de Lorraine, avait demandé trois mois pour se préparer et réunir les fonds nécessaires à la réussite de ce projet. Tout au long du trajet, il fallait prévoir les relais, rassembler à partir de Pont-de-Somme-Vesle les détachements qui escorteraient la famille royale jusqu'à Montmédy.

Au choix de deux voitures légères préconisé par Fersen la reine s'était opposée. Elle refusait qu'on séparât sa famille. Il fallait donc commander une vaste berline tirée par six chevaux et bien équipée pour un long voyage. Une amie proche de Fersen, la baronne de Korff, était prête à avancer les fonds au carrossier du faubourg Saint-Germain auquel il allait passer commande. Veuve d'un officier russe, elle serait censée faire route vers Moscou.

Dès le début du mois de juin, ne tenant plus d'impatience, la reine avait expédié à Bruxelles un meuble contenant son nécessaire de toilette et une partie des pierres précieuses lui appartenant en propre. L'autre serait confiée à Léonard qui partirait pour Pont-de-Somme-Vesle avec le duc de Choiseul.

Avec curiosité, les femmes de chambre aidaient aux préparatifs. Un cadeau pour la princesse Marie-Christine, sœur de la reine et gouvernante des Pays-Bas ? L'une d'elles, madame Rochereuil, maîtresse d'un certain Gouvier, officier sous les ordres du marquis de La Fayette, n'y croyait guère et n'avait pas manqué d'en faire part à son amant. Sa curiosité avait été remarquée par la reine. Il faudrait fuir un soir où cette femme ne serait pas de service.

Le mois de juin était délicieux. En se promenant comme chaque jour avec ses enfants, la reine reprenait courage. Quelques jours encore et ils seraient loin, enfin maîtres chez eux, à nouveau roi et reine de France. Fersen n'épargnait aucun effort pour préparer leur voyage. Elle pensait à lui cent fois par jour, sûre qu'elle ne pouvait confier qu'à cet homme son destin et celui de sa famille. Il était son ange gardien.

Le grand jour approchait. Pour éviter la présence de

madame Rochereuil, la date avait été arrêtée à la nuit du vingt juin. Le quinze, Léonard avait quitté les Tuileries pour rejoindre le jeune duc de Choiseul qui commanderait la première escorte de Pont-de-Somme-Vesle jusqu'à Sainte-Menehould où les attendraient trente dragons sous les ordres du capitaine d'Andouin. La mission de Choiseul et de ses hommes serait ensuite de barrer la route à d'éventuels poursuivants.

À Clermont-en-Argonne, cent dragons de Monsieur commandés par Charles de Damas et quarante autres du Royal-Allemand sous le commandement de monsieur de Saint-Didier grossiraient le détachement. À Varennes, les fugitifs pourraient compter sur le plus jeune fils de Bouillé. Son père les rejoindrait à Stenay avec un détachement important de son Royal-Allemand.

Le même jour, le comte de Provence prendrait la route pour Bruxelles dans une voiture légère et rapide en compagnie de monsieur d'Avaray, tandis que Madame emprunterait avec la comtesse de Gourbillon, rentrée en grâce, une autre route. À la différence du couple royal, Provence et sa femme avaient refusé d'être accompagnés par le moindre domestique ou garde du corps. Plus vite ils iraient, plus grandes étaient leurs chances de succès.

Plusieurs fois par semaine, Fersen pénétrait dans le château des Tuileries par une porte dérobée pour retrouver la reine. Tout s'organisait à merveille. Il avait pu envoyer à Bouillé le million de livres en assignats pris sur la cassette personnelle du roi. Les chevaux étaient retenus aux différents relais, dix bêtes, six pour la berline, deux pour la voiture des femmes de chambre, deux pour les gardes du corps qui les escorteraient, messieurs Moustiers, de Malden et de Valory. L'un voyagerait à côté du cocher, le second à cheval près de la portière de la berline, le troisième partirait en estafette s'assurer qu'au relais suivant les chevaux étaient prêts.

Radieuse, la reine écoutait. Deux semaines, une semaine, quelques jours encore. L'habit brodé d'or que le roi porterait pour son premier discours à Montmédy, un coffre contenant quelques-unes de ses robes de cour, un autre sa lingerie et ses chaussures avaient déjà quitté les Tuileries. Ignorante des préparatifs, madame Campan avait été envoyée aux eaux. Madame de Lamballe restait à Paris mais la reine s'était abstenue de lui faire la moindre confidence. Elle serait prévenue après leur départ par une lettre lui demandant de s'embarquer aussi vite que possible pour l'Angleterre.

Fersen n'avait aucun doute. Quelques jours après leur fuite, la reine et lui se retrouveraient à Montmédy où, déjà, il avait loué un appartement. Dès le relais de Bondy, il filerait à Bruxelles et rejoindrait la Meuse en suivant les frontières.

Au-delà du palais, Paris semblait calme. Dans la cour allaient et venaient les domestiques, livreurs, gardes, visiteurs. Comme on avait insulté et frappé une femme qui lui ressemblait, Rose Bertin ne se montrait plus. Le Grand Mogol vivotait. Un jour ou l'autre, celle qui avait été la couturière la plus fêtée d'Europe se réfugierait dans sa propriété d'Épinay au bord de l'eau, d'où elle relancerait ses débiteurs et correspondrait avec ses clientes russes.

Le vingt juin, la reine s'était appliquée à observer son horaire habituel : toilette, repas, promenade avec ses enfants. Fersen lui avait communiqué deux jours plus tôt les plans définitifs. Au coin de la rue de l'Échelle les attendrait un fiacre qu'il conduirait lui-même. Une fois les souverains, les enfants, Madame Élisabeth et madame de Tourzel réunis, on filerait à la barrière Saint-Martin où se trouverait la berline.

À l'attention de l'Assemblée, le roi avait écrit une lettre qu'il laisserait derrière lui aux Tuileries, expliquant les raisons de son départ. En quelques lignes, il faisait une critique acerbe des décisions qui avaient jeté son royaume dans la plus grande anarchie. Ses pouvoirs étant réduits à rien, il sentait cruellement son impuissance à gouverner la France, à rassembler les Français. Il désavouait tous les actes émanés de lui depuis l'année précédente. Incapable de taire ses propres rancœurs, il terminait sa missive en se plaignant de l'inconfort des Tuileries et de l'insuffisance de sa liste civile. Lorsqu'on trouverait ce message, sa famille et lui seraient loin, enfin en sécurité.

Les dernières heures avaient ressemblé à l'éternité. À aucun moment la reine ne voulait se laisser gagner par le doute, leur évasion réussirait. Dans quelques mois, la Cour pourrait regagner Versailles. Les émigrés rentreraient. On rouvrirait Trianon, où le Cercle enchanté se reformerait.

Madame Élisabeth était sortie la première des Tuileries, puis madame de Tourzel avec les deux enfants, en empruntant l'appartement vide du duc de Villequier dont la porte n'était pas gardée. Sans encombre, tous avaient pu gagner la rue de l'Échelle et s'installer dans le fiacre.

Autour du roi, on s'assemblait pour le cérémonial du coucher. Comme le voulait l'étiquette, le roi s'allongeait sur le haut lit de parade cerné par une balustrade avant de se retirer dans sa chambre où l'attendait Hue, son premier valet. Lorsqu'on le croirait endormi, il endosserait son déguisement de domestique, délivrerait Malden, un des trois gardes du corps enfermé depuis la fin de l'après-midi dans un placard, et gagnerait la cour.

Alors qu'elle atteignait la porte de l'appartement du duc de Villequier, la reine avait aperçu une sentinelle qui faisait les cent pas dans le couloir. Aussitôt, le cœur battant, elle s'était jetée dans une encoignure. Quand le passage avait enfin été libre, elle avait pris un considérable retard.

Par mesure de sécurité, Fersen avait tenu à arrêter le fiacre rue de Clichy, où avait été remisée la berline, afin de s'assurer qu'elle avait bien pris la route. Rassurés, ils avaient gagné la barrière Saint-Martin. On avait encore perdu une demi-heure à chercher la voiture qui attendait un peu plus loin avec le cocher et les deux autres gardes du corps revêtus d'une livrée jaune canari, les couleurs du prince de Condé. À bride abattue, Fersen les avait accompagnés jusqu'au premier relais de Bondy. Là, à son corps défendant, il allait prendre congé de ses souve rains. Le roi avait été intraitable. Comment expliquer à leurs côtés la présence d'un officier étranger alors que cette place appartenait de droit à un gentilhomme français ? D'autre part, que craignaient-ils ? Tout était parfaitement ordonné. Ils se reverraient dans quelques jours, à Montmédy. Ce que le roi gardait pour lui était sa répugnance à être encore gouverné. Ces derniers temps, il avait assez courbé l'échine.

Les regards de la reine et de Fersen ne parvenaient pas à se détacher l'un de l'autre. Soudain, le Suédois s'était raidi. La berline devait au plus vite prendre la route. « Au revoir, madame de Korff », avait-il prononcé d'une voix forte.

La reine ne devait plus revoir qu'une seule fois Axel de Fersen, le douze février 1792 aux Tuileries où, après le dramatique insuccès de leur fuite et leur arrestation à Varennes, la famille royale était prisonnière. Avec leur séparation se brisait le dernier maillon du Cercle enchanté.

Les années Trianon n'étaient plus qu'un souvenir.

# *Post-scriptum*

Dillon, Coigny, Esterhazy, Vaudreuil, Guines, les Polignac, Élisabeth Vigée-Lebrun restèrent en exil jusqu'à la Restauration. Madame d'Andlau mourut en 1792 au Portugal, Yolande de Polignac s'éteignit deux mois après la reine, à Vienne, à quarante-quatre ans, d'un cancer de l'estomac. On grava sur sa tombe : « Morte de chagrin ». Axel de Fersen fut massacré en Suède le vingt juin 1810 par une foule l'accusant d'avoir fait partie de la conjuration qui avait tué par empoisonnement le prince héritier de Suède, Christian-Auguste, très populaire. Le duc de Lauzun, qui avait refusé d'émigrer pour assurer son devoir d'officier au service de la France, fut guillotiné en 1793. Aristocrate, il restait un traître potentiel.

À la demande de la reine, quittant la sécurité du sol anglais pour regagner les Tuileries après Varennes, la princesse de Lamballe fut massacrée en septembre 1792, quelques jours après que la famille royale eut été enfermée au Temple.

Louise de Polastron, Bichette, mourut à Londres le vingt-sept mars 1804. Sur son lit de mort, Artois lui jura une fidélité perpétuelle. Il tint parole et sombra dans la dévotion.

La Pérouse ne revint jamais de son expédition. En 1788, son équipage et lui périrent dans l'île de Vanikoro en Malaisie, probablement massacrés par les indigènes.

Léonard, qui après l'emprisonnement de la famille royale au Temple avait trouvé un emploi dans les charrois de l'artillerie, fut arrêté et condamné à mort par le tribunal révolutionnaire de Paris le vingt-six juillet 1794 et guillotiné le lendemain, deux jours avant l'exécution de Robespierre et la fin de la Terreur.

Rose Bertin émigra en Angleterre en 1793. De là, elle entreprit un long voyage en Russie. Revenue en France en 1795, elle résida dans sa maison d'Épinay jusqu'à sa mort en 1813.

Élisabeth Vigée-Lebrun mourut à Paris le trente mars 1842, sous le règne de Louis-Philippe. Elle fut inhumée au cimetière de Louveciennes.

## *Bibliographie*


Bernier, Olivier, *Secrets of Marie-Antoinette : A Collection of Letters*, Fromm Intl, 1985.

Bertière, Simone, *Marie-Antoinette l'insoumise*, Éd. de Fallois, 2002.

Blanc, Olivier, *L'Amour à Paris au temps de Louis XVI*, Perrin, 2002.

Claude, Émile-Laurent, *L'Autrichienne, Mémoires inédits de Mlle de Mirecourt sur la reine Marie-Antoinette*, A. Michel Mayenne, 1966.

Colas des Francs, Nathalie, *Madame de Polignac et Marie-Antoinette, Une amitié fatale*, Les Trois Orangers, 2008.

Decker, Michel de, *Marie-Antoinette, Les dangereuses liaisons de la reine*, Belfond, 2005.

Delorme, Philippe, *Histoire des reines de France, Marie-Antoinette*, Pygmalion, 1999.

Diesbach, Ghislain de, *Necker, ou la faillite de la vertu*, Perrin, 1987.

Félix, Joël, *Louis XVI et Marie-Antoinette, Un couple en politique*, Payot, 2006.

Foreman, Amanda, *Georgiana, duchesse de Devonshire*, Flammarion, 2008.

Funck-Brentano, Frantz, *Les Derniers Jours de Marie-Antoinette*, Flammarion, 1933.

Girault de Coursac, Pierrette, *L'Éducation d'un roi*, Éd. de l'Œil, 1998.

Guennec, Catherine, *La Modiste de la reine, Le roman de Rose Bertin*, Jean-Claude Lattès, 2004.

Jaurès, Jean, et Gallo, Max, *Louis XVI, Le procès de la royauté*, Tallandier, 2006.

Kermina, Françoise, *Hans-Axel de Fersen*, Perrin, 1985.

Kertanguy, Inès de, *Madame Vigée-Lebrun*, Perrin, 2000.

Kyle, Elisabeth, *Portrait of Lisette*, T. Nelson, 1963.

Lever, Évelyne, *Louis XVI,* Fayard, 1985.

Lever, Évelyne, *Philippe Égalité*, Fayard, 1996.

Loomis, Stanley, *Fatal Friendship*, Richardson & Steirman & Black, 1987.

Lucas-Debreton, Jean, *Le Comte d'Artois, Charles X*, Hachette, 1927.

Manceron, Claude, *La Révolution qui se lève, De l'affaire du collier à l'appel aux notables, 1785-1787*, Robert Laffont, 1979.

Manceron, Claude, *Le Bon Plaisir, Les derniers temps de l'aristocratie, 1782-1785*, Robert Laffont, 1976.

*Marie-Antoinette, Correspondance secrète avec Barnave, 1791-1792*, Paléo, 2005, volume 3.

Maugras, Gaston, *Le Duc de Lauzun et la cour de Marie-Antoinette*, Plon, 1924.

*Mémoires de la baronne d'Oberkirch sur la cour de Louis XVI et la société française avant 1789*, Mercure de France, 2000.

*Mémoires de la comtesse de Boigne, née d'Osmond, de 1820 à 1848*, Mercure de France, 1982.

*Mémoires de Marie-Thérèse-Louise de Carignan, princesse de Lamballe*, Lerouge, Paris, 1801.

*Mémoires de madame Campan, première femme de chambre de Marie-Antoinette*, Mercure de France, 1999.

*Mémoires de madame la duchesse de Tourzel, gouvernante des Enfants de France, 1789-1795*, Plon, 1904.

*Mémoires du baron de Besenval sur la cour de France*, Mercure de France, 1987.

*Mémoires du comte Alexandre de Tilly, pour servir à l'histoire des mœurs de la fin du XVIIIe siècle*, Mercure de France, 1986.

Newton, William Ritchey, *L'Espace du roi, La cour de France au château de Versailles, 1682-1789*, Fayard, 1999.

Newton, William Ritchey, *La Petite Cour, Services et serviteurs à la cour de Versailles*, Fayard, 2006.

Ozouf, Mona, *Varennes, La mort de la royauté, 21 juin 1791*, Gallimard, 2005.

Peyssonnel, Charles de, *Petite Chronique du ridicule*, Payot, 2007.

Schlesinger, H., *La Duchesse de Polignac et son temps : les femmes du XVIII^e siècle*, Adamont Media Corporation, 2001.

*The Memoirs of the baroness Cécile de Courtot : Lady-in-Waiting to The Princess de Lamballe, Princess of Savoy-Carignan*, William Heinemann, 1900.

Trowbridge, W.R.H, *Mirabeau The Demi-God, Being The True Romantic Story Of His Life And Adventures*, T. Fisher Unwin, 1907.

Vidal, Elena Maria, *Trianon, A Novel of Royal France*, Neumann Press, 2000.

Vircondelet, Alain, *La Princesse de Lamballe*, Flammarion, 1998.

Weber, Caroline, *Queen of Fashion, What Marie-Antoinette wore to the Revolution*, Picador, 2008.

Zweig, Stefan, *Marie-Antoinette*, LGF, 1999.

# *Table*

## DU MÊME AUTEUR

*Aux Éditions Albin Michel*

LES DAMES DE BRIÈRES (t. 1)

L'ÉTANG DU DIABLE (t. 2)

LA FILLE DU FEU (t. 3)

LA BOURBONNAISE

LE CRÉPUSCULE DES ROIS :

LA ROSE D'ANJOU (t. 1)

REINES DE CŒUR (t. 2)

LES LIONNES D'ANGLETERRE (t. 3)

LORD JAMES

LE GARDIEN DU PHARE

LE ROMAN D'ALIA

*Chez d'autres éditeurs*

LE GRAND VIZIR DE LA NUIT, prix Femina 1981, Gallimard

L'ÉPIPHANIE DES DIEUX, prix Ulysse 1983, Gallimard

L'INFIDÈLE, prix RTL 1987, Gallimard

LE JARDIN DES HENDERSON, Gallimard

LA MARQUISE DES OMBRES, Olivier Orban

UN AMOUR FOU, prix des Maisons de la Presse 1991, Olivier Orban

ROMY, Olivier Orban

LA PISTE DES TURQUOISES, Flammarion

LA POINTE AUX TORTUES, Flammarion

LOLA, Plon

L'INITIÉ, Plon

L'ANGE NOIR, Plon

LE RIVAGE DES ADIEUX, Pygmalion

*Composition IGS-CP*
*Impression : Imprimerie Floch, octobre 2009*
*Éditions Albin Michel*
*22, rue Huyghens, 75014 Paris*
*www.albin-michel.fr*

*ISBN : 978-2-226-19404-6*
*N° d'édition : 25979 – N° d'impression : 74873*
*Dépôt légal : novembre 2009*
*Imprimé en France.*